Língua nativa

Língua nativa

Suzette Haden Elgin

TRADUÇÃO
Jana Bianchi

Língua nativa

TÍTULO ORIGINAL:
Native Tongue

COPIDESQUE:
Luciane H. Gomide

REVISÃO:
Isabela Talarico
Hebe Ester Lucas

COORDENAÇÃO EDITORIAL:
Maria Carolina Rodrigues

CAPA:
Giovanna Cianelli

PROJETO GRÁFICO:
Giovanna Cianelli

DIAGRAMAÇÃO:
Desenho Editorial

DIREÇÃO EXECUTIVA:
Betty Fromer

DIREÇÃO EDITORIAL:
Adriano Fromer Piazzi

PUBLISHER:
Luara França

EDITORIAL:
Andréa Bergamaschi
Caíque Gomes
Débora Dutra Vieira
Juliana Brandt
Luiza Araujo

COMUNICAÇÃO:
Giovanna de Lima Cunha
Júlia Forbes
Maria Clara Villas

COMERCIAL:
Giovani das Graças
Gustavo Mendonça
Lidiana Pessoa
Roberta Saraiva

FINANCEIRO:
Adriana Martins
Helena Telesca

DADOS INTERNACIONAIS DE CATALOGAÇÃO NA PUBLICAÇÃO (CIP) DE ACORDO COM ISBD

E41l   Elgin, Suzette Haden
Língua nativa / Suzette Haden Elgin ; traduzido por Jana Bianchi. - São Paulo : Aleph, 2023.
440 p. ; 14cm x 21cm.

Tradução de: Native tongue
ISBN: 978-85-7657-560-3

1. Literatura americana. 2. Ficção. 3. Linguagem. I. Bianchi, Jana. II. Título.

2023-418	CDD 813
	CDU 821.111(73)-3

ELABORADO POR ODILIO HILARIO MOREIRA JUNIOR - CRB-8/9949
ÍNDICES PARA CATÁLOGO SISTEMÁTICO:
1. Literatura americana : Ficção 813
2. Literatura americana : Ficção 821.111(73)-3

COPYRIGHT © SUZETTE HADEN ELGIN, 1984
COPYRIGHT © EDITORA ALEPH, 2023
PUBLICADO MEDIANTE ACORDO COM THE FEMINIST PRESS EM CONJUNTO COM VILLAS-BOAS & MOSS AGÊNCIA E CONSULTORIA LITERÁRIA.

TODOS OS DIREITOS RESERVADOS.
PROIBIDA A REPRODUÇÃO, NO TODO OU EM PARTE, ATRAVÉS DE QUAISQUER MEIOS SEM A DEVIDA AUTORIZAÇÃO.

Rua Tabapuã, 81 – Conj. 134 – São Paulo/SP
CEP 04533-010 • TEL 11 3743-3202
www.editoraaleph.com.br

DANDO NOME AO INOMINADO

Para as mulheres, portanto, a poesia não é um luxo. É uma necessidade vital à nossa existência. Compõe a qualidade da luz sob a qual pregamos nossas esperanças e nossos sonhos em relação à sobrevivência e à mudança, primeiro transformadas em língua, depois em ideias, depois em ações mais tangíveis. Por meio da poesia, ajudamos a dar nome ao inominado para que seja possível pensar a respeito disso.

– **Audre Lorde**, em *A poesia não é um luxo* (1985).

Anos atrás, escrevi uma história sobre duas irmãs. Uma casou e virou mãe, e a outra... Lembro de ter procurado uma palavra que não existia para definir a outra irmã, mas não encontrei em nenhuma língua que eu conhecia. Uma palavra para descrever uma mulher que vive sozinha e feliz, sem parceiros ou filhos; que é apaixonada por trabalho, arte, amizade, cuidar dos outros, política; que está completa e intensamente viva. A expressão *solteirona*, carregada de conotações negativas – ressentida, solitária, frígida, fracassada – não chegava nem perto do que eu queria descrever. Cresci lendo romances em que solteironas eram ignoradas ou alvo de pena, acocoradas às margens da narrativa como gárgulas febris; como se suas vidas não fossem dignas de atenção. O *solteiro*, um termo específico para pessoas do gênero masculino, evoca emancipação, independência e liberdade sexual, mas não há um termo equivalente para mulheres sozinhas e realizadas.

Que diferença isto faz, essa lacuna na língua?

Patricia Anne Wilkins, nascida em 1936 no Missouri, Estados Unidos, viria a se tornar a escritora e linguista Suzette Haden Elgin. Não é por acaso que ela tenha adotado as iniciais S. H. E. (do inglês, *she*, que significa "ela"), afinal a trilogia *Língua nativa* é uma exuberante carta de amor às mulheres e à resiliência feminina ao patriarcado cruelmente regressivo do século 23. Entretanto, Elgin, uma feminista empenhada há décadas, reconhece o desafio de definir essa identidade:

> Minha própria definição de "feminista" é tão ruim quanto a de qualquer outra pessoa. Para começar, contém em si termos ainda não definidos... E a maior parte dessa definição une uma porção de significados para os quais ainda não há palavras ou frases em inglês [ou português] – uma lacuna lexical. Isso eu não tenho como consertar. Mas seria algo mais ou menos assim:
>
> *Feministas são pessoas-devotadas-a-substituir-o-patriarcado-pela-Realidade-O.*
>
> Realidade O é o termo que criei para abranger uma sociedade e uma cultura que possam ser sustentadas sem violência; o patriarcado necessita da violência, assim como seres humanos necessitam de oxigênio.[1]

A existência de lacunas lexicais também impeliu a invenção da láadan, a língua centrada nas mulheres que está no cerne desta trilogia. A láadan promete mudar o mundo introduzindo modos de percepção e expressão igualitários e não violentos. Neste primeiro livro, *Língua nativa*, tal língua revolucionária está ainda em construção, escondida por mulheres linguistas em meio a projetos de tricô e livros de receitas. No

---

[1] *Elgin*, Suzette Haden. A Feminist Is a What? *Women and Language*, v. 18, n. 2, p. 46, 1995.

segundo, *The Judas Rose*, a láadan começa a se espalhar, ainda em segredo, entre mulheres não linguistas.

Esses romances não contemplam a vida das solteironas – ou das viúvas, ou das pessoas pós-menopausa – como uma trágica nota de rodapé; ao contrário, mulheres sem homens são as mais sortudas. Fico intrigada pela visão utópica que Elgin tem da vida comunitária nas Casas Mulheris e nas (curiosamente nomeadas) Casas Estéreis, que ela pinta como alternativas vibrantes e nutrimentais às famílias de núcleo heterossexual. O crítico que depreciou *The Judas Rose* no jornal *New York Times* não ficou tão intrigado assim. "Confesso certa falta de objetividade da minha parte no que tange à novela anti-homens de Suzette Haden Elgin", começa a análise de Gerald Jonas, publicada em 1987. Depois de fazer um resumo superficial da trama, Jonas conclui: "Os homens são tão rudes, tão estúpidos, tão presunçosos, tão ruins de cama, tão inacreditavelmente horríveis em todos os sentidos que comecei a lamentar por eles. Ou será que essa é apenas uma reação defensiva de um crítico homem? Se isso for um crime, assumo que sou culpado".

Sim, os tiranos de Elgin podem ser ridículos em sua misoginia caricata. Mas temos as mesmas características no presidente Donald Trump, por exemplo.

Em um festival literário em 2018, ouvi a jornalista e crítica feminista norte-americana Vivian Gornick refletir a respeito do próprio histórico de ativismo feminista. Ela se lembrou de ir a reuniões da esquerda radical nos anos 1960 nas quais o que se esperava de mulheres progressistas era que fizessem café e ficassem em silêncio. A vez delas chegaria (os homens garantiam), mas a revolução não podia deixar que "assuntos controversos", como o direito ao aborto, atrapalhassem seu *momentum*.

"Mas nós não fomos embora", disse Gornick à audiência. "Não esmorecemos. E ainda estamos aqui."

Hoje, uma nova maioria conservadora na Suprema Corte dos Estados Unidos e restrições estatais crescentes no acesso ao aborto representam uma ameaça grave aos direitos reprodutivos. Estamos lutando uma batalha que muitas de nós achavam que havia chegado ao fim.

Ainda estamos aqui.

Mulheres escutam, o tempo todo – de propagandas, políticos, pais, pastores, sujeitos na rua –, que nosso corpo é a coisa mais importante em nós. Eles nos vendem a mentira de que nosso maior valor está na habilidade de provocar desejo sexual, de ser mais magra que as outras, de conceber e incubar futuros seres humanos. Ainda assim, também recebemos a mensagem de que nosso corpo não pertence a nós. Não temos a palavra final sobre quem pode tocar nele, quem pode machucá-lo, ou o que vai ou não crescer dentro dele. O pesadelo patriarcal da trilogia de Elgin pode parecer hiperbólico, mas e o pesadelo em pleno século 21? Um presidente machista, preconceituoso e predador sexual; vítimas de assédio sexual que são humilhadas ou descreditadas; legisladores pedindo que pessoas que abortaram sejam condenadas por assassinato...

Ainda estamos aqui.

"Ficção científica não é 'a respeito do futuro'", diz o autor norte-americano Samuel R. Delany. "O futuro é apenas uma convenção do mundo da escrita que permite que a pessoa que escreve ficção científica possa se valer de uma distorção significativa do presente para estabelecer um diálogo valioso e complexo com o aqui e o agora de quem lê a obra."[2]

E como a filósofa e zoóloga norte-americana Donna J. Haraway observa: "Os limites entre ficção científica e a realidade social são uma ilusão de ótica"[3].

---

[2] *Delany*, Samuel R. *Starboard Wine:* More Notes on the Language of Science Fiction. ed. rev. Middletown: Wesleyan University Press, 2012. p. 165.

[3] *Haraway*, Donna J. A Cyborg Manifesto: Science, Technology, and Socialist-Feminism in the Late Twentieth Century. *In:* HARAWAY, Donna J. *Simians, Cyborgs, and Women:* The Reinvention of Nature. Nova York: Routledge, 1991. p. 149-181.

Língua nativa, como qualquer outro romance, é um produto de seu tempo. Embora se passe no século 23, a tecnologia não avançou além dos leitores de microfilme e dos "computadores de pulso"; a União Soviética continua intacta, com a competição entre os Estados Unidos e os soviéticos tão acirrada quanto nunca; o gênero é essencialmente um conceito binário de macho/fêmea biológicos; e não há praticamente menção alguma a questões de raça, deficiências ou orientações sexuais [e de gênero] diversas. Esses elementos nitidamente datados tornaram a leitura uma experiência ainda mais triste para mim. A trilogia pode ter começado a ser publicada nos anos 1980, o que é nítido, mas mesmo assim aborda alguns dos assuntos com os quais ainda temos problemas: autonomia do corpo, coerção reprodutiva, masculinidade tóxica, estratégias de resistência feminista – e a língua é um elemento-chave nessa mudança política. Livros como o de Elgin são lembretes cruciais de que mulheres e pessoas não binárias já estavam erguendo a voz contra a violência patriarcal muito antes do #MeToo ou do Mês das Mulheres, mesmo se utilizando de um vocabulário ligeiramente diferente.

No meu próprio livro *Red Clocks* [em tradução livre, "Relógios vermelhos"], ambientado em um Estados Unidos do século 21 em que o aborto foi banido de novo, uma herbalista reclusa, conhecida como a Reparadora, descumpre a lei interrompendo a gravidez indesejada de quem a procura. A Reparadora é um elo com a longa história de mulheres amedrontadas, punidas ou mortas porque não seguiram as ordens que receberam; mulheres que lutaram contra a escravidão, que não se calaram sobre o direito a voto, que não querem ser esposa ou mãe, que não sorriem o tempo todo. Feiticeiras, rameiras, modistas, antagonistas. De forma similar, as personagens de *Língua nativa* ocupam um futuro imaginário que dialoga diretamente com nosso preocupante presente: no mundo delas, homens cristãos ditam o destino do corpo de mulheres, ecoando de forma sinistra a cruzada evangélica contra os direitos de liberdade reprodutiva travada enquanto escrevo esta frase.

Ver um papel ou identidade representada na literatura encoraja a pessoa que lê a se visualizar nesse lugar. "Primeiro, transformadas em língua; depois, em ideias." Sem representatividade, uma identidade pode parecer insignificante, vergonhosa ou simplesmente impossível; é por isso que é significativo o fato de que pouquíssimos livros têm como protagonista uma mulher independente.

Havia um ditado na Europa do século 21, citado por William Shakespeare em mais de uma peça, que dizia que a mulher que morre antes de casar será servida por macacos no inferno. Em inglês, a definição moderna de *spinster* [o equivalente a "solteirona", em inglês] é usada desde o século 17, e a de *old maid* ["encalhada", em português] desde o século 18. Mas a expressão *sexual harassment* ["assédio sexual", em português], por exemplo, mesmo sendo praticado há séculos, só se tornou um termo legal nos anos 1970. Como Audre Lorde nos lembra, palavras dão espaço a ideias, tanto na imaginação individual quanto no discurso público. Quando uma ideia não tem nome, é muito mais fácil negar sua existência – e não tomar ação alguma para mudá-la.

Sou extremamente grata às escritoras feministas das décadas passadas que deram nome ao inominado. Suzette Haden Elgin e outras autoras contemporâneas da ficção científica, como Octavia E. Butler, Ursula K. Le Guin e Margaret Atwood, abriram um caminho espetacular em um gênero considerado, com frequência, território masculino. Elas se juntam a uma vasta e gloriosa constelação de artistas cuja linguagem dá espaço a ideias que salvam nossa vida.

Leni Zumas
Abril de 2019

PREFÁCIO

Hoje em dia, há uma noção de que nenhum livro pode ser considerado "ordinário"; estamos bem cientes disso. Quando publicar dez livros por ano já é algo incomum, mesmo o volume mais medíocre não poderia ser ordinário. Mas quando dizemos que este não é um livro ordinário, vamos muito além de dizer que o formato é raro.

Em primeiro lugar, acreditamos que este livro seja a única obra de ficção escrita por uma pessoa das Linhagens. Os homens das famílias linguistas deram ao mundo um grande repertório de trabalhos acadêmicos e outros textos de não ficção. As mulheres, mal reconhecidas pelos autores em notas introdutórias ou prefácios, contribuíram de forma substancial com esse trabalho. Mas *Língua nativa* não é um trabalho acadêmico, ou uma gramática, ou um livro de ciência para o público geral; é um ROMANCE. E nos passa a sensação de estar participando diretamente na vida dos linguistas durante o primeiro quarto do século 23 – algo que não podemos obter de nenhuma história da época, independentemente de quão detalhada ou abundantemente documentada ela possa ser. Há pouquíssimas obras de ficção que lidam com esses temas, mesmo considerando aquelas escritas não linguísticas; este livro é um exemplo único de ficção com *autoria* de uma linguista, e isso é incomensurável. Devemos muito à pessoa da academia que encontrou este manuscrito e garantiu que ele chegasse a nossas mãos; lamentamos profundamente não conhecer a identidade dessa autora para que possamos expressar nossa estima de forma mais efetiva.

É um milagre este documento não ter se perdido; temos muita gratidão por ele.

Em segundo lugar, embora não tivéssemos dificuldade alguma em disponibilizar o material nos formatos tradicionais de mídia, CD ou microfilme, não era isso que queríamos. Desde a primeira leitura, sentíamos que este deveria ser um livro *impresso*; impresso e encadernado à moda antiga. É uma obra muito especial, e a nós pareceu adequado que tivesse um formato igualmente especial. Foram necessários quase dez anos, além dos esforços de centenas de pessoas, para garantir a verba e encontrar mão de obra habilitada que estivesse disposta a aceitar o que podíamos pagar – mesmo sendo esta uma edição limitada.

Não podemos afirmar com certeza quem de fato escreveu *Língua nativa*. A obra é assinada por alguém que se intitula apenas "a mulher da Casa Estéril dos Chornyak". Deve ter sido escrito em intervalos de tempo livre, em momentos roubados aqui e ali – ao custo do sacrifício de horas muito necessárias de sono, pois as mulheres das Linhagens não tinham descanso. Se alguém tiver evidências que possam ajudar a revelar o mistério dessa autoria, por mais fragmentárias que sejam, pedimos que compartilhe a informação conosco; prometemos tratar a questão com discrição e respeito absolutos.

É com grande orgulho, portanto, e com uma sensação de profunda realização, que convidamos você a continuar lendo e a guardar esta obra junto a seus tesouros, em um lugar de honra.

Patricia Ann Wilkins, editora executiva
(*Língua nativa* é uma publicação conjunta das seguintes organizações: Sociedade Histórica da Terra; FALAMULHER, Divisão Terra; Metaguilda das Linguistas Leigas, Divisão Terra; Grupo Láadan.)

CAPÍTULO 1

ARTIGO 24

SEÇÃO 1. O 19º artigo da emenda à Constituição dos Estados Unidos está, de agora em diante, revogado.

SEÇÃO 2. Este artigo deve ser considerado inoperante, a menos que tenha sido ratificado como uma emenda à Constituição por legislatura de três quartos dos vários estados em até sete anos a partir da data de sua apresentação.

(Em vigor a partir de 11 de março de 1991)

ARTIGO 25

SEÇÃO 1. Nenhuma cidadã dos Estados Unidos deve ser autorizada a assumir qualquer cargo eletivo ou nomeado, a participar exercendo qualquer função (oficial ou extraoficialmente) em profissões acadêmicas ou científicas, a ter empregos não domésticos sem a permissão expressa por escrito do marido ou (caso não seja casada) de um homem responsável parente de sangue ou indicado como seu guardião por lei, ou a exercer controle sobre dinheiro ou outras propriedades e bens sem as supracitadas permissões por escrito.

SEÇÃO 2. Sendo as limitações naturais das mulheres um perigo nítido e presente ao bem comum nacional quando seus efeitos não são minimizados pela supervisão cuidadosa e constante de um cidadão responsável, todas as cidadãs dos Estados Unidos pertencentes ao gênero feminino devem ser declaradas menores legais, independentemente de sua idade biológica; a exceção é que devem ser julgadas como adultas nas cortes caso tenham dezoito anos de idade ou mais.

SEÇÃO **3.** *Dado que as supracitadas limitações naturais das mulheres são inerentes a sua natureza, nenhuma culpa deve ser atribuída a elas. Assim, nada deste artigo deve ser utilizado para permitir maus-tratos ou abuso de mulheres.*

SEÇÃO **4.** *O Congresso deve ter o poder de fazer cumprir este artigo por meio da legislação apropriada.*

SEÇÃO **5.** *Este artigo deve ser considerado inoperante, a menos que tenha sido ratificado como uma emenda à Constituição por legislatura de três quartos dos vários estados em até sete anos a partir da data de sua apresentação.*

(Em vigor a partir de 11 de março de 1991)

Verão de 2205...

Havia apenas oito deles na reunião: não o melhor dos números. Oito não era somente um número muito pequeno para resolver com eficiência o que precisava ser resolvido, mas também um número *par*, o que significava que, em caso de empate, eles teriam de dar um voto extra a Thomas Blair Chornyak, algo que odiavam. Cheirava a elitismo, algo completamente contrário à filosofia das Linhagens.

Paul John Chornyak ainda estava presente, batendo cartão aos noventa e quatro anos de idade, quando Thomas deveria ser capaz de proceder sem a influência do idoso. Aaron também estava presente; e precisava estar, uma vez que o item final da ordem do dia dizia respeito diretamente a ele. Haviam dado um jeito de garantir que dois dos homens mais velhos comparecessem via comunicador; assim, os rostos tremidos de James Nathan Chornyak e do cunhado de Thomas, Giles, estavam presentes de certa forma, tomados por uma expressão de irritação. Adam estava lá, apenas dois anos mais novo que Thomas e parte do grupo, como deveria ser. Thomas confiava no irmão em muitas questões, e uma de suas habilidades consideráveis incluía a de desviar as digressões do pai e convencer Paul John de que suas palavras haviam sido levadas em consideração. Kenneth estava ali porque, não sendo um linguista, tinha certa facilidade para se livrar do que quer que estivesse fazendo para comparecer às reuniões. Jason viera porque a negociação na qual estava envolvido fora irremediavelmente empacada por uma tecnicalidade sobre a qual ele nada podia fazer, deixando tempo de sobra para outras coisas até que o Departamento de Estado pudesse resolver o assunto.

Qualquer um dos dois últimos homens poderia ter resolvido o problema do número ímpar de votantes se fizessem a gentileza de se abster, mas não dariam o braço a torcer. Jason acreditava que, como Kenneth era apenas um genro e nem sequer membro das Linhagens por nascimento, era obrigação *do outro* se retirar e ir fazer o que quer que devesse estar fazendo em vez de se intrometer naquela situação. E a opinião de Kenneth era de que ele tinha tanto direito de participar da reunião quanto Jason; afinal, havia ou não havia assumido o nome de Mary Sarah Chornyak depois do casamento? Era um Chornyak agora, tanto quanto qualquer outro ali, e ele bem sabia que isso precisava ser reforçado firmemente em todas as oportunidades possíveis, ou os homens mais novos da casa o relegariam aos últimos degraus da hierarquia. Ele não tinha intenção alguma de sair da sala.

Uma situação constrangedora, e por um instante Thomas até considerou pedir a James Nathan que se retirasse, mas haviam acordado o homem apenas para a reunião, e ele não havia ficado nada feliz com isso. James passara a noite toda e boa parte da manhã trabalhando como intérprete em uma das crises da Terceira Colônia (uma das muitas, de um estoque que parecia inesgotável) e estava obviamente exausto. Agora que estava de pé, seria no mínimo deselegante sugerir que voltasse para a cama. *Sinto muito incomodar, mas naquela hora achamos que você seria necessário...* Não. Não havia como, e Thomas desistiu da ideia. Se tivesse de votar duas vezes, assim seria; todos sobreviveriam. E, ultimamente, as reuniões da Família Chornyak tendiam a ser pequenas mesmo, exceto pelas Semianuais, que tinham um calendário fixo; para essas, todos deixavam o dia livre na agenda. O governo estava expandindo território, e cada centímetro de avanço precisava ser negociado com todo um aparato de tratados e acordos comerciais, além de um complexo emaranhado de relações formais. Era mesmo difícil encontrar *qualquer* linguista de menos de setenta anos com uma hora livre para assuntos da Família.

Thomas decidiu que se contentaria com o que tinha, e que ficaria grato por não serem só ele, o velho Paul John e Aaron. Apenas os três, sozinhos na mesa, formariam um quórum lamentável. O formato da mesa – uma letra A padrão com pontas arredondadas e sem a barra transversal – era ideal para as Semianuais; dava para acomodar vários homens ao longo dela, e ainda havia um espaço amplo para tresdês e hologramas na área sólida no topo do A. Mas, quando havia só uma dezena de presentes, o grupo precisava se espalhar pela mesa, cada pessoa sentada em um ponto arbitrário para preencher o espaço, ou apinhar todo mundo bem espremido em uma das extremidades, o que deixava aquela sensação de apertado. Naquele dia, eles haviam optado por se espalhar. O pai de Thomas estava à direita dele, os comunicadores haviam sido posicionados do outro lado do cômodo, bem longe da cabeça das pessoas, e os outros quatro homens haviam se distribuído ao redor da mesa como pontos de um compasso. Que procedimento mais besta.

Ele conduziu o grupo pelos sete primeiros itens da agenda que exigiam despacho, e em nenhum foi preciso voto de desempate. O único tópico mais incerto, o contrato para os intérpretes de REM80-4-801, correu sem oposição alguma. Às vezes, fazer reuniões com uma porcentagem substancial de participantes não muito experientes tinha suas vantagens. Thomas havia preparado argumentos, apenas por desencargo, mas ninguém viu a brecha perigosa no subparágrafo onze, ou não se preocupou o bastante a ponto de gastar tempo discutindo a respeito. Os outros itens eram rotineiros... e eles passaram pela lista toda em doze minutos cravados.

Chegou então a vez do último item da lista. Com cautela, Thomas leu o texto para os companheiros, mantendo a voz casual e sem elaborar muito a questão. Ao final, aguardou. Como imaginava, Aaron fez questão de parecer completamente entediado; uma habilidade nata com expressões faciais próprias da Linhagem Adiness, mas que ele havia praticado muito para aperfeiçoar. O resultado: ele conseguia parecer dolorosamente desinteressado.

– O tema está aberto para discussão – disse Thomas. – Algum comentário?

– Francamente, não vejo razão para discussão alguma – disparou Aaron, sem hesitar. – Devíamos ter resolvido isso tudo via memorando, a meu ver. Deus sabe como tenho coisas melhores para fazer com o meu tempo. Acho que todos temos, Thomas. E tenho certeza de que não sou o único soterrado em prazos do governo federal.

Thomas ainda não estava pronto para falar; ergueu as sobrancelhas apenas na precisa medida indicada, esfregou o queixo devagar com uma das mãos e esperou mais comentários.

Aaron voltou a falar.

– Estou disposto a aceitar o fato de que você não teve escolha a não ser acrescentar isso à agenda formal; já estou convencido – disse. – E para podermos dizer que fizemos o que tínhamos que fazer. Estará aí, registrado. Para que o povo curioso veja e aplauda. E isso já é tempo o suficiente para desperdiçar. Sugiro votar e acabar logo com isso.

– Sem discussões? – questionou Thomas, o tom brando.

Aaron deu de ombros.

– O que tem para ser discutido?

Isso trouxe Paul John para a conversa; ele já era velho o suficiente para não achar graça alguma na arrogância daquele genro em particular, e velho demais para se impressionar com a genialidade com línguas ou a beleza deslumbrante do rosto do outro homem.

– Talvez você descubra se deixar os outros falarem – disse o velho. – Por que não experimenta e vê no que dá?

Thomas reagiu rápido, nada interessado em ver Aaron e Paul John embrenhados em uma das muitas brigas que ambos gostavam tanto de travar. *Aquilo, sim,* seria uma perda de tempo.

– Aaron, esta reunião não é apenas de fachada – disse.

– Não. Tivemos que discutir aqueles contratos. E votar.

– Este último item também não é só de fachada – insistiu Thomas. – Há uma razão, uma razão muito boa, aliás, para deliberarmos a respeito, e que não tem nada a ver com apenas incluir esse tópico nos registros. Porque sentimos, e digo mais, somos obrigados a sentir mais do que um respeito cerimonial por essa mulher.

– E gostaria de lembrar aos senhores que, do ponto de vista meramente econômico, a mulher está mais do que no direito de receber o proposto – acrescentou Kenneth, na extremidade oposta da mesa, à perna direita do A. Ele estava nervoso, e não conseguia ainda evitar que isso transparecesse na voz ou na linguagem corporal, mas estava determinado. – Nazareth Chornyak deu à luz nove crianças saudáveis para esta Linhagem – disse ele. – Isso significa nove línguas alienígenas adicionadas aos recursos desta Família. Não é como se ela fosse uma garotinha inexperiente.

Thomas viu quando Aaron deixou escapar um calculado mas suave sinal de desdém, marcando seu rosto com desprezo. Um gesto logo substituído por uma gentileza falsa e melosa, também completamente calculada. Não era uma competição justa sob nenhuma circunstância. De um lado, o pobre Kenneth, nascido do povo leigo, e elevado à Família Chornyak com a ignorância inesgotável do povo leigo em termos de habilidades linguísticas... E, do outro, Aaron William Adiness, filho da Família Adiness, que na dinastia dos linguistas ficava atrás apenas da Linhagem Chornyak. Kenneth era um patinho em uma barraquinha de tiro, e Aaron gostava demais de atirar em patinhos para deixar uma oportunidade assim passar.

– Às vezes, Kenneth, fica ostensivamente óbvio que você não é um linguista por nascimento... – disse ele, com um tom simpático. – Você não aprende, não é?

Kenneth ficou corado, e Thomas se compadeceu por ele, mas não interferiu. De certa forma, Aaron estava certo; Kenneth não aprendia. Por exemplo, ainda não havia compreendido que o tempo gasto entrando nos joguinhos de Aaron era tempo gasto alimentando o ego gigante do outro homem; portanto, tempo desperdiçado. E Kenneth caía na mesma armadilha toda vez.

– Não é a mulher que acrescenta linguagens alienígenas aos recursos da Família – disse Aaron, tom agradável. – É o HOMEM. O *homem* tem o trabalho de engravidar a mulher, que depois é mimada, favorecida e agradada de forma excessiva para garantir o bem-estar do filho do homem em questão. Dar crédito à mulher, que cumpre o papel de receptáculo, é de um romantismo primitivo, Kenneth, para não dizer inteiramente anticientífico. Leia de novo seus livros de biologia.

"Leia de novo". O que pressupunha que Kenneth já os havia lido e não aprendera nada com a experiência. Ótimo. E típico de Aaron Adiness.

Kenneth engasgou, ficando ainda mais corado.

– Vá se danar, Aaron...

Aaron estava em seu elemento e continuou a conversa unilateral; Kenneth mal parecia presente, exceto como receptor dos ensinamentos misericordiosos do outro.

– E seria interessante você lembrar que, não fosse pela intervenção dos homens, as crianças nasceriam todas mulheres. A raça humana se degeneraria em uma espécie composta inteiramente de organismos geneticamente inferiores. Talvez devesse pensar nisso, Kenneth. Manter esses fatos extremamente básicos em mente, como um antídoto para... tendências sentimentais.

Em seguida, ele se inclinou para trás e soprou uma série magnífica de anéis de fumaça em direção ao teto, sorrindo antes de continuar:

– Não vamos confundir a criatura com o criador, caro irmão.

Na outra perna da mesa, Jason aprovou a velha piada com uma risadinha. Thomas ficou decepcionado. Mais tarde, trocaria umas palavras com o filho sobre torcer para alguém armado quando o alvo é só um patinho em uma barraca de tiro. Mas ficou certamente satisfeito com o que aconteceu a seguir, quando a reprovação veio da tela do comunicador no qual o rosto de James Nathan oscilava e piscava ao prazer das flutuações da rede elétrica da casa.

– Porra, Adiness – disse o outro filho, o mais capaz. – A única razão pela qual ainda não acabamos com isso e voltamos para os prazos com os quais você estava todo preocupado cinco minutos atrás, e a única razão pela qual *eu* não estou de volta à minha cama, onde certamente deveria estar, é essa paixão que você tem pela própria língua. Nenhum de nós, e isso inclui Kenneth, a quem devo minhas desculpas pelos seus maus modos, precisa de uma recitação idiota de informações conhecidas por qualquer ser humano normal de três anos de idade. Agora, vou presumir que você já terminou, Aaron... e sugiro fortemente que *tenha mesmo*.

Aaron concordou com a cabeça, todo cortês e desenvolto, abrindo um sorriso fácil, e Thomas soube que ele havia considerado que o prazer de brincar com Kenneth valera a repri- menda. Aaron nunca considerara a oferta de genes de Kenneth uma justificativa suficiente para sua presença. Opusera-se desde o começo à ideia de aceitar o sujeito na Família como marido de Mary Sarah, e não era segredo para ninguém que sua opinião não havia mudado, mesmo depois de sete anos. Kenneth, ele não se cansava de reforçar, era "decididamen- te feminilizado". Dizia isso sempre pelas costas, é claro, mas garantindo que o insulto chegasse rapidamente ao cunhado.

– Nazareth já está estéril – disse Jason, ciente de que fora o único a rir da piadinha de Aaron e ansioso por demonstrar que era muito mais do que um lacaio. – Ela está com quase quaren- ta anos, e já não era uma grande beldade mesmo quando jovem.

Para que ela precisaria de *seios* agora? É absurdo. Está fora de cogitação. Não vale nem cinco minutos de discussão, que dirá uma reunião. Concordo com Aaron. Sou a favor de terminar a conversa por aqui, votar e encerrar a sessão.

– E depois fazer o quê? Deixá-la morrer?

Paul John pigarreou, e o homem mais velho foi educado o bastante para encarar o teto. Teriam de investir mais tempo com Kenneth, isso estava mais do que óbvio. Talvez algumas palavras com Mary Sarah...

– Por Deus, Kenneth, que coisa estúpida de se falar! – Foi Jason quem disse isso, enérgico. – Há dinheiro mais do que suficiente nas Contas Médicas Individuais das mulheres para cobrir qualquer tratamento de que Nazareth precise. Quem falou em deixá-la morrer? Não deixamos as mulheres morrerem, seu idiota. Você acredita em tudo o que lê nos jornais sobre linguistas? *Ainda*?

Thomas suspirou, alto o suficiente para ser ouvido pelos demais, e Aaron o olhou feio. Aaron provavelmente pensava em como Thomas estava cansado naquela manhã. Cansado e, para olhos bem treinados, à beira de um colapso. Aaron provavelmente pensava que já passara da hora de Thomas renunciar e transferir o comando daquela Família para alguém mais jovem e apto, preferencialmente Thomas Blair II, que Aaron acreditava ser mais manipulável. Thomas sorriu para Aaron, reconhecendo o pensamento dele, e deixou os olhos falarem por si: *Ainda vai demorar um bom ano antes que eu entregue a Família Chornyak para qualquer outra pessoa, seu idiota presunçoso.* Depois ergueu uma mão com a intenção de encerrar a discussão entre Kenneth e Jason.

– Vejam só... – começou Kenneth, mas Thomas o cortou.

– Linguistas não dizem "Vejam só", Kenneth. Nem "Pois veja", ou "Escute aqui" ou "Entenda". Por favor, tente usar uma forma menos enviesada de se expressar.

Thomas era um homem paciente e tinha a intenção de continuar botando à prova aquele jovem cabeça-dura e impetuoso.

Em sua época, havia lidado com diamantes muito mais brutos, e os quatro rebentos que Kenneth gerara à Família, até o momento, eram espécimes magníficos.

Kenneth obviamente não entendia a diferença que a escolha de palavras poderia fazer ali, no âmago da sede da Família, a quilômetros de qualquer membro do povo leigo que pudesse ser potencialmente contaminado por suas escolhas pífias de expressões, mas era versado o bastante em etiqueta para manter a opinião para si. (Não podia evitar que ela transparecesse no rosto, é claro, mas ele próprio não sabia disso, e ninguém tinha motivos para lhe contar.) Pediu desculpas com um aceno da cabeça e começou de novo.

– Considerem o seguinte – começou, cuidadoso. – Também há dinheiro o suficiente nas CMIS das mulheres para pagar pela reconstrução de seios. Eu que cuido da contabilidade, esqueceram? Estou em posição de saber para o que há ou não dinheiro. É um montante insignificante... Apenas uma ou duas células precisariam ser implantadas, além de uma estimulação rudimentar para iniciar a regeneração das glândulas. *Isso* é biologia elementar, além de contabilidade elementar também! Estamos falando do valor de um computador de pulso, e este ano compramos quarenta deles. Como explicamos o fato de estarmos indispostos a autorizar o uso dessa quantidade irrisória de recursos em benefício de alguém que foi tão eficiente, robusta e produtiva como "receptáculo"? Tenho plena ciência de que não nasci linguista, mesmo sem os lembretes constantes de Aaron, mas sou membro desta Família agora e tenho direito de ser ouvido. *Não* sou ignorante, e digo aos senhores que estou desconfortável com essa decisão.

– Kenneth – começou Thomas, em tom de voz genuinamente gentil –, valorizamos a compaixão e a qualidade da empatia que está apresentando. Quero que saiba disso. Precisamos muito desse tipo de coisa. Gastamos tanto tempo compartilhando o ponto de vista de seres que não são humanos que corremos o grande risco de nos transformar em algo aquém do humano. Precisamos de alguém como você para nos lembrar disso de tempos em tempos.

– Então, por que...

– Porque, por mais que tenhamos dinheiro, créditos totais disponíveis, não podemos nos dar ao luxo de gastá-lo em gestos sentimentais. E sinto muito se isso o incomoda, Kenneth, mas é exatamente o que estaríamos fazendo. Nenhum de nós fica feliz com isso, mas é a verdade. A regra que diz que NENHUM LINGUISTA GASTARÁ UM CENTAVO EM ALGO QUE O POVO LEIGO POSSA VER COMO CONSUMO SUSPEITO deve ser seguida aqui, assim como em todas as Famílias das Linhagens, e com absoluto rigor.

– Mas...

– Você sabe muito bem disso, Kenneth, porque vem do povo leigo. E, ao contrário de Aaron, não considero isso um ponto negativo. Você sabe que nenhum membro do povo leigo bajularia uma mulher estéril de meia-idade do modo que você está propondo. Quer que sejamos a Família responsável por mais uma série de revoltas antilinguistas, meu filho? E em prol de uma mulher bobinha, já mimada em excesso ao longo da vida, que agora quer fazer a boa e velha tempestade feminina em copo d'água? Tenho certeza de que não quer isso, Kenneth, por mais simpático que seja às exigências de Nazareth.

– Um instante – disse Aaron, de súbito. – Só para esclarecer, Nazareth não exigiu nada, ela apenas pediu.

– Certo – respondeu Thomas. – Exagerei na afirmação.

– Mas a questão permanece, Thomas... a questão permanece. Tenho certeza de que Kenneth agora pode ver o assunto sob uma ótica menos... sentimental.

Kenneth encarou a mesa sem dizer mais nada, e todos relaxaram. Poderiam simplesmente ter passado por cima dele usando o regulamento, sem toda aquela conversinha fiada. Era sempre uma alternativa. Mas era preferível evitar esse tipo de coisa sempre que *possível*. Linguistas dependiam muito e de forma muito intensa uns dos outros para deixar que rixas familiares se tornassem um obstáculo substancial à condução tranquila das questões; e, com noventa e um membros sob seu teto, a Família Chornyak era uma das mais lotadas. Em tais circunstâncias, almejar paz era sempre uma boa ideia... E a prontidão de Aaron em sacrificar essa paz só para provar um ponto ou dois era o maior motivo pelo qual Thomas se esforçava tanto para garantir que ele nunca tivesse a oportunidade de amassar poder real naquele lar. Era Aaron quem *realmente* não aprendia nada, e, ao que parecia, era incapaz disso. E nem tinha as mesmas desculpas de Kenneth.

– Ótimo, então – disse Paul John, esfregando as mãos. – Concordamos, certo? Vamos autorizar a transferência de fundos para remover o útero e os seios enfermos de Nazareth e ordenar que isso seja feito imediatamente, e é *tudo* o que vamos fazer. Correto, cavalheiros?

Thomas olhou os homens ao redor da mesa e na tela dos comunicadores, e esperou alguns segundos para garantir que ninguém pediria a palavra, o que era o mais educado a fazer. Depois assentiu, quando ficou claro que isso não aconteceria.

– Mais alguma coisa? – perguntou. – Alguém tem dúvidas quanto ao novo contrato que chegou do Departamento de Análise e Tradução a respeito daqueles dialetos formados por imagens espelhadas? Alguém quer questionar os termos oferecidos? Por favor, não se esqueçam de que é um trabalho computacional do começo ao fim... Não exige muito esforço. Alguma questão pessoal, alguma objeção a registrar quanto à condição médica de Nazareth como unânime? Não?

– Ótimo – continuou, e bateu com a lateral da mão na mesa em um sinal de encerramento. – Então, terminamos. Aaron, garanta que sua esposa saiba de imediato de nossa decisão e que vá direto ao hospital. Não quero nenhuma acusação posterior da mídia de que enrolamos e colocamos a vida dela em perigo, não importa quão trivial o caso seja. Não é de nosso interesse sermos acusados de maus-tratos cruéis a uma mulher nem de usar de forma extravagante nossos mal merecidos bilhões. Você pode cuidar disso?

– É claro – disse Aaron, rígido. – Sei bem das minhas obrigações. E também do problema da opinião do povo leigo, tanto quanto qualquer outro nesta sala. Vou pedir para que Mamãe cuide disso imediatamente.

– Sua sogra não está disponível no momento, Aaron – disse Thomas. – Ela está mergulhada em trivialidades burocráticas do Projeto de Codificação esta manhã. Cuide para que alguma outra mulher faça isso no lugar dela, ou faça você mesmo.

Aaron abriu a boca para tecer um comentário. E voltou a fechá-la. Sabia o que o sogro diria se ele fizesse novas objeções ao tempo que as mulheres perdiam no tolo "Projeto de Codificação" delas. *Isso as mantém ocupadas e satisfeitas, Aaron*, ele diria. *As estéreis e as velhas demais para outros serviços precisam de algo inofensivo para fazer com seu tempo, Aaron*, ele diria. *Se não estivessem envolvidas naquele interminável "projeto", estariam reclamando e atrapalhando, Aaron.* Não fazia sentido ouvir tudo aquilo de novo.

Além do mais, Thomas estava certo. As raras mulheres aposentadas que não tinham interesse nas insanas atividades do tal Projeto *de fato* estavam sempre incomodando, interferindo nas coisas apenas porque estavam entediadas. Assim, ele não disse nada, e seguiu a passos rápidos até a porta lateral. Subiu as escadas e saiu nos jardins, onde um dos filhos o esperava para discutir um problema de tradução. *Ele ficou esperando tempo demais*, pensou Aaron, irritado. *Aos sete anos, já não se espera paciência ilimitada de uma criança do gênero masculino.*

Estava na metade do caminho que serpenteava o jardim, já perto dos canteiros de lírios-de-um-dia laranja, que as mulheres cultivavam em profusão (porque nem o antilinguista mais fanático consideraria flores um gasto excessivo), quando percebeu que, afinal de contas, havia esquecido de enviar mensagem à esposa. Por Deus, como as mulheres eram um incômodo, com suas reclamações sem fim e doenças idiotas... Câncer, por Deus, em 2205! Homens não tinham câncer havia... ah, ao menos cinquenta anos, ele apostaria. Que criaturas débeis, as mulheres. Mal valiam o custo de manutenção! Certamente não valiam toda a irritação que provocavam.

Exasperado por ter que voltar para casa e cumprir a promessa, ele quase arrancou pelas raízes uma roseira amarela meio escondida entre os lírios-de-um-dia, que não tinha nada a ver com sua frustração. Havia apenas uma, mas ela parecia estar pedindo para ser arrancada. Ele podia ouvir os cidadãos: "Trabalhamos e servimos e sangramos por cada *centavo,* e eles sequer têm dinheiro para manter as calçadas deslizantes bem cuidadas porque nossos impostos vão para os desgraçados dos lingos, malditos sejam, e eles jogam tudo fora em seus palácios subterrâneos e em *roseiras* idiotas...". Podia ouvir as palavras de ordem, as musiquinhas, a mídia discutindo solenemente os valores gastos pelos linguistas no período de 2195 a 2205; a mídia adorava décadas, porque era fácil demais obter estatísticas para períodos fechados de dez anos. E ele poderia apostar que aquela deslumbrante roseira amarela era só mais um dos pequenos atos de sabotagem que a Tia-Avó Sarah gostava de fazer à contabilidade.

Pela décima quinta vez, lembrou que ainda precisava, de alguma forma, encontrar espaço na agenda do ano para conferenciar com os lobistas do Congresso a respeito da legislação que proibiria as mulheres de comprar qualquer coisa sem a aprovação por escrito de um homem. Aquela coisa de deixar que elas andassem com uns trocados no bolso, abrindo exceções para flores e doces, romance e frufrus aqui e ali, sempre levava a complicações imprevisíveis... Impressionante como as mulheres eram inteligentes no que tangia a distorcer a lei! Como aquele bando de recrutas, fazendo graça nos treinamentos do serviço militar, e causando confusões em situações que não eram proibidas apenas porque ninguém, em sã consciência, poderia sequer *prever* que aquilo seria um problema. Quem poderia pensar que seria necessário ensinar formalmente aquele bando a não cagar nas armas, por exemplo?

Ele, particularmente, preferiria ver placas de "Proibido Mulheres" em *todos* os estabelecimentos comerciais. Mas, de novo, precisara ceder ao argumento de que as criaturas davam muito menos trabalho quando tinham permissão para gastar o tempo livre perambulando por aí e olhando coisas nas lojas, em vez de fazer todas as compras via comunicador como os homens faziam. Aquilo não tinha fim, era sempre uma nova concessão a ser feita; seu único consolo de fato era saber que as mulheres das Linhagens, mulheres linguistas, *não* tinham tempo livre.

Se havia alguma coisa capaz de fazer Aaron William Adiness-Chornyak cair na tentação de acreditar em uma blasfêmia tão pesada quanto o conceito de uma Criadora, era a criação aparentemente irracional das mulheres. Será que o Todo-Poderoso não poderia ter feito o favorzinho de criar mulheres mudas? Ou garantir que tivessem um equivalente biológico a um botão de liga e desliga para ser usado pelos homens obrigados a lidar com elas, já que Ele não havia sido engenhoso o bastante para criar um mundo onde elas *não* fossem necessárias?

"Seja grato pelo que você tem", é o que o pai dele dizia. "Você poderia ter nascido antes das Emendas de Whissler, imagina? Poderia ter vivido em uma época na qual as mulheres tinham permissão para votar, em que mulheres se sentavam no Congresso dos Estados Unidos e podiam se tornar juízas da Suprema Corte. Pense nisso, garoto, e ficará grato pelo que tem."

Aaron deu uma risadinha, lembrando-se da primeira vez que havia ouvido falar naquilo. Tinha uns sete anos, a mesma idade do filho que se apressava para encontrar. E havia sido punido, forçado a decorar doze páginas de declinações de substantivos inúteis de uma língua artificial igualmente inútil; tudo por ter estacado no lugar, com seus sete anos de idade, e se chocado o suficiente para chamar Ross Adiness de mentiroso. Ele já se esquecera da terminação daquele conjunto de substantivos havia muito tempo, mas o choque nunca o abandonara.

– Nazareth? – disse Clara, e parou para encará-la.

Nazareth Joanna Chornyak Adiness, irmã gêmea de Nathan Chornyak, filha mais velha da Família, mãe de nove, naquele momento mais parecia um servomecanismo surrado. Pronta para ser trocada ou vendida. Pronta para o ferro-velho. A visão repugnante abalou a mulher que Aaron enviara para entregar sua mensagem, e a abalou com uma força que ela se apressou para reprimir. Seria inaceitável informar a decisão tomada pelos homens acompanhada de uma expressão de repulsa no próprio rosto.

Mas *havia* algo repulsivo em Nazareth. Algo no corpo esquelético, no cabelo grisalho brutalmente repuxado para trás e espetado à cabeça com grampos cruéis; algo na postura rígida, reação de um orgulho obstinado à exaustão e tensão intoleráveis. Ela não passava de escombros *nobres* de uma mulher, ou mesmo de um animal torturado... Será que era possível, pensou Clara, atormentar uma máquina até fazê-la chegar ao estado em que Nazareth estava?

Clara então se recompôs, depois estremeceu. *Que Deus me perdoe*, pensou ela, *por sequer pensar em enxergar Nazareth assim. Não vou enxergá-la assim! Diante de mim há uma mulher de carne e osso*, disse a si mesma, severa, *e não um daqueles cilindros magrelos com um botão redondo no topo que perambula silenciosamente pelos lares e ambientes de trabalho de não linguistas fazendo o serviço pesado. É uma mulher de carne e osso, que pode ser machucada, e vou falar com ela sem percepções distorcidas.*

– Nazareth? – disse ela, gentil. – Minha querida. Você caiu no sono, é?

Nazareth teve um leve sobressalto e se virou das paredes transparentes que davam para a Interface, onde o filho mais novo estava empilhando plastiblocos serenamente sob o olhar amigável do Alienígena Residente atual.

– Sinto muito, Tia Clara – disse ela. – Não escutei você... Minha mente está a milhões de milhas daqui. Posso ajudar com alguma coisa?

Tentando ganhar um pouco de tempo, Clara gesticulou com o queixo na direção do menininho, que agora ria de algum comentário feito pelo ARe.

– Ele está indo bem, não?

– Acho que sim. Parece que já está formando frases completas... Frases pequenas, mas sem dúvida são frases. Nada mau para quem ainda nem completou dois anos e tem três línguas com as quais lidar ao mesmo tempo. E o inglês não parece ter ficado para trás.

– Três línguas – repetiu Clara, reflexiva. – Nada mau, querida... Bem me lembro da época em que insistiam em meia dúzia, quando não havia tantos bebês disponíveis.

– Ah, mas você se lembra de Paul Hadley? Lembra como todos ficamos preocupados? Três anos na Interface com aquele alfano do norte, e nada de língua *alguma* além de meia dúzia de palavras de bebê.

– Acabou dando tudo certo – lembrou Clara. – É o que importa. Essas coisas acontecem de vez em quando.

– Eu sei. Por isso fico preocupada que aconteça de novo. Especialmente agora.

Clara pigarreou e fez um pequeno gesto vago com as mãos.

– É improvável – disse.

Nazareth ergueu os olhos e só então olhou para a tia. O rosto dela tinha o amarelo abatido de papel barato.

– Os homens mandaram você aqui, Tia Clara – disse ela. – E está evitando me contar o que eles decidiram. Não é bom... Poderíamos perder tempo com uma dezena de assuntos frívolos para adiar a notícia, mas você sabe que vai ter que me contar mais cedo ou mais tarde.

– Sim.

– Não é bom, certo?

– Poderia ser pior.

Nazareth cambaleou, apoiando a mão na parede da Interface para se equilibrar, mas Clara não fez gesto algum para ajudá-la. Nazareth não permitia que ninguém a auxiliasse, e tinha um bom motivo para isso.

– E aí? – perguntou ela. – O que decidiram, Clara?

– Autorizaram sua cirurgia.

– A cirurgia a laser.

– Sim. Mas não a regeneração do seio.

– A conta das mulheres está tão sem dinheiro assim?

– Não, Natha... Não foi uma decisão financeira.

– Ah... entendi. – Nazareth levou as mãos aos seios, cobrindo-os de forma carinhosa, como uma amante que os protege de uma brisa gelada.

As duas mulheres trocaram um olhar silencioso. E, assim como uma sentia a dor da mulher que deveria aceitar uma mutilação completamente evitável, Nazareth sentia a dor da mulher que havia recebido a ordem de passar adiante tal mensagem. Mas assim funcionava o mundo. E, como Clara bem havia apontado, poderia ter sido pior. Eles poderiam ter se negado a autorizar a cirurgia; mas, nesse caso, a mídia usaria a história como outro exemplo da diferença entre linguistas e seres humanos comuns.

– Você deve ir imediatamente – disse Clara, quando não conseguiu mais suportar a visão daquela angústia cega. – Um robônibus vai passar em quinze minutos, com parada final no hospital. Querem que você embarque nele, meu bem. Não precisa levar nada, só se apronte para sair. Posso ajudar, se quiser.

– Não, obrigada, Tia Clara, posso cuidar disso. – As mãos de Nazareth caíram ao lado do corpo, e ela as escondeu atrás das costas.

– Vou garantir que alguém autorize a transferência de créditos para a conta do hospital, então – disse a mulher mais velha. – Você não precisa ficar lá esperando que verifiquem isso. Posso garantir que esteja tudo certo antes de sua chegada, isso se eu encontrar um homem que não esteja ocupado com nada urgente.

– Por exemplo, o gerenciamento dos gastos deles com tabacaria.

– Por exemplo.

– Se puder fazer mesmo isso, eu ficaria muito grata – disse Nazareth, impassível. – Caso contrário, não se preocupe. Sou uma das melhores especialistas em esperar da Linhagem. Mais algumas horas não vão me causar sérios danos.

Clara assentiu. Nazareth era sempre certeira em seus comentários.

– Alguma instrução a respeito das crianças? Algo de que eu precise cuidar?

– Acho que não. Judith e Cecily conhecem minha rotina. Se houver algo que não esteja na lista de tarefas habitual, elas vão saber e alertar você. O ideal é pedir que elas consultem minha agenda toda manhã para ter certeza.

Clara esperou, mas Nazareth não tinha mais nada a dizer. Enfim, fez o gesto vago com as mãos de novo e murmurou:

– Vá em gentil amor, Nazareth Joanna.

Nazareth assentiu, os lábios rígidos e pálidos no seu rosto austero. Continuou acenando a cabeça em movimentos suaves, como um brinquedo de corda que podia ser encontrado nas coleções dos museus, até que Clara se virou, impotente, e a deixou ali. Nazareth não olhou de novo para o pequeno Matthew ou para o ARe, exceto para ajeitar o corpo na postura obrigatória de despedida em Linguagem Panplanetária de Sinais, ou LiPanSig, como a educação exigia. Não era culpa do alienígena, afinal.

Pense nisso, Nazareth instruiu a si mesma. *Pense no Alienígena Residente. Use sua mente indisciplinada para algo construtivo. Não há espaço para pensamentos loucos.*

O alienígena em questão era interessante, o que de forma alguma era uma característica de todos os ARes. Ela mal via a hora de saber mais sobre a cultura e a língua dele conforme Matthew fosse ficando mais velho e capaz de descrevê-las.

Três pernas em vez de duas, e um rosto que era menos "rosto" e mais... um conjunto de tentáculos, organizados em uma crina que saía do topo da cabeça e descia pela coluna; tentáculos que reagiam a algo no ambiente e se moviam por reflexo ou eram controlados voluntariamente... Houvera uma longa discussão a respeito disso antes que uma conclusão pudesse ser aceita, incluindo até questionamentos sobre se a espécie era ou não humanoide. O voto unânime dos Líderes das Treze Linhagens havia sido necessário para botar um ponto final naquilo e aprovar o contrato, e o ancião da Família Shawnessey, na Suíça, havia exigido muito convencimento.

Meu filho, pensou ela, as costas voltadas para o garoto. *Meu filhinho. Meu último filho, minha última criança. E se eles cometerem um erro? Se aquele ser não for realmente humanoide, é meu filhote que vai acabar em estado vegetativo, ou coisa pior.*

Lá vai você de novo, Nazareth, com sua mente que não se comporta! Ela estalou a língua em um *tsc!* e apertou as mãos com mais força. Melhor ocupar a mente com as características interessantes daquele último ARe, ou com uma revisão do inventário atual de habilidades linguísticas do filho. Melhor ocupar a mente com qualquer coisa exceto a bile amarga da verdade nua e crua, perversamente presa em sua garganta.

Aprontar-se para sair, eles haviam dito... O que queriam dela? Olhou para si mesma e não viu nada a ser criticado. Nenhum ornamento. Uma túnica simples com mangas modestas na altura do cotovelo, em uma cor que não era nem cor. Saprendilhas no pé. Nada mais. Sabia que o cabelo estava em ordem. Ninguém olharia para ela e pensaria "Lá vai uma vadia linguista!", a não ser que distinguissem nela o toque de aparência empobrecida que só poderia ser o resultado de ter escolha sobre essas coisas.

Podia ir sem o computador de pulso, mas todo mundo tinha um, e o dela era simples e gasto. Precisaria dele na enfermaria pública para conseguir contatar a Família de tempos em tempos.

Eu estou pronta assim, pensou. *Pronta para sair para qualquer lugar.* E quaisquer dados de que o hospital precisasse poderiam ser facilmente acessados pelas tatuagens em suas axilas.

Nazareth foi até a frente da casa para esperar pelo robônibus. Não se preocupou em pegar nada no quarto que dividia com Aaron. Não voltou a tocar os seios.

CAPÍTULO 2

O termo linguístico "codificação lexical" se refere ao modo como seres humanos escolhem uma parte específica de seu mundo, seja externo, seja interno, e atribuem a ela um formato superficial que será seu nome; isso se refere ao processo de criação de palavras. Quando nós mulheres dizemos "Codificação", com um "C" maiúsculo, estamos falando de algo um pouco diferente. Estamos falando de dar nome para uma parte do mundo que, até onde sabemos, nenhuma outra linguagem humana escolheu nomear antes, e que não foi simplesmente inventada ou descoberta ou despejada de repente sobre nossa cultura. Estamos falando de dar nome a uma parte do mundo que existe há muito tempo, mas nunca antes pareceu importante o bastante para que alguém lhe atribuísse um nome.

É possível fazer codificações lexicais ordinárias de forma sistemática; por exemplo, olhar para as palavras de uma língua e decidir que seria interessante ter palavras equivalentes a elas em nossas próprias línguas nativas. Depois disso, é só uma questão de combinar fonemas permitidos e significativos na língua em questão para criar os equivalentes. Mas não há como procurar Codificações com C maiúsculo de forma sistemática. Elas nos ocorrem de repente, e percebemos que sempre precisamos delas; mas é impossível procurá-las, e elas não surgem como entidades concretas caprichosamente marcadas com um letreiro piscando ME DÊ UM NOME. E, dessa forma, são muito preciosas.

(Casa Estéril dos Chornyak, *Manual para iniciantes*, página 71)

Inverno de 2179...

Aquina Chornyak estava entediada. Era uma negociação entediante, de um contrato entediante, para uma emenda em um tratado entediante, com um grupo de Alienígenas em Trânsito quase espantosamente tediosos. Não que ela esperasse que os AeTs fossem uma companhia assim tão empolgante; não era para isso que estavam na Terra para começo de conversa, e não havia motivos para achar que aquilo que terráqueos consideravam empolgante fosse empolgante para eles, e vice-versa. Às vezes, havia algumas pérolas interessantes no meio daquele lixão de baboseiras burocráticas.

Mas esse não era o caso naquele momento. Os jilodes eram tão parecidos com os terráqueos em aparência física que era difícil se lembrar que *eram* AeTs... Nada de tentáculos ou caudas divertidas, nada de orelhas pontudas, nada de nariz duplo. Não tinham sequer vestimentas exóticas para prover entretenimento. Eram baixinhos e corpulentos, um pouco mais robustos que os humanoides típicos da Terra, e tinham barba longa. E só. Com seus macacões largos, pareciam um trio de... Ah, de encanadores, talvez. Ou algo assim. Era entediante. E quem se importava se os contêineres que a Terra usava para enviar carregamentos de armas eram azuis ou de outra cor? (Exceto que os jilodes se importavam, é claro; caso contrário não teriam exigido essas negociações.)

O fato é se importavam. Haviam deixado isso claro. Azul, disseram, era uma cor chocante para todos os jilodes, um insulto à honra de todos eles; era uma questão de *twx'twxqtldx*. Aquina não conseguia nem começar a pronunciar aquilo, mas não precisava; estava ali apenas como apoio e intérprete social para Nazareth, que era a falante nativa de REM34-5-720 a serviço da Terra. Nazareth era capaz de falar aquela palavra tão facilmente quanto Aquina falaria "baboseira". E Nazareth havia tentado explicar pacientemente o que o termo significava.

Se Aquina havia entendido bem, pintar os contêineres de azul era o equivalente aos jilodes enviarem à Terra contêineres melecados com fezes humanas... Era curioso como os mesmos tabus idiotas surgiam em tantas raças humanoides espalhadas pelo universo. Mas os jilodes não estavam interessados em uma resolução ao problema que certamente teria apaziguado duas culturas terráqueas em situação similar.

– Quer dizer que pintar os contêineres de azul é tipo espalhar merda neles?

– Isso mesmo!

– Caramba, não sabíamos. Foi mal, tá bom? Que cor seria legal para vocês?

– Ah, manda ver no vermelho.

– Beleza.

E fim da reunião. Não... Claramente havia algo mais ali, e as coisas não poderiam ser resolvidas assim tão facilmente (para ser completamente honesta, havia culturas terráqueas que também não teriam aceitado uma resolução simples assim).

Todas as vezes que Nazareth tentava explicar a situação, primeiro falando em um REM34-5-720 perfeito com os jilodes e depois em um inglês perfeito com os representantes do governo dos Estados Unidos, acontecia a mesma coisa. Os jilodes ficavam pálidos, viravam as costas, sentavam-se no chão e cobriam a cabeça com as mãos – uma postura que, segundo Nazareth, indicava que eles não estavam presentes em qualquer sentido legal da palavra. Aqueles períodos de ausência legal duravam, por conta de fundamentos culturais dos jilodes, exatos dezoito minutos e onze segundos. Depois desse período, eles voltavam à mesa de conferência e Nazareth tentava de novo. Pobre criança.

Se a própria Aquina, na idade dela, estava entediada, pensou ela, *Nazareth devia estar à beira de um acesso de nervos*. Pessoas de onze anos não eram conhecidas por sua paciência, mesmo se fossem das Linhagens. E, ao contrário dos homens do Departamento do Estado, que haviam começado a sair para tomar um café por exatos dezoito minutos e três segundos toda vez que aquilo acontecia, Nazareth era obrigada a continuar na sala. Ninguém sabia *como diabos* os AeTs iriam reagir se a intérprete deles deixasse o recinto durante o ritual de insulto.

O último episódio já durava quinze minutos e Aquina, em meio a um suspiro, estava seriamente considerando sair também para um café; como era só da equipe de apoio, supunha-se que poderia sair sem muitas consequências. Mas seria complicado, já que precisaria arrumar um homem que concordasse com aquilo para escoltá-la. E não seria gentil... Ela gostava de Nazareth, que era especial até entre garotas de onze anos. Aquina dirigiu um olhar carinhoso a ela, desejando poder contar uma piada ou algo do gênero para amenizar o tédio, e viu que a menina estava com a cabeça baixa, debruçada sobre um pequeno bloco de papel em total concentração. Escrevia algo nele, com a ponta da língua escapando dos lábios firmemente fechados. Aquina a tocou de leve para chamar sua atenção e sinalizou uma pergunta; como estavam de costas para elas, os jilodes nunca saberiam que as terráqueas estavam se comunicando com língua de sinais.

"Está desenhando, amorzinho? Posso ver?", sinalizou ela.

A menina pareceu desconfortável, curvando os ombros protetoramente sobre sua criação.

"Não tem problema", sinalizou Aquina. "Esquece... Não quis ser intrometida."

Mas Nazareth sorriu para ela e deu de ombros, sinalizando "Tudo bem", e entregou o bloco de anotações.

Agora que tinha aquilo em mãos, Aquina não sabia muito bem com o que estava lidando; a única certeza que tinha era de que não eram desenhos. Pareciam palavras, mas nenhuma que ela já tivesse visto. Nazareth podia conhecer muito mais REM34-5-720 do que ela, pois era responsabilidade da garota; uma das línguas nativas dela, tanto quanto inglês ou ASL, a língua de sinais americana. Mas aquelas palavras não podiam ser REM34-5-720. Aquina conhecia as regras para a formação de termos na língua... e aquilo era outra coisa.

"São Codificações", sinalizou Nazareth, notando a confusão da outra.

"Como?"

"Codificações." Nazareth soletrou a palavra com os dedos, para ter certeza, e Aquina ficou encarando a garota de queixo caído.

Codificações! O que diabos...!

Antes que pudesse perguntar, ouviu o ruído célere de saprendilhas atrás dela; os homens do Departamento de Estado estavam voltando. Nazareth endireitou as costas na cabine dos intérpretes, onde ela e Aquina permaneciam suficientemente escondidas para poupar o ego delicado dos homens da humilhação de ver mulheres (de cujos serviços eles eram completamente dependentes naquela negociação interplanetária). A atenção de Nazareth estava toda nos jilodes e nos interlocutores terráqueos, e ela deixou o pequeno bloco nas mãos de Aquina. Nazareth sabia quais eram suas obrigações e as cumpria. Aquina ficou ouvindo enquanto a menina falava, reproduzindo com facilidade conjuntos impossíveis de consoantes com suas impraticáveis modificações, todas compostas por cliques, glotalizações e guinchos, tentando encontrar um jeito de expressar as objeções da Terra e, ao mesmo tempo, prevenir que os alienígenas se "ausentassem" das negociações novamente.

O que deixou Aquina livre para estudar o bloquinho... Casualmente, a princípio, e depois com uma empolgação cada vez maior. Codificações, a garota havia dito! Novas formas linguísticas, para conceitos ainda não lexicalizados em qualquer língua... Codificações, com C maiúsculo, será que era isso mesmo?

Ela encarou os símbolos caprichados; os caracteres desenhados pelas crianças das Linhagens, treinadas em transcrições fonéticas desde os seis anos de idade, eram sempre muito bem-feitos. Aquina reconhecia as palavras agora: eram tentativas (patéticas) de Nazareth de usar o linglês. Considerando os recursos que o linglês oferecia ao processo de cunhar palavras, não havia como não serem patéticas; considerando ainda quão pouco Nazareth podia saber da língua, as tentativas não eram tão patéticas assim. Mas Aquina ficou empolgada de qualquer forma.

Eram os conceitos em si, a semântica dos conceitos que Nazareth estava tentando tornar pronunciável; aquilo fez o coração de Aquina acelerar. Podiam até existir em alguma língua que ela não conhecesse, claro, e aquilo teria de ser confirmado; mas, de novo, talvez não existisse. E, se esse fosse o caso... Se esse fosse o caso, era como encontrar um cheque eletrônico em branco, sem ninguém por perto para testemunhar o achado. Seria muito fácil, agora que Nazareth já havia colocado a semântica no papel, dar forma *adequada* aos conceitos e transformá-los em palavras...

Havia uma sutil camada de transpiração na testa e nas palmas da mulher; ela olhou para a menina ao lado como se estivesse olhando para um alienígena *realmente* interessante. E viu que Nazareth estava exasperada, e não com os jilodes. Aquina provavelmente estava perdendo sinais importantes, dando péssimo apoio à pequena intérprete. O bloco de anotações teria de esperar, e Aquina sinalizou um rápido "Desculpe, Natha!" antes de voltar a atenção ao trabalho. Já era ruim o bastante Nazareth ter de tentar resolver aquele imbróglio linguístico e cultural, sem ter que se preocupar também com tomar notas e buscar conceitos nos léxicos, e ainda por cima ser legal com os lacaios do governo quando eles ficavam agitados. Com firmeza, Aquina afastou o bloquinho da mente e se debruçou sobre o trabalho.

Era quase meia-noite quando ela voltou à Casa Estéril dos Chornyak e enfim pôde despejar em alguém tudo o que havia acontecido. Primeiro, a interminável sequência de "ausências". Pelas contas dela, haviam sido vinte e nove surtos dos alienígenas até

Nazareth obter ao menos duas enunciações equivalentes nas duas línguas que servissem ao propósito sem ofender nenhum dos lados da negociação. Depois, a longa disputa pela cor que os contêineres deveriam ter no futuro... Não fazia sentido algum escolher outra cor e depois descobrir que também estava envolta em tabu, Nazareth havia alertado, o que os faria ter de passar por tudo aquilo de novo.

Aquina mal fora capaz de acompanhar tudo o que a garota estava fazendo e não conhecia metade das palavras usadas (esse era o problema de ter um apoio informal em vez de outra pessoa falante nativa, é claro, mas quando a outra única falante nativa da língua mal havia saído das fraldas, aquilo era o melhor que dava para fazer). Nazareth havia contado uma história aos jilodes, casual, como se fosse uma narrativa qualquer. Ao longo dessa narrativa, polvilhara, um por um, os termos dos jilodes para se referir às cores, todos os onze básicos e alguns adicionais mais comuns, só por garantia. Ela sabia o que estava fazendo, isso era óbvio. Supostamente, aquele era o equivalente jilode de rodear o assunto até que um meio-termo seguro pudesse ser alcançado. Conforme cada cor era apresentada na história, Nazareth fazia determinado movimento com o ombro, determinado som com a língua, determinado ruído de aspiração... Decerto, elementos da linguagem corporal da língua dos jilodes, a julgar pelo padrão, embora Aquina não soubesse o significado deles. E a criança observava os interlocutores com uma intensidade impressionante enquanto falava, procurando algo *neles*, algum resquício de gesto corporal que daria a ela a dica de que precisava. Enquanto isso, os homens do governo se remexiam, inquietos. Não tinham paciência, como sempre. Aquina se perguntara sob qual rocha haviam encontrado aquele povo. Como sempre.

Enfim, *enfim* haviam encontrado a cor apropriada, sem reações desagradáveis dos alienígenas. Ao final, era só uma questão de elaborar a nova cláusula do tratado para especificar a cor e... E aquilo não havia sido fácil também, por razões que eram nitidamente claras para Nazareth Chornyak, mas ela estava exausta demais para se dignar a tentar esclarecer a questão para os demais presentes.

Quando tudo acabou e todas as negociações foram concluídas com sucesso, com os jilodes felizes e contentes a caminho de casa, contrato assinado, selado e entregue, Aquina e Nazareth ainda tiveram de esperar os idiotas do governo reclamarem sem parar com o homem Chornyak que havia ido buscar as duas linguistas. Haviam dito ao homem que Nazareth era incompetente, tal e coisa, coisa e tal; que Aquina não ajudara em nada, tal e coisa, coisa e tal; que tudo havia sido uma maldita perda de tempo e dinheiro, tal e coisa, coisa e tal; que, se aquilo era o melhor que os linguistas podiam fazer, o governo poderia apenas falar blá; e assim por diante.

O encarregado pelo transporte das duas havia prestado atenção em tudo com uma expressão séria, concordando com a cabeça de vez em quando para manter o chororô fluindo e acabar logo com aquilo. Depois de um tempo, os lacaios do governo enfim esgotaram as fontes de reclamação. Nesse momento, o homem havia sugerido que, se estavam de fato insatisfeitos com Nazareth e Aquina, podiam ficar totalmente à vontade para contratar outra equipe de intérpretes e tradutores no próximo contato com os jilodes.

Não havia outra equipe, é claro, já que Nazareth Joanna Chornyak era a única terráquea capaz de falar a língua dos jilodes com uma fluência mínima. Havia outras duas criancinhas Chornyak aprendendo com ela, é claro, então mais para a frente haveria outros capazes de substituí-la ou de servir de apoio formal. Uma delas tinha nove meses de idade, e a outra estava com quase dois anos... Não daria para esperar muito delas no que tangia a habilidades de negociação por um bom tempo ainda. Os subalternos sabiam disso, e os linguistas também, e aquilo tudo era tão estúpido quanto os jilodes e seus rituais de ausência. E parecia demandar tanto tempo quanto.

– Dezoito minutos e onze segundos – Aquina havia murmurado para a garota exausta ao lado dela, enquanto esperavam para ir embora. Nazareth havia caído na risada e falado algo verdadeiramente obsceno em um francês chulo. No fim das contas, haviam embarcado na van só perto das onze horas, e mesmo àquela hora o trânsito de Washington estava tão pesado que elas demoraram mais de vinte minutos para embarcar no voante... E Nazareth precisaria acordar às cinco e meia da manhã para dar conta da rotina do dia seguinte, que envolveria, como sempre, uma cabine de interpretação às oito horas em ponto. Que divertido ser uma criança das Linhagens!

E que divertido ser uma mulher das Linhagens também, é claro. Havia um monte de mulheres ainda acordadas na Casa Estéril à meia-noite, e já estavam ocupadas, e cansadas o bastante para tirar um intervalinho de bom grado e ouvir o que Aquina tinha a contar assim que chegou. Ela começou com uma audiência pequena e incerta; só ela, Nile, Susannah e uma nova residente chamada Thyrsis, que Aquina não conhecia muito bem e que, por uma razão ainda sem explicação, decidira que preferia viver ali a habitar a Casa Estéril dos Shawnessey. Sem dúvida revelaria tudo sobre sua escolha, no tempo dela. Aquina começou com aquelas quatro, mas, enquanto falava, a audiência foi crescendo e crescendo.

– Acho que não entendi – afirmou Thyrsis Shawnessey na primeira pausa que Aquina fez. – Na verdade, tenho certeza.

– É porque Aquina está empolgada demais. Ela nunca fala direito quanto está empolgada... Por sorte, sempre fica entediada nas negociações; caso contrário, sabe Deus que tipo de coisa estaria nos contando agora.

– Como você consegue estar empolgada a esta hora da noite, Aquina?

– É que *é* empolgante – insistiu Aquina.

– Conte de novo.

E Aquina contou, tentando não colocar a carroça na frente dos bois. As demais ouviram, assentindo. Susannah se levantou, preparou três bules de chá e os serviu para a roda.

Depois de garantir que estavam todas acomodadas com uma xícara quente, ela interrompeu Aquina.

– Agora deixe-me ver se entendi direito, sem todos esses floreios. O que você está dizendo é que aquela menina, sozinha, está registrando Codificações e inventando palavras para acomodar tais Codificações no linglês? Sem a ajuda de ninguém. E sem saber realmente o suficiente sobre o linglês para fazer isso, exceto pelo que as menininhas entreouvem enquanto perambulam daqui para a casa principal e vice-versa... E pelo pouco que nos veem usar o computador, coisa do gênero. É isso mesmo, Aquina?

– Bom, era um linglês de merda, Susannah... Como seria de esperar.

– Não tenho dúvidas.

– Mas é isso, sim. Considerando os recursos que tinha, a garota fez maravilhas. Dá para ver que os conceitos ao menos *deveriam* ser linglês. É o que importa, de qualquer forma; é a semântica que importa, caramba. E eu pude perguntar a ela uma ou duas coisas enquanto esperávamos os homens acabarem suas demonstrações de dominância e nos deixarem vir para casa. Ela disse que está fazendo isso há um bom tempo.

– Na idade dela, "um bom tempo" não deve ser mais que um mês ou dois.

– Talvez sim, talvez não. Ela diz que tem várias outras páginas em casa. A garota tem um caderno de anotações, tipo eu com meu diário. O que eu não daria para dar uma olhada nesse caderno!

– Você realmente acha que isso é importante, não acha, Aquina? Que não é só uma menininha brincando, e sim algo importante.

– Ora, e vocês não acham?

– Aquina, não estávamos lá. Nenhuma de nós viu o que ela escreveu. E você não consegue lembrar muito bem o que foi. Como podemos julgar com tão pouca informação?

– Eu copiei uma das Codificações.

– Sem pedir a ela.

– Sim. Sem pedir a ela. – Aquina estava acostumada a arrumar confusão com as companheiras de casa, assim como a estar do lado errado da linha ética; ser provocadora não era problema algum para ela. – Eu achei que era algo importante, e ainda acho que é. Aqui... Por favor, deem uma olhada nisso.

E mostrou às mulheres uma amostra do que havia encontrado no bloco de anotações de Nazareth.

Se segurar para não perguntar algo, com más intenções; especialmente quando está claro que a pessoa quer muito que você faça uma pergunta – por exemplo, quando quer que perguntem como ela está se sentindo ou como vai de saúde e claramente quer falar a respeito disso.

– E aí? – quis saber Aquina, depois que as mulheres encararam o papel por tempo suficiente para compreender. – Falem alguma coisa!

– E ela atribuiu a esse conceito uma lexicalização na forma de uma palavra em linglês?

– Mas que caçarolas, mulher, Nazareth não sabe que tem outra língua mulheril *além* de linglês! É claro que foi isso que ela tentou fazer. Mas estão entendendo? Se ela consegue formular conceitos semânticos como esse, *nós* sabemos o que fazer com eles!

– Ah, Aquina, mas nesse caso a menina esperaria que os conceitos fossem alimentados no programa em linglês nos computadores. E isso significa que os homens teriam acesso a eles. Isso não pode acontecer, e você sabe disso.

Houve um coro de concordância, e Aquina balançou a cabeça com força enquanto gritava:

– EU NUNCA DISSE QUE... – Mas depois abaixou a voz e começou de novo. Estava cansada demais para gritar, mesmo que fosse apropriado. – Eu nunca disse que deveríamos *contar* para Nazareth que estamos usando as Codificações. Meu Deus, eu não sou uma completa imbecil!

– Mas como conseguiríamos as anotações?

– Eu cuido disso – disse Aquina. – Sou o apoio informal de Nazareth durante as negociações com os jilodes, e a cada duas semanas, mais ou menos, eles surgem com alguma reclamação idiota. Vou ter muito tempo de tédio para descobrir onde ela guarda o caderno. Com certeza não é no dormitório das meninas... Se eu fosse ela, nunca faria isso. Mas ela também nunca teve a oportunidade de levar nada para longe desta casa ou da casa principal. Deve estar em uma árvore, ou em algum buraco, ou coisa do tipo. E ela vai me contar.

– E depois?

– E depois eu vou toda semana até o esconderijo para copiar o que ela tiver acrescentado. Com muito cuidado, sem que ela descubra.

Pronto. Agora lá estavam elas, chocadas. Sabiam muito bem que não dá para fazer uma omelete sem quebrar alguns ovos, mas isso não ajudava muito; aquelas mulheres tinham um senso político equivalente ao de uma criança como Nazareth, mesmo juntando todas.

– Você não pode fazer isso – disse Nile, sem rodeios, apertando o xale ao redor do corpo quando uma rajada de neve fez chacoalhar a janela ao lado delas.

– Por que não?

– Como você teria se sentido se tivessem feito a mesma coisa com o seu diário quando você era novinha?

– É diferente.

– Em que sentido?

– Meu diário só era importante para *mim*. Nazareth tem um caderno secreto que é importante para todas as mulheres no planeta, e muito além dele, e para todas as mulheres que ainda virão. As duas coisas não têm nada a ver uma com a outra.

Susannah estendeu o braço e pousou a mão, retorcida pela artrite e inchada com veias azuis, mas ainda forte e gentil, sobre a mão de Aquina.

– Nós entendemos, minha querida – disse, carinhosa. – Mas pense, por favor! Com a vida que levamos, todas juntas nas sedes comunais da Família desde o dia em que nos trazem do hospital, e nas enfermarias públicas antes disso, só Deus sabe... Considerando que não passamos nem um segundo longe da Família, exceto no tempo que passamos caladas com outra companheira nas cabines de interpretação... Aquina, já temos tão pouca privacidade! Isso é precioso! Você não pode violar a privacidade de Nazareth fuçando no caderno que ela escondeu só porque ela é uma criança e não vai suspeitar de você. Isso é desprezível. Não acredito que essa seja sua intenção.

– Ah, essa é a intenção dela, sim! – disse Caroline, juntando-se ao grupo com uma caneca de café puro na mão. Não gostava de chá e não fazia questão de beber só para ser educada. – Pode ter certeza de que é a intenção dela!

– É mesmo – concordou Aquina.

Susannah fez um barulhinho de desaprovação com a língua e puxou a mão de volta. Aquina desejou o próprio xale, não para se proteger do frio que fazia lá fora, mas do clima gélido dentro daquela casa. Não conseguia entender por que era tão doloroso o fato de todas as mulheres estarem contra ela o tempo todo. Aquina faria cinquenta e cinco anos no dia seguinte, mais de meio século, e morava ali na Casa Estéril havia tantos anos... E ainda doía. Estava com vergonha de ser tão fraca. E lamentava ter contado tudo para elas, mas era tarde demais.

– Vou descobrir onde ela guarda o caderno – continuou a mulher, entredentes. – E vou conferir o conteúdo a cada uma ou duas semanas para copiar o que houver de novo, e vou trazer o material para que possamos trabalhar com ele.

– Vai ter que trabalhar sozinha se fizer isso.

– Já estou acostumada – rebateu Aquina, amarga.

– Deve estar mesmo.

– E como Nazareth nunca vai saber a respeito disso, não vai procurar as palavras nas bases de linglês dos computadores, e elas vão estar em segurança. Mas poderemos nos beneficiar delas.

– Isso é vergonhoso.

– Eu não estou com vergonha alguma.

– Não dá para fazer uma omelete sem quebrar alguns ovos, não é mesmo?

Aquina pressionou os lábios e não disse nada; não havia aprendido a não sofrer com aquilo, mas não iria cair mais na provocação das outras.

Depois, e só porque estava muito cansada e se sentindo muito sozinha, ela começou a dizer às outras o que achava daquela ética idiota, mas Susannah a cortou imediatamente. Belle-Anne, tirada da cama pelo alarido abafado da discussão, surgiu como um anjo e, com o cabelo loiro solto nas costas, veio em auxílio de Aquina. Esfregou os ombros tensos da linguista, serviu-lhe uma xícara de chá fresco e ficou repetindo *pronto, pronto* de forma vaga até ela se tranquilizar e Susannah mudar de assunto para um tópico neutro.

A pena, diziam as outras mulheres, era que demorariam para ter Nazareth *com* elas. Com elas e trabalhando na língua mulheril em todas as suas horas vagas, com pleno conhecimento do que estava fazendo.

– Sabia que a mãe de Nazareth me disse que as notas da menina nas instalações linguísticas foram as mais altas desde que se tem registro? – perguntou Nile. – Muito acima da média! Estavam esperando muito dela... E que sorte que foi para ela que a atribuíram aquela língua horrenda dos jilodes; Nazareth não tem problema algum com ela, aparentemente.

– Não vamos conseguir aproveitar o talento dela por pelo menos... ah, o quê, quarenta anos? – provocou Aquina, a voz repleta de ressentimento mesmo sob o acalento de Belle-Anne. – Ela tem onze anos agora... Vai se casar, talvez com alguém de outra Família, e vai precisar dar à luz uma dúzia de filhos obrigatórios e...

– Aquina! Não faça as coisas parecerem piores do que são! Thomas Blair Chornyak nunca vai perder a garota de vista, tenha certeza disso. E ela não vai precisar ter uma dúzia de bebês, que exagero!

– Certo, meia dúzia então. Seis crianças, sete crianças, tanto faz, é um monte de criança. E todo o tempo dela destinado a trabalhar nos contratos do governo, de volta a uma cabine de interpretação assim que terminar de parir... Até ficar exaurida e a menopausa chegar para abençoá-la.

– Mesmo depois disso, pode ser que ela não venha ficar conosco – sugeriu Caroline. – Não se o marido dela a quiser com ele, se a considerar algo bonito para exibir por aí. Ou se ela tiver sorte e o homem gostar não só do corpo dela.

– Ou se ela for útil para ele de alguma forma – disse Thyrsis, com um agudo na voz que chamou a atenção das demais.

Então era isso... Thyrsis havia ido para a Casa Estéril dos Chornyak contra o desejo do marido porque era útil para ele de alguma forma, boa em fazer algo de que ele gostava. Se ela tentasse ir para a Casa Estéril dos Shawnessey, ele ainda estaria perto demais e ficaria para sempre pressionando-a a voltar para a casa principal. Seria interessante saber como ela havia dado um jeito de passar por cima da autoridade dele. Mas isso só seria revelado depois que um tempo passasse e ela se sentisse livre para contar mais sobre o seu passado.

– Que porcaria, porcaria, porcaria – choramingou Aquina. – Isso significa quarenta anos ou mais *jogados no lixo*. Estão entendendo? Nenhuma de vocês entende isso?

– Aquina, não é como se todo o Projeto de Codificação dependesse de Nazareth, nós todas estamos trabalhando nisso. E mulheres em outras Casas Estéreis também estão trabalhando nisso. Seja sensata.

As mulheres a acalmaram, todas elas. Acalmaram e tentaram persuadi-la, ansiosas em recuperar a perspectiva de Aquina a respeito do assunto apesar de seu estresse. Disseram que estava só cansada demais, e se sentiria melhor ao acordar pela manhã, e veria que apenas estava sob pressão demais, e por aí vai...

Aquina as deixou falar, mas se manteve resoluta. A primeira coisa que faria no dia seguinte seria procurar Nazareth. Começaria a tentar descobrir onde o caderno estava escondido. As prioridades dela, graças a Deus, estavam em ordem.

CAPÍTULO 3

A única forma de uma pessoa adquirir uma língua, o que significa conhecê-la tão bem que sequer tem consciência desse conhecimento, é ser exposta à linguagem quando ainda é muito nova – quanto mais nova, melhor. O bebê humano possui o mais perfeito mecanismo de aprendizado de línguas da Terra, e ninguém nunca foi capaz de reproduzir ou analisar direito tal mecanismo. Sabemos que envolve procurar padrões e armazenar aqueles que são encontrados, e isso é algo que um computador pode fazer. Mas nunca seremos capazes de construir um computador que possa adquirir uma língua. Na verdade, nunca seremos capazes de construir um computador que possa aprender uma língua da forma imperfeita como um ser humano adulto o faz.

Podemos pegar uma língua já conhecida e programar um computador para usá-la colocando item a item da língua em seu sistema. E podemos construir um computador programado para buscar padrões e armazená-los de forma muito eficiente. Mas não podemos colocar esses dois computadores lado a lado e esperar que aquele que não conhece a língua a aprenda com o outro. Até que sejamos capazes de descobrir como fazer isso (mais uma série de outras coisas), dependemos de crianças humanas para adquirir línguas, sejam terráqueas ou extraterrestres; não é o sistema mais eficiente que se pode imaginar, mas é o sistema mais eficiente que temos.

(Palestra de Treinamento nº 3 para funcionários juniores – Departamento de Análise e Tradução dos EUA)

Primavera de 2180...

Ned Landry estava satisfeito com a esposa Michaela, como bem deveria, já que ela atendia à sua lista de especificações até o mais trivial detalhe (com exceção daquela leve tendência a ter tônus muscular fraco nos quadris, mas ele não era fanático; sabia que não podia esperar a perfeição completa). Seus pais haviam pagado uma verdadeira fortuna à agência por ela, mas havia valido muito a pena, e ele já os pagara de volta com juros e correção monetária. A ideia de apenas escolher uma esposa entre o bando de mulheres aleatórias que calhavam de estar no círculo de conhecidas de Ned nunca o agradara. Sempre quisera algo com qualidade garantida e não se arrependia nem um pouco de ter esperado. Claro que havia sido um tanto irritante se contentar com sua lista de atributos por tanto tempo, enquanto os amigos já estavam a caminho de se tornarem pais de família, mas eram eles que o invejavam agora. Todos o invejavam, e ele gostava disso.

Michaela fazia tudo o que ele queria que uma esposa fizesse. Cuidava da casa, das refeições, do conforto e das necessidades sexuais de Ned. Mantinha as coisas funcionando de forma tão natural que ele sequer tinha tempo para pensar *"Por que Michaela não fez...?"* uma ou outra coisa, porque ela *sempre* já havia feito tudo. Com frequência, só depois que ela cuidava de algum detalhe ou fazia alguma mudança que Ned percebia que era algo que ele queria. As flores nos vasos estavam sempre frescas, trajes limpos surgiam nos roupeiros, uma túnica que, para ele, parecia prestes a mostrar sinais de desgaste surgia tão habilmente renovada que parecia nova, ou era substituída de um dia para o outro... Ele nunca precisava ficar sem algo ou ter de se virar sem alguma coisa.

Bastava Ned mencionar que determinada comida parecia interessante apenas de passagem uma única vez para que, em um dia ou dois depois, aparecesse na mesa para ele provar. E, se não gostasse depois de experimentar, nunca a veria de novo. Reparos pontuais, manutenção, limpeza, o pequeno jardim do qual ele era justificadamente orgulhoso, qualquer coisa relativa ao lar, o gerenciamento de seus bens e coleções... Todas essas coisas recebiam atenção na ausência do homem. A única contribuição dele à serenidade perfeita do lar era, no fim de cada mês, assinar ou negar a autorização para gastar qualquer que fosse a quantia de dinheiro requerida por Michaela.

Era uma existência sublime e ele a valorizava. Exceto no trabalho, onde nenhuma influência feminina poderia se intrometer e, portanto, não havia *como* Michaela mitigar as tempestades, Ned Landry era poupado de qualquer traço de irritação. E ela estava sempre lá, com o cabelo loiro cor de manteiga batida preso no coque elegante de que ele tanto gostava (por conta do contraste que oferecia, já que, quando estavam na cama, ela o deixava se espalhar pelos travesseiros como uma rede de seda clara).

Ele valorizava Michaela por todas as coisas que fazia, sabia o valor dela, e cuidava para que ela fosse recompensada não só com presentes de aniversário e em dias festivos, esperados de qualquer marido cortês, mas também com pequenos mimos que ele não tinha a obrigação de dar. Tinha até o cuidado de não criar padrões que pudessem fazê-la tomar aquele tipo de indulgência por garantida; tendo uma mulher tão excelente em mãos, Ned não podia agir como um babaca e correr riscos. Ele não tinha a intenção de acostumá-la mal. Mas, de vez em quando, aparentemente por razão alguma, dava a ela algum berloque barato, o tipo de bobagenzinha de que toda mulher gosta. Ned se orgulhava em saber do que mulheres gostam e de sua habilidade de prover tais coisas. Michaela valia cada crédito e centavo que custava a ele. Ela era da melhor estirpe, e muito bem adestrada, exatamente como a agência havia garantido.

Mas o que mais importava a respeito da esposa, o âmago e a essência do casamento para ele, não era nenhuma dessas coisas usuais. Ele poderia ter contratado qualquer outra pessoa que fizesse o que ela fazia, incluindo os serviços sexuais, embora tivesse de ser excepcionalmente cuidadoso com esse último tópico. Ned preferiria dar ordens a ter suas ordens antecipadas, mas podia lidar com isso. Poderia ter comprado servomecanismos para cumprir várias dessas ordens. E, sempre que não tivesse uma solução permanente para algo, poderia usar um comunicador e conseguir o que precisava em questão de minutos.

O que realmente importava, o serviço pelo qual ele não poderia simplesmente pagar, era o papel de Michaela como ouvinte. Ouvinte! Aquilo não tinha preço, e fora uma surpresa para ele.

Quando chegava do trabalho à tarde, Ned gostava de espairecer um pouco. Gostava de ficar parado, às vezes caminhar de um lado para o outro por um tempinho, com um cigarro em uma mão e um copo de uísque puro na outra, e falar sobre o seu dia. O que ele havia dito, e o que fulano havia respondido, aquele filho da puta, e o que ele mesmo havia replicado *depois*, e como aquilo havia dado uma lição no filho da puta, por Deus. As boas ideias que tivera e como elas haviam funcionado quando ele as tentara implementar. As ideias que poderiam ter funcionado, e teriam, se não tivesse sido o beltrano, aquele babaca idiota. E o que ele sabia sobre o tal beltrano que poderia vir a calhar algum dia.

Ele gostava de ir de um lado para o outro, ficar um pouco parado, depois andar mais um pouco, até se livrar da energia da manhã, purgando as coisas do sistema ao falar em voz alta. E depois, quando enfim botava tudo para fora, ele gostava de se sentar na poltrona e relaxar com o segundo copo de uísque e o quinto cigarro – e falar um pouco mais.

O fato de que Michaela o ouvia significava muito para Ned Landry, porque ele amava falar e amava contar histórias. Amava pegar histórias e as estender ao máximo e depois as polir até que ficassem irretocáveis. Adicionava um detalhe novo aqui, inventava uma firula ali, cortava uma parte que não atendia a seus padrões de qualidade. Para Ned, aquele tipo de falatório era um dos maiores prazeres que um homem podia ter na vida.

Infelizmente, ele não era *bom* nisso, por mais que se esforçasse, e ninguém lhe dava ouvidos por muito tempo se não fosse mesmo inevitável. Falar com outras pessoas além de Michaela trazia aquele segundo de atenção que o atraía, mas logo em seguida a atenção era perdida, com os olhos dos outros ficando embaçados, o rosto fechado, o corpo inquieto, os olhares furtivos ao relógio no computador de pulso. Ele sabia o que as pessoas estavam pensando... *Por quanto tempo, senhor, por quanto tempo?* Era o que estavam pensando, por mais que algumas tentassem não demonstrar, por pura educação.

Não entendia o motivo. Era um homem de bom gosto, inteligência e sofisticação, e realmente dava *duro* para ser um contador de histórias, atribuindo forma às narrativas e as polindo até que fossem obras de arte orais. Acreditava que, se as pessoas eram imbecis a ponto de não entender isso e apreciar sua habilidade de usar a língua, o problema era delas, não dele... Fazia mais do que tudo que poderia ser feito, e sua opinião sincera era de que o fazia muito bem. De toda forma, ele sempre ficava muito frustrado pelo fato de que ninguém queria ouvi-lo falar. Podia ser culpa das outras pessoas, mas era ele quem pagava o pato.

Exceto Michaela. Se Michaela achava que ele era chato e pomposo e tagarela e um cabeça de vento, nem uma mísera centelha de tal julgamento cruzava seu rosto, seu corpo ou suas palavras. Mesmo quando ele falava da injustiça de ser um homem afligido por uma quantidade aparentemente incalculável de alergias (e Ned estava disposto a admitir que suas alergias provavelmente não eram o tópico mais atraente do momento, mas precisava falar delas de vez em quando), até mesmo nesses momentos, Michaela sempre parecia interessada. Ela não precisava responder, porque ele não tinha interesse algum em conversar. Ned só queria ser ouvido, queria que *prestassem atenção* nele, mas, quando ela respondia, sua voz nunca continha os traços de impaciência e tédio que o irritavam tanto nos outros.

Michaela ouvia. E ria quando ele falava coisas que achava engraçadas. E os olhos dela brilhavam bem nos momentos em que ele queria que houvesse tensão. E em três anos de casamento, ela nunca, nem uma única vez sequer, dissera: "Dá para ir direto ao ponto, por favor?". Nem uma única vez. Às vezes, antes que ele fizesse uma história específica funcionar, ou quando só estava falando bobagem sobre a manhã e não tivera tempo de transformar os acontecimentos em histórias, ele percebia que talvez estivesse enrolando um pouco aqui, ou que havia dito a mesma coisa duas vezes... Mas Michaela nunca demonstrava ter notado. Ela se aferrava às palavras dele. E ele *almejava* por isso, não de forma servil, mas com gosto. Essa era a diferença. Ele podia pagar alguma mulher para ouvir o que tinha a dizer de forma servil, a sei lá quantos créditos a hora, com certeza. Mas sempre dava para sentir a diferença. Dava para saber quando a pessoa estava ouvindo apenas pelo dinheiro; era como se houvesse uma espécie de taxímetro correndo. Não seria a mesma coisa. *Posso pagar para saber o que o senhor está pensando, sr. Landry?* Claro...

Michaela era diferente: uma mulher genuinamente com classe, nada servil na atenção que dedicava a ele. A dela era uma atenção cuidadosa, intensa, total; não servil. E isso o sustentava. Quando terminava de falar tudo para Michaela, perto do fim da tarde, e já estava enfim pronto para fazer outra coisa, Ned se encontrava em um estado de satisfação tamanho que a rejeição que havia recebido dos outros era aniquilada, como se aquilo nunca houvesse acontecido. A ponto de Ned acreditar que *realmente* era um daqueles oradores irresistíveis, um homem que faria qualquer pessoa se sentir privilegiada por poder sentar e ouvir o que ele tinha a dizer por horas, como ele achava que tinha de ser. Ned sabia que suas histórias eram tão boas quanto a de qualquer outro... Caramba, sabia que eram melhores. Muito melhores. As pessoas eram simplesmente idiotas, só isso, e Michaela tornava aquilo óbvio.

Era exatamente isso que a chegada do bebê havia arruinado. Ned poderia ter suportado qualquer outra coisa. Era irritante ter Michaela com a aparência cansada de manhã, em vez de sua perfeição fresca de sempre. Incomodava ter a atenção dela distraída enquanto faziam amor porque o bebê estava chorando. Tivera de informá-la duas vezes sobre os vasos de flores, e uma vez ela havia inclusive deixado o uísque acabar (era algo que cabia a ele pedir, considerando que tudo o que precisava fazer era apertar um botão do comunicador para que o produto fosse entregue...). Mas, enfim, ele podia lidar com tudo aquilo.

Ele entendia todas essas coisas. Era o primeiro bebê de Michaela, e ela não estava dormindo tanto quanto gostaria; ele era um homem razoável e entendia. Ela tinha um monte de coisas que não estava acostumada a fazer e era difícil para ela, é claro. Todo mundo sabia que era necessário mimar mulheres que haviam acabado de virar mães, assim como as grávidas. E ele estava disposto a isso. Estava certo de que a esposa seria capaz de ajeitar as coisas e voltar ao normal em um mês ou dois, e Ned não se importava em ter de dar a ela todo o tempo de que precisava. Ele não respeitava nem um pouco homens que não tratavam a mulher de forma justa e não era esse tipo de homem.

Mas jamais concebera a possibilidade de que o bebê interferiria no seu tempo de *falar* para Michaela! Jesus Cristinho, se ele soubesse, teria esterilizado a mulher antes de se casar. Ele tinha irmãos para levar a linhagem adiante, e sobrinhos por todos os lados que poderia adotar em uma idade adequada se quisesse alguém por perto para assumir o lugar de "filho" sob seu teto.

Mal começava a contar a ela sobre aquele maldito técnico simplório que havia mudado, de novo, os procedimentos (não tinha tempo nem de dizer algumas frases sequer), quando aquele bebê desgraçado começava a berrar. Quando chegava bem no ponto da história que estava começando a aperfeiçoar, uma que estava contando havia pouco tempo mas já começava a assumir a forma correta, bem no ponto exato em que era crucial que o ouvinte não perdesse nem uma única palavra do que dizia, aquele *bebê* infeliz começava o choro!

Acontecia várias e várias vezes. E não adiantava mandá-la calar o moleque ou deixar que se esgoelasse quanto quisesse... Mesmo que Michaela fizesse exatamente o que ordenava, como sempre, a atenção dela já era. Ela não o escutava mais, não *de verdade*; a mente da mulher ficava focada no maldito tiranozinho que era aquela criança vomitona. Era uma possibilidade que ele nunca havia sequer considerado, algo que ninguém havia mencionado a ele, algo para o qual não estava preparado. E era algo que Ned *não* toleraria. Ah, não! A atenção absoluta de Michaela era seu maior fator de bem-estar, e ele a teria de novo de uma forma ou de outra. Não cederia quanto àquilo.

O fato de que receberia uma compensação de dez mil créditos por ter voluntariado a criança, mais uma porcentagem garantida que receberia caso tudo funcionasse direitinho – com o dinheiro chegando a cada quatro meses pelo resto da vida dele, imagine só –, era apenas um extra agradável. Havia coisas que Ned queria comprar, e os dez mil cairiam como uma luva. Ele não achava nada ruim. Podia gastar parte do dinheiro em alguma coisa bonita para Michaela também, já que, de certa forma, o bebê era filho dela também. Mas Ned teria oferecido o desgraçadinho para o Trabalho Governamental mesmo que *ele* tivesse que pagar em vez de receber um bônus polpudo na conta, porque não estava disposto a deixar a criaturinha, que pesava menos de seis quilos e ainda nem tinha dentes, estragar sua vida. Não, senhor. Aquela era a família dele, e ele pagava por ela e por tudo relativo a ela e pela manutenção dela, e teria a vida que havia se planejado ter, de um jeito ou de outro. Qualquer pessoa que duvidasse ainda não tinha dado uma olhada no histórico dele.

Havia também o apelo da possibilidade de aquela criança ser a primeira pessoa a decifrar uma língua não humanoide...

Bom, isso seria *bem* interessante. Ele não via razão alguma para que não acontecesse; havia de acontecer alguma hora, por que não com *seu filho*? Fazia sentido. E Ned já podia imaginar como se sentiria sendo o responsável por enfim quebrar os grilhões que os desgraçados dos lingos usavam para controlar os pagadores de impostos deste país! *Caramba*, como a sensação seria boa! As pessoas enfim achariam que o papo dele era puro ouro, se isso acontecesse. Com certeza, Ned iria gostar se isso acontecesse.

Ninguém contava à esposa algo que iria fazer, se houvesse a chance de ela falar alguma bobagem a respeito, é claro. Os homens só iam lá e faziam; depois, contavam às mulheres. Direto na lata, assim podiam acabar logo com aquilo, com o chororô e coisa do tipo. Ou esperavam ao máximo para revelar o que haviam feito, evitando ter que lidar com toda essa merda. Dependia muito. Aquela era uma das ocasiões em que era melhor ir direto ao ponto, porque não havia como não explicar a ausência do bebê de qualquer outra forma, já que Michaela iria perceber assim que voltasse da festa na casa da irmã, à qual ele a havia autorizado a comparecer.

Ela havia ficado surpresa quando ele permitiu. Não era típico dele. Ned não aprovava que ela ficasse longe de casa à noite sem ele, especialmente agora que era importante que ela recuperasse toda a força possível para voltar ao trabalho no hospital no turno da manhã. O dinheiro que ela ganhava como enfermeira era útil para ele e ia direto para uma conta especial para a qual havia grandes planos, e, a cada semana que passava sem o dinheiro dela, ele ficava mais incomodado. Perder aquele dinheiro era algo que o machucava.

Mas a festa havia sido um golpe de sorte dessa vez, e Ned havia feito o ótimo trabalho de dizer a Michaela que merecia um pouco de diversão e que poderia ficar até meia-noite se quisesse. Ele garantiu a ausência dela por tempo suficiente para que o camarada do TG viesse com os papéis para ele assinar (junto com a bela quantidade de créditos) e Ned pudesse entregar o bebê e todas as roupas, brinquedos e coisas do gênero. Ele fora escrupulosamente cuidadoso para que não restasse nada que fizesse Michaela se lembrar da criança, mesmo que fosse forçado a conferir o quarto do bebê pessoalmente; e ele era alérgico demais ao spray Sem Toxina usado ali, o que o fez tossir e se engasgar e inchar como um sapo. Ele queria ter absoluta certeza de que todas as coisas da criança fossem embora com ela.

Ele suspeitava que Michaela tinha o hábito de carregar um holo do bebê em algum lugar do corpo, talvez naquele medalhão que usava o tempo todo, e ele teria que tirar aquilo da esposa enquanto dormia. Não fazia sentido armar uma cena a respeito e chateá-la com aquilo; não era assim que se lidava com uma mulher. Mas, exceto pelo holograma, não havia mais nada. Todos os registros de que ele precisava, caso o Trabalho Governamental tentasse negar a transação em algum momento, estavam nos computadores dele, com uma cópia na máquina do contador, e seu advogado havia guardado uma versão impressa em um cofre. Não havia nada que Michaela pudesse ver ou cheirar; ele havia organizado tudo de modo que parecesse que *nunca* existira bebê algum. Como nunca existiu. Era culpa dele a falta de planejamento, de não ter percebido aquilo. Admitia isso. Podia ter evitado todo o aborrecimento se tivesse parado um segundo para pensar a respeito.

E Ned teve orgulho de Michaela, pois ela lidou com a situação como a verdadeira dama que ele sabia que era. O homem havia se preparado para um escândalo, e estava pronto para encarar um monte de histeria e bobagens femininas. Mas ela não disse uma palavra. Os olhos dela – azul-escuros como jacintos, como ele amava aqueles olhos – haviam se arregalado. Ele vira uma careta no rosto dela, como se a esposa houvesse sido golpeada e perdido o fôlego. Mas ela não disse nada. Quando ele a mandou ir à clínica na manhã seguinte para uma cirurgia de esterilização antes que acontecesse de novo, que Deus os livrasse, ela só ficou um pouco pálida, com aquela expressão fofa que às vezes tomava seu rosto quando se assustava com algo.

Ela lhe havia feito algumas perguntas, e ele dera respostas simples que não informavam a Michaela mais do que precisava saber. Havia voluntariado o bebê para um programa, ponto final. Ele a lembrou de que qualquer americano com a cabeça no lugar ficaria orgulhoso disso, porque era um sacrifício heroico em nome dos Estados Unidos da América e de toda a Terra e de todas as colônias da Terra, por Deus. Ele explicou com atenção que, enquanto os lingos não atendessem à missão divina e colocassem os bebês *deles* para trabalhar nas línguas não humanoides, enquanto continuassem engendrando aquela traição desgraçada, era obrigação das pessoas comuns dar um passo adiante e provar que podiam fazer aquilo da forma que fosse, sozinhos e sem a ajuda deles, e que os lingos fossem para o inferno. Todo mundo sabia que eles sabiam assimilar línguas não humanoides; se ao menos não se divertissem tanto guardando segredo... Gastou um bom tempo deixando claro para Michaela que tudo aquilo era culpa dos linguistas. E disse a ela também que o presidente provavelmente enviaria uma carta de agradecimento a ele, sem mencionar exatamente o motivo pela carta, é claro, já que o discurso oficial era de que o governo *não* tinha conexão com o TG, mas eles podiam se dar ao luxo de contar para alguns amigos próximos.

Aquilo daria uma bela de uma história, especialmente se o presidente *ligasse*, e Ned havia escutado que isso às vezes acontecia. Até já sabia como iria começar a contar esse causo. Quando Michaela disse a ele que não entendia por que a agência era chamada de Trabalho Governamental, já que o governo não devia ter relação alguma com aquilo, ele entendeu que aquele seria um bom toque à história, e, dando uns tapinhas carinhosos na bunda dela, repetiu o velho ditado. "É bom o bastante para trabalhos governamentais", costumavam dizer. O que quer que isso significasse.

Ele não contou a ela sobre o dinheiro, porque não queria que tivesse ideias, e mulheres *sempre* tinham ideias. Ned já podia imaginá-la falando da fonte que o merda do cunhado dele permitira que a irmã de Michaela o convencesse a colocar no salão de visitas, talvez dizendo que com dez mil créditos ele poderia comprar uma daquelas para ela. Não. Ele daria algo bom a ela, mas algo de que precisasse, não um lixo que a mulher achava que queria só porque outra mulher tinha. E Ned deixaria escapar, perto do fim da discussão, que talvez estivesse planejando uma coisinha especial para ela. Tinha que dar o braço a torcer. Afinal, para uma mulher, ela era bem sensata.

– Sabe, Miquinha – disse ele, sentindo-se expansivo a respeito do assunto e orgulhoso demais por ela não ter criado caso –, para uma mulher, você é bem sensata. De verdade.

Ela sorriu, e ele admirou a forma adorável com que os cantos de seus lábios se curvaram. Ele havia colocado um sorriso daquele na lista de exigências quando ainda procurava uma esposa.

– Obrigada, meu bem – disse ela, doce como mel, absolutamente doce, sem nem fazer bico, porque ele a chamara de "Miquinha" e ela odiava o apelido.

Caramba, Miquinha era *fofo*, como era! Ele não se furtava a chamar a esposa de MilKEYla na frente de outras pessoas, fazia piada com isso o tempo todo, mas gostava de Miquinha, combinava com ela. Pensando nisso, repetiu o apelido, e puxou os grampos do cabelo dela para que tivesse de arrumá-lo de novo. Ela pareceu incomodada, e ele riu. Deus, como ela ficava fofa quando estava chateada... Ned era um homem muito sortudo, e trataria de comprar algo bem especial para ela desta vez.

– Agora me deixe contar o que aconteceu hoje na porcaria da reunião – disse, vendo-a arrumar com os dedos ágeis o estrago que ele havia feito em seu cabelo sedoso. – Escute só, querida, foi a porcaria mais burra que a MetaComp tentou fazer até hoje, se é que me entende... E você sempre me entende, não é, mocinha bonita? Deixe-me contar, essa é boa. Estávamos todos sentados lá...

Ele parou e deu uma tragada longa e preguiçosa no cigarro, fazendo-a esperar pela continuação, deleitando-se com aquilo. Deixou os rastros azulados de fumaça saírem pelas narinas, sorrindo para ela, segurando, segurando... E depois, quando estava pronto, foi adiante e contou o que havia acontecido. E ela ouviu, com a mais completa atenção, exatamente como fazia antes do bebê, sem uma só palavra sobre já serem três da manhã ou coisa do gênero. Deus, como era bom ter o lar dele de volta, o lar *dele*, do jeito que deveria *ser*! Estava se sentindo tão bem que tomou três copos de uísque, e soube que não iria acordar para o café da manhã especial de sábado que sempre a fazia pedir para ele. Bacon, ovos, *waffles* e morangos; por Deus, se o morango lhe desse urticária... bom, que desse. Morangos eram um direito dele. Mas não ia acordar a tempo disso; não na manhã seguinte.

Não importava. Quando decidisse acordar, ela serviria o café da manhã, a hora que fosse. Ele podia contar com ela. A vida era maravilhosamente boa.

Michaela estava solícita no dia seguinte. Levou os comprimidos de Zero-Alc antes que ele erguesse a cabeça do travesseiro, e assumiu culpa de imediato por ele não os ter tomado antes de ir dormir. Ficou sentada ali ao lado dele murmurando palavras solidárias até as pílulas fazerem efeito e ele se sentir bem de novo. Havia várias vantagens em ter uma esposa que era também uma enfermeira treinada, que iam além do dinheiro que isso lhe trazia. Quando ele não se sentia bem, era gratificante saber que tinha alguém que entendia disso, ou que sabia quando chamar outra pessoa porque o problema era complicado demais para uma mulher resolver sozinha. Era puro conforto.

– Eu te amo, lindinha – disse, inclinado no monte de travesseiros que ela havia afofado para ele.

Mulheres gostavam de ouvir aquele tipo de coisa. E ele estava com vontade de mimá-la naquela manhã; afinal, tinha o dia inteiro (caramba, o resto da vida) para curtir tudo que ela fazia por ele, sem o maldito bebê interferindo.

Ele estava deitado ali, sorrindo para ela e se aprontando para receber o café da manhã especial, com morango em dobro, quando escutou o barulho.

– Que diabos foi isso? – quis saber. Parecia vir do quarto de vestir.

– O quê, querido? Ouviu alguma coisa?

– Sim... Sim, olhe aí, de novo. Não está escutando?

– Ned, querido, você sabe que meus ouvidos não são aguçados como o seu... – começou ela. – Não ouvi nada. Ainda bem que tenho você por perto para cuidar de mim.

E ela estava certíssima. Ned apagou o cigarro e tomou um gole do café que ela havia trazido com os comprimidos, misturado a uma dose de uísque, do jeitinho que ele gostava.

– Vou lá dar uma olhada – disse ele.

– Você pode me dizer onde olhar, Ned – sugeriu ela, mas ele negou com a cabeça e jogou as cobertas para o lado.

– Nada. Melhor eu ir ver. Provavelmente é algum monitor com defeito. Já volto.

Ele já estava dentro da sala de vestir, com a porta fechada, quando viu as vespas. Quatro vespas, droga... Bem irritadas... Quatro vespas filhas da puta *furiosas*, zumbindo sem parar! Ele estendeu a mão em direção à porta; precisava sair rápido dali... Merda, eram grandes como malditos beija-flores! Ele já havia visto insetos assim na entrada da casa e até pensado em comentar com Michaela e pedir que ela cuidasse delas, mas como caralhos as vespas haviam entrado *ali*? Foi só quando viu que não tinha como escapar, por mais que se movesse com cuidado, que percebeu que havia algo errado com a porta. Jesus Cristinho, havia algo errado com a porta, a fechadura interna não estava ali, no lugar, Jesus Cristinho, apenas um buraco de imediato!

Ned começou a gritar o nome de Michaela, agradecendo reverente e sinceramente a Deus pelo fato de que ela nunca, nem uma única vez, o fizera esperar por *nada*!

Michaela o surpreendeu. Ela o deixou esperando por um bom tempo. Tempo o suficiente para ter certeza. Tempo o suficiente para jogar os insetos no vaporizador. Tempo o suficiente para consertar a porta para que abrisse como sempre, de ambos os lados, e para limpar suas impressões digitais de tudo. Tempo o suficiente para garantir que houvesse impressões digitais *dele* em todos os lugares necessários. Em horas como aquela, era útil ser enfermeira; naqueles momentos, saber várias coisas que as mulheres não costumavam aprender fazia a diferença. Várias coisas que viriam a calhar de agora em diante, sem dúvida alguma.

Só quando se afastou e não viu nada de extraordinário além do corpo no chão é que ela gritou por ajuda, desmaiando sobre a soleira do cômodo, como era apropriado, para que as câmeras de segurança registrassem a cena. Com *cuidado*, claro, para não se machucar. Ela precisaria cuidar muito bem de si mesma; afinal, agora era *ela* quem tinha planos grandiosos.

CAPÍTULO 4

Acho que cada um de nós que vem aqui, sabendo que nosso trabalho inclui entrar em contato com extraterrestres, e acredita que pode ser a exceção à regra, que será a pessoa que vai conseguir fazer amizade com pelo menos alguns deles. Você acha que vai conseguir que um lingo te ensine algumas palavras... "Olá! Como você vai? Que sei-lá-o-que legal vocês têm lá!" e esse tipo de coisa. A gente acha que não dá para ser sempre um estranho, certo? Mas quando chega a hora e de fato entra em contato com um alienígena, entende do que os cientistas falam quando dizem que isso não é possível. Somos inundados por uma sensação. Não é só medo, ou só preconceito. É algo que nenhum de nós sentiu antes, e nunca vai esquecer depois que sentir pela primeira vez.

Sabe quando você levanta uma pedra e encontra bichos e eles ficam loucos, cavando e se retorcendo, tentando fugir da luz? É como nos sentimos quando chegamos perto de um alienígena, ou mesmo quando entramos em contato com algum por comunicador por mais de um minuto ou dois. Dá vontade de buscar uma pedra para se esconder embaixo. Tudo entra em alerta vermelho, e dá vontade de sair gritando ALIENÍGENA! ALIENÍGENA! Então é de agradecer, vou ser honesto, o fato de que não precisamos ser amigáveis. Só educados, e é isso, mesmo depois do treinamento que recebemos. Só educado.

(Representante do Departamento dos EUA em entrevista a
Elderwild Barnes, da *Spacetime*)

A fervente ênfase que o governo colocava em valores cristãos tradicionais e na atitude de voltar-às-raízes-da-catequese (ignorando completamente o fato de que isso era um atraso à cultura americana, como se houvesse lastros de chumbo segurando uma das rodas do carro, tirando qualquer equilíbrio e deixando tudo capenga e atrasado como se estivessem voltando ao século 20) era de grande ajuda para Brooks Showard quando decidia xingar. Ele não precisava ser criativo ou usar seu doutorado para desenterrar palavrões exóticos. Os robustos e fundamentais "puta merda" e "inferno" que serviram tão bem seus ancestrais, agora glaceados com uma camada de tempo, como frutas secas salpicadas em um pedaço de pão simples, ainda funcionavam perfeitamente bem.

– Puta merda, mas que grandessíssimo inferno – disse ele, então. – Que *maldição*, que vá tudo pro inferno sem passagem de volta! *Porra*!

Os outros técnicos haviam dado um passo para trás, afastando-se da Interface, a mesma Interface que era toda perfeitinha e de acordo com as especificações, e a mesma que Showard estava encarando enquanto segurava a criança no colo. Haviam formado uma rodinha ao redor dele, e se comportavam como se não fizessem parte dos lamentáveis acontecimentos. Quem, eles? Estavam só de passagem. Só calhavam de estar por ali, sabe...

– Venham já aqui! – gritou Showard para eles, enfiando o bebê debaixo de um braço e chacoalhando o punho livre em direção do grupo como um maníaco, soltando o verbo como um maníaco que estava mais do que *por aqui* com tudo, que era o caso dele no momento. – Venham já aqui e olhem pra essa bagunça, seus merdas, vocês são tão culpados disso quanto eu. Mexam essas bundas grandes e venham até aqui pra *ver* isso!

Avançaram uns dois centímetros, talvez. E Showard começou a xingá-los de forma constante e sem emoção, trazendo à baila as barbas do profeta e Maria Madalena arrependida e uma variedade de práticas e princípios proibidos. Não chegariam mais perto. Não participariam de nada daquilo, não compartilhariam a culpa ou espalhariam o horror por aí; não por vontade própria. Ele teria de levar aquilo *até* eles, bando de covardes! E talvez, da próxima vez, ele também deixasse a coragem de lado e evitasse a Interface e tudo que se contorcia lá dentro... Poderiam então ser covardes juntos em uma grande associação cristã, não é mesmo?

Atrás dele, seguro em seu ambiente especial, o Alienígena Residente *existia*, até o que eles podiam entender. Brooks entendia que, se ele houvesse morrido, os vários indicadores nas paredes teriam informado – mas isso era na teoria, de toda forma. Não havia como dizer se o ARe estava exatamente sentado ou de pé, ou se havia feito alguma coisa, ou se estava em um estado particular. Ele simplesmente *existia* e ponto final. Se o que acontecera com a criança humana tinha alguma relação com o ARe, não dava pra saber, e talvez permanecesse em mistério para sempre. Às vezes, Showard não tinha certeza de estar vendo o ARe de verdade; a forma como ele tremulava (??), sem nenhum tipo de padrão (??), fazia os olhos terráqueos ficarem em uma constante busca por ordem até que grandes manchas planas de cor surgissem entre eles e a fonte de estímulo sensorial. E havia momentos em que ele desejava ardentemente *não* ver.

Os linguistas chamavam os seres deles de Alienígenas Residentes, e também os chamavam de ARe para simplificar, e os técnicos faziam o mesmo; mas os deles eram diferentes. Dava para olhar para um dos ARes dos linguistas e pelo menos atribuir, mesmo que de forma mais rústica, nomes a partes do corpo. *Aquilo é um membro*, por exemplo. *Aquele negocinho pode ser um nariz. Eles têm aquela bunda rosada, sabe?* Esse tipo de coisa. Dava para acreditar que a criatura havia *mesmo* aceitado gentilmente ser "residente" naquele ambiente simulado e selado, construído dentro das casas, e que estava encantada em visitar e compartilhar sua língua com crianças humanas. Deus sabe que as Linhagens tinham crianças de sobra, com os lingos se reproduzindo como coelhos. Mas Brooks não conseguia imaginar a coisa dentro *da sua* Interface sendo autorizada a ser "residente" em qualquer lar humano. Será que ele ao menos *tinha* "partes"? Como saber?

E, agora, havia aquele bebê.

– Cavalheiros... – disse Brooks Everest Showard, Técnico do Trabalho Governamental, detentor de uma patente secreta de coronel no Comando Espacial das Forças Aéreas dos Estados Unidos, Divisão de Inteligência Extraterrestre. – Eu não aguento mais matar bebês inocentes.

Ninguém ali aguentava mais. Aquela deveria ser, pensavam eles, enjoados, a quadragésima terceira criança a ser "apresentada voluntariamente" pelos pais ao Trabalho Governamental. As que sobreviviam estavam muito piores do que as crianças que haviam morrido; eles tiveram que interromper aquelas pobres vidas, era o mais humano a fazer. Aquilo que o coronel carregava debaixo do braço como um saco de carne já devia estar morto... O que era algo a se agradecer.

Muitos com o coração compadecido haviam começado a chamar os funcionários do Trabalho Governamental de "mercenários". E era isso mesmo. Talvez você faria o que eles faziam por dinheiro, mas jamais faria isso por amor. Gostavam de pensar que faziam aquilo por honra e glória, às vezes, mas já não colava mais. E os pais? Não dava para não se perguntar, às vezes, se os pais tivessem a oportunidade de ver o que acontecia ali, se continuariam achando que o montante generoso de dinheiro era uma compensação adequada. Era de se perguntar se aqueles que haviam apresentado voluntariamente seus bebês menino teriam algum interesse em *guardar* a póstuma Medalha de Herói Pueril em sua caixa de veludo preto com a trava de prata pura... Se haviam recebido algum tipo de informação. A classificação ultraconfidencial do procedimento e o formulário de cremação assinado com antecedência (*vocês entendem que há chance de bactérias ou vírus alienígenas entrarem no ambiente, não é mesmo, sr. e sra. Fulanos?*) ajudavam. Mas era de se perguntar.

– Bom, Brooks – disse um deles, enfim. – Acho que aconteceu de novo.

– Ah! Quer dizer que você fala!

– Então, Brooks...

– Bom, essa criança não pode falar! Não pode falar inglês, não pode falar beta-2, não pode falar nada e *nunca* vai poder falar nada! – Uma musiquinha obscena começou a tocar loucamente na cabeça dele, fazendo-o sentir engulhos... ALFA-1, BETA-2, TEM SOPA DE BEBÊ DEPOIS... Deus Todo-Poderoso que estais no céu, impeça que isso continue acontecendo... – Você sabe o que aquilo *fez,* graças à nossa hábil intervenção na vida extremamente breve dele?

– Brooks, não queremos saber.

– Sim! Eu já percebi!

Ele foi para cima do grupo, inexorável, brandindo o bebê morto como havia feito com o punho fechado anteriormente, brandindo o cadáver na frente deles como se fosse um boneco de pano, e eles viram a condição horrenda do infante. Showard fez questão de garantir que eles vissem. Balançou a criança de um lado para o outro para que todos a vissem claramente de todos os lados.

Ninguém vomitou daquela vez, embora um bebê literalmente virado do avesso pela violência das convulsões, pele quase toda para dentro e os órgãos... o quê, quase todos para fora?... fosse algo novo. Eles não vomitaram porque haviam visto coisas piores; isso se tivessem sequer o interesse de elencar as muitas abominações por quão horríveis eram, e eles não tinham.

– Se livra disso, Showard – disse um dos homens. Esquio Pugh era o lamentável nome do sujeito. Duplamente lamentável, porque ele tinha o formato de um barril de cerveja, e não era muito mais alto do que um. Duplamente lamentável porque, quando se apresentava, as pessoas se sentiam inclinadas a abrir um sorrisinho e a esquecer o respeito devido a um homem capaz de manipular um computador como Liszt manipulava um metassintetizador. – Hora de mandar isso pro vaporizador, Showard – disse Esquio Pugh. – *Agora*!

– É, Brooks – concordou Beau St. Clair. Ele não tinha tanta experiência ali quanto os demais e estava com o rosto esverdeado. – Pelo amor de Deus.

– Deus – vociferou Brooks, entredentes –, não tem nada a ver com isso! Até Deus teria sido mais misericordioso ao não ressuscitar uma coisa *dessas*!

O homem, que supostamente estava na chefia do grupo e não havia tido coragem de entrar na Interface para buscar o bebê depois que este pareceu explodir do nada, sentiu que devia demonstrar algum tipo de liderança. Pigarreou algumas vezes para garantir que o que sairia depois não seria só um ruído e disse:

– Brooks, fizemos o nosso melhor. Pelo bem maior da humanidade, Brooks. Acho que Deus entenderia.

Deus entenderia? Brooks encarou Arnold Dolbe, que o fitou com cautela e recuou um ou dois passos. Arnold não estava disposto a correr o risco de pegar aquele bebê no colo, isso estava mais do que claro.

– Deus permitiu que seu amado Filho fosse sacrificado por um bem maior – explicou, solene. – Tenho certeza de que você consegue enxergar o paralelo.

– Claro – cuspiu Showard. – Mas Deus permitiu que ele fosse crucificado e levasse umas açoitadas, seu pagão de merda. Ele nunca teria permitido uma coisa *assim*.

– Faremos o que precisa ser feito – disse Dolbe. – Alguém tem que fazer isso, e fazemos sempre o nosso melhor, como eu já disse.

– Bom, eu não vou fazer isso de novo.

– Ah, você vai fazer isso de novo sim, Showard. Vai fazer isso de novo, senão daremos um jeito para que você assuma a culpa de tudo sozinho. Não vamos, senhores?

– Ah, cale a *boca*, Dolbe – disse Showard, cansado. – Você sabe o tamanho do esmerdeio que foi isso aqui... Uma palavra a respeito e todos nós, cada um de nós, até o mais baixo servomecanismo que limpa os banheiros neste estabelecimento, vamos direto pro olho da rua, *ferrados*. Ferrados como os bebês, Dolbe. Sem misericórdia. Pra sempre. Vamos desaparecer como se nenhum de nós jamais houvesse existido. E você sabe disso, e eu sei disso, e todo mundo sabe disso. Então pode ir calando a boca. Vê se cresce, Dolbe.

– Isso – concordou Esquio Pugh. – Aconteceria um "infeliz acidente" que convenientemente acabaria vaporizando tudo dentro dos limites da propriedade do TG. *Sem* perigo algum pra população, é claro, sem motivos pra alarme, gente, é só uma das nossas explosões de rotina. Que merdalhada, Dolbe... Estamos nisso junto.

Com muito cuidado, Brooks Showard depositou aos seus pés a pilha horrível de tecidos distorcidos que até pouco tempo era uma criança humana saudável. Apoiou a cabeça nos joelhos, abraçou as pernas e começou a chorar. Foi só pela intervenção rápida de Arnold Dolbe que o servomecanismo que disparou pelo chão para recolher o que ele interpretou como lixo foi interceptado. Dolbe arrancou o bebê da borda do cilindro do robô e quase correu em direção à fenda do vaporizador... E, depois que jogou o corpo fenda abaixo, esfregou as mãos violentamente nas laterais do jaleco, limpando-as. *Aqui vai seu menino, sr. e sra. Ned Landry,* pensou ele, perdendo o controle, *nós conseguimos uma medalha pra vocês!*

– Obrigado, Dolbe. – Esquio suspirou. – Eu não queria mais olhar pra aquela coisa também. Não estava muito... decente.

Esquio também estava pensando no sr. e na sra. Ned Landry. Porque ele era o responsável por apagar todos os dados dos computadores depois de cada falha e se lembrava de coisas como o nome dos pais dos bebês. Não deveria. Deveria apagar as informações da mente ao mesmo tempo. Mas ele era o responsável por escrever os nomes em um pedaço de papel antes de descartar os corpos e depois transferir esses dados para um cartão de memória guardado em seu cofre, para evitar que as informações fossem perdidas. Esquio sabia os quarenta e três conjuntos de nomes de cor, em ordem numérica.

Na pequena sala de reuniões, com Showard já em controle razoável de si mesmo, exceto pelas mãos trêmulas, os quatro técnicos do TG ouviam o representante do Pentágono delimitar tudo. Preciso e suave, sem desperdiçar nada. Ele não estava nada satisfeito com eles.

– Nós *precisamos* decifrar essa língua – disse o homem, curto e grosso. – E por isso quero decifrá-la cem por cento. Precisamos aprender o que quer que aquela coisa na Interface tenha como língua. Só o diabo sabe como ele é incapaz de usar LiPanSig. Precisamos achar um jeito, qualquer que seja, de fazer isso. De nos comunicar com a coisa, quero dizer. Com ele e todos os amiguinhos tremeluzentes dele. Isso é uma questão de grande urgência.

– Ah, é claro – disse Brooks Showard. – Claro que é.

– Coronel, não é uma questão de bater papo com as coisas, entende? – disparou o homem do Pentágono. – Nós precisamos obter o que eles têm, é essencial. E não há como conseguir isso sem negociar com eles.

– Precisamos obter o que eles têm... Nós sempre "precisamos" de alguma coisa, general. O senhor quer dizer que *queremos* o que eles têm, certo?

– Não desta vez. Não desta vez! Desta vez, nós realmente precisamos.

– Custe o que custar.

– Custe o que custar. Exatamente.

– E o que é isto, o segredo da vida eterna?

– Você sabe que eu não posso dizer – explicou o general, paciente, como explicando algo a uma mulher surtada que precisava de paciência e indulgência.

– Precisamos confiar no senhor, como sempre.

– Faça o que quiser, Showard! Para mim, não importa o que vai fazer. Mas estou aqui, agraciado com o poder do governo federal desta grande nação, para apoiar você e sua considerável equipe na condução de atos que são muito mais que ilegais e criminosos, e muito mais que indizíveis e impensáveis, e não podemos nem guardar registros disso. Estou aqui para jurar por tudo o que é mais sagrado que não participaria de uma coisa dessas se não fosse importante e muito mais do que simples quinquilharias, bugigangas ou uma variedade de *miçangas*. Nem eu nem os oficiais que, com tremenda relutância, lhe garanto, me autorizam a servir nestas instalações.

Arnold Dolbe abriu um sorriso amarelo para o general, tentando não pensar em como o uniforme dele era estranho. Havia boas e excelentes razões para manter os uniformes antigos, e ele estava familiarizado com elas. Tradição. Respeito aos valores históricos. Antídoto para a Síndrome do Choque com o Futuro. E assim por diante. E ele queria ter certeza de que o general se lembraria dele como um sujeito cooperativo, alguém disposto a servir ao propósito maior, como qualquer outro que seguisse a tradição do antigo presidente Reagan. A intenção dele era garantir que o general tivesse plena ciência disso. Sentiu que um breve discurso era necessário, algo simples mas memorável, e pensou que não era exagero quando dizia que era muito bom improvisando breves discursos.

– Entendemos isso, general, e apreciamos – começou ele, pura submissão e embromação. – Somos gratos por isso. Acredite o senhor, não há ninguém nesta equipe, nem um único homem nesta equipe que não apoie incondicionalmente esse esforço. Claro, exceto aqueles que não têm por que saber disso. Não que eles não apoiem o esforço, mas... simplesmente não sabem... em detalhes... o que estão apoiando. Mas nós, aqui nesta sala, sabemos, *sim*, nós sabemos. E sentimos certa humildade por termos sido escolhidos para essa nobre tarefa. O coronel Showard está um pouco estressado no momento, o que é compreensível, mas ele apoia o senhor sem hesitar. Foi uma manhã um tanto desagradável aqui no Trabalho Governamental, sabe? E mesmo assim...

– Tenho certeza disso – disse o homem do Pentágono, interrompendo Dolbe e deixando-o profundamente sentido. – Tenho certeza de que foi um verdadeiro inferno. Sabemos o que passam aqui, e os honramos por isso. Mas precisa ser feito, em nome da preservação da civilização neste planeta. Estou falando sério, cavalheiros! Literalmente em nome da prevenção do fim da humanidade nesta nossa Terra verdejante e dourada. O fim *permanente*, devo acrescentar. Não estou falando de algumas décadas nas colônias enquanto as coisas se acalmam para que depois possamos voltar ao planeta. Estou falando do *fim*. Ponto. Final. Total.

Ele disse aquilo como se acreditasse em tudo que dizia. Era de fato possível que acreditasse *realmente* nisso, mesmo se fosse apenas porque era um bom soldado, e era impossível ser um bom soldado se não confiasse completamente na cadeia de comando. E é claro que eles também deveriam ser ótimos soldados e não contemplar sequer a possibilidade de que seus superiores estariam mentindo. Ninguém sabia exatamente em que ponto da hierarquia as decisões eram tomadas. O general tinha a impressão de que a hierarquia na verdade era uma fita de Möbius, que se enrolava em si mesma de forma infinita. Às vezes ele se questionava quem exatamente estava no comando. Não era o presidente, com certeza. Uma de suas principais funções era garantir que o presidente nunca soubesse muito a respeito daquela operação paralela, que era apenas um pequeno galho na grande árvore do poder executivo. E o general tinha certeza de que o Pentágono estava completamente envolvido no poder executivo.

Ele estalou os dedos e os encarou longa e intensamente, notando de forma automática que apenas Dolbe murchou um pouco sob seu olhar penetrante.

– E então, cavalheiros? – perguntou. – O que vão fazer agora? Tenho que dar algum tipo de resposta razoável para meus superiores. Não preciso de detalhes, claro, só uma ideia geral, e eles não estão lá muito pacientes estes dias. Não temos mais tempo para brincadeirinhas, cavalheiros. Estamos no fio da navalha.

Houve um silêncio pesado, pontuado pelos dedos do general tamborilando de leve sobre a mesa, o zumbido alto e agudo do circulador de ar e a bandeira dos Estados Unidos se agitando de leve quando a brisa artificial chegava até ela.

– Cavalheiros? – insistiu o general. – Sou um homem muito ocupado.

– Ah, vai pro inferno – disse Brooks Showard. Ele sabia. Ou ele falava, ou todos ficariam sentados ali até o fim dos tempos. Fim este que, levando em consideração o que o general estava dizendo, não demoraria muito a chegar. – Vocês sabem o que precisa ser feito. Sabem muito bem. Já que vocês, seus merdinhas do governo e das forças armadas, são covardes demais pra enfiar cada maldito linguista na prisão por traição ou assassinato ou por incitar revoltas populares ou por extorsão ou por sodomia ou sei lá que caralhos é necessário pros desgraçados dos lingos cooperarem...

– Você sabe que não podemos fazer isso, coronel! – Os lábios do general estavam rígidos como duas fatias de bacon congelado. – Os linguistas usariam a menor desculpa, *qualquer* desculpa na verdade, para se retirar de todas as negociações importantes que temos com alienígenas no momento, e *aí sim,* seria nosso fim! E não poderíamos fazer porra nenhuma a respeito, coronel... Porra nenhuma!

– ... Bom, como eu disse, se vocês são covardes demais pra fazer o que é certo e ponto final, só temos uma alternativa. Sua gente quer manter as mãozinhas limpas, tenho certeza, mas *nossa* gente precisa sequestrar uma criança linguista, um bebê lingo. Pro nosso bem, é claro. Pro bem de toda a humanidade. Que tal esse plano B?

Todos se encolheram. Bebês entregues voluntariamente já era algo horrível. Mas bebês roubados? Não era como se os malditos linguistas não merecessem isso, ou que não houvesse bebês lingos sobrando para consolar qualquer pai que perdesse um. Mas o bebê *em si* não merecia isso, de certa forma. Eles estavam até dispostos a seguir a filosofia do pessoal religioso, de certa forma, mas ninguém realmente conseguia engolir aquela coisa dos pecados do pai sendo expiados nos filhos, e assim por diante. Roubar um bebê. Isso não era nada legal.

– As mulheres deles vão para as enfermarias públicas dar à luz – observou Showard. – Não seria difícil.

– Ai, céus. – O general mal pôde acreditar que havia dito aquilo. Tentou de novo: – Ora, que diabos!

– E aí?

– Essa é a *única* alternativa que nos resta, coronel Showard? Tem certeza absoluta?

– O senhor tem alguma outra sugestão? – perguntou Showard, entredentes.

– General, fizemos tudo o que era possível – começou Dolbe. – Sabemos que nossa Interface é uma duplicata exata daquela usada pelos linguistas. Sabemos que nosso procedimento é idêntico ao deles, e não é um procedimento complicado. Trata-se simplesmente de colocar um alienígena, ou, melhor ainda, dois, quando possível, em um dos lados. Do outro lado, o bebê. É isso, é como eles fazem, e já tentamos isso várias vezes. O senhor sabe o que aconteceu quando tentamos os bebês de proveta... Foi a mesma coisa, mas ainda pior, de alguma forma. Não me peça para explicar. Já convocamos todos os especialistas em computação, todos os cientistas, todos os técnicos, todos...

– Mas veja bem, homem...

– Não, general! Não tem o que ver. Conferimos e conferimos de novo, e conferiu mais uma vez. Repassamos cada variável não só uma vez, mas várias. Só pode ser, general, só pode ser, por alguma razão que só os linguistas sabem... A propósito, sinto, sim, que é uma traição manterem esse conhecimento só para eles... Mas só pode ser porque apenas as crianças linguistas são capazes de aprender línguas alienígenas.

– Alguma coisa genética, você diz.

– Faz sentido, não? Veja como eles só cruzam entre si, flertando com o incesto, se o senhor quer saber! Estamos falando do quê? Treze famílias! O patrimônio genético deles não é lá grande coisa. Trazem uma pessoa de fora aqui e outra ali, claro, mas são basicamente aqueles treze conjuntos de genes combinados de novo e de novo. Então, sim, eu diria que é alguma coisa genética.

– General, o que estamos fazendo aqui é sacrificar crianças inocentes de não linguistas por algo que nunca vai funcionar – acrescentou Beau. – Tem de ser um bebê nascido de uma das Linhagens, simples assim.

– Eles negam isso – disse o general.

– Bom, o senhor não negaria se estivesse no lugar deles? É interessante para os malditos traidores controlarem a porra do governo, soltando aqui e ali uma pérola de sabedoria sempre que dá na telha, vivendo à base do suor e do sangue de gente de bem. E se tivermos que assassinar bebês inocentes tentando fazer o que eles deviam estar fazendo *por nós*, ora, que se dane, *eles* não estão nem aí. Isso só coloca cada cidadão americano, e cada cidadão de todos os países deste planeta e das colônias, ainda mais à mercê deles. *É claro* que negariam!

– Eles estão mentindo – resumiu Showard, sentindo que Beau St. Clair havia dito tudo o que iria dizer. – Mentindo na cara dura.

– Vocês têm certeza?

– Porra, se temos.

O general resfolegou como um cavalo inquieto e depois ficou ali sentado, mordendo o lábio de cima. Ele não gostava nada daquilo. Se os lingos suspeitassem... Se alguém vazasse aquela informação... E sempre tinha alguém que vazava...

– Que merda – disse Esquio Pugh. – Eles têm tantos bebês, nunca vão sentir falta de um, contanto que peguemos uma menina. *Pode* ser uma menina?

– E por que não, sr. Pugh?

– Sei lá. Digo. Uma menina *conseguiria* fazer isso?

O general franziu o cenho para Pugh, depois olhou para os outros pedindo uma explicação. Estava além de seus conhecimentos.

– Repetimos isso sempre pro Pugh – disse Showard. – Explicamos todas as vezes. *Não* há correlação alguma entre inteligência e aquisição de línguas por bebês, exceto em casos de deficiência mental grave, e nesses a criança *sequer* ultrapassa a infância. Reforçamos isso para ele o tempo todo, mas de alguma forma ele se ofende. Parece não entrar na cabeça dele.

– Minha impressão é de que o sr. Pugh precisa ficar a par ao menos da literatura básica sobre aquisição de línguas – disse o general. – Só me parece.

O general estava errado. Esquio Pugh, que havia tentado aprender três línguas humanas, porque achava que como especialista em computação precisava saber pelo menos *uma* outra língua que não fosse uma linguagem computacional, sem nunca obter sucesso, não estava nada atrasado na leitura de aquisição de linguagens nativas. Se mulheres lingos conseguiam aprender línguas estrangeiras (línguas alienígenas, por Deus!) quando eram apenas bebês, então como ele não seria capaz sequer de dominar um *francês* decente? Todas as crianças linguistas tinham de ter fluência nativa em uma língua alienígena, três línguas terráqueas de famílias linguísticas diferentes, Língua de Sinais Americana e LiPanSig; fora isso, deveriam ter um controle considerável de tantas outras línguas terráqueas extras que escolhessem aprender. E ele já havia ouvido falar de várias crianças que eram falantes nativas de *duas* línguas alienígenas. Enquanto ele, Esquio Pugh, era capaz de falar inglês. Só inglês. Não, ele não gostava nada disso e não queria ficar pensando no assunto também, não. Não queria mesmo pensar sobre isso.

– ... despedir esse merda – Showard estava dizendo. – Mas acontece que ele *é* o melhor técnico de computação do mundo, o cara mais foda, e não podemos fazer isso sem ele, e se ele escolher não saber absolutamente nada *além* de coisas de computador, ele está no direito dele. Isso é tudo o que ele precisa saber, general, e sabe melhor que ninguém, em qualquer lugar, em qualquer época. E, ainda assim, não vamos conseguir decifrar beta-2 só com um computador. Sinto muito.

– Entendo – disse o general. Falou a palavra de forma absolutamente definitiva. Depois se levantou e pegou o chapéu engraçado com todas as coisinhas brilhantes presas nele. – Não tenho nada a ver com isso, claro. Aposto que Dolbe aqui comanda esta embarcação com punho firme.

– General?

– Diga, Dolbe.

– O senhor não quer discutir...

– *Não*, ele não quer discutir como vamos sequestrar o bebezinho fofo, Dolbe! – gritou Brooks Showard. – *Pelo amor de Deus*, Dolbe!

O general assentiu uma única vez.

– Exato – concordou. – *Na mosca*. Eu adoraria não saber nem o que já sei.

– O senhor que perguntou, general – disse Showard.

– Sim. Estou ciente.

E saiu, abrindo um sorriso para todos os presentes, indo embora antes que qualquer um pudesse dizer qualquer coisa. O general veio, fez o que tinha de fazer e foi embora. Era por isso que *ele* era general, e *eles* agora estavam no ramo de sequestro de bebês. E no de assassinato de bebês.

A única questão era: qual deles faria aquilo? Porque precisaria ser um deles. Não dava para confiar a missão de sequestrar um linguista recém-nascido de um berçário a mais ninguém. E seria melhor que não fosse Esquio Pugh, porque ele era o único Esquio Pugh disponível, e não podia ser desperdiçado. Não podiam arriscar perdê-lo.

Arnold Dolbe, Brooks Showard e Beau St. Clair trocaram olhares, odiando uns aos outros. E Esquio Pugh... foi buscar os canudos para fazer o sorteio.

Showard achou que ficaria nervoso, mas não ficou. O jaleco branco era igual ao que ele usava no trabalho. Era como se não estivesse disfarçado. Os corredores do hospital eram como quaisquer outros corredores de hospitais e laboratórios por aí; não fosse pela agitação e pelo burburinho da mudança de turnos e dos visitantes indo e vindo, ele poderia facilmente estar no TG. A única concessão que havia feito, afinal estava na verdade ali para sequestrar uma criança recém-nascida, foi a adição de um estetoscópio ao redor do pescoço, algo em que ele parou de prestar atenção quase imediatamente depois de colocá-lo lá. Pessoas passavam por ele e murmuravam "Boa noite, doutor" de forma automática, e isso porque ele estava usando aquele antigo símbolo de identificação da profissão que perdurava até hoje. Continuou assim mesmo depois que chegou à maternidade. Qualquer outro grupo de profissionais teria passado a usar, centenas de anos antes, algo menos grotesco que um instrumento completamente não funcional e obsoleto como o estetoscópio, mas não os médicos. Nada de pequena insígnia na lapela para eles. Nada de um botãozinho discreto. Eles conheciam o poder da tradição, aqueles médicos, e nunca deixariam esse poder se esvair.

– Boa noite, doutor.

– Mnff – respondeu Showard.

Ninguém prestava atenção nele. Mulheres davam à luz a qualquer hora do dia e da noite, e um médico no andar da maternidade às dez para a meia-noite não era nada que chamasse a atenção.

Eles haviam recebido a ligação vinte minutos antes – "Uma lingo vagabunda acabou de parir há uma hora! Vá até lá." E lá estava ele. Não era consolo algum a bebê ser uma menina, mas ele achava que Esquio ficaria feliz.

Aquele era um hospital antigo, um dos mais velhos do país. Ele supunha que devia haver enfermarias mais chiques por ali, com medicápsulas que resolviam tudo que um paciente precisasse, sem a necessidade das mãos trêmulas de seres humanos; mas esse tipo de enfermaria ficava no topo das torres voltadas para o rio. Com elevadores particulares para garantir que os pacientes ricos, assim como suas visitas ricas, não se ofendessem com a crueza do resto das instalações. Ali, na enfermaria pública, as coisas não haviam mudado muito desde que Showard removera o apêndice aos seis anos. Pelo que podia ver, exceto pelo uniforme das enfermeiras e pelos computadores ao pé de cada leito, era como se o hospital não houvesse mudado nada ao longo do último século. E a maternidade, que só atendia ao público feminino, seria o último lugar em que gastariam dinheiro em reformas.

Uma luz sobre uma das cabines no fim do corredor mostrava o caminho. A enfermeira de plantão naquela noite estava debruçada sobre o próprio computador, trabalhando para garantir que os dados das unidades ao lado de cada leito correspondessem aos dados nos gráficos. Muito pouco eficiente, mas as funcionárias precisavam de alguma coisa com que se entreter ao longo da noite.

Ele pegou o formulário roubado do bolso do jaleco e o entregou para a mulher.

– Aqui – disse. – Cadê a criança lingo?

Ela olhou para ele, fez uma mesura respeitosa com a cabeça e consultou o formulário.

BEBÊ ST. SYRUS, dizia. POTENCIAIS EVOCADOS, URGENTE.

E embaixo o garrancho indecifrável que era marca registrada de médicos de verdade que exerciam a medicina de verdade.

– Vou chamar uma enfermeira e pedir que traga a bebê para o senhor, doutor – disse de imediato, mas ele negou com a cabeça.

– Não tenho tempo para esperar suas enfermeiras – disse ele, da forma mais grosseira possível, mantendo o disfarce de médico. – Só me diga onde a criança está e vou até lá buscá-la.

– Mas doutor...

– Tenho juízo o bastante, e treinamento o suficiente, para pegar uma criança e a levar até o departamento de Neuro – disparou ele, fazendo o possível para soar como se a mulher não fosse digna sequer da sujeira sob seus valiosos pés. – Agora, a senhorita vai cooperar, ou vou precisar chamar um homem para me atender aqui?

Ela recuou, é claro. Bem treinada, apesar de solta no mundo neste hospital antigo. O rosto ansioso ficou pálido, e ela ficou olhando para ele com a boca meio aberta, congelada no lugar. Showard estalou os dedos diante do rosto dela.

– Vamos, enfermeira! – disse ele, com dureza. – Tenho pacientes esperando!

Três minutos depois, ele estava com a bebê St. Syrus acomodada seguramente na curva do braço na segurança do elevador que o levaria a um jardim silencioso cheio de laranjeiras e uma mistura de plantas feias e bancos de cimento caindo aos pedaços. Uma única lâmpada resplandecia acima do jardim, e à meia-noite era impossível ver um palmo diante do nariz... Eles haviam conferido isso antes de começar.

Foi tão fácil fazer aquilo que era até ridículo. Showard saiu pela porta, com a bebê firmemente abraçada contra o corpo. "Perdão, doutor", "O que é isso, *eu* que peço perdão". "Perdão, doutor." "Bom dia, doutor." Todo mundo era muito científico naquele lugar. Era só 0h16 e já estavam dando bom--dia em vez de boa-noite.

No fim do corredor, virar à direita. Mais um corredor. Um pequeno saguão, onde outra enfermeira em turno da noite olhou brevemente para ele e voltou a remexer em seus dados com desatenção. Outro corredor.

– Bom dia, doutor. – Era um idoso carregando flores. – Que Deus o abençoe, doutor – disse, quase fazendo reverência.

Devia ser ótimo ser médico e receber toda aquela adoração.

– Obrigado – respondeu Showard, curto e grosso, e o homem pareceu absurdamente empolgado.

Enfim chegou à porta. Sentiu um arrepio na nuca ao passar por ela... Se alguém fosse detê-lo, se algum alarme já tivesse sido disparado e estivessem atrás dele, esse seria o momento para ser pego.

Mas nada aconteceu.

Showard abriu a porta, puxou a manta para cobrir a cabeça da bebê, garantindo que ainda tivesse ar suficiente para respirar, e saiu. Seguiu até o voante estacionado nos limites da propriedade, que esperava por ele. Com adesivos da Cruz Rosa/Escudo Rosa nas portas.

Foi, como costumavam dizer, mamão com açúcar.

CAPÍTULO 5

E aí, nenos e nenas, vocês QUEREM sair da toca e abocanhar TUDINHO que tá acontecendo? Querem sim, querem SIM! Eu sei que querem, querem sair e abocanhar TUDINHOZINHO com embalagem e tudo, não querem, meus queridos seguidores nenezicos? AH SIM! Bom, pois eu tenho aqui uma coisinha pros seus neurônios mastigarem, tenho sim... Que tal uma História de Lingo pra começar nosso dia, o dia de hoje? Não é fácil entrar no Paraíso Lingo, sabem – mas, por vocês, eu encararia fogo e veneno e EU ENTREI SIM, e ah, meus olhinhos viram cada coisa A DAR COM O PAU!

Sabiam que cada Paraíso Lingo tem tantos servomecanismos quanto cômodos, amorecos? Custando trezentos milhões de créditos a unidade? Bom, faz sentido, né, já que nenhum lingo pode levantar o dedo pra fazer nada, chupem essa manga... Podem contundir aquele cerebrozão deles, e ninguém quer ISSO, ah, não!

E vocês já ouviram falar das casas de banho nos covis? Ah, nenos e nenas, eu VI uma dessas, com estes olhos que os impostos hão de comer, eu vi – cada maçaneta e alavanca e botão e interruptor tem o brasão da família em alto-relevo feito de pérolas e puro ouro... Não é uma PIRAÇÃO, meus amorequinhos? Já conferiram a casa de vocês, amorecos? Só pra ver se tem um cavalinho de ouro empinando nas patas dentro de um círculo de pérolas? Talvez tenha um no registro do SEU chuveiro, ah, rapaz... Por que não vão lá olhar? E se não puderem encontrar o seu, ora, vocês poderiam ir até a casa vizinha, a dos seus queridos lingos camaradas da vizinhança, e SERÁ que não poderiam *pegar emprestado uma xícara de pérola e só uma colherzinha de sopa de ouro? Por que NÃO? Não são seus impostos, nenos e nenas, que enchem os bolsos dos lingos, lá no fundo LÁ NO FUNDO dos castelos subterrâneos deles? Vocês deviam ir direto até lá pra perguntar... Mas CALMA LÁ! Vocês precisam passar pelas armas de laser nas portas, como eu! Ah, rapaz, rapaz, que dor nas costas, amorequinhos... que dor nas costas...*

(Por Frazzle Gram, popcaster de notícias do programa *Indo até você*, transmitido via comunicador em 28 de agosto de 2179)

A mensagem na linha privada, devidamente analisada em busca de grampos e depois codificada e recodificada, porque não existia uma linha realmente livre de grampos, com senhas que mudavam diariamente porque nunca se sabe, dizia: "Reunião emergencial na DAT40, 19h". Sala 40, Departamento de Análise e Tradução... Devia ser uma daquelas salas à prova de som nos subporões mais inferiores. Ele se lembrava delas de outras épocas. Sem circulação de ar, muito quente ou muito fria, e sem banheiros, a menos que você estivesse disposto a uma boa caminhada de cinco minutos. Que saco.

Thomas estava cansado e tinha trabalho a fazer, e tinha outros planos para a noite caso conseguisse terminar o trabalho a tempo. Por Deus, era melhor que fosse uma emergência, mas não havia outra forma de descobrir a não ser indo lá. Afinal, era o propósito de se ter linha particular com grampos e codificação e mudança constante de senhas.

Quando chegou, já estava irritado até o pescoço. Havia gastado trinta preciosos minutos circulando acima do voanteporto na cobertura do prédio, esperando permissão para aterrissar, e mais dez aguardando a varredura das câmeras para garantir que algum babaca riquinho pudesse desembarcar em segurança. Thomas estava cansado, e com frio, e com fome, e tinha um milhão de coisas na cabeça, e entrou na Sala 40 de um jeito que fez os dois homens já presentes trocarem olhares rápidos e se aprumarem na cadeira.

– Certo! – disse ele enquanto se sentava. – O que houve?

– É uma emergência – respondeu um deles.

– Fiquei sabendo – disse Thomas. – E acho que não tem café, correto?

– Tem uísque, se quiser – disse o segundo antes que o primeiro, que parecia ter mais bom senso, pudesse interromper o colega.

Thomas Blair Chornyak encarou o sujeito como encarava qualquer outra coisa que não parecia ter uma boa desculpa para existir.

– Nenhum homem que use a mente bebe qualquer coisa mais forte que um bom vinho – afirmou Thomas. – Vocês têm ou não café?

– Nós temos café – disse o primeiro sujeito, que foi buscar a bebida e a colocou diante de Thomas.

Ele tinha noção o bastante para servir o café em uma xícara de verdade, e noção o bastante para servi-lo puro. Também tinha noção o bastante para fazer isso rápido. Quando se lidava com o homem que era o melhor linguista de todo o planeta e seus subordinados, era necessário se apressar.

– Pronto, senhor – disse ele. – Puro. Agora, aos negócios.

– Por favor.

– Senhor, temos algumas notícias complicadas para dar.

– E...?

– Senhor, queremos que saiba que esta ação foi tomada com relutância. MUITA relutância.

– Pelo amor de todos os anjos, homem – disse Thomas, exausto. – Você vai desembuchar logo ou me deixar voltar para o trabalho?

As palavras do homem do governo saíram atropeladas, pois ele estava preocupado. Haviam lhe prometido que o linguista não causaria confusão, mas achava isso difícil acreditar.

Se fosse ele no lugar de Thomas, causaria confusão, sim. Uma bela confusão. E ele nem era alguém importante.

– Senhor, um bebê das Linhagens foi sequestrado da maternidade do Hospital Memorial de Santa Cruz.

Chornyak apenas piscou. O homem poderia muito bem ter dito que o céu era azul.

– Pelo governo federal, suponho – disse Thomas. Os outros dois assentiram.

– Uma menina ou um menino?

– Uma menina, senhor.

– Hum.

O homem menos experiente olhou de soslaio para o companheiro, demonstrando confusão e o-que-vamos-fazer e sabe-se lá mais o quê; o mais experiente, que já estava naquele ramo havia muito tempo, não deu atenção. Eles precisavam esperar; o poderoso chefão dos lingos só falava quando decidia falar. E se ele quisesse dar um verdadeiro escândalo, daria um verdadeiro escândalo. Não havia nada que pudessem fazer a respeito, a menos que ele usasse a agulha que tinha no bolso, e não tinha certeza se podia fazer isso.

– Elaborem – pediu Thomas, enfim. – Por gentileza.

Ele estava sendo dolorosamente educado. Se fosse arrancar as unhas do pé de alguém, uma a uma, faria isso de modo dolorosamente educado.

– Meu nome é John Smith, sr. Chornyak – disse o oficial mais experiente.

– Sim. Já trabalhei com você antes.

– Fui instruído a explicar ao senhor que, com a intenção de contribuir com nossos esforços de aquisição da língua beta-2, usada por formas de vida primárias no sistema Joviano, foi necessário assumir custódia temporária de uma das bebês da Família St. Syrus... de forma um tanto abrupta.

– Foi necessário.

– Sim, sr. Chornyak.

– Não estou entendendo, Smith.

Smith explicou. Explicou sobre as crianças mortas, o encontro com os técnicos e a decisão final de que, da próxima vez, deveria ser um bebê linguista.

– O senhor deveria ter sido avisado com antecedência – mentiu Smith. – Mas, quando fomos informados do nascimento de uma bebê na Califórnia, não houve tempo de falar com o senhor. Não sabíamos quando teríamos outra chance, entende?

– E onde está a bebê agora?

– Em um dos nossos abrigos seguros, senhor.

– Seu amigo aqui, ele tem nome?

O homem menos experiente pigarreou, inquieto, e respondeu:

– Sim, senhor. Me chamo Bill Jones, senhor.

Com calma, Thomas registrou a informação no computador de pulso, depois sorriu para a dupla. John Smith e Bill Jones. Claro. E todos viveram felizes para sempre.

– E quando a bebê vai ser submetida à Interface?

– Em três semanas, sr. Chornyak. Não podemos esperar mais do que isso, dada a crise atual.

– Ah, claro. A crise atual. Que é...?

– Não sabemos, senhor. Não fomos informados. O senhor sabe como são as coisas, sr. Chornyak. Deve saber.

– Certo, vou considerar a existência de uma crise atual por enquanto. É isso ou passar a noite aqui, pelo jeito. Dado esse pressuposto, Smith, você acha que pode me explicar, sem firulas e gaguejadas, a razão pela qual esse crime extraordinário foi autorizado? Não, a expressão não é forte o bastante. A razão pela qual esse crime extraordinário foi *cometido* pelo governo dos Estados Unidos? Contra uma Família das Linhagens, à qual esse mesmo governo deve muito e da qual não sofreu ataque algum? Sequestro... – O canto do lábio superior de Thomas espasmou uma única vez – ... é crime. E não um crime qualquer. É punido com pena de morte. Sugiro que você me explique por que um oficial do meu governo achou justificado sequestrar um parente meu.

Smith hesitou, depois disse:

– Senhor, acabamos de explicar.

– Você me explicou que falharam em seus experimentos usando crianças humanas na Interface com formas de vida. Sim. Entendi essa parte. Isso não é surpresa, vocês foram avisados de que falhariam. O que não entendo, no entanto, é por que essa série de eventos totalmente previsíveis resultou, de alguma maneira inexorável, em tal crime.

Sentindo que, se fosse ter algum papel ali que não o de um boneco de papelão, a hora de se pronunciar era aquela, Jones interferiu.

– Talvez queira me deixar cuidar disso, John – disse, com cuidado.

– É claro, Bill. Fique à vontade. – Smith deu de ombros.

As coisas já não estavam indo bem e provavelmente não iriam melhorar, mas ele não planejava permitir que aquilo o incomodasse. Já havia encontrado com Chornyak antes, em várias ocasiões diferentes, mas quase igualmente desconfortáveis. Havia se encontrado com linguistas centenas de vezes. E sabia que não havia absolutamente nada que um cidadão ordinário pudesse fazer caso um linguista decidisse estruturar um encontro de tal forma que o cidadão parecesse um perfeito imbecil. Era uma das habilidades que os lingos aprendiam, uma das coisas que seus fedelhos treinavam para fazer desde o nascimento, e uma das razões pelas quais eram odiados.

Smith apreciava muito o fato de que o lingo que o estava humilhando era homem, pelo menos... Quando era uma das vadias, ele se sentia fisicamente mal. Ah, elas seguiam a etiqueta, aquelas mulheres; diziam todas as palavras certas. Mas tinham uma forma de conduzir a conversa e de distorcê-la de modo a fazer os outros dizerem coisas que nunca diriam e prometerem coisas que jamais se permitiriam prometer... Ele sabia tudo sobre linguistas. Era impossível vencê-los em um combate cara a cara, e ele tinha juízo o bastante para não tentar. Que Jones se debatesse até a morte contra aquela rocha se assim desejasse; ele aprenderia.

– Senhor – começou Jones –, é o seguinte.

– Diga – disse Thomas.

– Nós, do governo federal, logicamente ouvimos e lemos as declarações oficiais das Linhagens dizendo que não há diferença genética entre bebês linguistas e bebês da população geral. E somos capazes de compreender as razões desse posicionamento, dada a indisposição lamentável entre as Linhagens e o povo leigo.

Ele fez uma pausa, e Thomas inclinou a cabeça para o lado, e Jones se sentiu profundamente inferior por razões que não conseguiu identificar; mas ele estava comprometido agora, e não tinha escolha a não ser continuar. Eles haviam sido informados de que deviam proceder com muita cautela ao lidar com aquele homem.

"Vocês sabem do que ele é capaz, certo?", o chefe havia dito a eles, agarrando a mesa com ambos os punhos cerrados e se inclinando sobre eles como se fosse uma árvore. "Aquele homem, sozinho, poderia simplesmente dar uma ordem, e todos os linguistas que têm contrato com o governo simplesmente parariam o que estivessem fazendo. Isso significa que todas as negociações interplanetárias em andamento, de negócios, diplomáticas, militares, científicas, tanto faz, seriam INTERROMPIDAS. Cada uma delas. Não podemos fazer nem uma maldita coisinha sem os lingos, que Deus amaldiçoe a alma deles e que todos fritem no inferno. Mas aquele homem, e que ele frite especialmente devagar, mantém este governo refém. Está entendendo, Smith? Você, Jones, lembra disso?"

E por que, pensou Jones, abismado, o governo havia escolhido enviar justo *ele*? Smith, talvez... Ele entendia que Smith tinha experiência com linguistas. Mas ele? Por que não alguma superestrela do ramo?

Smith, que só observava o colega, achou um pouco de graça na situação; ele sabia a resposta àquela pergunta. O governo, que era composto de burocratas, sentia que enviar alguém obviamente importante para lidar com Thomas daria a ele um sinal de que o governo estava submisso a ele, um sério erro tático. Como se o próprio Thomas não soubesse disso... Então, haviam enviado um time. Um agente de aparência ordinária, mas com experiência, sem nada demais para chamar a atenção, só um funcionário simbólico do governo. E um muito inexperiente e desajeitado para fazer as coisas andarem. Pobre Jones.

– Então, sr. Chornyak – continuou Jones, com cuidado. – É claro que entendemos a motivação dessa afirmação pelas Linhagens, mas também sabemos que não reflete inteiramente os fatos. Isto é, sabemos que, na verdade, existe uma diferença genética.

– Todas as relações consanguíneas e tal – murmurou Thomas de forma gentil; Smith riu por dentro quando Jones mordeu a isca.

– Exatamente – disse Jones, alegre.

– Práticas nada naturais.

Jones pareceu assustado, e declarou que não havia dito aquilo.

– Há alguma outra forma de estabelecer relações consanguíneas, sr. Jones?

– Ah, deve ter.

– Ah, é? E por que acha que deve ter? A única forma de estabelecer o tipo de diferença genética que está sugerindo, caso admitíssemos neste instante que as Famílias linguistas mentem deliberadamente, seria foder sistematicamente nossas primas de primeiro grau, geração após geração, para assim sistematicamente obter essa diferença genética. Se falarmos de irmãs, então, seria ainda mais rápido, embora isso talvez causasse outros tipos de diferenças genéticas. Bebês de duas cabeças. Bebês sem braços. Bebês sem cabeça. Esse tipo de coisa.

– Sr. Chornyak, eu garanto ao senhor...

– Sr. Jones, eu garanto a *você* que não saí da minha casa, onde tenho assuntos importantes para cuidar a serviço do governo que você alega representar, e voei até aqui, mesmo nesse clima horrível e nesse tráfego gerenciado por lunáticos, para ouvi-lo atacar os hábitos sexuais da minha família.

Foi demais para Jones, mais que demais. Ele não tinha ideia de como havia chegado àquele ponto e ficou ali sentado, abrindo e fechando a boca como um peixe.

– Sr. Chornyak, acabe logo com isso – disse Smith, movido pela pena.

– Perdão?

– Pare de torturar meu colega, Chornyak. Isso não é legal. O senhor está se comportando como o Linguista-Papão. E o fato de que isso é fácil não faz com que seja mais divertido.

Thomas riu, e Jones pareceu infinitamente confuso.

– Nós não acreditamos nos senhores – continuou Smith. – Isso não é novidade para os senhores. Falamos isso desde que descobrimos para que servem os linguistas. E não tem patavinas a ver com suas práticas sexuais, nas quais o governo não tem o menor interesse.

– Mas, cientificamente, isso é... pura baboseira – disse Thomas.

– Eu que o diga. Mas não acreditamos nisso também.

– E...?

– E temos que engolir isso, porque os senhores sempre nos têm em rédeas curtas. Quarenta e três crianças humanas morreram até agora nas nossas valentes tentativas de seguir com um acordo que os senhores linguistas têm o prazer de nos impor. E agora vários técnicos de computador mal conseguem cortar papel com tesourinhas sem ponta de tanto lidar com essas coisas que não consigo nem imaginar.

– Onze, até ontem – disse Thomas.

– E como o senhor *sabe* disso? – quis saber o pobre Jones.

– Eles sabem tudo – respondeu Smith. – Fica até chato depois de um tempo.

– Então quer dizer que vocês decidiram que precisavam de uma criança linguista porque só uma criança linguista pode adquirir a língua que vocês chamam de beta-2 – disse Thomas. – Apesar de não haver evidência alguma de que essa língua sequer *exista*. E, mesmo que realmente precisassem roubar uma criança... É um ato um tanto primitivo roubar um ser humano, não acham?

Smith não se deixaria levar por esse caminho. Não tinha intenção alguma de ser levado a um ponto onde ouviria a própria boca admitir que não consideravam os linguistas seres humanos. Sem chance. Ele não disse nada, então Thomas continuou:

– Sr. Smith, sr. Jones, eu juro a vocês – e, para o choque de Jones, ele subitamente ficou parecido com as imagens de Abraham Lincoln em sua forma mais gentil e confiável – que nós, das Linhagens, sempre dissemos e estamos dizendo a mais pura verdade. Não precisamos nem falar da duvidosa teoria genética envolvida; podemos ignorar isso. Mas a razão pela qual não podem colocar um bebê humano em uma Interface com um alienígena não humanoide sem destruir completamente a criança não tem relação alguma com pertencer ou não a uma Linhagem. Tem a ver com o fato de que nenhuma mente pode enxergar o universo como ele é visto por um extraterreste não humanoide sem se autodestruir no processo. Simples assim.

– É o que os senhores dizem – disse Smith, cabeça-dura.

– Sim, é o que dizemos. E o que sempre dissemos. Tentamos fazer isso, logo no início do uso das Interfaces, porque calhou de não encontrarmos apenas alienígenas humanoides no início da exploração desta galáxia. Algumas vezes eram, sim; mas, muitas vezes, esbarramos em criaturas sencientes que eram cristalinas, ou gasosas. Vocês devem se lembrar do infame encontro com a população de Saturno, que assumia a forma líquida. As Linhagens perderam três crianças naquela ocasião. E, quando percebemos que havíamos alcançado um limite que não podia ser superado com a tecnologia, nós paramos. Seria extremamente pertinente que o governo dos Estados Unidos fizesse o mesmo.

– Isso não pode ser verdade para todas as espécies alienígenas não humanoides – declarou Smith. – É ridículo.

E Thomas pensou que não, não era ridículo. Era perturbador, mas não ridículo. Nenhum ser humano era capaz de segurar a respiração por trinta minutos; era uma barreira natural, e contra a qual haviam aprendido a não se jogar de cabeça na tentativa de superá-la. Nenhum ser humano, até onde ele sabia, era capaz de compartilhar a visão de mundo de um ser não humanoide. Não era ridículo.

– Se sua gente está disposta a continuar tentando, e não se importa em arriscar a sanidade e a vida dos bebês nessa série exótica de apostas, o problema é de vocês – disse Thomas, razoável. – Mas nós, linguistas, estamos genuinamente cansados de levarmos a culpa pelos resultados da sua estupidez.

– Sr. Chornyak...

– Não. Escute. O que você está me falando aqui pode ser facilmente resumido, Smith. É o seguinte. Um: por alguma razão misteriosa, vocês dizem que nós, linguistas, sabemos usar a Interface com alienígenas não humanoides, mas nós não sabemos. Nossa maldade inerente. Nossa monstruosa ganância. Só porque Deus quis assim. Vai saber? Simplesmente não somos capazes. Dois: vocês, não linguistas, tentaram com afinco usar os próprios bebês, e eles morreram de forma horrível, ou acabaram pior que mortos. Três: como isso é decorrência direta da nossa negativa em ajudar, vocês nos culpam por essas tragédias. Nós, linguistas, e não vocês, que de fato colocaram os bebês na Interface, um depois do outro, diabos, e ficaram assistindo enquanto eles sofriam de forma indizível. Quatro: como nós somos culpados disso tudo, e a humanidade realmente precisa aprender de toda forma essas línguas não humanoides, vocês do governo se acharam no DIREITO DIVINO de pegar um de nossos bebês. Não é sequestro; é o que merecemos pela paciente tolerância de vocês muito além do ponto razoável. Nós *devemos* um de nossos bebês a vocês!

Jones sempre havia se orgulhado de ser um homem sofisticado e razoável, e livre de emoções primitivas ou preconceitos. Assistindo a tresdês de revoltas antilinguistas, ele havia ficado admirado com o modo como o homem podia se virar contra outros homens e usar uma razão que não era uma razão como pretexto para tamanha brutalidade. No passado, a cor de pele. Agora, um homem pertencer ou não a uma das treze Famílias daquele mundo, a uma das Linhagens. Ele havia assistido àquilo e sentido desprezo, grato por não ser daquele jeito, feliz por não deixar que tal baixeza o maculasse.

Seu estômago começou a se revirar naquela sala; enjoado, percebeu que o ódio que sentia pelo homem elegante sentado ali, tirando sarro deles, aquele ódio que escorria dele como certa vez vira pus escorrendo de uma ferida, era, sim, *preconceito*! Ele odiava aquele homem com uma sede de sangue completamente irracional. Adoraria espremer os olhos dele com os polegares. Por algumas palavras, e sem dúvida por alguns gestos. Quando estava em treinamento, Jones já havia sido alertado de que os linguistas eram capazes de controlar as pessoas com gestos, de forma que elas nunca desconfiassem. "Com a ponta do dedo mindinho deles, rapazes!", os instrutores costumavam dizer. "Eles podem controlar vocês com nada mais do que a forma como *respiram*!" Ele havia aprendido aquilo para as provas, havia aprendido todo tipo de bobagem para as provas, mas não havia acreditado em tudo. Agora, acreditava. Porque não podiam ser só as palavras que Chornyak estava usando. Caramba, ele havia lido aquelas palavras em centenas de revistas de direita, havia ouvido exatamente aquilo em centenas de bares quando os ânimos estavam elevados, era algo que qualquer um poderia ter dito em um momento de destempero, não podiam ser as palavras... Não, o homem havia feito algo com a mente, havia provocado Jones de alguma forma... com a ponta do dedo mindinho. Com a forma como respirava.

Não ocorreu a Jones que a única forma de evitar parte daquilo, embora não fosse suficiente para salvá-lo do que os linguistas podiam fazer com a modulação da voz, seria *não* olhar para o linguista enquanto ele falava. Mas ele encarava o homem, fascinado como se o outro homem fosse uma cobra em um cesto. Smith, por outro lado, olhava para o teto quando não estava falando diretamente com Chornyak, e por cima do ombro dele quando estava, e sabia que Jones havia sido instruído a fazer o mesmo. Jones não havia aprendido, porque não acreditava ser importante.

– Sr. Chornyak, sabemos como o senhor se sente, e o senhor sabe como nós nos sentimos, e isso tudo é muito acalentador – disse Smith. – A questão não é como nos sentimos a respeito disso: ninguém gosta disso, por mais que o senhor possa pensar isso. A questão é o que os linguistas vão fazer.

Thomas suspirou e balançou a cabeça devagar.

– E o que nós *podemos* fazer? – perguntou. – Consigo imaginar a reação se eu ligasse para o FBI e informasse que um agente do governo sequestrou uma de nossas bebês. Nós somos tão impotentes quanto qualquer outro cidadão mediante o barbarismo desse governo, sr. Smith, e vamos fazer o que qualquer outro cidadão faria. Vamos seguir o fluxo normal das coisas. Contatar a polícia, informar que uma bebê está desaparecida, fingir pelo bem dos pais que uma busca está sendo conduzida... E vamos confortar a mãe em seu luto da melhor forma possível.

– O senhor não sabe...

– Eu sei. A bebê vai morrer, assim como todos os outros. Ou vai ser mutilada de forma tão horrível que terá de ser sacrificada em nome da decência, como também já aconteceu. E vamos confortar a mãe em seu luto da melhor forma possível.

Thomas sabia exatamente em que Smith estava pensando. *Ora, Chornyak*, ele devia estar pensando, *você não nos ameaça com o que realmente pode fazer, e com o que cada um de nós sabe que realmente pode fazer. Por que não ameaça tirar os linguistas da jogada, cada um deles, e mergulhar o mundo no caos? Por que finge que é um cidadão como qualquer outro?*

Bem... Que pensasse. Thomas não tinha a intenção de contar. Ninguém sabia, ou saberia, exceto quando chegasse a hora de passar adiante a liderança das Linhagens. Em tal ocasião, ele precisaria explicar para o próximo Líder que o trunfo na manga estava reservado para uma ocasião específica: para quando o governo, depois de assassinar sabe-se lá quantas centenas ou milhares de inocentes nas Interfaces, enfim trombasse com a rara espécie não humanoide cujas percepções de mundo pudessem ser toleradas pelos humanos. Nesse dia, que poderia ser dali a mil anos ou dez dias, o governo subitamente decidiria que estava no ramo do uso de Interfaces e que era capaz de fazer o serviço de adquirir línguas alienígenas sozinho. Então o governo seria informado dos termos dos linguistas: ou *aquela* parte da indústria de uso de Interface seria limitada a linguistas, enquanto o governo ficaria com o resto, ou todos os linguistas envolvidos em negociações, independentemente de quão cruciais fossem, abririam mão do serviço e não participariam mais delas. Os linguistas não tinham a mínima intenção de ver sua prole desperdiçada na busca aleatória da espécie ocasional que quebraria a barreira perceptual entre humanoides e não humanoides; por outro lado, também não tinham a intenção de perder seu poder sobre o governo ou sobre o povo leigo.

Governos, e o povo em geral, tinham a tendência de assumir o poder e fazer coisas imbecis com ele, como promover guerras nucleares e cortar uns aos outros com serras elétricas e bisturis a laser. Os linguistas tinham um jeito de refrear parte disso, e um poder espetacular, apesar de todas as suas limitações, e manteriam isso limitado às Linhagens, protegido das tolices dos burocratas ou da simples ignorância.

Thomas tinha uma responsabilidade, e às vezes ela era desagradável. Às vezes, quando ouvia os menininhos da Família reclamando porque coisas lhes eram privadas só porque pessoas idiotas achavam que linguistas ganhavam muito dinheiro, e como achavam que era um saco viver assim... Às vezes, ele ficava tentado.

Lembrava-se de quando ele mesmo fora um desses garotinhos. Naqueles tempos, havia muito desperdício de energia sem impunidade, uma época de "ajustes de mercado" do governo. Existia na época uma espécie de campo de força portátil que girava ao redor do corpo e podia ser programado para manter a temperatura em certa faixa. Com ele, as pessoas podiam sair sem roupas de inverno, podiam usar trajes normais no verão com total conforto. Não havia durado muito, porque mesmo os ricos que amavam aquele tipo de brinquedinhos logo descobriram que um esbanjamento de recursos daquele era intolerável. Mas, enquanto o produto estivera disponível, as crianças se divertiram. Elas descobriram que, se pegassem alguns daqueles campos girando na temperatura máxima e outros na mínima, era possível criar um pequeno tornado no meio de um círculo de crianças e vê-lo sugar folhas e grama, e quem tivesse coragem de enfiar o dedo ali perceberia que o ar estava completamente parado.

Thomas se lembrava de, aos seis anos, estar todo enrolado em um casaco simples, batendo o pé para espantar o frio e esfregando os dedos congelados. Outras crianças, que brincavam em um parquinho pelo qual ele passava na ida e na volta da escola, estavam alegremente confortáveis em shorts e camisas leves mesmo naquele frio, exceto aquelas que estavam criando tornados. Essas estavam com tanto frio quanto Thomas, talvez mais. Mas estavam se divertindo. Ele nunca esqueceria de como ficara assistindo, morrendo de vontade de brincar também, de ter um pequeno tornado com o qual se divertir, de querer fazer parte daquele grupo... Ele, que desenvolvera queimaduras de frio de ficar parado ali. Ele, que não recebera compaixão alguma por isso.

"Você é um bobo, Thomas", haviam dito a ele em casa. "Linguistas não podem ter esse tipo de coisa, e você sabe disso, e sabe o porquê. Já dissemos mil vezes. As pessoas nos odeiam, e escolhemos não alimentar esse ódio com trivialidades. Elas acham que somos gananciosos e que recebemos milhões de créditos para fazer coisas que qualquer um poderia fazer se nós os ensinássemos. Também escolhemos não alimentar essa percepção. Agora vá estudar seus verbos, Thomas, e pare de choramingar."

Thomas se recompôs de súbito; estava perdido em devaneios, e os dois homens o fitavam em silêncio.

– Enfim – disse ele. – Vocês venceram. Estão satisfeitos?

– O senhor já pode ir embora, sr. Chornyak – disse Smith, cansado –, se não tiver mais nada a falar.

– Foram vocês que me chamaram aqui, meu amigo.

– Por consideração.

– Ah. Consideração. Dou valor a quem tem consideração.

– Nós não queríamos que o senhor ouvisse sobre o... incidente... no noticiário, sr. Chornyak. E suas ordens são de que nenhum contato entre o senhor e o governo seja estabelecido de outra forma, a menos que seja parte da rotina diária dos linguistas. Nós fizemos como o senhor pediu, e isso também é ter consideração.

– Vou cuidar para que a sra. St. Syrus saiba da consideração de vocês – disse Thomas, fazendo uma mesura.

– Pois não vai, não – disparou Jones. – Não é isso que você vai fazer, seu... seu lingo imundo! Você vai...

Smith suspirou. Aquilo já havia passado dos limites, pensou. Estava esperando certa inaptidão de Jones, razão pela qual haviam escolhido o homem; mas aquilo já era mais do que ele achava justificável dada a função dele. O rosto de Thomas Chornyak registrava apenas um leve desgosto... EU, ARISTOCRATA; VOCÊ, HOMEM DA CAVERNA... era o que parecia estar pensando. O sujeito não diria uma só palavra. E depois começaria a inserir dados em seu computador de pulso... E foi o que fez.

Não raro, Smith pensava que, se passasse alguns meses com os linguistas, em tempo integral, poderia aprender a fazer o que eles faziam. Isso era óbvio. Mas devia haver algo que não era tão óbvio, porque, quando tentava fazer o que achava que havia aprendido por meio de suas observações, nunca funcionava. Nunca.

Por Deus Todo-Poderoso, como ele odiava os lingos.

Avançando a passos rápidos pelo corredor com os dois homens, Smith enojado e Jones humilhado, Thomas quase trombou com um grupo igualmente apressado que virava em um corredor. Quatro homens em uniformes e uma mulher toda de preto... uma mulher adorável. Em um lugar daqueles, àquela hora?

– Que curioso – comentou ele. – O que está acontecendo?

– O nome dela é Michaela Landry, sr. Chornyak – disse Smith. – É a mãe do último bebê entregue voluntariamente para ser submetido à Interface. Nós contamos isso ao senhor. O marido dela morreu quase imediatamente após a escolha do bebê... Um acidente bizarro... E ela foi trazida para aceitar a Medalha de Herói Pueril no lugar do homem. Tudo segredo de Estado, é claro, senhor.

– Entendi. E agora ela vai ter que voltar para a casa dos pais, suponho. Pobre mulher.

– Não, senhor. Ela está completamente sozinha no mundo, não tem família. Mas o cunhado a acolheu, e deu a ela permissão para trabalhar.

– Que tipo de serviços de enfermagem ela presta?

– Antes de tudo acontecer, ela trabalhava em hospitais públicos. Depois do que houve, porém, e compreensivelmente, ela acha que não é mais capaz de lidar com esse tipo de coisa. Está procurando um emprego como enfermeira particular... e vamos garantir que encontre algo o mais rápido possível. A pobrezinha já sofreu o bastante, não precisa ficar sentada por aí sozinha pensando nisso.

– É uma história muito triste – disse Thomas, entrando no elevador particular que o levaria até a cobertura. – E lamentável, do princípio ao fim.

– Ah, ela não vai ficar assim macambúzia por muito tempo – disse Smith. – Em um ano, no máximo, alguém se casará com ela... Ela é uma exemplar adorável.

– Pois é mesmo – concordou Thomas.

E foi para casa esperar o contato da Família St. Syrus, que seria feito na manhã seguinte, se não antes.

CAPÍTULO 6

A curiosa aberração na ciência cultural do século 20 que levou ao breve e bizarro fenômeno de mulheres praticando medicina, exercendo o cargo de juízas – inclusive no Supremo Tribunal, por mais incompreensível que isso possa parecer hoje – e ocupando papéis masculinos em toda a sociedade pode ser facilmente explicada. Homens são gentis e atenciosos por natureza, e uma mulher encantadora ávida por brincar de faz de conta como médica ou congressista ou cientista pode ser tanto divertida quanto cativante; é compreensível, quando olhamos para o período em questão, como os homens do século 20 devem ter imaginado que fazer a vontade das damas seria inofensivo. Sabemos, por registros históricos, em particular livros de memórias de grandes homens da época, como frequentemente as artimanhas das mulheres rendiam a eles boas risadas – muito bem-vindas à rotina séria de seus negócios (houve, por exemplo, a famosa farsa da Emenda da Igualdade de Direitos, tão habilmente armada e mantida por tantos anos por membros do Congresso... Todos já rimos efusivamente a respeito disso, tenho certeza).

Pode parecer radical, e sei que alguns de meus colegas mais conservadores vão se pronunciar, mas estou inclinado a achar que um pouco desse alívio cômico viria muito a calhar hoje em dia. A vida já é tão deprimente; uma risada aqui e agora, especialmente se a fonte for uma mulher suficientemente bela e em forma, poderia quase valer o risco de tê-las fazendo trapalhadas no Congresso!

Mas, infelizmente, não podemos nos dar a tal luxo. Nossos ancestrais – apesar das afirmações claras de Darwin, Ellis, Feldeer e muitos outros a respeito do assunto – não sabiam, não tinham provas científicas da inferioridade mental inerente às mulheres. Foi apenas com a publicação da excelente pesquisa dos ganhadores do Nobel Edmund O. Haskyl e Jan Bryant-Netherland do MIT, em 1987, que enfim obtivemos essa prova. E merecemos os créditos por, então, termos agido rápido para consertar os erros que, em nossa lamentável ignorância, havíamos cometido. Vimos que o conceito de "igualdade" feminina não era apenas um tipo de noção romântica – como a moda do "Bom Selvagem" na era anterior. Pelo contrário, era um fardo cruel e perigoso ao qual estávamos submetendo as fêmeas de nossa espécie, um fardo sob o qual elas trabalhavam de forma inocente e inadvertidamente... Vítimas – é a única expressão – da ignorância masculina.

Alguns criticam, dizendo que não deveríamos ter demorado quatro longos anos para prover nossas mulheres da proteção constitucional que amplamente mereciam e da qual desesperadamente necessitavam. Mas sinto que aqueles que criticam exageram em seus julgamentos. Leva tempo para corrigir erros – sempre leva tempo. Quanto mais disseminado é o problema, mais tempo é necessário para resolvê-lo. Acho que um período de quatro anos corresponde a uma resolução notadamente ágil, e uma questão de orgulho considerável – que nós, cavalheiros, deixemos de lado essas críticas de uma vez por todas.

(Senador Ludis R. G. Andolet, de New Hampshire, falando no Banquete Anual de Natal do Clube de Cavalheiros de Nova York, em 23 de dezembro de 2024)

Verão de 2181...

Michaela estava mais do que satisfeita com o emprego que havia encontrado. A sede da Família Verdi era cercada por antigos carvalhos e ciprestes, acomodada no seio da curva do rio Mississippi perto dos limites de Hannibal, Missouri. Não parecia em nada com Washington DC, embora ela tivesse sido alertada sobre o verão e o calor capaz de fazer o de Washington parecer quase agradável em comparação. A casa poderia ser chamada de mansão se pertencesse a uma família americana normal; mas, para um grupo numeroso de linguistas era adequada, e não mais do que isso, sem muitos luxos. Quanto à propriedade, Michaela suspeitava de que o povo leigo criticaria tudo aquilo se a conhecesse melhor, já que os Verdi tinham um gosto por jardins e pareciam não se privar muito de investir naqueles atrás da construção principal. Mas, em uma região como aquela, com uma área de floresta entre a propriedade e a rodovia, isso ficava restrito apenas àqueles dentro da propriedade. Linguistas não recebiam visitas porque não tinham tempo e se recusavam veementemente a receber membros da imprensa.

Apesar do número de pessoas na casa, os Verdi haviam encontrado para Michaela um quarto com banheiro privativo e uma janela que dava para o rio. A enfermeira foi instalada na quina da casa em um piso superior, e, para descer até os cômodos comuns, precisava atravessar um corredor externo e seguir por uma passarela que dava direto na cobertura onde ficava a Interface. Logo ao chegar, aquilo a preocupara, por isso procurou imediatamente a mulher mais velha da Família para expressar sua inquietação.

– Estou apreensiva a respeito do meu quarto, sra. Verdi – disse.

– Mas é um quarto tão bom!

– Ah, sim – Michaela se apressou em dizer. – O quarto é ótimo, e fico muito grata por ele. Mas não consigo chegar ao meu paciente em menos de quatro minutos, sra. Verdi, e isso é alarmante. Calculei o tempo, percorrendo três diferentes rotas, e quatro minutos é o melhor tempo que posso fazer, sem dúvida. É a ponte sobre a Interface que me atrasa.

– Ah, *agora* entendi! – dissera Sharon Verdi, alívio claro no rosto, deixando claro para Michaela quantas mudanças e concessões haviam sido feitas para dar a ela o quarto em questão. – E está tudo bem... mesmo.

– Mas são quatro minutos! Muita coisa pode acontecer em quatro minutos.

Por exemplo, uma pessoa pode morrer em quatro minutos, pensou Michaela. Ned Landry não havia levado nem quatro minutos para morrer.

– Minha querida – começou a mulher, e Michaela tentou evitar que a sua expressão traísse quanto odiava a ideia de ser a querida de uma linguista –, garanto que isso não é problema. Vovô Verdi não tem nada sério, como sabe; está apenas muito velho e enfraquecido. Até recentemente, sempre dávamos um jeito de colocar uma de nossas garotas para passar um tempo com ele, alternando turnos... Ele só quer companhia.

– Mas agora acham que ele precisa de uma enfermeira?

– Não... – Sharon Verdi deu uma risadinha. – Ele só precisa de companhia. Mas colocou na cabeça que quer a mesma pessoa o tempo todo, entende, e não podemos abrir mão de ninguém em tempo integral. E é por isso que precisamos de você, minha querida. Mas você não terá que lidar com crises. Nada que exija que chegue ao quarto dele em dez segundos ou algo do gênero. Em uma dessas noites, ele dormirá o sono dos justos, pacificamente; está saudável como um cavalo de corrida agora. E, até lá, você não precisa se preocupar em sair correndo para atender a uma emergência. E, sim, o tédio. O homem mal consegue se sentar sem a ajuda de um braço forte, mas não há *nada* de errado com sua voz, e ele é capaz de falar a ponto de fazer dormir qualquer um de nós. Você vai merecer cada centavo do salário, garanto, e ainda vai querer um aumento.

– Ah – Michaela disse então. – Entendi. Obrigada, sra. Verdi.

– Por nada... E não se preocupe. Qualquer coisa de que ele precise pode esperar cinco minutos, ou quinze, que seja.

E, se algum dia houver algo que a faça achar que deve ficar mais perto, há um sofá muito confortável no quarto dele que você pode usar por uma noite ou duas.

Michaela assentiu, satisfeita. Sim, ela faria o homem se despedir deste mundo um pouco mais rápido do que os Verdi esperavam; mas, enquanto fosse enfermeira dele, o homem receberia os melhores cuidados possíveis, sem rodeios. Ela era uma enfermeira excelente e não tinha a intenção de baixar os padrões. E estava terrivelmente grata por ter sido colocada em um quarto espaçoso, onde poderia se debruçar na janela como Rapunzel e apreciar o rio.

Stephan Rue Verdi, cento e três anos de idade e não mais de quarenta e quatro quilos enxutos, fazia jus à fama. Era um dos tagarelas mais formidáveis que Michaela já havia conhecido. Mas ela não o achava chato. A bisneta, quando julgara as habilidades narrativas do idoso, não tinha a experiência de Michaela com Ned para comparação.

– Quando eu era criança... – costumava começar o velho Stephan, e ela murmurava para que ele soubesse que estava ouvindo (mas não era o bastante: a enfermeira tinha de se sentar ao lado dele onde pudesse olhar para ela sem esforço). – Quando *eu* era criança, as coisas eram diferentes. Garanto, eram *muito* diferentes! Não sei se eram melhores, entende? Quando as pessoas começam a falar que eram melhores é porque estão gagás, mas que eram diferentes, ah, eram.

"Quando eu era criança, não tínhamos que viver a vida que essas crianças vivem, pobrezinhas. De pé antes do sol nascer, nos pomares e nas hortas trabalhando como pobres fazendeiros sujos de terra às cinco e meia da manhã, na maior parte do ano... E depois escolher... Bom, escolher até certo ponto... Entre correr pelas malditas trilhas e fazer exercícios calistênicos por horas, ou cortar lenha, na época do ano em que não há mais o que fazer em termos de agricultura. E aí os coitados dos bichinhos precisam ouvir o peri*ÓDIOco* da família no café da manhã... Quando eu era criança, nós linguistas morávamos em casas normais como qualquer outra pessoa, e tínhamos nossas próprias mesas de família. Nada desses salões cheios de gente, como se estivessem comendo em um refeitório, com todo mundo apinhado como porcos diante de um cocho...

– O periódico da família, sr. Verdi – lembrou Michaela. Ele tinha a tendência de perder o fio da meada.

– Ah, o peri*ÓDIOco*, é muito, muito importante falar certo, o peri*ÓDIOco*! Tem uma *lista* de coisas que a molecada precisa encarar toda manhã enquanto tentam comer, uma lista com o que eles precisam fazer naquele dia e tudo o que não fizeram ou não fizeram direito no dia anterior... Coitados dos bichinhos – repetiu ele.

– Uhummm – disse Michaela. Ele quase sempre ficava satisfeito com um "uhummm", já que preferia se encarregar da maior parte do falatório.

– É sim! "Paul Edward, você deve estar no St. Louis Memorial às nove em ponto, o Alto Manda-Chuvão dos Patetas precisa de cirurgia e não vão deixar ninguém encostar nele a menos que haja um intérprete lá para transmitir as reclamações do sujeito." "Maryanna Elizabeth, sua presença é requerida na sede da Corte Federal das nove às onze, e depois você deve atravessar a cidade até uma Corte do Circuito. Não pare para almoçar ou vai se atrasar." "Donald Jonathan, você foi alocado por três dias ao Complexo de Negociações de Chicago; leve seu computador portátil, querem que você converta valores em outras moedas para os Patetas!"

– Nossa – disse Michaela. – E como as crianças chegam a esses lugares?

– Ah, nós somos muito eficientes. O voante da família, aquela coisona, decola lá fora às oito e cinco. Os cinco minutos extras são para os pobrezinhos irem ao banheiro, acredita? Depois ele leva todo mundo até St. Louis, para o Departamento

Estadual de Análise e Tradução, onde tem um exército inteiro de motoristas e pilotos e sei lá o que mais à disposição deles, sempre esperando para levá-los de um lado para o outro, sempre com medo de que eles se atrasem. Eles levam todo mundo para onde vão passar o dia e depois levam a molecada de novo para o DEAT à noite, e eles retornam para cá.

– Uhummmm.

– E depois, supondo que os fedelhos não tenham sido requeridos pelos Patetas ou pelos Patetinhas, bom, aí eles ainda vão para a *escola* por duas horas... O voante os coloca nas calçadas de Hannibal, acredita, ou leva as crianças até a van. Escola... Pffff. Na minha opinião, os que não precisam mais ir porque têm a agenda cheia, e compensam depois com os computadores de coleduc, são os sortudos. *Você* ia querer passar duas abençoadas horas, cinco dias por semana, com um bando de outras crianças de saco cheio, recitando o Juramento à Bandeira e cantando o Hino do Estado do Missouri e o Hino Cívico de Hannibal e ouvindo enquanto elas leem a Bíblia do Rei James para você? Não que eu tenha alguma coisa contra a Bíblia do Rei James, mas as crianças sabem ler, entende, em uma dúzia de línguas, *inclusive*! Com certeza não precisam de alguém para ler para elas... E a celebração de dias tontos autointitulados feriados como o Dia da Colônia Espacial ou o Aniversário de Reagan? Claro, eles comemoram o Dia das Bruxas e o Dia de Ação de Graças e o Natal e tudo mais, essas coisas todas... Mas você ia querer fazer isso? Essa patacoada toda, digo? Pffff... Ainda me lembro de quando davam *aulas* nas escolas!

– Ora, vá, sr. Verdi – censurou Michaela.

– Eu lembro. Lembro, sim.

– Sei...

– Bom... Lembro do meu pai me *contando* a respeito.

– Uhummm.

– E quando *eu* era um fedelho, tudo o que tínhamos que fazer eram as lições nos computadores de coleduc, em casa.

Agora, as crianças têm todas essas obrigações, MAIS a porcaria da escola por duas horas! Em uma CASA de Aula, é como chamam! Já ouviu alguma expressão mais tonta que CASA de Aula?

– É pela socialização, sr. Verdi – disse Michaela.

– Socialização! Grande porcaria!

– Uhummmm.

– Eu lembro o que socializar fez *comigo*, mocinha! Mesmo quando tentaram colocar a matéria no currículo de coleduc! Me fez *detestar* o Juramento à Bandeira e o Hino do Estado e o Hino Cívico e essa porcariada toda, isso sim! Ah, eu sei, dizem que, quando as crianças só aprendem via coleduc, começam a agir de forma estranha e os pais têm a sensação de que elas não são crianças normais... Já ouvi isso. E não acredito em uma só palavra.

– Uhummmmm.

– Coitadinhos. Você já ouviu o prof. Hampton Carlyle se levantar e recitar *todos* os versos de Hiawatha para você, jovenzinha?

– Todos os versos?

– Bem, ele demorou uma semana. Incluindo os gestos... Você é abençoada se nunca teve que passar por isso, garanto. E ainda fazem isso com as crianças, até hoje! Ah, e tem as Artes Manuais! Ebaaaa, vamos fazer um cesto de cartolina para o Festival da Primavera e encher de flores de papel! E tem as Atividades Especiais... Ai, eu digo, sra. Landry, que isso é uma porcariada. É coisa da Era Medieval, isso sim.

– Uhuuummm.

– Quando eu era criança, eu tinha meu trabalho. Eu havia sido submetido à Interface com um ARe, e eu tinha que saber a língua dele. E basco, e um dos dialetos dos cherokees convertidos, e sueco, e ASL.

– ASL?

– *American Sign Language*, ASL. Língua de Sinais Americana, garota, ninguém ensinou nada a você? Eu tinha tudo isso, e minhas aulas de coleduc, e ainda precisava ajudar pela casa.

Mas eu tinha tempo para brincar, e para me deitar nos galhos de uma nogueira-preta e ficar sonhando de vez em quando, e ir nadar no riacho... Essas crianças de hoje, sra. Landry, não têm um minuto para chamar de seu. Tempo livre, elas deveriam ter. *Depois* de trabalhar o dia inteiro para o governo, e *depois* de passar um tempo na Casa de Aula, se conseguirem encaixar, e *depois* de fazer as lições de coleduc, aconteça o que acontecer. E *depois* de lerem os tutorais extras nos livros de gramática e nos dicionários, e *depois* de servirem de apoio, e *depois* de se esfregarem até a pele quase cair no banho e cortar as unhas do pé e coisa do tipo, e *depois* de comparecer às reuniões de família agendadas à noite... Se sobrar algum tempo depois disso tudo, garota, aí elas podem aproveitar. Esse é o tempo livre delas, o pouco e precioso tempo livre que conseguem. Quinze minutos, se tiverem sorte.

– Sr. Verdi?

– O quê? O quê?

– O senhor disse que elas precisam servir de apoio. O que é isso?

– Putz.

O idoso olhou para o outro lado, e Michaela deu tapinhas na mão dele e disse que ele não precisava falar se não quisesse.

– Ah, não, eu vou falar! – disse ele. – Apoio... Isso é básico.

– Uhummm.

– Você sabe como funciona a Interface?

– Não, senhor. Só o que vejo no noticiário.

– Hunft. Bando de bobocas.

– Imagino que são.

– Bom, então, a Interface é um ambiente especial que construímos nas sedes das Famílias. São compostas de duas partes, cada uma com um controle rigoroso de temperatura e umidade, com um suprimento de coisas especiais e tudo mais, com o ambiente de um lado regulado nas exatas condições adequadas para os Patetas ou Patetinhas ou sei lá quem está como residente. Do outro lado, o ambiente é ajustado para humanos. E entre os dois tem uma barreira... Não dá para ter cianeto na sala com as crianças só porque os Patetas precisam disso, e vice-versa, para oxigênio e coisa e tal, entende? Mas é uma barreira especial feita para que dê para ouvir e ver através dela como se ela nem estivesse ali. E aí colocamos um bebê do lado humano e o ARe do outro lado, e o ARe e o bebê interagem por um ano e pouco, e loguinho temos um bebê terráqueo que é falante nativo de qualquer que seja a língua do ARe, entende?

– Oh! – disse Michaela. – Meu Deus!

– Mas isso é só da *primeira* vez! – disse o idoso, enfático. – Isso é só da primeira vez que uma língua alienígena é adquirida como língua nativa por um humano. Depois, ora, a criança humana é uma falante nativa, e não precisamos mais passar por tudo isso. É só colocar *essa* criança, a que foi submetida à Interface da primeira vez, com outros bebês humanos do jeito tradicional. Isso é ser apoio, entende? A segunda criança vai adquirir a língua alienígena daquela que foi submetida à Interface, agora que tem um humano falante nativo disponível. Isso é necessário, acredite.

– Uhummmm.

– Você não está prestando atenção em mim, está? Você *me perguntou* o que era servir de apoio, entende, e agora você não está prestando atenção!

Michaela aprumou a postura e insistiu que estava prestando atenção, sim.

– Você por acaso acha que sou entediante? – continuou ele. – Todo mundo acha que sou entediante! Que gente tonta e boboca, é o que eu acho! O que *eles* sabem da vida?

Michaela não achava aquilo nada entediante, na verdade, porque, quanto mais pudesse aprender a respeito dos hábitos e do estilo de vida dos lingos, mais segura e eficientemente poderia matá-los. Ela considerou cada palavra dita por Stephan Verdi como potencialmente muito valiosa; nunca se sabe exatamente qual informação será necessária no futuro. Assim, foi capaz de confirmar com total honestidade que estava ouvindo cada palavra dita e gostando do que ouvia.

– Eu tenho como saber se você estiver mentindo, não esqueça – disse ele.

– O senhor tem?

– Ninguém consegue mentir para um linguista, mocinha. Nem tente.

Michaela sorriu.

– Pois *já* tentou, não tentou? Sei por esse sorrisinho no seu rosto! Beleza alguma é capaz de disfarçar a linguagem corporal, garota, e nunca será!

– Sr. Verdi... Toda essa excitação não é boa para o senhor.

– Excitação? Você não me deixa excitado, sua atrevida, é preciso muito mais para *me* deixar excitado! Eu vi de tudo na minha época, e levei o que quis para a *cama*! Ora, eu...

– Sr. Verdi... – interrompeu Michaela. – O senhor queria me explicar por que não posso mentir para um linguista.

– Eu queria?

– Ahammm.

– Bom... Então escute o que vou dizer: se algum dia você mentir para um linguista, garota, e se safar, se mentir para um linguista e ele não descobrir, é porque ele a *deixou* mentir, por seus próprios motivos. Não se esqueça disso.

– Não vou esquecer. – E ela não iria. – Apoio – relembrou Michaela. Ela mesma quase tinha perdido o fio da meada desta vez.

– Ah, sim. Então. Veja, depois de ser submetida à Interface, a criança humana passa a ser o único ser humano capaz de falar a linguagem alienígena em questão, e leva anos para produzir apenas um falante nativo desses. E nunca se sabe o que pode acontecer. Tratados importantes podem estar sendo redigidos, entende, ou alguma outra coisa relevante, e de repente, *pá*, a criancinha morre em um acidente de voante. Ou um raio cai na cabeça dela. Sei lá. Isso pode acontecer, entende? Por isso, tem que ter outra criança humana que já sabe a língua e outra aprendendo com essa. Servindo de apoio, caso algo aconteça. E, claro, adultos não são capazes de adquirir línguas como os bebês, mas tentam fazer seu melhor para aprender um pouco por um ou dois anos, por meio de fitas e tal, e depois tentando falar com as crianças que aprenderam ao serem submetidas à Interface, entende? E, assim, se o pequeno que adquiriu a língua do ARe primeiro repousar ao lado do Pai antes que uma criança de apoio seja adulta o bastante para trabalhar sozinha, bem... Em um caso de emergência desses, dá para mandar junto algum adulto com conhecimento meia-boca da língua... Essa é a única forma de adultos aprenderem outras línguas, a maioria deles... Mas aí o adulto e a criança novinha demais podem atuar como uma equipe, de certa forma. É uma *emergência*, entende? As coisas não devem ser assim normalmente, porque isso funciona que nem meu rabo. Mas é uma *emergência*... ora!

– Parece uma vida dura para as crianças – disse Michaela.

– É sim. É puramente horrendo. Como nascer na porcaria do exército.

– Sinto muito – disse ela. Ele puxou as cobertas, atormentado, até que ela as ajeitasse ao gosto dele. – E não parece fácil para os adultos, também – acrescentou Michaela, depois de acomodar o senhor.

– Ah, pffff. Eles estão acostumados. Não fizeram nada além de trabalhar o tempo todo por vinte anos, não saberiam o que fazer se tivessem a chance de viver de outra forma. Pffff.

Na maior parte do tempo, ele ficava um pouco agitado com uma frase ou outra de cada parágrafo, mas estava realmente se divertindo à beça. Ela o assistia e media a pulsação dele caso começasse a ficar ruborizado, enquanto berrava a plenos pulmões sobre a interferência das porcarias das mulheres e suas baboseiras sobre a porcaria das interferências, mas chegou muito rápido à conclusão de que Sharon Verdi estava totalmente correta. O corpo do velho estava desgastado, a um ponto que ele não conseguia andar por aí ou fazer as coisas sozinho; por dentro do fraco conjunto de músculos e ossos e pele enrugada, porém, ele era, como ela bem tinha dito, saudável como um cavalo de corrida. Michaela não precisava se preocupar com Stephan Verdi.

Apenas uma vez ela vira o homem ficar excitado a ponto de precisar interferir e insistir para tomar um sedativo. Foi no dia em que ele começou a falar sobre as Revoltas Antilinguistas de 2130, com pessoas jogando pedras nas crianças e botando fogo nas casas dos linguistas... Foi quando as famílias deixaram os lares individuais, como os de todas as outras pessoas, e passaram a se abrigar nas sedes comunais das Famílias; havia segurança em números. Cada uma delas havia sido entrincheirada na terra, também, não só por motivos econômicos, mas também como um tipo de defesa. De forma que todas acabariam se transformando em uma fortaleza em pouco tempo.

Falando sobre isso, gritando que os linguistas sacrificavam a vida para que o resto dos seres do universo pudessem viver gordinhos e preguiçosos e à vontade, e gritando a respeito da ingratidão tamanha que enjoaria até o diabo... o velho começou a chorar, e Michaela sabia como aquilo o envergonhava. Um homem chorando. Alguém que já havia sido Líder de sua Família, chorando. Ela tinha interrompido o idoso com gentileza, acalmado-o e o convencido a aceitar uma taça de vinho e um sedativo, e permanecera sentada ao lado dele até ele cair no sono. E, desde então, ao primeiro sinal de que ele estava prestes a entrar no assunto das revoltas, ela habilmente o conduzia para um assunto mais seguro.

– Você é uma mocinha tão boa – dizia ele de tempos em tempos.

– Que bom que o senhor gosta do meu trabalho.

– Você é a melhor ouvinte que já tive *na vida*!

– Meu esposo costumava dizer isso – disse ela, recatada.

– Bom, e ele estava certo, caramba. É bom para um homem ter alguém como você para prestar atenção enquanto fala!

– Uhuummm.

De várias formas, Michaela lamentava por ter de matá-lo. Ele era um senhor muito bonzinho. Para um linguista.

CAPÍTULO 7

Consideremos James X, uma típica criança das Linhagens com seus catorze meses de idade. Aqui está a rotina diária dele para sua análise. É uma criança, não se esqueça. Um bebê...

5h às 6h	*Acordar, depois exercícios calistênicos ou natação, e depois café da manhã.*
6h às 9h	*Sessão na Interface, com um ou dois Alienígenas Residentes.*
9h às 10h	*Brincar lá fora com outras crianças. Durante a hora da brincadeira, os adultos de supervisão usam apenas Linguagem de Sinais Americana para se comunicar.*
11h30 às 12h	*Almoço.*
12h às 14h30	*Cochilo da tarde.*
14h30 às 15h	*Exercícios calistênicos ou natação.*
15h às 17h	*Hora da "brincadeira"; tempo passado com uma criança mais velha que fala em outra língua alienígena com James.*
17h às 18h	*Jantar, depois banho.*
18h às 19h	*Tempo "com a família"; passado com os pais se estiverem disponíveis, ou com algum parente mais velho.*
19h	*Hora de dormir.*

Note que essa rotina extraordinária garante que a criança tenha, todos os dias, uma exposição ampla a duas línguas nativas, a língua nativa da Família (que pode ser inglês, francês ou suaíli) e a língua de sinais. Mas isso não é tudo, é claro. Deve-se prestar muita atenção para que os adultos que coordenam as sessões de exercícios falem em uma língua terráquea diferente com a criança – no caso específico de James, a sessão matutina envolve japonês, e a vespertina envolve hopi. Ou seja, James X deve lidar diariamente com a exposição a seis idiomas. E a resposta para sua inevitável pergunta é: não. Isso não é nem um pouco difícil para James X. Inicialmente, pode haver um breve período de confusão ou atraso mínimo no desenvolvimento linguístico; no entanto, aos 5 ou 6 anos, ele terá fluência nativa nessas línguas.

A rotina dos fins de semana difere um pouco; pode haver alguma atividade externa com a família, ou uma visita ao pediatra, e, no domingo, gasta-se um tempo considerável na Capela da Família. São bebês muito ocupados, de fato.

(Palestra de treinamento para funcionários juniores – Departamento de Análise e Tradução dos EUA)

Andrew St. Syrus tinha a boa aparência lânguida característica da família. A pele era tão clara que dez minutos no sol já causavam queimaduras, o cabelo, da cor de trigo inglês do bom. E ele tinha uma bela boca. Como todos os homens St. Syrus, tinha um bigode cheio sobre os lábios para servir como contrapeso de masculinidade. E havia aprendido, diligentemente, em sessões diárias supervisionadas por outros homens St. Syrus, o repertório de linguagem corporal masculina que nenhum homem da Família podia se dar ao luxo de ignorar. Quando Thomas Chornyak se espreguiçava em uma cadeira, por exemplo, o que se via era apenas uma silhueta robusta se espreguiçando em uma cadeira; se Andrew assumisse a mesma postura, pareceria um pano jogado sobre uma cadeira, e isso era fatal. Andrew estava sempre aprumado, com os ombros alinhados, e tomava o cuidado de garantir que cada parte de seu corpo passasse uma mensagem inequívoca, como uma nota zumbindo na corda de um dulcimer: SOU MUITO MASCULINO. Era algo irritante, e a Família estava à procura de pelo menos dois maridos de fora da Linhagem que pudessem oferecer uma contribuição genética substancial a algo que só podia ser descrito como imponência.

Andrew chegou à sede da Família Chornyak antes do desjejum, recusou todas as ofertas, exceto uma xícara de café puro e forte, e foi direto para o escritório de Thomas para lhe contar a respeito do sequestro.

– Meu Deus, Andrew – disse Thomas imediatamente, as duas mãos agarrando a borda da escrivaninha. – Jesus... isso é horrível.

– Não é nada agradável.

– Tem certeza de que foi um sequestro? Não uma confusão... um daqueles casos que acontecem de tempo em tempos quando a mulher leva o bebê errado para casa?

– Haveria um bebê extra no hospital se fosse isso.

Thomas fez uma careta, depois pediu perdão.

– Foi uma pergunta idiota – disse ele. – Fiquei atarantado pelo choque, acho. Perdoe-me.

– É compreensível.

– Na verdade não é, Andrew... Mas prossiga.

– Eles acham que deve ter acontecido entre a meia-noite e a mamada das quatro da manhã... Foi quando viram que a bebê havia desaparecido. Alguém simplesmente enrolou a enfermeira da noite com um bilhete falso dizendo que queriam a criança para medir seus Potenciais Evocados, e ela a entregou como se fosse uma sacolinha de mercado.

– Como isso pode ter acontecido? Um bebê *não* é uma sacolinha de mercado!

– Bom... – Andrew suspirou. – A enfermeira de plantão não tinha razão para suspeitar. Sempre tem alguém procurando os bebês das Linhagens para realizar testes neurológicos, você sabe disso. O homem estava vestido de médico, agia como médico, o bilhete estava rabiscado com o garrancho típico dos médicos. Ela não tinha como saber. Caramba... Ninguém discute com médicos, Thomas. Não dá para culpar a mulher.

– Ela deveria ter conferido.

– Thomas. É uma enfermeira. Uma mulher. O que você esperava?

– Espero competência. Nós esperamos competência das mulheres das Linhagens, Andrew.

St. Syrus deu de ombros, cuidadoso.

– Bem, já foi – disse ele. – Não perca tempo tentando culpar a enfermeira a esta altura, não muda nada. Já foi.

– Eu sinto muito, Andrew – disse Thomas.

– Eu sei que sente, e agradeço.

Andrew se levantou e começou a andar de um lado para o outro enquanto falava, as mãos unidas atrás do corpo.

– Sentimos que a pior coisa possível seria isso vir a público... Considerando como as pessoas não gostam de nós, provavelmente acolheriam o sequestrador em vez de entregá-lo. Então fizemos um pouco de pressão nos pontos necessários e nos prometeram que aqueles abutres da mídia não vão poder falar nada, nem mesmo noticiar o acontecido.

– Compreendo.

Andrew olhou para ele, estreitando os olhos, e disse:

– Sabe, Thomas, isso é estranho. Eles devem estar com falta de funcionários, ou confusos, para perder uma oportunidade de soltar os cachorros em cima de nós e manter a mente do povo leigo longe das próprias falcatruas. Esse caso é feito sob medida para os desgraçados. Não consigo imaginar o porquê de estarem abrindo mão disso.

– Andrew, alguma vez as ações do nosso ilustre governo fizeram algum sentido?

– Não que me lembre.

– Acho mais provável que eles estejam preocupados em deixar as pessoas ficarem nervosas com a falta de segurança dos hospitais... Com medo de que crimes similares sejam encorajados, esse tipo de coisa.

– Acho que sim. O que quer que seja, agradeço a Deus por isso.

– E você está certo, meu amigo. Da minha parte, vou apertar um pouco o cerco, só para garantir que vou ouvir caso alguém deixe escapar a motivação deles no caminho para o topo da cadeia de comando.

– Eu tinha a esperança de que você fosse mesmo se oferecer para fazer isso, Thomas.

– É claro, homem! É claro. Pode tirar essa preocupação da cabeça, ao menos. E o que mais eu posso fazer?

– Acho que não há *nada* mais a se fazer.

– Improvável. Sempre há algo mais a se fazer, você só não teve tempo de pensar no assunto. Que tal eu pressionar a polícia além da mídia?

– Acho que a polícia está fazendo tudo o que pode ser feito – disse o outro homem, voltando a se sentar. – Não têm razão para não fazer. É só um trabalho para eles, independentemente de quem seja o bebê envolvido. E talvez fique tudo bem. Digo, talvez eles encontrem o desgraçado que fez isso antes que ele tenha a chance de ferir a criança.

– Não é a sua filha, é? – perguntou Thomas, desviando o olhar de forma educada.

– Não, graças a Deus, não é. Mas é do meu irmão, e essa seria a primogênita dele. Você deve imaginar como ele está se sentindo.

– Sim.

– Já a mulher... – St. Syrus espalmou as mãos em um gesto amplo de completa impotência e encarou eloquentemente o teto.

– A mãe não aceitou isso nada bem, presumo.

– Ah, meu Deus... Aposto que você nunca viu nada assim. O *pulmão* da mulher! É uma surpresa vocês não a terem ouvido daqui, para ser sincero. Quando fui embora, ela estava sendo sedada para que o resto da família não tivesse de sofrer com o escândalo. E as outras mulheres não estão muito melhores, lamento dizer... Especialmente pois conhecem muito bem a política das Linhagens a respeito do pagamento de resgates.

– Precisa ser assim – diz Thomas, suave. – Se houvesse a mínima chance de os linguistas pagarem resgate, nenhuma de nossas crianças, ou mulheres, estaria em segurança. Não temos escolha.

– Eu sei. As mulheres sabem. Mas isso não as impede de bater nessa tecla sem parar.

– Na minha experiência, Andrew, você precisa de algo para mantê-las ocupadas. Não tarefas normais, digo, precisa ser algo que realmente as ocupe.

– Por exemplo? Tenho dezenove mulheres adultas sob meu teto e quase essa mesma quantidade de adolescentes... E uma variedade diversa de garotinhas. Eu precisaria de uma ocupação como escavar um sistema de esgoto inteiro para usar cada segundo livre de um bando desse tamanho.

– E aquela porcaria de Projeto de Codificação? E os compromissos da igreja? E as obrigações diárias delas, pelo amor de Deus? Como é possível terem tempo livre?

– Thomas... – disse Andrew, cansado. – Eu me envergonho de admitir, mas simplesmente não tenho o tipo de controle que você tem.

– Você é Líder há pouco tempo... Vai melhorar.

– Talvez. Mas, no momento, minhas mulheres alegam que não conseguem manter a mente nos passatempos e que estão tão bravas com o Todo-Poderoso que não estão falando com Ele. E assim por diante. Baboseiras, baboseiras sem fim.

– Duplique o expediente delas, Andrew. Dê a elas algumas coisas para traduzir que estejam paradas por falta de mão de obra. Caramba, faça-as limparem a casa. Compre frutas para que façam geleia, caso seus pomares e despensas estejam vazios. Você precisa fazer alguma coisa com elas, ou vão literalmente deixá-lo maluco. Mulheres descontroladas são uma maldição. Se não puder cortar o mal pela raiz agora, vai se arrepender amargamente depois.

– Eu *já* me arrependo amargamente. Mas agora não é hora de fazer mudanças, Thomas. Não no meio dessa bagunça toda.

– É uma baita confusão – disse Thomas.

– Sim. Bota confusão nisso. – Andrew afundou na cadeira, percebeu o gesto e se aprumou, depois acendeu um cigarro.

– Você não recebeu aviso algum, presumo. Nenhuma ameaça. Coisas escritas nas paredes. Cartas obscenas.

– Não. Nada disso.

Ficaram ali, sentados em silêncio, com Thomas se concentrando em parecer apropriadamente estressado. Não que alguém nas Linhagens, ou qualquer outra pessoa, suspeitasse de um possível conluio dele com o governo. A ideia era tão impensável que ele tinha certeza de que passaria desapercebido. Mas o lugar-comum sobre ser impossível mentir para um linguista tinha bases sólidas. Mesmo que quem estivesse mentindo também fosse linguista. Ele não podia se dar ao luxo de ser descuidado; St. Syrus era pouco experiente, mas também era capaz, inteligente e nem um pouco tolo.

– Acredite nisso, Andrew – disse Thomas, enfim. – Não vou deixar as coisas ficarem por isso mesmo.

– Como assim?

– Não vamos ficar sentados como idiotas e deixar isso acontecer sem tomar uma atitude. Vou colocar investigadores particulares no caso, St. Syrus. Hoje mesmo.

– Com certeza não é necessário!

– Eu acho que é.

– Mas Thomas...

– Andrew, é uma questão de princípios. E de honra. A honra das Linhagens. Quero expor quem quer que esteja por trás disso, e quero que os folgados da polícia percebam que nós, das Linhagens, não toleramos que mexam com nossas mulheres e crianças. É necessário deixar isso indubitavelmente claro, e sem demora para não confundir a cabecinha deles.

– Vai custar uma fortuna, Thomas – disse Andrew, devagar. – Não que eu me importe com o gasto, mas...

Thomas o interrompeu de súbito.

– Temos recursos em uma conta especial – disse ele. – Um valor reservado para circunstâncias incomuns, quando custos não devem ser levados em consideração. Este caso se qualifica como uma dessas circunstâncias. Pense, Andrew... Caramba, homem, você quer boatos rodando por aí de que qualquer um que queira pode pegar um bebê linguista da maternidade, afinal, a única coisa que faremos é ficar de mãos abanando e choramingando em várias línguas? Talvez possamos silenciar a mídia, mas tenho certeza de que não podemos silenciar os criminosos.

– Talvez você esteja certo, Thomas. Diabos... É claro que está. Esse é o tipo de coisa que um criminoso faria se fosse desafiado por um colega, não é? Jesus.

– Andrew, você pode ir para casa e cuidar das suas coisas – disse Thomas, com firmeza. – Mande todas as mulheres trabalharem em contratos, se puder. Para aquelas que não estiverem em serviço, nem como apoio informal, arrume coisas que as mantenham ocupadas. Vou começar a cuidar de tudo por aqui. Primeiro, vou focar na mídia. Depois, contratar os detetives. Deixe isso comigo e vá para casa.

Andrew St. Syrus se levantou, os músculos rígidos. Estava cansado; havia passado a noite inteira de pé e tinha um dia inteiro pela frente.

– Thomas, eu agradeço – disse ele. – Você não imagina quanto esse tipo de suporte significa para nós.

– Não há de quê, Andrew. Sequestro é um crime desprezível. Machucar bebês é barbarismo. Posso até suportar o falatório, Andrew, mas não vou permitir que as famílias das Linhagens sejam prejudicadas. Não vou tolerar isso. *Nós* não vamos tolerar isso.

– Você está mais do que certo. É claro. Todo aquele caos e aquela baixaria em casa bagunçaram minha cabeça.

– Vá para casa, Andrew. Pare de me agradecer, pare de concordar comigo e vá para casa. Assim, posso dar andamento às coisas.

– É claro. É claro. – St. Cyrus pegou o cigarro e as chaves do voante e se levantou.

Um músculo das costas no qual tinha dado mau jeito reclamou, e ele teve o cuidado de não fazer uma careta de dor. Parou na porta do escritório, segurou-a aberta e desenhou uma linha rápida no ar. "Até logo", em LiPanSig. O toque de leveza necessário.

– Até logo, Andrew – disse Thomas, e retribuiu educadamente o cumprimento na mesma língua de sinais.

Andrew não dava a mínima para LiPanSig; era quase um passatempo para ele. Havia até conseguido acrescentar três sinais muito úteis ao léxico dolorosamente limitado da língua, todos reproduzíveis nos modos corporal, cromático e aromático, e todos haviam sido aprovados pela Divisão LiPanSig do DAT. Aquilo havia sido bem mais difícil do que trabalhar nos sinais em si. Ficou tentado, apenas por um instante, a fazer o sinal de V, que era o termo em LiPanSig Modo Corporal para "Obrigado", mas depois pensou melhor e saiu para o corredor, deixando a porta se fechar atrás de si. Thomas não teria achado aquilo nem interessante nem engraçado.

CAPÍTULO 8

Cavalheiros, sabemos da série de crenças que os senhores têm sobre os linguistas – cada novo grupo de funcionários do DAT chega aqui com o mesmo repertório.

Vamos começar dizendo de cara que a maior parte dessas crenças está errada. Por exemplo: o público tem a firme convicção de que os linguistas vivem em meio ao luxo, cercados pelas pompas de sua vasta fortuna. Nada poderia ser menos preciso, rapazes; o estilo de vida dos linguistas tem uma austeridade e uma frugalidade que aposto que boa parte dos senhores não encararia de bom grado. Apenas em monastérios da Igreja Católica Apostólica Romana é possível encontrar algo remotamente comparável em termos de padrões de vida – e, não fosse pela tecnologia avançada necessária ao serviço dos linguistas, que de fato exige certo maquinário caro, uma comparação mais adequada seriam as comunidades dos Amish americanos e dos Menonitas. Tenho certeza de que isso surpreende os senhores, por várias razões excelentes que, creio, não cabem ser discutidas agora, mas juro que esta é a verdade. E me apresso em acrescentar que tal estilo de vida não é imposto por nenhuma autoridade governamental.

As mulheres das Linhagens são vistas pelo público como quase obscenamente extravagantes. Cavalheiros, deixem-me esclarecer esse ponto com apenas um fato típico a respeito de tal alegada extravagância. Uma mulher adulta das Linhagens tem permissão apenas para as seguintes vestimentas: duas túnicas neutras; um vestido simples para eventos oficiais; uma veste sob medida para usar na igreja *e no trabalho com negociações governamentais; dois macacões; uma capote de inverno; uma capa de chuva; duas camisolas; dois pares de sapatos – ambos saprendilhas; e um conjunto mínimo de roupas de baixo. Quando mencionei dois exemplares de cada item, significa que um é para o clima quente e outro para o clima frio. Em termos de ornamentos, cavalheiros, mulheres linguistas podem usar apenas a aliança de casamento, um medalhão religioso ou crucifixo, se assim desejarem, e seu computador de pulso. Nada mais é permitido, inclusive cosméticos de qualquer tipo.*

Pensem por um instante, cavalheiros, em como suas esposas e filhas reagiriam a esse tipo de restrição. Eu mesmo teria medo de ir para casa...

(Palestra de treinamento para funcionários juniores – Departamento de Análise e Tradução dos EUA)

– Não – disse Thomas. – Não simpatizo com vocês. De forma alguma.

– O linguista misericordioso – disse Smith. – Sempre ansioso em ajudar.

– Não – repetiu Thomas, em um tom neutro. – Nós nunca alegamos sermos misericordiosos. Há boas razões para ser assim, as quais não estou disposto a discutir com você. Se com isso quiser entender que não vou me rebaixar a fazer algo assim, o problema é seu. O que afirmo é que não tenho tempo para gastar dessa forma, e que ressinto o fato de você ter usado o pouco tempo que tenho com esse disparate.

– Lamentamos que o senhor considere nossos esforços inúteis, sr. Chornyak – disse o homem, amargo. – Por aqui, não somos cientistas altivos, que passam o dia na busca sublime pelo puro conhecimento. Somos homens normais, prestando serviços normais. Um desses serviços, que na *minha* humilde opinião é patético e idiota, é servir de intermediário entre você e o governo em situações que ambos preferem não tornar públicas. Situações que, entendo eu, também deixariam o senhor muito incomodado se fossem de conhecimento dos outros linguistas... Mas recebo ordens para isso, e faço tão bem quanto posso.

Thomas reconheceu o gosto da derrota ao ouvir aquele homem que, como dizia, estava só tentando fazer um trabalho impossível, pois era o que esperavam dele e porque tinha concordado em fazê-lo. Thomas tinha plena consciência de que, se o seu pai soubesse o que estava acontecendo ali, condenaria o filho de maneira nada agradável ou complacente. Situações como aquelas só tornavam a lacuna entre o povo leigo e os linguistas ainda mais ampla e venenosa; só eram favoráveis a quem ganhava com a existência de tal lacuna... E ele precisava arranjar tempo, sabe-se lá como, para reconstruir algumas pontes e diminuir a distância entre os dois grupos. Se ao menos pudesse ser seis pessoas e estar em seis lugares ao mesmo tempo... E se o governo ao menos desse ouvidos aos alertas dos linguistas de que havia um limite de línguas alienígenas que eles eram capazes de adquirir e usar a favor do governo – o que significava que era necessário conter o ritmo atordoante de expansão e colonização espacial... Conter a avidez pública por mais espaço, mais oportunidades, mais fronteiras novas...

– Smith, tenho a mais pura admiração por sua devoção e seu dever – disse ele, tentando não pensar naquilo. – Não estou sendo sarcástico nem usando de uma educação vazia, é simplesmente como me sinto. Você não precisa explicar a situação para mim, eu entendo que é estranha e desagradável. Mas tudo o que posso dizer, meu amigo, eu *já* disse. Não disse, Smith? Eu avisei, bem aqui nesta sala, menos de um mês atrás, e vocês *não me ouviram*. Não é verdade?

– O senhor nos avisou, sim.

– Avisei de quê, Smith?

– Que, se tentássemos submeter aquele bebê à Interface, ela morreria de forma horrenda, como todos os outros.

O senhor nos avisou, e estava certo. E qualquer satisfação deturpada que possa tirar disso é mérito seu, Chornyak.

Thomas se sentou de novo na cadeira, os lábios levemente separados, encarando o homem do governo até que o rubor intenso se espalhasse do pescoço de Smith até a testa. Eles não haviam mandado o pobre Jones para a arena dessa vez, e tudo bem.

– Certo, certo! – cuspiu Smith. – Isso foi algo horrível de se falar! Retiro o que disse. Sinto muito.

Thomas permitiu que o pedido de desculpas perdurasse no ar. Deixou o rosto, o corpo e as mãos fazerem o trabalho por ele, e não disse palavra alguma. Smith não o decepcionou.

– Não é a mesma coisa – disse o homem entredentes, as mãos nervosas mexendo em um pedaço de papel diante dele, os ombros encolhidos. – Não é a mesma coisa de jeito nenhum... Não é como se alguém houvesse sequestrado um de *nossos* bebês e o destruído dessa forma. Isso é muito, muito diferente. Vocês, lingos, não nutrem sentimento algum pelas suas crianças, criam filhos como se fossem voantes em linhas de produção, e eles não passam de produtos para vocês. Caramba, eu já *ouvi*, não sei quantas vezes, lingos falando sobre isso... Vocês não dizem: "Ei, meu filho ganhou um prêmio na Casa de Aula hoje, que orgulho!"... Não, e*u* ouvi: "Aquele garoto significa mais duas línguas alienígenas somadas aos inventários das Famílias X e Y". "A garota tem certo valor, porque aumenta nossos recursos em três línguas terráqueas pouco conhecidas além da língua alienígena pela qual ela tem a responsabilidade primária." Jesus Cristinho, vocês falam de suas crianças como se fossem ativos ou ações, ou a porcaria de uma safra de *milho*... Vocês não dão a mínima para elas! Se dessem, eu teria outro sentimento a respeito disso tudo, eu *lamentaria* pelos seus, pela bebê, claro... Mas porra, Chornyak! Eles não significam nada para a própria família! Por que deveriam significar algo para nós?

Thomas considerou a pergunta com cuidado, satisfeito ao notar que a noção de culpa que sentia antes havia desaparecido por completo, e decidiu que poderia gastar alguns minutos naquilo. Pelo bem de seu espírito cansado e pela alma daquele pateta. Havia sido um longo dia. Ele estava, decidiu, em seu direito.

– Diga-me, Smith – começou. – O que sabe de história?

– O quê?

– Como é seu conhecimento de história? Passou pelos cursos normais de coleduc? E com certeza algo extra para se preparar para o serviço governamental?

– Sim. E...?

– Você se lembra, Smith, da quantidade de dinheiro despejada para curar a epidemia de abuso infantil que varreu a nação no fim do século 20 e começo do século 21? Lembra-se de como não era seguro colocar nem o mais endurecido e malandro criminoso em uma prisão se o crime dele houvesse sido abuso infantil, porque os outros detentos o matavam como cachorros ensandecidos, e com menos gentileza?

– Já li a respeito. Todo mundo sabe disso.

– Sim. Todo mundo sabe. Nós acabamos com o abuso infantil, não acabamos, Smith...? Pelo menos acabamos com os excessos da prática em suas formas físicas mais óbvias. Damos valor às nossas crianças agora, as estimamos, porque são o futuro da raça humana. Não deixamos mais que a mente e o caráter delas sejam moldados pela atenção aleatória de pseudoprofessores ignorantes em uma paródia de sistema educacional. Não deixamos mais a dieta e a rotina de exercícios e os cuidados médicos delas à mercê de fatores randômicos que possam afetá-las. Nossas crianças agora são cuidadas com o melhor que esta nação pode oferecer, com recursos para o corpo, a mente e a alma. E não faz diferença de onde elas vieram, ou quem são seus pais. *Todas* são cuidadas dessa forma. Você sabe disso, Smith.

– E tenho um puta orgulho disso. E daí?

– Bem... Smith, você se considera um homem que gosta de crianças? Em contraste com os linguistas, por exemplo, que veem a prole apenas como recursos econômicos?

– Pode apostar! Elas são seres humanos, não investimentos, caramba!

– Você ama crianças, Smith?

– Sim, amo crianças! O que uma coisa tem a ver com a outra?

– Bem, Smith, então você pode me explicar uma coisa? – pediu Thomas, gentilmente. – Pode explicar por que o governo nunca tentou tirar as crianças dos linguistas? Se, como você está sugerindo, nós as tratamos de forma tão fria e insensível, explorando-as para ganho...

– E fazem isso *mesmo*, caramba! Vocês violam as leis de trabalho infantil antes que as pobres crianças saiam do berço!

– Ah... Uma frase violenta... E por que permitem que isso continue assim, Smith? Se vocês pegassem os próprios filhos e os colocassem para trabalhar nos campos de milho do nascer ao pôr do sol, como nós colocamos nossas crianças para trabalhar nos contratos do governo, as autoridades viriam e as levariam pelo próprio bem delas, não é?

De repente, Smith entendeu onde estava se metendo, mas era tarde demais. Retorceu-se no lugar, engoliu bile e mordeu os lábios.

– Mas ninguém se mexe para proteger nossas crianças desse abuso, Smith... Por quê?

– Escute...

– E quando vocês *de fato* vêm e pegam uma criança de nós, Smith, uma de nossas crianças abusadas destinadas a uma vida de labuta incessante e de trabalho triste sem fim, por que não salvam essa pobre criatura com a qual o governo tanto se preocupa e pela qual tem tanta consideração... e compaixão, Smith, muita compaixão... e a colocam de imediato em um lar com pais que a amariam como ela merece ser amada? Você é um homem misericordioso, que *ama* crianças, por que, então, aquela criança foi levada para uma Interface, que é precisa e exatamente o que aconteceria se vocês a tivessem deixado sob os nossos cuidados, exceto pelo fato de que nós não a teríamos matado? Por que a colocaram para trabalhar com três semanas e meia de vida?

– Ah, meu Deus... – As palavras saíram engasgadas da garganta de Smith, forçadas pelos lábios como se fossem objetos sólidos em vez de uma série de sons.

Thomas se inclinou na cadeira e fitou o outro homem, puro espanto e admiração no rosto.

– Ora, pelo que me lembro, você começou esta conversa me acusando, assim como meus parentes, de falta de compaixão, Smith – disse ele. – Segundo sua definição e de seu governo. E isso é muito interessante. Porque nunca na minha vida peguei um bebê indefeso dos braços da mãe e o entreguei a estranhos. Nunca na vida peguei uma criança indefesa e a coloquei deliberadamente em um ambiente em que sei que ela sofreria abominações e no qual não poderia, de maneira alguma, sobreviver. Nunca fiz isso, nem outro linguista. Nós, linguistas, com toda a nossa falta de compaixão e decência, Smith, não fazemos nada disso. *Sua* gente, por outro lado... *Sua* gente...

Ele se debruçou na mesa e disparou as palavras com um soco para cada expressão enfatizada.

– ... sua gente fez isso *várias* e *várias* e *várias* vezes! Vão fazer de novo amanhã se tiverem a chance! E você ainda tem a *audácia* de me falar de compaixão?

Smith estava arquejando, lutando para não se descontrolar abertamente como estava descontrolado por dentro, lutando para não agonizar diante daquele monstro que ele era pago para encarar.

Ele não queria pensar naquilo. Não iria, *não iria mesmo*, pensar naquilo. Nunca havia considerado aquela questão: por que o governo dos Estados Unidos, que teria reagido instantaneamente se qualquer outra criança (o que diria uma geração inteira de crianças) fosse maltratada, como diziam que as crianças dos linguistas eram, não só não interferia como também gastava enormes somas de dinheiro para cooperar com aquele abuso? Ele não estava disposto a deixar um pedacinho sequer daquele pensamento penetrar sua mente.

– Está com problemas aí, Smith? – perguntou Thomas, sorrindo como um tubarão.

– Vá para casa, Chornyak – disse Smith, rouco. – Só vá para casa.

– Como assim? Deixando a pergunta assim, pairando no ar?

– *Isso*, deixando-a no ar! Não quero ouvir mais nada sobre isso, Chornyak!

– Ora, eu não poderia fazer isso, Smith.

– Sr. Chornyak...

– Tenho certa responsabilidade aqui – continuou Thomas. – Não posso levantar uma questão importante como essa e deixar você assim, confuso. Não seria educado. Não seria decente. Não seria misericordioso. Não seria sequer científico. Não se eu soubesse a resposta, Smith. E eu sei a resposta.

– Pelo amor de Deus, Chornyak. Por favor.

– A resposta é tão simples quanto poderia ser – continuou Thomas, inexorável. – Se *minhas* crianças, e as crianças de todas as outras Linhagens, não passassem a vida em uma labuta incessante, *suas* crianças, Smith, assim como todas as queridas criancinhas dos Estados Unidos e de suas confortáveis colônias, não poderiam receber uma alimentação perfeita e uma moradia perfeita e uma educação perfeita e uma saúde perfeita e lazer e a possibilidade de prosperar e viver uma vida boa. Não haveria dinheiro suficiente para dar uma vida boa às *suas* crianças, Smith, caso algum dia nós, insensíveis linguistas, resolvêssemos que nossas crianças devem ter uma vida boa também. Você *ama* suas crianças, entende, mas esse fardo recai sobre os ombros das nossas.

– Isso não é verdade. Não é verdade.

– Não? Então me explique, Smith.

– Você sabe que não posso explicar nada, seu idiota. Você deturparia minhas palavras como fez agora, montaria armadilhas das quais eu não poderia escapar, colocaria palavras na minha boca...

– E ideias na sua cabecinha vazia – disparou Thomas, deixando todo o nojo explícito, em todos os seus canais de comunicação. – Se o que eu disse não é verdade, Smith, fale! Fale-me a verdade, e vou cuidar de compartilhar isso com todos os outros linguistas. Quando você era um menininho, dava as mãos para outras crianças em roda e dançava ao redor de nossos pequenos gritando "Lingo imundo e fedido, lingo imundo e fedido!", não é, Smith? Mas aqueles lingos imundos e fedidos colocavam comida na sua boca e roupas macias no seu corpo e permitiam que você tivesse tempo de brincar e aprender e conhecer o amor. Gostaria de ir para casa comigo, Smith, e agradecer a eles? Ou talvez possa *me* agradecer, se for mais conveniente... Eu costumava ser uma dessas crianças no meio da rodinha, e vou servir como exemplo.

– Isso não é verdade.

Smith estava apegado àquilo porque sentia vagamente que era importante se apegar. Não conseguia mais se lembrar por quê. Não se lembrava de ter ouvido nas Palestras de Treinamento nada que tivesse qualquer semelhança com o que estava sentindo naquele momento. Não se lembrava de como havia ficado tão confuso ou quando havia começado a se sentir tão estranho e enjoado, mas sabia que havia um feitiço em quatro palavras que podia usar para afastar o mal se apenas continuasse falando aquilo e não deixasse que nada atravessasse o mantra.

– Isso não é verdade, isso não é verdade, isso não é verdade – disse ele. – Isso não é verdade.

Thomas não tinha a intenção de dizer a ele se era ou não verdade. Tinha coisas mais úteis para fazer do que continuar aquele exercício de jardim de infância, e era hora de se dedicar a isso.

– Smith! – ele proferiu a palavra de forma súbita, estalando-a como um chicote, cortando fundo a atenção do homem.

– O quê?

– Quero que você escute o que vou dizer, Smith, e quero que volte e repita isso para os seus chefes. Você acha que pode fazer isso, ou devo mandar outra pessoa em seu lugar?

– Eu posso fazer isso. – Palavras lenhosas. Lábios lenhosos.

– Isto NÃO DEVE ACONTECER DE NOVO – disse Thomas. – Essa brincadeirinha de sequestro. Esse governo é assassino de bebês. Por vários e vários fatores dos quais você não tem nem ideia, vou inventar uma história que vai manter as coisas debaixo dos panos dessa vez, algo que podemos contar à polícia, algo que posso contar à Família St. Syrus. *Desta* vez! Mas não vou fazer isso de novo, Smith. Eu não faço milagres. Não vou nem tentar. Isso não pode se repetir, está escutando? Vocês já tiveram sua chance, já tentaram sua hipótese ignorante sobre diferenças genéticas e a necessidade de colocar um bebê das Linhagens na maldita Interface do governo, e isso não *funcionou*, Smith! Não funcionou. Como eu disse que não funcionaria. E como nunca vai funcionar. Eu estou avisando, diga aos seus chefes que estou avisando a todos: não tentem fazer isso de novo.

Ele deixou o agente assentindo e resmungando na cadeira; não fez esforço algum para esconder o desprezo que sentia por qualquer homem tão facilmente quebrável. Antes de sair, jogou com força um cartão branco sobre a mesa com os detalhes da história que Smith deveria usar para encobrir o assunto, com quem quer que tivesse de lidar naquele dia. Depois, saiu da sala DAT40. A porta se fechou atrás dele com um breve ruído de sucção, mas ele tinha certeza de que, no fundo da mente, Smith a tinha ouvido bater com força.

E é claro que ele só precisaria de vinte minutos para isolar tudo o que Thomas tinha dito, para que as palavras nunca mais o incomodassem. Thomas sabia tudo sobre o processo, assim como o pai e o avô antes dele. Aquele discurso que tinha feito era calculado, um clichê estendido; era usado duas ou três vezes por ano. E ninguém, até onde Thomas sabia, tinha precisado de mais de meia hora para expulsar para sempre aquilo da consciência. Às vezes eles, das Linhagens, admiravam-se com a eficiência dos filtros mentais daqueles capatazes que não tinham a mínima noção de que eram escravizadores... Autorizados a ser escravizadores pela benevolência dos escravizados, mas escravizadores ainda assim.

Talvez fosse possível entender, pensou Chornyak enquanto seguia para a cobertura, se houvessem sido apenas mulheres. Na pobreza de suas percepções, impedidas pela própria natureza de ter qualquer coisa além de uma visão distorcida da realidade, mulheres poderiam muito bem criar para si um panorama que incluísse apenas as partes da realidade que gostavam de admirar. Isso era de esperar, e, por mais irritante que fosse, não era algo pelo qual deveriam ser censuradas. Mas não eram só as mulheres que viviam em uma fantasia, eram os homens também. E isso, pensava Thomas, *não dava* para entender. Ele podia odiá-los por isso, ou tentar encontrar uma forma de perdoá-los, mas não havia como entender. Como podiam olhar a verdade nos olhos e, como mulheres, sequer *enxergar*? Ou nem sentir o cheiro... Só Deus sabia como aquilo fedia.

Às vezes, Thomas achava difícil se afastar daquela parcela das Linhagens que se deixava consumir pelo ódio, dane-se o resto. Não era a forma de resolver o problema; na verdade, era uma rendição bem à moda das mulheres, para ter uma saída fácil da situação. Mas era algo extremamente tentador.

Ele tinha mais uma tarefa a cumprir antes de voltar para casa. Estava cansado e sem paciência, mas não via razão para fazer Andrew St. Syrus viajar de novo até a sede da Família Chornyak para ouvir o conto de fadas que Thomas havia criado. O que precisava contar ao homem podia ser dito tanto por comunicador quanto pessoalmente... Mas usar o comunicador parecia pouco educado e acolhedor, e não serviria. Resignando-se ao inescapável, ele digitou as senhas do voante e deu à tela tanta atenção quanto podia para desviar do trânsito da noite.

As coordenadas surgiram; ele as selecionou com um gesto brusco, e o voante se virou para o oeste. Quando Andrew terminou a reunião pós-jantar do Departamento de Saúde e foi para a cobertura do prédio, encontrou Thomas esperando por ele.

– Chornyak – disse o homem. – Algo aconteceu.

– Sim. E não é nada bom, Andrew. Não vou fingir.

– Diga.

– Não tem um jeito fácil de falar isso, Andrew. É uma questão de resolver logo, e aqui é um lugar tão bom quanto qualquer outro. Ou podemos ir para algum canto sossegado e beber alguma coisa, se preferir...

– Não, não – disse Andrew. – Aqui serve. – Ele se apoiou na lateral do voante, perto de Thomas e fora da corrente de vento que trazia uma tempestade. – O que aconteceu?

– Os investigadores que contratei, Andrew... Eles chegaram ao fundo dessa bagunça. Lembra da Terrapenas?

– Terrapenas? – Andrew negou com a cabeça. – O que é isso? Ou quem é isso?

– É um culto. Um culto de lunáticos, da maior categoria. Lunáticos bem fanáticos. Os membros da Terrapenas acham que qualquer contato com extraterrestres, mesmo que seja a única esperança para a sobrevivência da raça humana e assim por diante, que se dane, *qualquer* contato é essencialmente ruim.

St. Syrus respirou fundo, soltando o ar devagar.

– Ah, sei – disse ele. – Ah, sei. Eu lembro. Principalmente das manifestações.

– Fazem manifestações, gritam para as câmeras de tresdê, dão uma de terroristas... Dos ruins. E têm cerimônias, Andrew.

– Certo, e daí?

– Então, foi o que aconteceu com a bebê, meu amigo. Queria que não tivesse sido tão feio.

– Não fale bobagem, Thomas. Não tem como um sequestro acabar de um jeito bonito. Conte-me tudo.

– Um dos lunáticos mais pirados pegou a bebê. Depois, fizeram uma cerimônia para pagar o débito moral da humanidade por terem ousado sair desta rochazinha, ou assim dizem. A bebê está morta.

– Morta como?

– Andrew, você não vai querer saber mais que isso – disse Thomas, firme. – Eu não vou *contar* mais nada além disso. Mas a bebê está morta, e não tem como devolver o corpo à mãe, graças a Deus. E é isso. Eles queimaram o corpinho, Andrew... Ponto final.

St. Syrus assentiu, de forma espasmódica e rápida, e se sobressaltou quando um trovão fez o metal do voante chacoalhar.

– É melhor sairmos daqui, ou vamos acabar voltando para casa por transporte terrestre.

Thomas colocou uma mão no ombro do outro, com tanta gentileza quanto possível.

– Eles pegaram o filho da puta – disse. – E ele vai passar o resto da vida demente dele no Hospital Psiquiátrico Federal no Bronx Sul. Nunca vai tirar o pé de lá, já estão cuidando disso. E ele é jovem, Andrew. Vai passar uns bons setenta anos naquele lugar. Pode contar aos pais da bebê... Ele vai pagar, pagar e pagar.

– Certo. Acabou.

– Sim. E também não vai haver vazamentos para a imprensa. As autoridades têm tanto interesse quanto nós em impedir que pessoas invadam maternidades tentando copiar o crime. Está tudo bem cercado por panos quentes.

– Obrigado, Thomas.

– Não há o que agradecer, amigo. Trazer a criança com saúde de volta para você seria algo a se agradecer. Isso? – Ele deu de ombros. – Não é algo que se agradece.

St. Syrus não respondeu, e Thomas continuou.

– Pode contar aos pais a verdade se achar apropriado lidar dessa forma. Eu, particularmente, não consigo pensar em nada além da verdade. Mas, exceto no caso deles, a história para as

Linhagens é que a bebê morreu no hospital. De um desses males súbitos que fazem bebês morrerem às vezes, por razões que ninguém pode explicar. E foi cremada lá no hospital a nosso pedido para evitar possíveis contágios.

– Thomas, as outras mulheres da minha Família não vão engolir isso. Já faz um mês.

– Diga que o governo levou todo esse tempo para nos notificar, Andrew – respondeu Thomas, amargo. – Diga que houve uma pane no computador e a ficha da bebê se perdeu, diga que demoraram todo esse tempo para resolver. Elas vão ficar tão bravas com isso que não vão ter tempo de sentir o luto. Certo?

– Acho que sim. Sim... parece certo. É plausível.

– Se os pais quiserem um velório pequeno, bem silencioso e bem privativo, e se você achar adequado, deixe que façam isso. Até onde sei, não há razão para negar.

– Certo, Thomas.

– Está tudo claro agora, homem?

– As autoridades vão saber a verdade. Dos Terrapenas. Assim como os pais. Todos os outros vão ouvir a história do vírus misterioso, com o adicional da pane do computador. Lógico, razoável, e fim do assunto.

– Graças a Deus.

– Sim. Graças a Deus. E não vai acontecer de novo.

– Você acha que não?

– Não se o governo quiser os linguistas trabalhando – disse Thomas, sombrio. – Deixei isso bem claro. A partir de agora, você vai ver segurança ao redor de nossas crianças como se fossem feitos de ouro puro, Andrew.

– Nas enfermarias públicas?

– Isso é problema deles. Se quiserem mover as mulheres para as enfermarias particulares, pagando por isso, não sou eu quem vai impedir. Se quiserem fazer um espetáculo para o público e inventar alguma coisa para vazar para a mídia, são eles quem sabem. Mas esse incidente em particular não vai se repetir.

Thomas viu St. Syrus decolar e depois foi para casa, assistindo aos relâmpagos à esquerda, ansioso para chegar antes que a tempestade caísse. Se bem que Paul John teria dito que ele merecia a chuva, e o vento, e os relâmpagos da cabeça aos pés. Destruir patéticos homens do governo que sofreram lavagem cerebral e tiveram os miolos transformados em ricota deveria ser algo a que um linguista deveria recorrer apenas em emergências. Ele tinha pisoteado Smith só porque queria fazer isso, só porque estava cansado.

Estou ficando velho, pensou Thomas, *mas não estou ficando mais sábio. Esse senso comum é mentira. Eu deveria estar ficando mais sábio...*

CAPÍTULO 9

Nós somos homens, e palavras humanas são tudo o que te-mos: mesmo a Palavra de Deus é, na verdade, composta de palavras dos homens.
(*Caçando a raposa divina*, de Robert Farrar Capon, 1974,
página 8)

Primavera de 2182...
Thomas chegou em casa antes de escurecer, o que não era ruim considerando o burlesco disparate no qual tinha sido envolvi-do... Uma Sessão de Premiação Especial no Departamento de Análise e Tradução para homenagear os especialistas em línguas que haviam finalizado uma nova série de gramáticas e fitas de vídeo educativas para o dialeto ocidental REM9-2-84. Com a gigantesca ajuda dos computadores, é claro. E agora o DAT estaria bem equipado para ensinar aos funcionários inocentes do governo uma versão ultrajantemente distorcida dessa língua, para que pudessem fazer papel de idiotas em reuniões nas embaixadas, festinhas nas Nações Unidas e por aí vai, mais facilmente do que antes. Que maravilha; e que maravilha ele ter sido convidado para o Discurso da Premiação, aplaudindo toda aquela tolice. Era adequado, sem dúvida, e a hipocrisia da coisa toda não o incomodava nem um pouco; ele havia engabelado de forma positivamente lírica, exaltando quão maravilhosos haviam sido os feitos da equipe.

Linguistas ofereciam seus serviços de forma voluntária para escrever gramáticas educativas de línguas alienígenas desde que a primeiríssima fora encontrada; assim como haviam oferecido tais serviços para escrever gramáticas educativas da Terra por séculos. E o governo, como sempre, continuava ferrenhamente convencido de que os próprios "especialistas em línguas" sabiam mais sobre gramática do que os linguistas. Era uma espécie de fé religiosa, quase encantadora em seu desprezo inocente por todos os fatos observáveis. E o educado obrigado-mas-não-precisa-obrigado-mesmo... PAI, a GENte CONsegue fazer SOZINHO. Thomas riu, pensando que aquilo justificava qualquer quantidade de hipocrisia. E ele dosava aquele tipo de aparição com cuidado, aceitando só o mínimo absolutamente necessário de convites do tipo para manter uma imagem pública de cooperação linguistas/governo.

Ele parou bem longe da casa e a fitou, devagar e escrupulosamente. Não porque era particularmente agradável à vista. Protegida na encosta, com apenas quatro andares visíveis acima do chão e a terra cobrindo a maior parte dela, não era possível ver muito da construção. Mas o que ele procurava era alguma pequena diferença, algo que chamaria a atenção se ele de fato *prestasse* atenção, algo que desviasse do familiar. As mulheres tinham uma tendência a ser bem-sucedidas em mudanças, alterando as coisas uma fração infinitesimal por vez, ao longo de meses e meses, de forma que ninguém via o que estava acontecendo até que de repente *lá estava*... Ele se lembrava muito bem do jardim de pedras que havia surgido certa vez no aclive leste da colina, completo com três rochas gigantes, como se houvesse brotado de repente do solo. E quando ele exigiu saber como aquilo havia surgido ali... Os olhos arregalados e inocentes, e as vozes inocentes.

– Não tínhamos ideia de que o senhor se importaria, Thomas!

– Por Deus, estamos trabalhando nisso há seis meses! Se o senhor não queria que fizéssemos o jardim, por que não disse antes?

Às vezes, valia encarar o rebuliço e o custo de desfazer e descartar os projetos delas, pelo princípio da coisa; às vezes, valia deixar por isso mesmo para evitar a fadiga. Com o passar dos anos, aprendia-se o valor de cortar os males pela raiz e evitar o problema. Era o que ele estava tentando fazer ali, analisando os jardins e a fachada, os painéis solares... procurando detalhes.

As mulheres tinham uma astuta esperteza animal que lhes era muito útil, pensou ele, e que apenas a experiência ensinava um homem a antecipar. Certa vez, anos antes, e com o pai dele o observando com grande diversão, ele havia emitido um comunicado direto que estabelecia que estavam proibidas TODAS AS MUDANÇAS que não fossem especificamente iniciadas por homens. E então, quando o gramado estava acima da altura da cintura e as sebes pareciam espinheiros selvagens, ele enfim notou e exigiu uma explicação das desgraçadas.

– Mas, Thomas, querido, o senhor disse que TODAS AS MUDANÇAS precisam ser iniciadas pelos homens!

– Mas, Thomas, só estávamos fazendo como o senhor ordenou... Ai, querido, isso é tão confuso...

A esposa dele o havia encarado bem nos olhos, presumindo que os anos juntos serviriam para algo, e pedira que ele explicasse, por gentileza, por que *especificamente* alterações na altura do gramado ou no formato das sebes não constituíam uma mudança. Elas fariam, Rachel havia garantido, as coisas direito se ele tirasse esse tempinho para esclarecer tudo, considerando a medíocre compreensão delas. Mulheres! Às vezes, aquilo o divertia, e às vezes o deixava furioso; sempre o fazia se questionar o que, por Deus, realmente acontecia na cabecinha delas. Melhor não saber, provavelmente.

Enfim convencido de que nada novo havia sido erigido em sua propriedade um grão de areia por vez, e com a luz diminuindo rápido, ele virou a chave na fechadura antiga que representava tão somente uma concessão à sentimentalidade feminina (o computador já o havia identificado e destrancado as barreiras assim que ele entrara no alcance do sistema) e adentrou a residência. Agora, teria paz. Mal podia esperar pela noite. Talvez até conseguisse concluir algum trabalho útil.

O único problema foi que não encontrou paz. Em vez disso, encontrou mulheres subindo e descendo as escadas às pressas, desordem e bagunça e confusão, e um murmúrio baixinho que ele infelizmente reconheceu como uma série de chiliques femininos.

Thomas respirou fundo e se deteve na entrada. Não deixou de perceber a fileira de pedrinhas ornamentais acomodadas no limiar da passagem, que não estavam ali quando ele saíra para a patacoada da Premiação, ele tinha certeza. Fez uma nota mental para confrontar as senhoritas na primeira oportunidade, assim que descobrisse o motivo da perturbação que podia sentir ao redor em vez da serenidade que ansiava. Deixou a porta se fechar atrás dele, deu um pigarro baixinho, e o fuzuê morreu no mesmo instante, com o silêncio se espalhando do ponto em que ele estava como ondas na água estagnada; as mulheres passavam adiante a informação de que ele havia chegado.

– Bem... – disse ele, na calmaria recém-atingida. – Boa noite a todas.

– Boa noite, Thomas. – A resposta veio de todos os lados.

– E então?

Elas não responderam nada. Ele continuou, curto e grosso:

– O que diabos está acontecendo aqui? Dava para ouvir a bagunça lá de fora... O que houve?

Uma das garotas mais velhas, uma de suas infinitas sobrinhas, foi até o topo da escadaria e olhou para ele.

– E então, caramba?

– É Nazareth, Tio Thomas, sua filha – disse a garota.

– É Nazareth? – Sabendo que ele não chegaria a lugar nenhum se fosse grosseiro, pois só a confundiria ainda mais, escondeu a irritação e falou com gentileza: – É Nazareth o quê, meu bem?

– Nazareth... sua filha. Ela está doente.

Thomas considerou aquilo por um instante, tirou o casaco e o entregou à mulher que havia parado bem ao lado dele. Lembrava quem era aquela garota, agora; Philippa era o nome dela. Falava um laociano perfeito.

– Nazareth está doente como, Philippa? – perguntou, subindo as escadarias na direção dela, um sorriso no rosto.

146

– Não sei, Tio Thomas. Estávamos pensando se deveríamos chamar ou não o médico.

Thomas fez um ruído ríspido com a garganta... Era só o que faltava, um daqueles samurais sangrentos perambulando com arrogância pela casa a noite toda... Não que fosse passar muito tempo ali. Eram muito ocupados, os médicos; não tinham tempo para fazer mais do que apresentar a fatura da consulta e despejar seu desprezo generalizado em todas as direções. Ele respeitava os cirurgiões a laser, que pareciam ser artífices talentosos; o desprezo que sentia pela ignorância dos demais só se equiparava ao ódio pelo pressuposto dos médicos de que toda a humanidade lhes devia uma devoção automática e ilógica. Era um tributo à perícia da Associação Médica Americana por fazer com que, embora houvesse protestos antilinguistas a toda hora, nunca tivesse havido uma rebelião antimédicos.

– Decerto não é necessário, meu bem – disse ele. – Não deve ser nada sério. O que Nazareth tem? Está vomitando?

A esposa dele chegou enfim, apressada, e ele se virou para cumprimentá-la. Ela não se prestou a ser educada também, é claro. E parecia cansada. Sempre parecia cansada, e ele achava isso muito enfadonho.

– Estamos tendo trabalho com Nazareth – disse ela, sem nem um "olá" como preâmbulo – desde o jantar. Ela está com terríveis cólicas abdominais, além de dores nas pernas... Os músculos não param de se contorcer em cãibras, coitadinha... Sinto tanto por ela! E ela vomitou até não sobrar nada no estômago e ter apenas engulhos...

– Apendicite, talvez?

– Thomas. Ela retirou o apêndice no verão retrasado. E apendicite não causa espasmos nos músculos da perna.

– Cólicas menstruais, então? Ela está na idade de começar a sofrer com isso... E sabemos de mulheres que alegam não conseguir fazer absolutamente nada nesses dias, uma desculpa, Rachel.

Ela só o encarou, sem falar nada.

– Certo, então – continuou Thomas. – Uma virose, mais todo o drama da coisa. Aposto que ela está gostando da atenção.

– Certo, Thomas.

E foi isso. Aquele "certo" que significava que nada estava certo. Ele odiava. E ela sempre fazia aquilo, mesmo sabendo quanto ele odiava.

– Você não concorda comigo, Rachel – disse ele.

– Talvez você devesse considerar a ideia de dar uma olhada nela. Antes de tomar sua decisão.

– Rachel, eu tenho um monte de trabalho para fazer, já está muito tarde, e perdi horas em uma reunião estúpida. Isso sem falar em como fui recebido de forma totalmente inapropriada na entrada da minha casa. Você realmente acha que preciso gastar mais tempo fazendo alvoroço em torno de Nazareth? Ela é saudável como uma égua, sempre foi.

– E é por isso que estou preocupada – disse Rachel. – Porque ela nunca fica doente. Nunca. Mesmo o apêndice só foi removido porque ela tinha que ir àquela negociação na colônia fronteiriça e não queriam que ela corresse o risco de ficar seriamente doente em um lugar sem instalações médicas adequadas... Ela está sempre bem. E não, não espero que perca seu tempo fazendo alvoroço em torno dela.

– Fico feliz de ouvir isso.

– Tenho certeza de que fica.

– Já chega, Rachel – disse Thomas, severo, grato pelo fato de que Philippa já havia se retirado logo após a chegada de Rachel e não estava mais ali para testemunhar a insolência da tia; ele talvez fosse forçado a fazer algo óbvio para frear aquilo, se ela estivesse ali com eles.

Rachel estava ficando cada vez mais difícil à medida que se aproximava da meia-idade; não fosse sua extraordinária habilidade de gerenciar os assuntos pessoais de Thomas, ele não teria tolerado o comportamento dela. Uma histerectomia rápida, e lá iria ela para a Casa Estéril. Era tentador. Mas não seria conveniente tê-la na Casa Estéril, então ele a suportava. Sabia o que ela faria agora... Daria meia-volta e flanaria até o dormitório das meninas, as costas retas dizendo eloquentemente a todos as coisas que não ousava dizer em voz alta.

Mas ela o surpreendeu. Ficou no lugar e, encarando o esposo com calma, disse:

– Thomas, eu estou realmente assustada. Isso é estranho para Nazareth.

– Entendo.

– Acho que devemos chamar um médico.

– A esta hora? Uma consulta domiciliar? Não fale bobagem, Rachel... Você sabe quanto isso custaria. Além disso, é uma reação exagerada e histérica. Nazareth está em coma? Sofrendo de hemorragia? Seus batimentos cardíacos estão seriamente irregulares? Está com dificuldade de respirar? Há algo que remotamente sugere uma emergência?

– Thomas, eu já disse. Dor intensa, no abdômen e nas pernas. Vômito ininterrupto.

– Nós temos analgésicos em casa; dê alguns a ela. Também temos remédio para vômito, dê um pouco a ela também. Se ela não estiver melhor pela manhã, não hesite em levá-la ao médico.

Rachel respirou fundo e uniu as mãos atrás do corpo. Ele sabia o que aquilo significava: que ela havia começado a abrir os braços para colocar as mãos no quadril, mas mudara de ideia no meio do caminho.

– Thomas, amanhã Nazareth precisa ir à Organização Internacional do Trabalho às oito da manhã. É a intérprete responsável pelos novos tratados trabalhistas na produção de seldrão. E esse tratado é crucial... As importações de seldrão diminuíram trinta e nove por cento do ano passado para este, e não há outra fonte do material. Você sabe como a indústria de comunicadores ficaria se perdêssemos nosso contrato de importação de seldrão por conta de uma disputa trabalhista? E tem noção de quantos créditos esta Família tem lastreados no valor das ações do seldrão?

– Quem é o apoio dela? – quis saber Thomas, alerta agora. Aquilo mudava consideravelmente as coisas, como Rachel sabia muito bem. Era típico dela demorar quinze minutos para chegar ao ponto; típico e exasperante. – Quem está disponível?

– Não há ninguém para assumir o lugar dela. O único outro falante nativo de REM34 tem quatro anos de idade, nem perto da idade necessária. Aquina Chornyak presta apoio informal, mas não é fluente; não seria capaz de tocar sequer negociações triviais, e estas não são triviais. Além disso, já está alocada em outro serviço.

– Um claro descuido – disse Thomas, frio. – Não podemos ter esse tipo de coisa.

Rachel suspirou.

– Thomas – disse, olhando para o peito dele. – Já falei isso várias vezes. É impossível ter uma cobertura maior de línguas. Mesmo que cada um de nós soubesse cinquenta línguas de forma irretocavelmente nativa, ainda não poderíamos estar em mais de um lugar ao mesmo tempo. E nós, mulheres, não conseguimos produzir filhos mais rápido, ou em quantidade superior, do que já produzimos. Se têm reclamações a respeito disso, vocês, homens, deveriam dedicar certa atenção a esse problema.

Thomas teve a súbita consciência de que ele e Rachel estavam ali, de pé no meio da casa, discutindo havia uns bons cinco minutos, e que a discussão estava à beira de evoluir para um escândalo. O silêncio que os cercava dizia que as outras mulheres estavam prestando atenção cuidadosa a cada palavra que diziam, e ele se censurou silenciosamente por não ter levado Rachel direto para o quarto deles no instante em que viu quanto estava chateada; só Deus sabia como ele deveria ter tido o bom senso de perceber que aquilo era necessário.

– Rachel – disse ele, rapidamente –, você está muito cansada.

– Sim, estou. E muito preocupada.

Ele a segurou por um dos cotovelos e começou a conduzi-la com firmeza escada abaixo até um lugar decentemente privado, falando devagar enquanto seguiam:

– Não acho que sua fatiga ou preocupação sejam resultados de uma criança que comeu algo que não devia ou está com alguma virosezinha. Também não acho que é consequência do seu trabalho; pelo que me lembro, você só trabalhou de intérprete em três dos últimos cinco dias. Acho que está se exaurindo com aquela bobagem na Casa Estéril.

Thomas a sentiu se enrijecer, mas a fez continuar andando.

– Estou falando sério – prosseguiu ele. – Entendo que vocês, mulheres, se divertem... – Ele fez uma pausa para fazê-la entrar por uma porta e fechá-la atrás deles – ... brincando com sua língua. Para as mulheres na Casa Estéril que não têm responsabilidades familiares, acho um excelente passatempo. É perfeitamente razoável que queiram ter uma língua artificial própria com que se distrair, e nunca tentei impedi-la de participar. Mas você, Rachel, não tem tempo realmente *livre* para um passatempo neste momento, por mais que seja a modinha. E não vou permitir que se canse dessa forma em reuniões sobre linglês e volte para casa tão mal-humorada e nervosa a ponto de ficar impossível lidar com você. Está claro, Rachel?

– Sim, Thomas. Claríssimo.

As linhas de expressão no rosto dela se aprofundaram, e ela ficou tão tensa que, se ele a tocasse, ela saltaria como a corda de um arco. Ele ignorou aquilo, como era adequado.

– Agora, essa doença de Nazareth não me preocupa particularmente – continuou ele. – Ela é muito bem cuidada. O que quer que seja, tenho certeza de que a reação foi apenas exagerada. Mas o que me preocupa, e muito, são as negociações da OIT. E espero que Nazareth esteja lá amanhã, e em condições que lhe permitam executar suas funções com a eficiência usual. Por isso, Rachel, e apenas por isso, vou fazer uma concessão.

– Que tipo de concessão?

– Vou autorizar um contato com os computadores do Pronto-Socorro, a ser pago pelas contas da Família, pois este é um gasto profissional; você não precisa tirar esse dinheiro da conta das mulheres. Se o computador achar que um médico é necessário, vou autorizar o atendimento também, mas não domiciliar. Você pode levar a garota *até* os médicos, caso isso seja necessário.

– Obrigada, Thomas.

Rachel teria se virado e ido embora, mas ele estendeu a mão e a deteve, sentindo o ombro dela se agitar em um gesto de irritação. Ela estava muito tensa, muito contida... Mais uma coisa da qual ele deveria cuidar quando tivesse um momento livre.

– Rachel, não quero que isso se repita – disse ele, severo.

– Thomas...

– Sugiro que mude algumas coisas, Rachel. Nazareth deve ir para a cama uma hora mais cedo; se isso abarrotar o cronograma da garota, ela vai ter de abrir mão do tempo livre à noite. Quero que a dieta dela seja analisada detalhadamente pelo computador, e a dose de qualquer coisa que não estiver sendo provida em quantidades adequadas seja ajustada. Não quero que Nazareth pule qualquer sessão de exercícios físicos, e acrescente natação à rotina. Garanta que ela nade vinte piscinas todos os dias, a menos que tenha minha autorização para faltar à atividade. E não me venha pedir dispensa porque ela está com cólicas menstruais, não vou engolir esse tipo de bobagem. Aumente as vitaminas que ela está recebendo. Caso não haja necessidade de ela passar por um médico hoje à noite, como espero que seja o caso, leve-a para fazer um checkup completo assim que estiver livre amanhã.

– Antes ou depois das vinte piscinas, Thomas?

Se Thomas fosse como tantos outros maridos por aí, teria dado um tapa no rosto da esposa. Ela sabia disso; ficou parada diante dele com a postura mais insolente que ele já havia visto nela, mantendo o rosto erguido e pronto para o contato com a mão dele, como se o convidasse a desferir o golpe.

– Vá cuidar da sua filha – disse ele, em voz baixa. – Estou enojado com a sua atitude.

Ela se retirou sem mais palavras, deixando Thomas com o coração pulsando nos ouvidos, respirando fundo e devagar para se acalmar. Graças a Deus aquelas últimas frases haviam sido proferidas naquele cômodo, e não para o entretenimento de toda a Família. Ele estava mais do que para a batida educada na porta que veio quase imediatamente, devia ser o irmão, Adam, abusando do fato de que era apenas dois anos mais novo do que Thomas para oferecer conselhos.

– Pois não, Adam?

– Ela é meio arrogante, Tom.

– Que observação mais perspicaz da sua parte.

– Ora, Thomas... Sarcasmo não vai melhorar a situação.

Thomas aguardou. Com Adam, não era preciso esperar muito; ele amava o som da própria voz.

– Não sei se eu estaria disposto ou se seria capaz de tolerar um comportamento como esse de uma mulher – continuou Adam, em um tom sensato. – E não sei muito bem se é uma boa ideia, embora sua paciência seja admirável. Mulheres precisam ser mantidas em rédeas curtas ou passam por cima de você, e é hora de ir para a Casa Estéril. Não que eu queira lhe dizer o que fazer, Thomas, é claro.

– Peço perdão pela comoção – disse Thomas. – Perdoe-me se isso o incomodou.

– Ah, ora. – Adam deu de ombros, magnânimo. – Você sabe como as mulheres ficam quando a cria fica doente... Perdem o pouco de bom senso que têm. Rachel passou a última hora esbravejando como se Nazareth estivesse à beira da morte... Fez isso até a exaustão. Espero que você bote um fim nessa histeria, Thomas. Assim poderemos dormir um pouco.

Thomas assentiu, mantendo seu temperamento sob as mesmas rédeas curtas que Adam estava recomendando às mulheres. Ignorou a implicação de que a Família inteira estava incomodada e impedida de descansar porque ele não conseguia manter a esposa sob controle. Como se cada cômodo da casa não fosse à prova de som... Rachel poderia ter tocado um pífaro e batucado nas paredes que o sono de ninguém teria sido perturbado.

Ele sabia o que havia por trás do comportamento de Adam, e por que o irmão nunca deixava passar uma oportunidade como aquela. Não era porque Adam era um maldito intrometido, um imbecil infeliz, mas porque era atormentado por uma esposa tão rancorosa e melodramática que ninguém era capaz de tolerar a companhia dela, e ele não tinha controle algum sobre ela, exceto o que lhe garantia a lei. Isso o deixava com o impulso irresistível de controlar a mulher de outros homens, só para provar que sabia como fazê-lo. O controle que tinha sobre os números não era consolo suficiente para a forma como Gillian o humilhava sempre que podia.

– Venha dar uma olhada no que descobri hoje, Thomas – disse o homem. – Tome uma taça de vinho comigo... Tire aquela mulher tola da cabeça.

– Obrigado, Adam. Agradeço, mas não tenho tempo. Já tinha coisas acumuladas antes de chegar, e agora vou gastar metade da noite tirando o atraso.

– Certeza? Poxa... Dez minutos, uma taça de vinho... Vai te fazer bem, Tom.

Ele negou com a cabeça, firme, e Adam desistiu antes de sair por aí atrás de alguém que o ajudasse a evitar o inevitável confronto com Gillian. Ela passaria horas no pé dele reclamando do contraste desfavorável entre a cortesia que Thomas demonstrava a Rachel e a descortesia que Adam demonstrava a *ela*, blá-blá-blá, gritaria, blá-blá-blá. Pobre Adam, ele era um bom homem, equilibrado e confiável, mas em algum ponto da linha de produção ficara sem o ingrediente essencial para gerenciar uma mulher: nunca, nem por um instante, perder de vista o conhecimento de que, quando um homem interage com uma mulher, está interagindo com um organismo que essencialmente não passa de uma criança sofrendo de ilusões de grandeza. Adam sempre se esquecia disso quando Gillian o procurava; continuava lidando com ela como se fosse um homem, com a mente racional e as habilidades de um homem. Thomas achava que Gillian não passaria mais muito tempo sob o teto daquela casa.

Enfim sozinho, em silêncio e em paz, Thomas afastou da mente as dificuldades domésticas do irmão e as muitas dificuldades do dia, e foi até o escritório. Sentou-se diante do comunicador e fechou os olhos, esperando que a aparência de compostura se tornasse de fato compostura real. E, antes de dar atenção aos muitos contratos em seu computador que ainda precisavam de revisão, cuidou de uma última tarefa.

– Entendo que é tarde – disse ao jovem de expressão impaciente que atendeu a sua ligação à residência do chefe de seção da OIT. – E estou ciente de que ligar para a casa do seu chefe não é o procedimento normal. – E sorriu. – Mas poderia passar a chamada a ele, por favor, meu jovem?

A tela tremulou, seguida de uma breve pausa, e depois o rosto do chefe da OIT apareceu, a nitidez um pouco inferior à que Thomas acreditava ser a mínima quando precisava usar aquele equipamento como fonte de dados. Rachel devia estar conectada aos computadores do Pronto-Socorro; isso sempre significava interferências nas transmissões.

– Olá, Donald – disse, ignorando a falta de nitidez da imagem, já que não melhoraria mesmo. – Peço perdão por perturbá-lo em casa.

– Sem problemas, Thomas – disse o outro homem, o rosto na tela distorcido diagonalmente. – O que houve?

– Creio que você seja o responsável pela delegação que está agendada para amanhã às oito para resolver as disputas trabalhistas do seldrão, e uma das minhas filhas está cuidando da interpretação.

– Felizmente – disse a imagem. – Da última vez que eles vieram, tivemos que improvisar com LiPanSig e um pessoal que não sabia dizer muito além de "comotutá?"... Algum espertinho do DAT. Não tivemos muito sucesso. Na verdade, foi quase um desastre. Não me diga, Thomas, que vamos ter que passar por isso de novo amanhã. Esses jilodes não vão nos dar trégua, estão realmente possessos. Não sei exatamente que tipo de mal-entendido idiota houve desta vez, mas sei que precisamos de alguém que realmente saiba falar a língua.

– Bom, nós vamos fazer o possível, é claro – respondeu Thomas. – Mas a jovem que estamos enviando teve um mal súbito... Não está se sentindo muito bem.

– Ai, meu Deus. Era só o que faltava. Thomas...

– Veja, não disse que ela não estará aí – disse Thomas. *Lembre-se, homem do governo*, pensou ele, *e lembre-se bem: sem nós, vocês não poderiam fazer muita coisa.* – Achei que deveria avisá-lo de que essa é uma possibilidade, por uma questão de cortesia profissional. Ela está passando pelo médico agora. – Uma modificação mínima, mas útil, dos fatos.

– Médico? – Donald Cregg com certeza sabia o que uma consulta médica domiciliar, especialmente à noite, significava. Mesmo com a imagem borrada e as falhas, Thomas podia ver a preocupação no rosto dele. – É sério, então.

– Talvez não. Você sabe como são as mocinhas. Acham que estão morrendo à menor dorzinha. Pode não ser nada. Mesmo assim, só para garantir, decidi avisar que talvez pode não haver uma intérprete amanhã de manhã.

– Porra!

– Você pode ligar para o DAT – cutucou Thomas. – Eles estão dando duro nos cursos federais de língua, pelo que sei.

– Claro... Claro, Thomas. Mas me diga, homem... Quem mais você tem para lidar com REM34 se a garota não puder vir?

– Ninguém. É uma língua infernal, essa.

– Vocês, linguistas, não estão sempre falando por aí que não há uma língua mais difícil do que outra? – quis saber a imagem.

– Não há línguas humanas mais difíceis que outras línguas humanas – disse Thomas. – É quase isso. Mas línguas alienígenas são diferentes. Todas são difíceis, e algumas são mais difíceis que outras, sim. REM34 calha de ser uma das mais complicadas. Temos algumas pessoas aqui boas o bastante para traduzir materiais escritos, mas ninguém que possa atuar como intérprete.

– Escute, Chornyak, você assinou um contrato! – disse o outro homem, indignado. – Um contrato que especifica que, quando vocês aprendem uma língua, dedicam a ela pessoas o bastante para cobrir situações como esta. É por isso que pagamos vocês, por Deus.

Thomas deixou uns bons trinta segundos de silêncio pairarem para dar ao chefe de seção tempo de pensar nas alternativas que tinha sem a participação das Linhagens. E depois respondeu, com educação de sobra:

– Somos poucas pessoas, meu amigo – disse, emprestando o comentário de Rachel, pois era pertinente. – E mesmo que cada um de nós aprendesse cinquenta línguas, não poderíamos estar em mais de um lugar ao mesmo tempo. Temos duas crianças aprendendo REM34 com minha filha, mas nenhuma é exatamente adequada a negociações sofisticadas: uma tem quatro anos e a outra, dezoito meses. Estão com a agenda disponível, mas não vão conseguir ajudar amanhã.

– Ah, que merda – disse Donald Cregg. – Isso é cansativo pra porra.

– É mesmo. Concordo com você. Talvez vocês devessem reconsiderar a ideia de mandar alguns bebês para serem submetidos à Interface junto com os nossos.

E viver com lingos imundos e fedorentos? E viver espremidos em uma toca no chão como animais, sem privacidade e conforto, e com um estilo de vida pouco acima da linha da pobreza? Thomas observou o homem, incapaz de ler a linguagem corporal dele já que a imagem turba do comunicador era a única fonte de dados disponível, mas perfeitamente capaz de imaginar seus pensamentos. Cregg provavelmente estava fingindo que não havia ouvido a última frase.

– Escute, faça o que for preciso para mandar a menina na hora combinada, pode ser? Não estamos falando de uma visita de figurões para entregar plaquinhas a cidadão honorário da cidade, Thomas. É uma questão de urgência real.

– Vou fazer o possível – respondeu Thomas.

– E obrigado pelo aviso.

– Estou à disposição. Sempre à disposição.

A imagem sumiu da tela, e ele continuou sentado, olhando para ela. Era de suma importância manter o governo consciente o tempo todo como eram dependentes dos linguistas. Thomas tomava o cuidado de não perder nem a mínima oportunidade de reforçar o ponto e refrescar a memória do governo, aquele crivo de conveniência e celeridade.

Ele ligou para o próprio quarto via intercomunicador e ninguém atendeu; tentou de novo, e ouviu o apito baixinho do mecanismo transferindo a ligação antes de Rachel finalmente atender, de onde quer que estivesse. O dormitório das meninas, provavelmente.

– E então? – perguntou abruptamente. – Estão mandando um doutorzinho para conter essa imensa crise?

– Não, Thomas – disse Rachel. – Mandaram dar meio comprimido de codeína e um relaxante muscular a ela e ligar de novo pela manhã.

– Como imaginei – disse Thomas, satisfeito. – Você fez um belo escândalo, além de uma cena constrangedora, por nada.

– Thomas, lamento que esteja se sentindo assim. Mas Natha nunca fica doente. Ela nunca reclama. Você deve se lembrar... da vez que ela caiu colhendo maçãs e quebrou três costelas, e não deu um pio. Sequer teríamos nos inteirado do acidente se a menina não houvesse desmaiado no pomar.

– Eu não lembro disso, Rachel, mas parece que ela deu um exemplo que você deveria muito bem seguir. Pelo que me parece, foi bem durona na ocasião.

– Mais alguma coisa, Thomas?

– Garanta que ela esteja na OIT às 7h55, Rachel. E garanta que esteja em perfeita forma. Fora *isso*, mais nada.

Ele estendeu a mão e interrompeu quaisquer comentários que a esposa pudesse pensar em fazer. Mais tarde, teria de dar um jeito de abrir caminho pelo mingau que rodeava o cérebro dela para reiterar algumas coisas sobre educação e a função da mulher de servir de exemplo feminino às meninas que moravam sob seu teto. Seria um incômodo, mas algo factível, à base de muita paciência e muita habilidade. Isso seria para depois, porém. Naquele instante, ele tinha contratos dos quais cuidar.

Na Casa Estéril, Aquina lidava com as consequências de seus atos; e não estava sendo nem um pouco agradável. Haviam acuado a mulher em uma mesa na sala dos fundos, e Susannah, Nile e Caroline (nada de Belle-Anne com seus agradinhos ou Grace com sua delicadeza desta vez) a estavam repreendendo. E eram boas nisso.

– Aquina, sua tola! – havia começado Susannah. – Mulher desprezível e idiota!

– E burra... Não se esqueça do burra – acrescentou Caroline.

Fora Caroline quem a pegara com a boca na botija. Caroline fora alertada por Faye, a mulher com maior conhecimento medicinal dali, de que Aquina havia fuçado a despensa de ervas do porão. E Caroline a pegara saindo da cozinha da casa principal e a forçara a entregar a garrafa vazia que levava no bolso, que depois foi entregue a Faye para análises... Não que fosse necessário algo muito sofisticado. Faye sabia o que ela havia pegado, pois conhecia o estoque de cabo a rabo, até as mínimas folhinhas; era ela quem havia destampado a garrafa e cheirado o conteúdo.

Como ela podia ter sido *tão* burra? Aquina mesmo achava que aquela era uma ótima pergunta... Embora nunca, nunca houvesse sequer imaginado que outras mulheres fossem espioná-la e segui-la por aí. Ou que Caroline fosse torcer o braço dela com tanta crueldade que Aquina não conseguira evitar que vasculhassem seus bolsos... Quem imaginaria que seriam tão desconfiadas, já que sempre pavoneavam a porcaria da ética delas por aí?

– Eu faria tudo de novo – havia dito Aquina, desafiando as outras.

E Caroline saltara para cima dela como uma armadilha disparada por um coelho, e mesmo sem querer Aquina havia arquejado, inspirando entredentes, e se afastado da outra mulher em um movimento brusco. Caroline era muito menor, muito mais magra e com uma estrutura muito menos poderosa que a de Aquina; também era muito mais forte do que Aquina imaginava, com a pegada de um homem.

– Tente fazer isso de novo, sua vadia idiota – sibilou Caroline. – Tente e, que Deus me perdoe, coloco você em um lugar onde não vai poder mais fazer mal a ninguém com sua idiotice e sua perversão!

Susannah estalou a língua, objetando humildemente.

– Ela não é perversa, Caroline. Idiota, sim. Mas não perversa.

– Ela preparou o pior dos venenos para uma garota de catorze anos e não é perversa? O que é isso então? Carinho e amor?

– Caroline... Você sabe muito bem que Aquina não teve intenção de fazer mal a Nazareth Chornyak. Ela é uma falastrona, mas não seria capaz de machucar uma mosca. Pare com isso.

Caroline estava tão furiosa que se virou e socou a parede; Aquina ficou grata por ter sido a parede, e não ela.

– Aquina, o que diabos você achou que estava fazendo? – perguntou Nile.

– Eu já disse.

– Diga de novo.

E ela disse. Contou que a ideia de ter de esperar quarenta anos até que Nazareth pudesse trabalhar na língua das mulheres na Casa Estéril, e trabalhar para valer nela, era insuportável para ela (especialmente depois que Aquina encontrara o caderno da garota, que se revelara um tesouro de Decodificação). E havia uma forma de encurtar aqueles quarenta anos: Nazareth precisaria ficar estéril. Se Aquina pudesse cuidar disso, a garota seria mantida por mais alguns anos na sede da Família Chornyak, para terminar sua educação e seu treinamento, mas depois iria para a Casa Estéril.

– Mas, Aquina, você não sabe *nada* de medicina.

– Eu sei ler. Sei onde as ervas de Faye ficam. Sou alfabetizada.

– Você podia ter matado a garota.

– Não, não podia – censurou Susannah. – Por Deus. Primeiro que ela seguiu a fórmula, inclusive substituindo o que a deixou assustada. Depois, cortou a força da mistura pela metade, e ainda deu a Nazareth apenas *metade* da dose. Tenho certeza de que a criança está sofrendo, mas não corre perigo real algum, nem nunca correu.

– Aquina não tinha como saber disso – insistiu Caroline, e Nile concordou solenemente. – Foi por sorte, pura sorte, e *não* habilidade, e *não* conhecimento, que aquela poção terrível fez Nazareth apenas passar mal! – Ela se debruçou sobre a mesa e praticamente sibilou para Aquina. – Você tem noção, sua imbecil, de que isso poderia não apenas ter nos custado os quarenta anos pelos quais está choramingando, mas também ter feito com que perdêssemos Nazareth *para sempre*? Você não tinha *ideia* do que estava fazendo!

Aquina sabia que elas estavam certas. Percebia isso agora, claramente. Devia estar meio fora de si, por causa da frustração e da preocupação constante com aquele pensamento. E lamentava, lamentava do fundo do seu ser. Mas só admitiria isso depois de morta e enterrada.

– Valeu a tentativa – disse, desafiadora.

E encarou as outras, com a respiração irregular, rápida e profunda, até que elas erguessem as mãos para o céu e a deixassem em paz.

CAPÍTULO 10

Elas carregam o fardo de
Gravidezes secretas que nunca chegam a termo.
Termo não há, ninguém vê.

Arrastam o cérebro inchado para onde vão;
escondido em plissados e dobras e bolsos engenhosos;
e o intolerável
continua chutando e chutando
sob a dura-máter.
Não é de admirar que tenham dores de cabeça.

Segure-o perto do ouvido, grumoso como é,
e cinzento;
o rugido que ouve é o irrompimento do maldito indizível
sendo contido.

Pedra não dilata
Não estica
Não rompe.
Treme.
Racha.
Estremece, inquieta.

Em seu âmago, a lava bordô ferve,
abrindo espaço.
Há vulcões no leito do oceano.
Aquelas belas coisas verdes oscilando são seus cabelos falsos.

Nos dar à luz?
Enfiar para dentro o fórceps do paradigma patriarcal
e sua infernal medicina
e deixar vir as crias ancestrais
com suas bocas ausentes?
Acho que não.

Está para nascer quem vai fazer isso acontecer.

(Poema "feminista" do século 20)

Thomas não era idiota. Ouviu o que os médicos tinham a dizer, analisou os relatórios do computador e dedicou quinze minutos do tempo dele àquilo. Era uma questão de olhar conjuntos de dados, cada um representando uma hipótese possível, até restar apenas uma. A que ele tinha diante de si era a que considerava menos plausível; mas era a única que os computadores não haviam eliminado, e, portanto, devia ser encarada com seriedade. E foi por esse motivo que havia pedido que o líder de uma equipe de detetives fosse até seu escritório na sede da Família Chornyak.

O nome do homem era Morse, Bard Morse; era alto e corpulento e tinha uma aparência ordinária, mas provou ter uma mente aguçada que contrastava com a morosidade de seus movimentos. Ele escutou enquanto Thomas explicava que alguém havia tentado envenenar uma garota daquela casa, passou os olhos rapidamente pelos relatórios do computador e chegou a uma conclusão imediata.

– Ah, o senhor está certo, Chornyak – disse. – Não há dúvidas. Ou o senhor acha que há?

– Só pela improbabilidade – disse Thomas. – Não há razão alguma neste mundo para alguém escolher essa garota em específico. Ela só tem catorze anos. Se a intenção fosse apenas prejudicar os linguistas, Nazareth não teria sido a única afetada pela substância. Não faz sentido para mim, francamente.

– Além disso... – refletiu o detetive. – Quem quer que te-nha feito isso é bem meia-boca, se o senhor entende o que quero dizer.

– Não sei se entendo.

– Bom, há vários tipos de veneno, sr. Chornyak. Tem o que é feito para matar, ministrado em uma única dose fatal e cavalar. Definitivamente, não é nosso caso. Também há o tipo que é feito para matar devagar, com pequenas doses distribuídas ao longo de cerca de um ano, de modo que a vítima vai ficando cada vez mais doente. Mas, se esse fosse o plano, o criminoso nunca teria usado uma dose que fizesse sua filha passar mal tão rápido... e teria usado algo que é difícil de detectar e analisar. Tampouco é o caso aqui.

– Que outros tipos existem?

– Há aquele que o envenenador usa quando não quer de fato matar alguém. Ele o usa por maldade, porque gosta de ver a vítima sofrer, por exemplo. Ou por ignorância. Digamos que seja outra criança, que se acha um envenenador porque viu isso em um tresdê e achou empolgante, mas não entende que o que está fazendo é perigoso.

– E aí? Você acha que este é um desses casos?

Morse mordiscou o bigode e franziu a testa, depois negou com a cabeça.

– Não – disse. – Diabos... É possível que tenha sido uma criança. Talvez. Mas como uma criança saberia combinar essas ervas em particular, ou mesmo quais são venenosas, eu não entendo. E não entendo onde uma criança teria conseguido tais ervas, Chornyak. Não estamos falando de folhas de dente-de-leão ou pétalas de margarida, entende? Havia coisas bem exóticas na mistura. Mas a parte da maldade... caberia aqui? Alguém escolheria aquela menina em específico por maldade?

– Não sei, Morse. Não sei mesmo.

– Há alguma razão, Chornyak, para alguém sentir inveja da sua filha Nazareth? Ela é... ora, espetacularmente bonita, talvez? Espetacularmente inteligente? Algo assim?

Thomas negou com a cabeça e riu.

– Ela não é desagradável ao olhar, mas não passa disso... Só uma menina normal e meio tímida. E quanto à inteligência... As notas dos testes de habilidades linguísticas dela são claramente bem acima da média, as maiores que já registramos nas Linhagens... Mas apenas alguns poucos adultos sabem disso, membros próximos da família. E ninguém seria idiota a ponto de deixar essa informação vazar para conhecimento geral, onde poderia causar inveja. Então, até onde sei, as pessoas veem Nazareth como uma criança linguista normal, razoavelmente estimada e muito ocupada, com nada que a destaque das demais. Há a ideia de que *todas* as crianças linguistas não são exatamente normais, mas não para outros linguistas.

– Entendi – disse Morse. – Bom, há alguém na residência que tenha algum comprometimento cognitivo claro? Um adulto com deficiência mental, por exemplo?

– Não... nada disso. Nem nunca tivemos, até onde sei.

– Bom, veja bem, esses traços maliciosos tendem a estar associados ao mesmo tipo de pessoa. Deficientes, às vezes, e foi por isso que perguntei... Astutos, mas não inteligentes, entende? E qualquer que seja a situação, amam causar. Amam atenção, e tudo relacionado a confusões, e a sensação de poder por terem causado tudo isso. Gostam de presenciar a dor, ou são indiferentes a ela. São pessoas bem doentes, via de regra. E sempre, sempre, sem exceção, são diabolicamente espertos, sr. Chornyak. São muito difíceis de capturar, e se divertem pra caralho enrolando as autoridades e provando como é fácil enganar todo mundo. Mas este caso *não é* assim, entende? Não é assim mesmo, de jeito nenhum. É um caso que demonstra ineficiência e desorganização e... bom, incompetência, como se o envenenador estivesse completamente confuso ou não estivesse realmente comprometido. Peço que perdoe a piada neste momento sério, senhor, mas, se um comitê precisasse envenenar alguém, é assim que eu esperaria que o caso se desenrolasse. Um comitê amador.

– Ah, sim – disse Thomas, satisfeito. – Entendo.

Não havia nada como alguém que de fato sabia o que deveria saber e que conseguia chegar direto ao cerne do assunto para analisar o problema.

– Algo que faz completo sentido, detetive Morse – continuou Thomas. – Entendo exatamente o que quer dizer. Mas isso não nos coloca em uma quina de bico? Digo, se esse envenenamento em particular não é de nenhum dos tipos normais, não significa que será muito difícil de resolver?

Morse franziu os lábios e esfregou o queixo com o polegar.

– Não acho que é tão complicado assim, sr. Chornyak – respondeu, cauteloso. – Podemos talvez nunca descobrir o *porquê*. Parece que nem o envenenador sabe, entende? Mas deve ter sido alguém que é pouco mais que ligeiramente perturbado, alguém muito estranho de fato. Alguém que não é esperto o bastante para tornar difícil sua captura. Pode ser um caso maçante, e talvez leve certo tempo, mas, se o senhor autorizar a investigação, certamente vamos encontrar o responsável. E devo acrescentar, senhor, que, se não autorizar, seguiremos com o caso mesmo assim: a lei não se debruça muito sobre casos de envenenamento, entende, independentemente de quão desajeitado foi o crime. Mesmo quando o resultado da investigação é inconveniente.

– Inconveniente? Uma palavra curiosa, dadas as circunstâncias.

– Bem, o senhor verá com os próprios olhos. É quase impossível que o crime tenha sido perpetrado por alguém que não seja membro da sua família. E isso sempre significa tempos complicados para todo mundo.

– Ah, eu não havia pensado nisso – disse Thomas. – É claro. Mas sem problemas, meu amigo. Se temos um envenenador sob este teto, e um incompetente, ainda por cima, vamos pegar o desgraçado.

– Que bom que o senhor reagiu assim, sr. Chornyak.

– E há outra forma de reagir?

– Às vezes, as pessoas ficam ultrajadas pela simples ideia de que o criminoso possa ser um dos seus, senhor. E às vezes sabem quem é, mas não suportam a ideia de ver a pessoa exposta. E talvez esses sejam os casos mais complicados. Não dá para se situar, porque nunca se sabe quem está mentindo. Ou o porquê.

– Nós não somos uma dessas famílias góticas com corpos em decomposição nos armários, Morse – disse Thomas, abrupto. – Não há ninguém a ser defendido aqui. Você não vai encontrar obstáculo algum à sua investigação na sede desta Família, exceto aqueles erguidos pela pessoa responsável pelo envenenamento. Claro, não dá para esperar cooperação do criminoso. Mas, para o resto de nós, quanto mais rápido cuidar disso, mais felizes ficaremos.

– É uma atitude reconfortante, sr. Chornyak. Vou seguir com o caso, então.

– Por favor.

– Fui instruído pelas autoridades competentes que precisamos manter tudo isso em sigilo, claro. E entendo... Com suas crianças estando sempre lidando com o povo leigo, ou espalhadas por vários lugares o tempo todo... Vocês estão vulneráveis. Mas pode ficar tranquilo, sr. Chornyak. Vou precisar de alguns homens para me ajudar, mas não vai haver vazamento algum. O senhor tem minha palavra.

– Ótimo.

Thomas considerou que a entrevista havia chegado ao fim e teria se levantado para acompanhar a visita até a porta, mas Bard Morse continuou sentado, encarando os relatórios impressos.

– Mais alguma coisa, detetive Morse?

– Bom, eu estava apenas pensando... Foi uma de suas famílias de linguistas que teve uma bebê sequestrada e morta por um grupo da Terrapenas há algum tempo, não foi?

Sentindo que fantasmas voltavam para assombrá-lo, Thomas concordou que era o caso. Outra família, mas uma das Linhagens.

– Ah, então... Alguém do seu entorno salta aos olhos como um provável membro secreto da Terrapenas? É do feitio deles não alardear esse fato por aí. Ideias?

– Eu precisaria pensar a respeito – disse Thomas, evasivo. – Mas, a princípio, não posso imaginar algo assim. Em toda a nossa existência, não apenas agora, mas há gerações, interagimos com extraterrestres. Eu diria que somos candidatos improváveis a membros da Terrapenas.

– Neste caso, há alguém que tem passe livre na casa, mas não vive de fato sob seu teto?

– Apenas as mulheres da Casa Estéril. Ela fica a apenas alguns quarteirões daqui, e há muito trânsito de mulheres de cá para lá.

– Acho que não sei exatamente o que é uma "casa estéril", sr. Chornyak. O significado do termo, digo.

– Talvez seja um pouco estranho para você...

– Vá em frente.

– Bom, é claro que todas as famílias se preocupam com o nascimento de crianças e sua criação, e assim por diante. Mas é diferente em uma Família de linguistas, em que uma criança representa uma unidade importante do núcleo familiar. Importante como um adulto, digo. Muito de nossa vida gira em torno de bebês, e de crianças em vários níveis de aquisição de línguas. Mulheres grávidas têm uma relevância extraordinária aqui, assim como aquelas com bebês prestes a serem submetidos à Interface. Isso torna a vida das mulheres que não podem ter filhos muito complicada; elas se sentem excluídas, e algumas ficam terrivelmente deprimidas. Sentem que não estão participando de forma alguma, embora seja uma percepção distorcida e típico sentimentalismo feminino. Tentamos por anos fazer as mulheres estéreis perceberem que o papel delas na economia das Famílias é importante... Mas, enfim, para o próprio bem dessas mulheres, construímos uma residência separada para elas. Próxima, porque elas *são* importantes, Morse, não apenas por seu papel usual de intérpretes e tradutoras, mas também porque tiram boa parte do peso do cuidado das meninas mais novas dos ombros das outras mulheres. Precisamos delas, e estaríamos em uma situação complicada se não as tivéssemos na Família. Mas elas ficam muito mais felizes morando em uma casa separada.

Thomas ficou meio acanhado ao notar que falava sem parar, mas o detetive só assentia, encorajando-o, e não parecia haver outra forma mais rápida de explicar o conceito.

– Garanto que, se pudéssemos voltar atrás, não usaríamos o nome Casa Estéril – acrescentou Thomas. – Parece cruel e de muito mau gosto, olhando em retrospecto. Mas, quando o lugar foi construído, assumimos que esse seria só um nome provisório e que um novo seria escolhido logo. Isso nunca aconteceu, porém, e não sabemos o porquê. Já virou tradição agora... e tenho certeza de que as mulheres que *de fato* são estéreis não fazem mais a conexão entre a condição delas e o nome do lugar. É só um nome.

– Entendi – disse o detetive Morse. – Tenho certeza de que é muito sensato, considerando o contexto.

– Obrigado. Espero.

– Mas se me permite, senhor, agora que me apresentou essa questão, me parece que essa Casa Estéril é o lugar óbvio para começar a investigação. Se houver mulheres excessivamente emocionais, não muito equilibradas, esse tipo de coisa, há grandes chances de que estejam lá.

Thomas pensou naquilo. Nas mulheres sentadas serenamente, sempre costurando, papeando sobre questões nas quais ser humano sensato algum gastaria duas palavras. Nas mulheres comparecendo rotineiramente a seus compromissos no governo como haviam feito a vida inteira e realizando suas funções com tanta competência quanto qualquer outra mulher. Nas mulheres que estavam idosas e acamadas, com mendininhas da Família sentadas à beira da cama, falando e falando, provendo uma prática com as línguas absolutamente indispensável. Mulheres boas, competentes e confiáveis, com as fraquezas usuais das mulheres e, até onde ele podia ver, pelo menos, mais nada. Mas aquele não era o campo dele; era o campo do detetive. Não cabia a Thomas fazer prejulgamentos.

– Fique à vontade, Morse – disse, então. – Deixo o caso em suas competentes mãos.

– Meus homens irão percorrer a sede primeiro, senhor, só para as análises mais óbvias. Conferir a cozinha e ver se há arsênico no açúcar. Dar uma olhada na sua... Interface, não é isso? Só para ter certeza de que nada horrível está vazando de um lado para o outro. Esse tipo de coisa.

– Tenho certeza de que não há problemas com a Interface, Morse. Se houvesse, Nazareth não seria a única afetada.

– Não, é claro que não, e as ervas também não teriam nada a ver com isso, senhor. Mas é mais uma questão de manter uma rotina sistemática. Não sabemos o que essa pessoa pode tentar a seguir, entende? Precisamos procurar qualquer coisinha que não esteja como deveria estar. Vamos só conferir o espaço, sr. Chornyak. E, depois, vamos até a Casa Estéril para começar a investigação de verdade. Voltaremos com novidades tão rápido quanto seja possível, garanto ao senhor.

– Meu Deus – disse Thomas, feliz ao ver que o assunto estava enfim chegando ao fim e que o outro homem se levantava. – Que coisa absurda, isso!

– Fique grato por ser apenas absurda – disse Morse, baixinho. – Poderia ser muito mais que isso. E talvez já seja para a garota, a mais prejudicada.

– Ela é como qualquer outra adolescente – disse Thomas, sem dar muita atenção. – Adora ser o centro das atenções e tira vantagem disso. Duvido muito que seja tão ruim quanto ela faz parecer.

– Claro, sr. Chornyak – disse o detetive. – O senhor conhece a própria filha. Tenho certeza. Já eu não a conheço. Mas vamos ser sinceros: mesmo que ela esteja apenas glorificando todo o drama, isso não é bom para ela. Pode acabar com problemas sérios de caráter se permitir que continue assim.

– Sem dúvida – disse Thomas. – Concordo plenamente.

– Vou dar início aos trabalhos, então. O senhor nos ajudaria se deixasse o resto dos membros da Família avisados de nossa presença; isso vai evitar que precisemos repetir as explicações várias e várias vezes. Em quantos vocês são, aliás? Na Família, digo?

– Ah... noventa e um de nós na sede. Aqui, neste prédio. E mais quarenta e duas na Casa Estéril.

– Meu Deus, uma verdadeira multidão! – exclamou Morse. – Não me surpreende o senhor ter um envenenador por aqui. Me surpreende não ter meia dúzia deles! E qualquer um ficaria surpreso também!

– Mas já estamos acostumados – disse Thomas. – Vivemos assim há muitos, muitos anos.

– É impressionante! Se alguém me perguntasse, eu diria ser impossível.

– Não para nós. É perfeitamente normal para nós.

Morse assoviou, ainda admirado, e disse:

– Não sabia que atualmente havia no mundo uma aglomeração tão grande assim, Chornyak. Estou abismado, não vou mentir. E, sendo assim, é ótimo que o senhor prepare toda essa gente para o fato de que haverá um monte de detetives perambulando por aqui. Caso contrário, teríamos que passar o resto do ano nos apresentando e explicando nossas intenções.

– Temos intercomunicadores que conectam todas as partes da casa – explicou Thomas. – Vou transmitir uma mensagem para todos os cômodos agora mesmo.

– Obrigado, senhor. Agora, se me der licença...

Thomas o observou ir embora, e depois não passou muito tempo postergando o anúncio. Apertou o botão principal que abria todos os canais do sistema de intercomunicadores, inclusive os da Casa Estéril, e contou o que precisava ser contado.

– Parece que temos um problema – disse ele. – E alguém entre nós tem uma ideia deturpada do que constitui um comportamento humano decente. Uma série de investigações policiais começará esta tarde em nossas instalações, e durará tanto quanto necessário para encontrar o responsável pelo... mal-estar de Nazareth. Espero que todos cooperem irrestritamente com esses homens. Espero que garantam que eles tenham acesso ao que quer que precisem, sem exceção. Espero que cuidem para que as crianças não atrapalhem ou sejam um incômodo aos agentes. Nossa intenção é chegar à origem disso tudo o mais rápido possível: se souberem de qualquer coisa que possa ser útil, qualquer coisa mesmo, informem aos oficiais imediatamente. Não temos tempo para esse tipo de confusão, e eu acreditava que nenhum de nós seria capaz de algo assim. Vamos acabar com isso. E ponto final.

Na Casa Estéril, as mulheres silenciaram com o tipo de silêncio que vem do choque repentino e sem nenhum preâmbulo. Aquina havia ficado pálida e encolhida, enquanto Thomas falava, e lá continuava, tremendo; nenhuma das outras mulheres sequer olhara para ela.

A Casa Estéril não podia, de jeito nenhum, passar por uma investigação por oficiais da lei. Ter de esconder o segredo delas de um eventual homem que desse uma passada por lá para resolver algum assunto de família e entregar uma mensagem era uma coisa... Assim como distrair visitantes ordinários com os elaborados "grupos de costura" no salão de convivência. Mas os homens que iriam até a Casa Estéril dos Chornyak não eram visitantes casuais. Eram investigadores treinados e tinham todas as razões para acreditar que precisavam decifrar um segredo perigoso. O que quer que precisassem descobrir seria descoberto.

E havia muita coisa a ser descoberta ali se eles soubessem onde procurar.

Havia, por exemplo, os instrumentos cirúrgicos e o laboratório farmacêutico de Faye, o que já seria fonte de sérias suspeitas mesmo na residência de um homem caso este não tivesse um diploma de medicina. Era completamente ilegal que uma mulher estivesse em posse daquilo. Em especial dos itens que eram usados apenas para realizar abortos ou a limpeza após tais procedimentos.

Também havia a despensa de ervas. Não apenas as venenosas. O estoque também contemplava os contraceptivos mais eficientes do mundo, contrabandeados sob imenso risco por uma rede subterrânea mantida por mulheres simpáticas à causa e espalhadas pelo mundo todo.

Sem falar no resto do contrabando. Os livros proibidos da época do Movimento de Libertação das Mulheres, que podiam ser lidos apenas por homens adultos. As fitas de vídeo proibidas e estimadas... já borradas e arranhadas, mas não menos preciosas por isso. Todos os arquivos proibidos de uma época em que mulheres ousavam falar abertamente a respeito de direitos iguais.

Havia ainda os livros blasfemos... cuja própria existência era desconhecida do público geral. *A teologia da gentilezamor. O discurso das Três Marias. O Evangelho de Maria Madalena*, que começava assim: "Eu sou Maria Madalena; me escutem. Falo com vocês de outra época. Este é o Evangelho das mulheres". Aqueles livros estavam escondidos ali. Escritos à mão, e encadernados à mão, com capas falsas com títulos como *Receitas favoritas ao redor do mundo.* Não podiam ser encontrados.

E havia, enfim, os arquivos da língua secreta. Não significariam nada para os detetives, é claro. Mas, se fossem levados à casa principal para que os homens os examinassem e explicassem, *eles, sim,* saberiam decifrar o mistério...

E não era só isso. Isso nem começava a dar conta de todos os segredos e coisas secretas escondidas naquelas paredes, naqueles assoalhos, em todos os cantinhos e recantos daquele lugar onde as mulheres viviam sem homens.

As mulheres da Casa Estéril dos Chornyak não tinham medo de pagar por seus crimes. Podiam encarar a possibilidade, como sempre haviam feito. O problema era a *perda*, a terrível perda... Todas as Casas Estéreis seriam vasculhadas. Os pisos arrancados. As floreiras reviradas. Os quintais escavados. E seria o fim da única fonte que as mulheres das Linhagens tinham de coisas que separavam uma vida insuportável de uma apenas miserável. Coisas de que as mulheres precisavam, coisas que eram proibidas de ter, coisas que haviam demorado muitos anos e muitos perigos para acumular. Seria o fim de tudo. E as mulheres teriam de começar do zero, com os homens observando de perto para garantir que não conseguissem.

Elas não podiam permitir que aquilo acontecesse, e ponto final; não havia espaço para discussão. A única questão era: o que podiam fazer para evitar?

Depois de um longo silêncio, alguém enfim falou, insegura, a voz meio esganiçada:

– Talvez possamos dar um jeito. De todas as mulheres no planeta, somos as mais habilidosas em comunicação e aquelas com mais prática nas artes da enganação. Talvez possamos despistar a polícia... Acham que seria possível? São só homens, como quaisquer outros.

– Treinados para procurar coisas – disse Grace. – Treinados para meter o bedelho nos nossos segredos.

– E procurando por um tipo específico de pessoa, que poderia ter prazer em envenenar garotinhas – disse Faye. – Uma psicopata, ou sociopata... Uma pessoa tão maluca que não sente necessidade sequer de tomar cuidado. Todas nós conhecemos o perfil desse tipo de mulher insana. Se tentarmos "despistar" os homens, nessa situação, eles vão descobrir coisas sobre nós que até nós esquecemos. E vamos destruir as Casas Estéreis. Não, Leonora... Não podemos dar um jeito dessa vez. É impossível.

Discutiram o assunto à exaustão, ignorando Aquina ainda encolhida junto à parede, mas agora desmantelada como um monte de trapos. Ela havia provocado aquilo, um fardo pesado o suficiente para esmagar qualquer pessoa. Não havia nada que pudessem fazer por Aquina, mesmo que houvesse tempo para se preocupar com ela.

– Nós *precisamos* tomar uma decisão, e rápido – disse Susannah depois de um tempo, e as outras mulheres murmuraram em concordância. – As crianças disseram que os homens não vêm antes de amanhã de manhã, mas não podemos contar com isso. Talvez seja uma armadilha... Eles podem bater na nossa porta a qualquer minuto. Precisamos decidir o que vamos fazer.

Como Thomas, elas enfim lidaram com a situação como fariam se estivessem diante de um problema de análise linguística. Começaram organizando os dados e formulando certas hipóteses. Depois propuseram algumas soluções, e examinaram rapidamente cada uma levando em conta seus méritos e suas falhas.

– Não se esqueçam: quando descobrirem que há ao menos *um* segredo aqui, será o fim. Não vão sossegar até descobrir cada migalha do que temos a esconder – alertou Caroline. – E mesmo que não entendam algumas coisas que encontrarem, Thomas Blair Chornyak certamente vai entender.

– A única defesa real que sempre tivemos é o fato de que ninguém nunca nos leva a sério – disse Thyrsis, aflita. – Os homens sempre acharam que somos só mulherzinhas idiotas, fazendo coisas bobinhas de mulher... Eles precisam continuar acreditando nisso.

– Não podemos ser só excepcionalmente tolas?

– Não.

Elas não deram bola quando Aquina propôs alertar todas as Casas Estéreis e queimar tudo até as cinzas para destruir as evidências, e a deixaram perceber sozinha que o resultado do disparate seria a mesma catástrofe completa; apenas mais rápida do que aquela que os homens provocariam.

– Não tem como impedir que eles continuem achando coisas – disse Grace, devagar. – É o que vai acontecer se começarem a procurar.

– E esse é o ponto crucial – disse Caroline. – É exatamente o ponto. Agora, a pergunta que importa: o que os impediria de vir aqui? O que os faria encerrar o caso e *sequer* começar a procurar?

Ninguém respondeu, então ela suspirou e continuou:

– Bom, eu vou dizer. Só existe uma alternativa.

– E que alternativa é essa?

– Eles pensarem que o problema está resolvido. Se acharem que não precisam mais de investigação alguma, entendem? Porque já acharam a envenenadora, sem precisar procurar por ela.

– Ah! – exclamou Faye. – Sim! Isso resolveria. Uma de nós precisa confessar antes que eles comecem a procurar!

– E tem que ser convincente – disse Caroline, assentindo. – Não pode ser só "Ah, perdão, oficial, eu que fiz isso com as minhas poçõezinhas".

– Mas *quem* faria isso? Não será nada fácil lidar com as consequências... Quem?

Aquina olhou para elas como se estivessem malucas e declarou que aquilo estava fora de questão. A culpa era dela, ela era a responsável pelo ocorrido, então tinha de ser ela. E as outras a mandaram calar a boca.

– Você falaria demais, Aquina – disse Susannah, tentando ao máximo ser gentil apesar do ódio profundo daquela tola irresponsável. – Você faria questão. Daria uma de política, e armaria o maior discurso. E quando mal percebesse já teria falado demais... Sinto muito. Não pode ser você, Aquina.

Quem, então? Temiam dizer, mas sabiam a resposta.

Foi Susannah quem falou o que todas sabiam que tinha de ser dito.

– Só há uma opção, na verdade – lamentou ela. – Só uma possível. Porque não é uma questão de escolher alguém disposta a se sacrificar. Não é uma questão de escolher alguém, nas palavras dos homens, dispensável. É uma questão de escolher alguém convincente, dado o perfil que a polícia e os outros criaram para o envenenador. Minhas caras, há apenas uma mulher que se encaixa nessa descrição... E eles vão cair como patinhos. Precisa ser Belle-Anne.

Belle-Anne Jefferson havia entrado para a Família Chornyak como uma bela e jovem noiva. Havia sido escolhida por um dos filhos mais novos, que parecia saído direto de um anúncio de "garanhão disponível para reprodução", e altas expectativas foram criadas. Depois de três anos de tentativas, porém, o casal ainda não havia tido bebês para serem levados à Interface. Quando os médicos contaram a Thomas Chornyak qual era o problema, ele se negou a acreditar.

– Não pode ser – dissera ele, sem rodeios. – Estou disposto a aceitar uma boa variedade de possibilidades neste universo, especialmente depois de ver muitos exemplos de coisas esquisitas demais para os padrões terráqueos, mas não acredito *nisso*. Examinem melhor, cavalheiros, e me deem uma explicação que não pareça o Útero Mágico e o Testículo Malvado.

Mas eles haviam retornado com a mesma historinha. Belle-Anne Jefferson Chornyak, com seus vinte anos de idade e vistosa como um pêssego maduro, era de fato capaz de, por vontade própria, matar até o mais vigoroso espermatozoide oscilante produzido por qualquer homem.

Thomas ficou furioso e declarou que nunca havia ouvido falar em algo assim.

– Não é comum – admitiram os médicos.

– Os senhores têm *certeza*?

– Absoluta. Qualquer espermatozoide inserido naquela garota, por qualquer forma que seja, *morre* assim que ela torce aquela bundinha. Morre. Fim.

– Ora, então a fecundem além dessa etapa!

– Já tentamos. Implantamos um óvulo na garota, perfeitamente fertilizado com o espermatozoide vivo e saudável do esposo dela.

– E?

– E, dois dias depois, ela sofreu um aborto espontâneo. Acho que demorou dois dias apenas porque era um truque novo para ela. Quando tentamos de novo, só para garantir que era mesmo uma proeza da mulher, demorou só trinta minutos do laboratório para a privada.

– Pelas botas de Judas!

– Exatamente. Agradeça a Deus por não ser um truque que as mulheres dominam em grande escala, Chornyak, ou teríamos problemas... Não que a maiorias delas tenha interesse nesse tipo de travessura. Quase todas são loucas pelas criaturinhas babonas.

– Mas Belle-Anne não é.

– Belle-Anne com certeza não é.

– Os senhores já viram isso antes?

– Não... Há meia dúzia de casos em toda a literatura médica. É realmente raro. Fascinantemente raro. Ora, há mulheres que conseguem se esforçar até perder um feto que não vingaria de toda forma... Mas, basicamente, esse é um caso isolado.

– E tinha que acontecer bem aqui na minha casa. – Thomas praguejou, em voz baixa e por muito tempo, enquanto os médicos apenas sorriam com simpatia.

– E como ela faz isso? É possível chamar algum terapeuta para convencê-la a parar com essa porcaria?

– Bom... Não sabemos – disse um dos homens, e os outros se entreolharam, confusos. – Ela fala que faz isso orando, como se não fosse nada demais. O senhor engole isso?

– O quê? Quer dizer que a desgraçada ainda *admite*?

– Ah, sim.

– Bom, eu... – Thomas ficou sem palavras, um caso isolado por si só.

– Não é como se ela não soubesse o que está fazendo, entende? – continuaram os médicos. – Está fazendo isso de propósito. Acho que tentar fazer a jovem mudar de ideia seria uma perda de tempo, de dinheiro e de energia do seu filho. Ela relutaria muito. Estamos falando de anos de terapia, a um gasto absurdo. Chornyak, o mundo é cheio de moças bonitas... Essa realmente vale o esforço?

E foi assim que uma bela jovem como Belle-Anne, vinte anos recém-completados e em idade de servir na cama, acabou divorciada e abrigada na Casa Estéril dos Chornyak.

Os membros da família haviam discutido um pouco com Thomas a respeito disso. Afinal, a garota era inapta a ser mãe por um ato deliberado de sabotagem da parte dela; eles tinham mesmo de lidar com os custos de manter a mulher pelo resto da vida?

– Voto por devolvê-la aos pais – disse o ex-marido, que estava compreensivelmente descontente, obrigado a encarar a perspectiva de passar um bom tempo solteiro até poder arranjar outra mulher mais conveniente como esposa.

– Não – disse Thomas, sem rodeios, e Paul John o apoiou incondicionalmente. – Quando acolhemos alguém sob este teto e aceitamos a responsabilidade de garantir seu bem-estar, cumprimos o que é prometido no casamento: na alegria e na tristeza, na saúde e na doença, até que a morte os separe. Pessoalmente, prefiro jogá-la de um prédio alto a devolvê-la aos pais. Mas não é assim que fazemos as coisas aqui nesta família. – E foi o fim da discussão.

Belle-Anne não teria problema algum em convencer os policiais; todos acreditariam nela. E Thomas Blair Chornyak não duvidaria de *absolutamente* nada vindo de Belle-Anne.

Teria de ser assim, mesmo que partisse o coração de todas.

CAPÍTULO 11

A obsessão religiosa pode ser excessivamente perigosa no gênero feminino, em especial se não reconhecida nos estágios iniciais. Os estereótipos – da mulher que ora em público o tempo todo, que escuta vozes e vê coisas e não hesita em bradar isso para o mundo – são fáceis de perceber, é claro. Mas poucas mulheres se encaixam nesse perfil, a menos que haja uma psicose óbvia. Em vez disso, vemos uma aparente modéstia encantadora e um comportamento humilde, uma agradável falta de interesse em coisas materiais, uma doçura no jeito de falar e de se comportar quase atraente... E é só quando essa criatura aparentemente adorável já se perdeu há muito para a teofilia que percebemos de repente com o que estamos lidando.

Devemos continuar aconselhando nossos clientes a encorajarem as mulheres com quem convivem a serem religiosas, porque a religião oferece um dos métodos mais confiáveis já criados para o adequado gerenciamento de mulheres; a religião oferece uma cura espetacular para mulheres que, sem esse elemento, tendem a ser rebeldes e descontroladas. No entanto, cavalheiros, no entanto, devo alertá-los sobre a importância de insistir que os homens tirem um tempo todo mês para ter uma conversa religiosa com a mulher pela qual é responsável, por mais cansativo que seja. Dez minutos de uma conversa bem estruturada sobre o assunto quase sempre revela a mulher pendendo ao excesso religioso. Tempo bem gasto.
(Krat Lourd, ph.D., em painel no Encontro Anual da Associação Americana de Feminiologistas)

Poucos minutos antes das oito da manhã, Belle-Anne já estava sentada na sala de interrogatório da delegacia. Os homens haviam entrado em frenesi apressado quando a levaram para lá, apressados para cumprir a promessa de que não haveria publicidade em torno do caso. Belle-Anne não parecia nada preocupada com a discrição, e agora sorria para Morse como se ambos estivessem em um piquenique no parque.

– Certo, então deixe-me ver se entendi – dizia Morse. – A senhorita veio aqui por vontade própria para confessar que tentou matar Nazareth Joanna Chornyak. Porque não queria que bagunçássemos a casa. É isso que está falando?

– Detetive Morse, nós damos muito duro para manter a Casa Estéril ajeitada – disse Belle-Anne. – E temos pouquíssimo tempo de descanso considerando nosso trabalho como linguistas, os cuidados de mulheres que estão doentes e coisas do gênero. Não precisamos de um bando de homens como o senhor entrando na casa com os sapatos sujos e deixando manchas de dedo nas paredes e nos móveis todos.

– Entendi.

– Além disso, não há por que outras mulheres da Casa Estéril terem de lidar com qualquer comoção a respeito do caso, afinal foi tudo ideia minha. Para mim, é meu dever cristão poupar as outras das consequências do meu deslize.

– Deslize.

– Exatamente. Meu bom Deus me mandou ser cuidadosa, e essa era minha intenção; mas o senhor já deve ter percebido que não deu muito certo.

– Talvez seu bom Deus tenha cometido um erro?

– Capitão! – Belle-Anne ergueu o queixo e o encarou com um olhar ofendido. – Que blasfêmia!

– Eu não sou capitão, madame. Sou detetive.

– Não importa, o senhor corre o risco de ir para o inferno. Se eu fosse o senhor, pediria para que o Todo-Poderoso o perdoasse.

Bard Morse deixou as sobrancelhas se erguerem em direção às entradas cada vez mais pronunciadas da linha do cabelo, e ligou o gravador. Aquela ali tinha um parafuso a menos, e ele sequer havia tomado café da manhã.

– Sra. Chornyak – disse ele, cauteloso –, a senhora entende que, se fizer uma confissão e assinar o documento, não poderá mudar de ideia depois? Não terá como voltar atrás no que disse, querida.

– Eu não fiz nada de que deveria me vergonhar – disse Belle-Anne, calma. Mais tarde, Morse diria a Thomas que ela parecia "bem orgulhosa do que fez, se o senhor quer mesmo saber", e Thomas diria que não duvidava nem um pouco disso.

– O único problema é que falhei na minha missão divina. Mas o Senhor sabe que dei meu melhor, e Ele vai me perdoar. Se Ele vai perdoar vocês, pagãos, já é outra história.

– Certo, madame, vou tentar não ofender mais a Deus. Mas quero ter certeza de que entendeu tudo.

– Pode ter certeza. Entendi.

– Certo, então... Eu tenho este gravador aqui, sra. Chornyak. Conforme for falando, o computador na outra sala vai transcrever suas palavras. Depois um dos homens vai trazer o material impresso para que a senhorita assine, e depois veremos o que fazer. Entendeu, querida?

– Sim, capitão.

– Eu não sou... – começou Morse, mas depois suspirou e deixou por isso mesmo.

– Só repita o que a senhorita disse para o homem na recepção antes que a trouxessem para esta sala, sra. Chornyak. Fale normalmente, por favor, no seu tom de voz usual. Diga seu nome e tudo mais, e depois comece.

Belle-Anne acomodou as mãos juntas na mesa diante de si, encarou o homem nos olhos, sorriu como um anjo e recitou sua fala.

– Meu nome é Belle-Anne Jefferson Chornyak – começou, serena. – Sou uma esposa divorciada da Família Chornyak, desta cidade, e completei trinta anos sexta-feira da semana passada. Exatamente... bom, não, acho que aproximadamente...

aproximadamente um ano atrás, eu estava sentada no jardim da Casa Estéril dos Chornyak, para onde me mudei há dez anos e onde vivo desde então. Estava observando um pássaro em uma acácia-de-constantinopla e esperando uma garotinha vir da sede da Família Chornyak para falar húngaro comigo por uma hora. De repente, um anjo do Senhor apareceu e me disse: "Ouça!".

Morse assentiu, e ela sorriu. O detetive fez um sinal com o indicador para que ela continuasse.

– Bom, como o senhor pode imaginar, fiquei muito surpresa. E mesmo quando ouvi o próprio Senhor, Deus, meu Pastor, falar lá das nuvens acima da minha cabeça, achei que eu talvez pudesse estar alucinando, entende. Mas aí outro anjo veio e parou ao lado do primeiro, e a Virgem Maria desceu em uma nuvem de ouro para se juntar a eles. E ela me disse que tudo era verdade. E que o Senhor havia atribuído a mim a tarefa de apressar a chegada de Nazareth Joanna Chornyak à casa de nosso Pai Celestial. – Belle-Anne parou de falar e presenteou o detetive com um olhar brilhante.

– Não sei se o senhor entende, capitão – prosseguiu a mulher, quando notou que ele não diria nada –, mas, embora apenas algumas pessoas pareçam perceber isso, há mulheres cujo corpo não é destinado ao uso de homens mundanos. Sou uma delas, e Nazareth Chornyak é outra. Nós, capitão, somos noivas de Cristo, reservadas apenas para Ele, e aqueles que abusarem de nós vão sofrer tormentos indizíveis para todo o sempre. Mas é claro que, se eu simplesmente fosse até Thomas Chornyak e dissesse o que Deus tinha em mente para Nazareth, ele teria rido de mim.

Aquilo era algo que Bard Morse conseguia imaginar sem dificuldade alguma, e foi o que disse a ela. Ela continuou:

– Então coube a mim, entende, embora tenha sido de grande conforto em minha tarefa saber que os anjos estão sempre ao meu lado direito, ou voando acima da minha cabeça em sua glória, cantando e louvando nosso Pai Celestial para manter meu ânimo e me encorajar quando eu falhar. E como o uso das ervas e das plantas me é familiar, me pareceu muito melhor usar esse método, um método *natural*, que brota dos doces pés de Nosso Senhor, entende, em vez de... ah, não sei, acertar a criança na cabeça com uma pedra, por exemplo. É claro que pedras são criações naturais do Senhor, assim como plantas e gramíneas e ervas que cobrem o mundo criado pelo Pai, mas não sou uma mulher violenta. Eu teria tentado, entende, se a Virgem houvesse me dito "Pega aquela pedra e esmaga a cabeça de Nazareth Joanna Chornyak", mas não foi isso que ela disse. Eu tive que decidir os meios que usaria, e coloquei uma coisinha na comida e bebida da menina. Creio que a fiz passar por um belo desconforto.

Morse apertou o botão de pausar e interrompeu a gravação. A mulher parecia radiante.

– A senhorita se importaria de especificar algumas coisas? – perguntou o detetive. – Só para ficar registrado? Quais substâncias usou, esse tipo de coisa.

Belle-Anne havia cuidadosamente decorado tudo isso na noite anterior caso os oficiais surgissem na Casa Estéril antes da manhã, e o que ela disse para o gravador bateu com os fatos que a polícia tinha à disposição. Ou chegou perto o bastante. Ela tinha certeza de que eles não esperariam que a memória *dela* fosse perfeita. Ela só precisava chegar perto, que foi o que aconteceu.

O detetive desligou o aparelho e deu tapinhas gentis na mão dela, dizendo:

– A senhorita nos poupou, assim como suas companheiras de casa, de um belo trabalho, sra. Chornyak. Quero que saiba como apreciamos isso.

– Ah – gorjeou Belle-Anne. – Disponha sempre!

– É claro – disse Morse. – É claro, querida.

– Deus seja louvado – disse Belle-Anne, recatada. – Deus seja louvado em Sua imensa glória.

– Amém – respondeu Morse, passando o relato impresso para que ela assinasse enquanto o secretário encarava o teto e assoviava entredentes.

Ele nem precisaria pedir ao homem que chamasse a ambulância do hospital psiquiátrico. O secretário já estava no recinto quando Belle-Anne chegara toda faceira, cumprimentando o homem na recepção com um fervente "Aleluia, mais uma bela manhã no mundo do nosso Senhor!". Depois, ele havia acompanhado o anúncio à queima-roupa de que ela era a envenenadora dos Chornyak, e que havia feito tudo aquilo por Deus e por Nossa Senhora e por um incontável número de anjos.

– Eu nunca contei os anjos, entende? – admitira ela para o pasmo sargento no balcão. – Não achei que seria educado... ficar apontando o dedo e tal.

Era aquele tipo de coisa que fazia Morse permanecer no serviço policial. Toda vez que pensava em se aposentar, lembrava de algum caso como aquele, aí se tocava de que se fosse aposentado, perderia a oportunidade de presenciar toda essa loucura. Por isso, continuava na função. Imagina perder aquele caso; a única coisa que lamentava era que não poderia falar dele enquanto tomava umas na Área Comum. Teria dado uma bela história. E foi apenas por pura sorte que não havia repórteres à toa por ali, procurando algum bêbado divertido do qual tirar fotos, quando Belle-Anne decidira dar seu espetáculo.

– Suponho que vão me enforcar, não é, capitão Morse? – perguntou Belle-Anne, com os olhos castanhos arregalados no rosto belo, adornados por cílios que lembravam chocolate aveludado.

– Ah, tenho certeza de que não – tranquilizou ele. Não que ela parecesse preocupada com isso; curiosa, talvez, mas não preocupada. – Tenho certeza de que não precisa ocupar sua adorável cabecinha com coisas como essa.

Não, senhor. Aquela dama não precisaria nunca mais se preocupar com alguma coisa, ou mesmo pensar em algo. Quando terminassem com ela, ela não teria miolos nem para declamar o alfabeto. Ela não tinha nada com que se preocupar.

Morse ligou para Thomas Chornyak e disse que ele podia esquecer aquela história de detetives fuçando sua casa, olhando para Belle-Anne pelo canto de olho para ter certeza de que nada fora do ordinário se passava no que ela chamava de mente. Aquele caso já estava morto e enterrado.

Thomas sabia como as mulheres amavam Belle-Anne, por mais tantã que fosse. Ele mandou alguém firme até a Casa Estéril para contar a elas o que havia acontecido. E houve o chororô e o lamento e a histeria já esperados, seguidos pelo discurso que Thomas havia preparado.

– Agora, escutem – disse Adam, paternal que só o diabo. – Quero que todas saibam que aprovo, a princípio, o interesse saudável que têm em serem cristãs entusiasmadas. Mas precisam parar com o tipo de fervor religioso que causou esse... excesso. Sabemos que Belle-Anne nunca foi lá muito estável, provavelmente passaria dos limites muito facilmente. E temos certeza de que as senhoras não tomaram parte alguma nisso. Mas as coisas foram longe demais. Vocês vão continuar indo à igreja como antes, e vão fazer o que quer que o reverendo mande, e ponto final. Chega de graça. Entenderam?

E, como ele havia sido alertado, houve choramingos e fungadas.

– Thomas também quer que vocês saibam que, embora esteja certo de que não há ninguém mais nesta casa que possa sentir que foi escolhida pelo Senhor para assumir para si a missão de levar a cabo o combinado divino não cumprido de Belle-Anne, ele não quer correr riscos. De agora em diante, Nazareth será acompanhada por guardas sempre que estiver acordada, e um comunicador com câmera ficará ligado no quarto enquanto ela estiver acordada. Só para ter certeza de que ninguém mais vai decidir ser uma Joana D'Arc em um unicórnio branco enviada para realizar feitos sagrados. *Isso* ficou claro?

Ficou, garantiram elas; com certeza ficou. Tudo completa e perfeitamente claro.

CAPÍTULO 12

"Como montar um vitral de rosácea,
em um universo
que não tem superfícies curvas?"
(Ah, pobre rosa pontiaguda que não passa de espinhos
dentro de espinhos...
Símbolo de que tu podes ser??)

"Como montar um vitral de rosácea,
em um universo
que não tem o princípio da simetria?"
(Ah, pobre rosa deformada que não passa de déficits
dentro (?) de déficits...
Ânsia pelo que tu podes ter??)

(*E quanto ao Tradutor Universal*, poema do século 20)

Outono de 2182...

– Isso é idiota – disse Beau St. Clair.

– Concordo – disse Esquio Pugh. – Voto em cancelar a reunião.

E, só porque sabia que Arnold Dolbe achava aquilo nojento, Pugh tirou o canivete do bolso e começou a limpar as unhas, com um ar de total dedicação à tarefa.

Dolbe tentou não gemer, conseguiu soltar apenas um suspiro meio engasgado, e fez gestos vagos com os dedos.

– Escute, pessoal – disse ele. – Vejam só. Não interessa se é idiota. Ser ou não idiota não tem nada a ver com isso. O Pentágono disse que precisamos fazer uma reunião para falar do tópico, então é isso que vamos fazer. Vocês sabem disso tão bem quanto eu, então me poupem.

– Merda – disse Esquio.

Showard observou Esquio Pugh e decidiu que ele oferecia um perfeito modelo a emular; tirou o canivete do bolso e começou a limpar as próprias unhas, fazendo o melhor para criar uma espécie de dueto de dois canivetes, combinando os movimentos dele com os de Esquio.

– Então vai, Dolbe – disse ele. – Faz a reunião.

– Bem, acho que estamos em uma sinuca de bico – disse Dolbe. Um músculo espasmou em sua bochecha direita, e ele a esfregou freneticamente. Só ficaria pior, ele bem sabia, e logo uma de suas pálpebras se juntaria à dança dos tiques; já fazia semanas que ele vinha sofrendo com ambos, e doutorzinho algum conseguia resolver. Dolbe tinha a impressão de que já era ruim o bastante ter um metro e noventa e três de altura pesando menos de setenta quilos, além de não ter sequer um fio de cabelo na cabeça, que por si só já era feia de se ver, cheia de caroços, linhas e irregularidades, e, pior de tudo, ter um rosto que não agradara nem à própria mãe. Não era justo que ainda tivesse de sofrer de tiques nervosos. Tinha consciência dolorosa de seus fardos, da injustiça de tudo aquilo, e o músculo sofreu outro espasmo. Ele pousou a mão com uma casualidade elaborada sobre a bochecha rebelde e disse: – Não vejo muita saída. É isso.

Os outros homens o encararam, desolados, e estava escrito no rosto deles: Dolbe não os inspirava de forma alguma.

– Bom, enfim – continuou o homem, na defensiva –, lamento se não tenho um novo plano mais mirabolante do mundo para oferecer, mas também não vi nenhum de vocês fazendo melhor.

– Você supostamente deveria *liderar*, Dolbe, lembra? – cutucou Showard. – Um princípio importante e profundo: líderes devem liderar.

– Vai pro inferno, Showard – disse Dolbe, parecendo tão taciturno quanto inquieto. – Que sua alma vá pro inferno.

– Obrigado – disse o outro, cortando Dolbe –, que bela ajuda. Como você se nega a fazer qualquer coisa além de choramingar, vou continuar... Vamos passar pelo assunto mais uma vez, pessoal. O que fizemos... e o que ainda não fizemos?

St. Clair obedeceu.

– Tentamos os computadores, que não ofereceram padrões úteis, ou qualquer outro tipo de padrão, para línguas alienígenas não humanoides. Ou é o que Esquio diz, e confio no Esquio em questão de computadores. Os computadores devem nos ajudar *depois* que uma língua é decifrada... mas não são lá grande coisa no estágio inicial. Esse é o primeiro ponto.

– Certo – disse Esquio Pugh. – É o primeiro ponto, e não tem o que fazer. Se os computadores conseguissem fazer algo assim, já teríamos feito.

– Crianças humanas, mesmo quando seguimos as especificações dos linguistas vírgula a vírgula, não ajudam em nada... – continuou St. Clair. – Não podem ser submetidas ao contato com alienígenas não humanoides. E jogar mais alguns na fogueira não é do interesse de ninguém... É horrível. E burro. Esse é o segundo ponto.

– Um, dois, feijão com arroz – cantarolou Brooks Showard.

– E tem também a estratégia do bebê linguista. Também foi furada. Aconteceu igualzinho ao que rolou com qualquer outra criança... uma bagunça completa. E não temos ideia do porquê. O que significa que roubar mais alguns filhotes de lingo e submeter a criançada à mesma coisa seria inútil, horrível, por aí vai, como já comentado. Passamos meses analisando as gravações e não encontramos nada. Esse é o terceiro ponto.

Ele esperou alguém fazer algum comentário, mas todos continuaram em silêncio.

– E é isso – concluiu St. Clair. – Até onde sei, é isso que temos. Adultos não são capazes de adquirir línguas... Não tem mais alternativa.

– Que merda, gente – disse Dolbe, em um tom de urgência. – Que merda, temos uma *missão*. O futuro deste planeta, e de todo mundo que mora nele, depende *de nós*. Não podemos só desistir... Precisamos fazer alguma coisa.

– Fico me perguntando... – começou Esquio Pugh, contemplando se cutucar os dentes com o canivete deixaria Dolbe ainda mais nervoso, o que ele acharia ótimo. – Fico me perguntando o que aquela criatura beta-2 acha da nossa "missão". Digo, ela está presa aqui há uma cacetada de tempo já...

– Esquio, por favor, não fale isso – implorou Dolbe. – Por favor. Até onde sabemos, o alienígena adora este lugar. Nós o tratamos muito bem.

– Ah é? E como a gente sabe disso?

– Esquio...

– Não, é sério. Como sabemos que ele não tem uma esposa e filhos pra quem quer ir brilhar em vez de ficar aqui com a gente?... Talvez seis esposas e filhos. Ou maridos e filhes. Ou sei lá eu.

– Esquio, a gente não sabe e não pode se dar ao luxo de se preocupar com isso. Qual *é*... Vamos nos concentrar no problema presente.

Esquio deu de ombros, passou a se dedicar a palitar os dentes com o canivete e recebeu com satisfação o estremecimento de Dolbe. Aquilo o seguraria.

– Brooks? – disse Dolbe. – Brooks, você é nosso homem das ideias. Pense algo aí.

– Vocês *sabem* o que eu faria – disse Showard.

– Colocar umas dezenas de linguistas pra queimar devagarzinho até eles concordarem em ajudar a gente?

– Só pra começar.

– Não podemos fazer isso.

– Então não enche meu saco, Arnold! – esbravejou Showard. – Nosso problema é bem simples: não sabemos o que estamos fazendo de errado, e as únicas pessoas que sabem o que estamos fazendo de errado são os malditos linguistas, e eles não querem nos contar o que é! Não estou vendo nada de sutil ou complicado com que se lidar aqui... Eles precisam ser *forçados* a cooperar, já que não vão fazer isso por vontade própria. Vocês que são bonzinhos, legaizinhos, podem ficar aqui sentados batendo papo até apodrecer, mas isso não vai mudar nada. Estamos perdendo nosso tempo.

– Isso é humilhante – disse St. Clair.

– O quê, falhar cem por cento do tempo?

– Isso, claro. Mas o que eu quis dizer é que é humilhante que mesmo com a ajuda de todos os recursos científicos do universo civilizado, não consigamos descobrir que coisa é essa que os linguistas sabem. É ofensivo.

– Você está certo, Beau. É mesmo. Mas é assim que as coisas são e sempre foram desde que podemos lembrar. Ficar de cara feia não vai ajudar, mas forçar os linguistas a contar vai. É não sermos tão delicados ou cheios de dedos e escrupulosidades também.

– Ainda temos alguma influência sobre os linguistas?

– Não. A influência é toda deles.

– Será que não dá para irmos a público contar como o Honcho Chornyak brinca conosco enquanto finge que não quer sujar as mãozinhas?

– Por quê? – quis saber Showard. – O que ele fez, Beau? Veio às reuniões para as quais foi convidado. Nunca deixou nada escapar. Ele segue o roteirinho dele de cabo a rabo, toda vez.

– Mas ele quer manter aquilo em segredo, Brooks. Quer manter segredo, sim. Podíamos espalhar aquilo em todos os jornais.

– Claro – disse Dolbe. – E aí ele poderia explicar direitinho para o público o que acontece com os bebês enviados voluntariamente para o Trabalho Governamental. Ele ia mandar bem. Aí, pra completar, poderia contar como sequestramos bebês do hospital quando os pais *não* oferecem crianças voluntariamente.

– Meu Deus... Ele faria isso?

– Mas que inferno, Beau! Claro que faria – respondeu Showard. – E, quando terminasse, nós pareceríamos assassinos. O que somos, no caso. E faria isso de tal forma que ele mesmo não seria punido nem pelo público *nem* pelas Linhagens. Aquele cara é esperto, aquele Thomas Blair Chornyak. Considerando que é um linguista, dá pra dizer que é esperto ao cubo. Ele não brinca em serviço.

– Bom, como o Arnold disse, precisamos fazer alguma coisa.

– Isso. Podíamos só despirocar então, Beau.

– Escutem, quanto sabemos, de verdade, sobre o porquê de os bebês não darem conta de ir para a Interface nesses casos? – perguntou St. Clair. – Digo, não há dúvidas de que eles *não dão*; o que vi dá e sobra pra me convencer. Mas tem alguma coisa que sabemos que possamos usar de algum jeito?

– Vamos repassar isso, gente – disse Dolbe, expansivo, *liderando* agora que alguém havia apontado a direção para ele. *Lidere pra lá, Dolbe... Preparar, apontar, vai, Dolbe...* – Vamos tentar mais uma vez.

– Não tem nada útil – disse Esquio Pugh. – Eu passei todos os dados pelo computador sei lá quantas vezes. Não tem nada de útil nisso.

– Perdão pela blasfêmia, Esquio, mas às vezes o cérebro humano chega aonde os computadores não conseguem – disse Dolbe. – Vamos dar mais uma olhadinha.

– Beleza – disse Showard. – Beleza. Princípio número um: o conceito de "realidade" não existe. A realidade é criada por nós por meio de estímulos do meio ambiente, sejam eles internos ou externos, e fazendo afirmações a respeito. Todo mundo percebe coisas, todo mundo faz afirmações, todo mundo, até onde sei, concorda o bastante sobre elas a ponto de as coisas darem certo, então quando eu digo "Me passa o café?", você sabe o que me passar. E isso é a realidade. Princípio número dois: as pessoas se acostumam com um tipo de realidade e esperam sempre a mesma coisa, e aí, quando o que percebem não corresponde às afirmações com as quais todo mundo concordou, ou a cultura precisa passar por um tipo de calibração até se ajustar a isso... ou é como se a coisa simplesmente não existisse.

– Fadas – murmurou Beau St. Clair. – Anjos.

– Isso aí. Eles não pertencem ao conjunto de afirmações desta cultura, então, se eles forem "reais", a gente simplesmente não vê, não escuta, não cheira, não toca... não sente gosto de nenhum deles. Se é que dá pra sentir gosto de anjo. – Ele se inclinou para trás e cruzou os dedos atrás da cabeça, deixando o canivete apoiado no peito. – Agora, princípio número três: o cérebro dos humanos tem alguma pecinha que faz com que ele espere certos tipos de percepção, e é aí que o problema começa. Os cientistas cognitivos dizem que essa pecinha, qualquer que seja, é razoavelmente parecida com a pecinha dos alienígenas humanoides, porque o cérebro e o sistema sensorial das espécies são similares o suficiente ao nosso, mesmo que alguns humanoides tenham tentáculos saindo da orelha e outros, não. E dizem os linguistas que, sendo tais pecinhas muito similares, podemos pegar um conjunto de cérebro e sistema sensorial que ainda não está totalmente formado, de um bebezinho, por exemplo, e ele *será capaz* de fazer afirmações sobre o que percebe ali, mesmo que não esteja dentro do consenso. Os bebês não conhecem as coisas com que interagem, eles precisam aprender. E se não for *muito* diferente do que essa nossa pecinha permite que seja percebido, eles são capazes de lidar com o estímulo. De encaixar aquilo na realidade deles.

– Até o momento, nada – disse Esquio. – Como falei que seria.

– Princípio número quatro – prosseguiu Showard. – Mesmo um bebê, que ainda não entrou em contato com percepção alguma, não consegue lidar com coisas quando se depara com uma percepção tão completamente diferente da esperada pelas raças humanoides, e não é capaz de processar de jeito algum, muito menos criar afirmações.

– Bebês não conseguem criar afirmações – disse Esquio, enojado. – Que merda. A única coisa que eles fazem é...

– Esquio, você está errado – disse Beau St. Clair. – Eles não conseguem usar as palavras que você usaria, não conseguem *pronunciar* as afirmações, mas eles fazem afirmações, sim. Tipo: "Quando vir algo que já vi antes, vou olhar pra outra coisa que *nunca vi*". Ou tipo: "Aquele barulho é minha mãe". Esse tipo de coisa.

– Merda – repetiu Esquio. – Fadas e anjos. Fadas de merda e anjos de bosta.

Eles estavam acostumados com Esquio Pugh; continuaram sem dar muita bola para ele.

– Então é isso que sabemos – concluiu Showard. – Tem alguma coisa no jeito como alienígenas não humanoides percebem as coisas, algo na "realidade" que eles criam a partir dos estímulos, que é tão impossível que faz com que os bebês pirem e destrói o sistema nervoso central deles para sempre.

– Tipo o quê? – quis saber Esquio.

– Pugh, se eu soubesse, meu sistema nervoso central teria sido destruído para sempre, e tenho uma puta certeza de que conseguiria te explicar.

– Ah, que merda – disse Esquio.

– A solução óbvia – propôs Dolbe, feliz por ter chegado a pelo menos uma coisa que tinha certeza de que entendia – é dessensibilização.

– Aham – disse Brooks. – E só Deus sabe quanto a gente já tentou isso. A gente tentou colocar o bebê na Interface apenas por uma fração de segundo por vez, por semanas e semanas, até chegar a um segundo inteiro... E não faz porra de diferença alguma. Quando o bebê de alguma forma captura alguma percepção alienígena, se autodestrói do mesmo jeito.

– Então vamos pensar nisso – insistiu Dolbe. – Vamos pensar nisso a sério. O problema é dessensibilização. Já tentamos diminuir a exposição ao mínimo absoluto, e não ajudou. Então risca essa opção. Não podemos pedir pro bebê tomar cuidado com isso com antecedência; ele não entende o que estamos falando, e eu não saberia o que dizer pra ele mesmo que entendesse. Então risca essa opção *também*. O que mais dá pra fazer que ainda não fizemos?

O silêncio perdurou enquanto todos pensavam. Enfim, Beau pigarreou, hesitante.

– Talvez... – disse ele. – Talvez tenha uma coisa.

– Desembucha.

– Mas talvez seja meio maluco também.

– Vamos *conversar* sobre isso, cara! – disse Dolbe. – O que é? E vocês, Showard, Pugh... Guardem esses canivetes *agora*, antes que eu fique louco!

– Sem problema, Arnold – disse Esquio, solene, e dobrou o objeto de forma ostensiva antes de guardá-lo no bolso. – Era só ter pedido antes.

– Continua, Beau – disse Showard, guardando o canivete também.

– Bom... – começou Beau, devagar. – Eu só estava pensando. E se... E se a gente desse pro bebê, logo no primeiro minuto, algum tipo de alucinógeno? Talvez vários tipos? E se a gente fizesse isso por um mês e pouco antes mesmo de colocar a criança na Interface? No que acham que isso ia dar?

Brooks Showard encarou o colega, como se *ele* tivesse de fato visto um anjo, e saiu de sua apatia com uma brusquidão e uma intensidade que assustaram até mesmo Esquio.

– Meu Deus do céu, St. Clair! – gritou ele. – Teríamos um bebê que faria uma afirmação mais ou menos assim: "Caramba, *nadinha de nada* faz sentido aqui!". *Porra*, Beau, é *isso*! É *isso*!

Arnold Dolbe ficou parado no lugar, chocado. Empalideceu, e seus tiques nervosos tiveram um acesso ao mesmo tempo.

– Não podemos dar drogas alucinógenas para um bebê! – exclamou. – Isso é obsceno! É bárbaro!

O silêncio perdurou ao redor dele; quando ele enfim notou, a postura tensa se desfez.

– Ah, caramba – lamentou. – Ah, caramba. Acho que, considerando o que já fizemos com os bebês, esse não foi o comentário mais inteligente que eu poderia ter feito. Eu esqueci... Eu esqueci, entendeu?

– Brooks – disse Esquio, desviando respeitosamente o olhar de Arnold Dolbe para que ele tivesse tempo para recuperar a compostura –, você soou seguro pra caralho. Tem certeza mesmo?

Showard abriu um sorriso irônico.

– Claro que eu *não* tenho certeza. Como eu teria certeza? Mas parece fazer sentido. Mesmo depois de adulto, desde que a dose inicial não seja exagerada, dá pra se acostumar com uma realidade alterada drasticamente pra caralho usando LSD ou mescalina sintética ou qualquer outra coisa. Um bebê, com o cérebro molinho, modo de falar, é claro... Caramba, daria pra abrir a mente da criança pra ela estar pronta pro que quer que precise encarar. Não, eu não tenho certeza, Esquio. Mas tenho certeza o bastante pra dizer que quero tentar fazer isso. Agora *mesmo*.

– Mas não temos um bebê agora – apontou Dolbe. – E a menos que alguém ofereça o filho do nada, tipo aquele tal do Landry, não temos nem perspectivas de novos voluntários no momento. Vocês não estão sugerindo que tentemos sequestro de novo, né?

– Não tenho certeza – disse Brooks Showard, bem devagar. – Não tenho certeza nem *do que* eu estou sugerindo.

– Mas escuta, cara...

– Não! Cala a boca, Dolbe, e me deixa pensar! Será que posso pensar, pelo amor de Deus?

Dolbe fechou a boca e esperou, enquanto Showard franzia a testa e batia o punho fechado em um ritmo constante na borda da mesa. Todos esperaram, e viram a mudança em Showard quando ele enfim achou que estava pronto para contar exatamente o que tinha em mente. Fazia tanto tempo que não viam Brooks Showard com um olhar de otimismo no rosto que nem se lembravam de como era, mas o homem parecia otimista, sim.

– Duas coisas – afirmou ele, enfim. – Acho que precisamos fazer duas coisas.

– Vai em frente – respondeu Dolbe de imediato.

– Quero que você, Dolbe, dê uma pressionada na Agência de Segurança Nacional para que se esforce de verdade para desenterrar algum podre dos lingos.

– Achei que falaria sobre...

– Já chego lá! Isso é uma coisa que quero tirar do caminho primeiro, Dolbe! *Tem* que haver linguistas por aí que não sejam o equivalente moral da Virgem Maria... Tem que haver. Eu quero esse povo. Quero saber quais são propensos a serem chantageados. Quero saber o que estão fazendo, quando estão fazendo, ou o que estão fazendo com as coisas, e com qual frequência. Os serviços. A ASN é o órgão certo pra isso, é pra isso que eles servem, e quero que você, Dolbe, cuide disso. Só tem treze Linhagens, e todos vivem apinhados como animais em uma construção comunitária. Essa deve ser a missão de espionagem mais fácil que a ASN teve em décadas. Vamos cuidar disso agora caso precisemos disso depois.

– Conta comigo – disse Dolbe. – Vou cuidar disso.

– Beleza. Agora, quanto ao lance de mandar as crianças numas brisas doidas... Temos uns bebês.

– Temos?

– Aham. Temos. Existem bebês às baciadas. Congeladores cheios de bebês.

– O quê? – E depois: – Ah.

– Brooks, não tivemos muita sorte com aqueles bebês de proveta – disse Beau St. Clair. – Lembra? Eles eram... Eles... Ah, que inferno, não sei como colocar isso. Mas você lembra. Você estava lá.

– Sim – disse Showard. – Eu lembro. E concordo com você, não foi a melhor das experiências. Mas já que a gente vai causar no cérebro de criancinhas, se vamos botar peiote no leitinho delas, então prefiro começar com os provetinhas. Temos um monte deles, sem pais ou mães para lamentar o que pode acontecer; é o caminho óbvio. Vamos testar as coisas *com eles*. As doses. Quanto um bebê pode usar sem detonar o corpo, isso sem falar no sistema nervoso central. Vamos começar com os bebês de proveta e aprender conforme avançamos... E aí, quando alguém entregar de forma voluntária mais algum Herói Pueril, senhores, estaremos prontos. Saberemos o que estamos fazendo. Estão entendendo? Acho que, graças a Deus, resolvemos o problema!

A sala estalava com a nova perspectiva de que talvez, apenas talvez, pudessem ter pelo menos uma mísera vitória após um mar de falhas que se estendia ao redor deles para todos os lados do tempo ou espaço, desde tempos imemoriais. Era hora do champanhe, e as bolhinhas já estavam estourando. Mesmo que aquilo significasse usar os provetinhas de novo.

Brooks Showard pegou um maço de formulários do governo empilhados no meio da mesa e os jogou no ar, de tanta alegria, e ficou parado no meio da chuva de papéis com uma expressão de puro deleite no rosto.

– Ei, vamos *nessa*! – gritou para eles. – O tempo "ruge", e todas aquelas piadocas da Casa de Aula! Vamos *nessa*.

CAPÍTULO 13

REFORMULAÇÃO UM, Teorema de Göedel:
Cada uma das línguas existentes tem percepções que não podem ser expressas nela pois resultariam indiretamente em sua própria autodestruição.

REFORMULAÇÃO UM-PRIMORDIAL, Teorema de Göedel:
Cada uma das culturas existentes tem línguas que não podem ser usadas pois resultariam indiretamente em sua própria autodestruição.
(Panfleto obscuro intitulado *Cartilha de metalinguística*, de autoria de um grupo ainda mais obscuro conhecido como Auxílio Extramundo do planeta Ozark; eles creditam tais afirmações como inspirações do grande Douglas Hofstadter...)

Rachel ouviu as palavras, mas era como se estivessem em uma língua que ela jamais estudara; não conseguia processá-las. Ele deve ter notado isso na expressão da mulher, pois repetiu o que falara, devagar e com clareza. E, quando ela finalmente entendeu, o estímulo enfim mais poderoso que o choque, fechou as mãos firmemente para que não tremessem e disse a si mesma que deveria ter muito, muito cuidado. Mas não funcionou; estava incapacitada de ter cuidado.

– Ah, não, Thomas! – Foi a melhor e pior resposta que conseguiu dar. – Ah, ela é jovem demais!

– Bobagem.

– A menina só tem catorze anos, Thomas! Você não pode estar falando sério... Não acredito nisso.

– Estou falando muito sério, não é brincadeira. E a "menina" já vai ter completado quinze no momento do casamento, Rachel. Eu agendei a cerimônia para o aniversário dela.

Rachel juntou os dois punhos e os levou ao peito. Antes que pudesse evitar, tombou para a frente como uma mulher afligida pelas dores súbitas do parto, e um lamento baixo escapou de seus lábios. Era um som que ela não sabia capaz de produzir, um som do qual Thomas certamente não gostaria.

– Meu Deus – disse ele, a voz cheia de desprezo. Como ela bem sabia, ele odiava aquele tipo de choramingo feminino, e o fato óbvio de que fora algo involuntário, uma resposta por puro reflexo, não o deixou menos enojado. – Você está parecendo uma vaca aos berros, Rachel. Uma vaca velha aos berros.

Era justamente aquela insensibilidade de que Rachel precisava. Foi o que a fez se recuperar de imediato do estado de desordem emocional. Quando falou de novo, foi de forma calma e com a voz refletindo a frieza de costume.

– O que pretende fazer depois? – perguntou ela. – Antes, as garotas se casavam aos dezoito anos. Depois, aos dezesseis. Agora, você está preparado para ver Nazareth se casar aos meros quinze anos... Quinze anos e trinta segundos, se entendi direito. Por que não mudar logo o limite de idade mínimo para casamentos para o dia da primeira menstruação das meninas e acabar logo com isso, Thomas?

– Não é necessário – respondeu o homem. – O sistema atual, com casamento aos dezesseis anos, permite que o marido tenha um bebê a cada três anos e ainda veja a esposa dar à luz oito crianças antes dos quarenta anos. Oito já é o bastante, não importa o que o governo pense sobre o assunto, e não achamos adequado uma mulher muito além dos quarenta passar por uma gravidez. Não há necessidade de implementar mudanças radicais como a que você está propondo.

– Thomas...

– Além disso, Rachel, apesar da sua histeria, sei que você entendeu que não estou sugerindo que todas as garotas das Linhagens se casem aos quinze anos. Só Nazareth, e apenas porque as circunstâncias são excepcionais.

– Você seria excepcional também se estivesse sob vigilância vinte e quatro horas por dia!

– Depois do casamento, não haverá necessidade de monitoramento noturno, a menos que o marido dela não esteja em casa – disse Thomas. – E talvez a necessidade de guardas durante o dia também diminua. Vamos ver.

– Eu nunca entendi a necessidade de tudo isso – declarou Rachel.

– Muito burro da sua parte.

– Thomas, Belle-Anne está no hospital psiquiátrico há meses, e você sabe em que condições se encontra. Mesmo que saísse de lá amanhã, algo que não vai acontecer, ela não tem mais dois neurônios lá dentro, é uma casca vazia! Nazareth não está em perigo desde que levaram Belle-Anne, e não é nada burro da minha parte entender isso. Que risco poderia haver?

– Eu me preocupo com as outras mulheres na Casa Estéril – respondeu Thomas. – Não estou preparado para aceitar sem questionar a ideia de que apenas Belle-Anne estava sofrendo de fanatismo religioso, para começo de conversa. Além disso, meu bem, há poucas coisas mais fáceis de imitar do que fanatismo religioso caso alguém queira repetir o crime.

– Thomas... isso é absurdo.

– Nazareth é valiosa para esta Família – disse ele, rígido. – Muito além do normal. As habilidades linguísticas dela a tornam preciosa sob qualquer circunstância, e REM34 é uma das línguas mais essenciais ao bem-estar deste planeta, o que a faz ter ainda mais valor. Por fim, o material genético dela é soberbo. Tenho certeza de que nos agraciará com crianças do mesmo calibre. E não estou disposto a aceitar nem a menor possibilidade de que ela se machuque, Rachel. Nem agora, nem nunca. Seu sentimentalismo não é nada oportuno, principalmente em você, uma mulher que deveria saber o valor da própria filha e que alega amá-la.

Rachel apertou os lábios e retribuiu o olhar do marido sem fraquejar, refletindo. Era possível que ele estivesse falando a verdade, que houvesse submetido os dados aos computadores e o resultado obtido indicasse que o risco de alguém seguir o exemplo de Belle-Anne era grande o bastante a ponto de precisarem colocar Nazareth sob proteção. Era possível. Nazareth sem dúvida era mais valiosa que a maioria para a Linhagem, tanto genética quanto economicamente. Mas Rachel conhecia Thomas muito bem e sabia que normalmente havia muitas camadas de razões sob a superficial que ele costumava apresentar como a mais plausível.

Por exemplo, o fato de que, se ele não tivesse alocado aqueles dois jovens para a vigilância de Nazareth... teria um problema não resolvido. E, se interrompesse a vigilância, voltaria a ter tal problema. Ele precisara fazer algo para manter as aparências, porque os dois rapazes eram linguistas tão pouco promissores a ponto de serem inúteis para qualquer coisa além das situações sociais mais triviais. Aquilo acontecia às vezes, linguistas que adquiriam a língua atribuída a eles como qualquer outra criança, mas acabavam demonstrando uma completa falta de habilidade em realizar até mesmo as mais essenciais funções de interpretação e tradução. Fora muito conveniente para Thomas poder contar a historinha de que havia dispensado dois primos da importante tarefa como linguistas para que assumissem o papel igualmente importante de guardas de Nazareth. Se ele interrompesse a vigilância, teria de pensar em alguma outra coisa. O que seria constrangedor... Era sempre perigoso macular a imagem que o povo leigo tinha de que linguistas eram infalíveis em tudo o que tangia à linguística.

– Rachel, sua expressão está mais desagradável do que o normal – disse Thomas. – Por favor, não olhe para mim assim... Ou pelo menos espere até eu tomar meu café da manhã.

– Thomas?

– Pois não, Rachel? – Ah, a camada fina de tolerância na voz dele... Que ele fosse para o inferno!

– Thomas, não posso aprovar isso – repetiu ela, urgente. – Você conseguiu me distrair muito bem com todos os detalhes sobre a necessidade dos guardas. Ponto para você, meu querido. Mas não posso ser distraída para sempre... Então, vamos retornar ao assunto desse casamento obsceno que você está sugerindo.

– Rachel, você aprovar ou não o casamento não faz a menor diferença – rebateu Thomas, acrescentando uma racionalidade prática à já existente tolerância. – Seria ótimo se você aprovasse, é claro. Faço todo o esforço possível para considerar seu desejo pessoal no que diz respeito a meus filhos. Mas, se continuar se recusando a ser razoável, não vou ter escolha a não ser ignorar você. E, Rachel, não estou "sugerindo" esse casamento. Estou *ordenando* que ele aconteça.

Rachel nascera linguista, uma Shawnessey, e havia passado a vida cercada por homens da Linhagem. Não achava Thomas uma má pessoa. Sabia que ele era bondoso e gentil de muitas formas. Sabia que as responsabilidades dele eram grandes, que a carga de trabalho era brutal e que a gentileza com que fazia as coisas deixava a desejar porque ele não tinha tempo de fazê-las de outro jeito. Como Líder das Linhagens, tinha poder; pelo que ela sabia, nunca se sentira tentado a abusar desse poder, e o crédito era todo dele. Ela estava disposta a atribuir ao marido todo o crédito que de fato ele merecia.

Mas ela *sentia mágoa* dele. Ah, como sentia! E a mágoa só crescia em momentos como aquele, quando a autoridade total de Thomas sobre ela e as pessoas que ela amava fazia com que ela tivesse que se rebaixar completamente a ele. Ela engasgaria para fazer o que tinha de fazer... Mas não havia outra estratégia. Assim, apagou a raiva do rosto, a carranca com a qual havia objetado, e deixou os olhos se preencherem da confusa expressão chorosa considerada cativante nas mulheres. Jogou-se ao chão, ao lado da cadeira de Thomas, afundando o rosto nos joelhos dele, forçando-se a implorar. Tudo pelo bem da filha.

– Por favor, meu amor – disse, baixinho. – Por favor, não faça essa coisa horrível.

– Rachel, você está sendo ridícula – respondeu ele. Enrijeceu o corpo em reação ao toque dela, a voz gélida.

– Thomas, quantas vezes pedi algo a você? Com qual frequência, meu amor, me opus às suas decisões ou questionei seu bom senso? Quantas vezes fiz qualquer coisa além de reconhecer a sabedoria no que você estava prestes a fazer? Por favor, Thomas... mude de ideia. Só desta vez. Thomas, faça isso por mim, só desta vez!

Abruptamente, ele a puxou pelos braços e a ergueu em sua direção como se fosse um objeto, ou uma criança dando um chilique, e ficou rindo da cara da mulher, chacoalhando a cabeça em um espanto zombeteiro.

– Querido... – disse Rachel, forçando as palavras.

– Querido! – Ele soltou um dos ombros dela e deu batidinhas na ponta do nariz da esposa com o indicador. – Não sou seu querido... nem de ninguém. Como você sabe muito bem. Sou um monstro cruel e vingativo que não se importa com nada além dos próprios objetivos maléficos.

– Thomas, eu nunca lhe pedi nada! – implorou ela.

– Meu bem, isso é o que você diz sempre que discorda de mim – respondeu Thomas, ainda rindo. – Toda santa vez. Ano após exaustivo ano. Você devia conversar com suas filhas mais novas para ver se elas sugerem alguma estratégia nova... Essa já não funciona mais.

Os olhos de Rachel ardiam, e ela sabia que lágrimas a ajudariam. Havia conseguido fazer o esposo rir dela, o que significava que ele estava mais relaxado, com a guarda mais baixa. Lágrimas seriam o próximo passo mais sábio, e Nazareth merecia o esforço.

Ela sabia disso. E também sabia que era incapaz. Era pedir demais. As mulheres das Linhagens aprendiam cedo a não ceder às lágrimas exceto quando queriam, pois lágrimas arruinavam negociações. Uma mulher chorando era uma mulher incapaz de falar, e uma mulher incapaz de falar sem dúvida era incapaz de interpretar. O controle voluntário das lágrimas era uma habilidade dominada por motivos profissionais, mas se provava útil em várias áreas da vida, e seria útil a Rachel naquele momento. Mas ela *não choraria* de jeito algum, nem mesmo por Nazareth.

Ela se afastou de Thomas, deu um passo para trás e abriu os braços, pousando as mãos nos quadris na pose que ela sabia que o esposo detestava. Com uma voz repleta de tanto ódio quanto conseguiu reunir, disse:

– Chornyak, sua filha *odeia* aquele homem!

As sobrancelhas dele se ergueram por um instante, e ele limpou as calças onde ela se apoiara nele.

– E...?

– Você não acha isso relevante?

– Jamais, mulher. Não tem relevância alguma. Nós, linguistas, não nos casamos por nenhuma razão que não esteja ligada à política e à genética desde... pelo menos desde que Whissler era presidente. A opinião que Nazareth tem de Aaron Adiness não importa para nada.

– Há uma diferença enorme entre se casar com alguém que simplesmente não ama e se casar com alguém que odeia.

– Rachel... – Thomas suspirou. – Estou tentando com muito afinco ser paciente com você. Mas você está fazendo tudo o que pode para tornar isso impossível. Vou tentar só mais uma vez, e vamos deixar os sentimentos imaturos de Nazareth fora disso. Aaron Adiness é soberbamente saudável, e vem de uma família com a qual estamos ansiosos em estabelecer laços no momento. Ele é talentoso, e...

– Pois não é mesmo!

– O quê?

– Todo mundo sabe, Thomas, que ele é um linguista medíocre!

– Ora, Rachel, por favor... Vocês, mulheres, podem "saber" algo sobre o assunto, mas isso é tão fundamentado em fatos quanto qualquer outro elemento da mitologia feminina de vocês. Aaron é um falante nativo de REM30-2-699, suaíli, inglês e navajo. E tem uma fluência respeitável em outras onze línguas terráqueas, além de ser capaz de se virar socialmente em quatro dialetos de cantonês. É tão excepcionalmente fluente e gracioso em ASL que foi contratado para ensinar a língua de sinais a *surdos* em vários institutos nacionais. Isso sem mencionar as dezenas de línguas em que pode ler com facilidade e traduzir tanto com habilidade quanto com sensibilidade... A lista de elogios ocuparia meia página. E você vem me dizer que ele não é talentoso! Rachel, quando você se esforça assim para ser infantil, perde todo o meu respeito.

Rachel estava envergonhada, profundamente envergonhada, e soube que havia perdido. Não havia salvação ali. Fora bem-sucedida em transformar a situação em uma briga, uma das maiores que já tiveram. Só continuou pois não tinha mais nada a perder.

– Não é segredo para ninguém, Thomas, que Aaron Adiness tem um temperamento violento e uma insuperável convicção de que o universo gira em torno do umbigo dele! E que ele permite que ambos esses fatores interfiram no cumprimento de suas obrigações! Você sabe disso, eu sei disso, todo mundo sabe disso... Nem ser nativo em cinquenta línguas e fluente em outras quinhentas *cancelaria* o fato de que é incapaz de controlar os sentimentos mesmo quanto está trabalhando. Se Nazareth não fosse a intérprete de jilode quando as negociações de arrendamento das colônias fronteiriças de Sigma-9 estavam em andamento, *não* haveria colônias em Sigma-9... Ela só faltou ter que fazer dança do ventre para consertar as confusões em que Aaron se metia sempre que decidia que alguém estava questionando sua divindade. Ele é cruel, e idiota, e rancoroso, e mesquinho... É pior que qualquer mulher! E se você vincular Nazareth a ele pelo resto da vida, será pior do que *ele*!

Thomas havia ficado pálido. Por alguma razão, embora pudesse tolerar com facilidade quase todo tipo de confronto com outras pessoas, ver Rachel esquecendo qual era o lugar dela daquela forma sempre o enraivecia tanto que precisava lutar para manter o controle... E ela sabia disso também, aquela vagabunda. Ele estava arrependido de ter contado a ela os planos que tinha para Nazareth. Deveria ter enviado a esposa para algum lugar e cuidado para que o casamento acontecesse em sua ausência, como Adam sugerira. Pela primeira vez, concordava com Adam de que havia mimado Rachel demais, e que era tolice fazer algo assim. Decerto, ela não retribuía a indulgência dele com nada de bom.

– Rachel – começou ele, cerrando os dentes para evitar que ela percebesse a voz tremendo de raiva –, esse é um padrão comum quando a juventude se combina com a genialidade. Aaron vai amadurecer e superar tanto o temperamento quanto a arrogância, como qualquer homem com esse perfil. E seria ótimo se Nazareth fosse aconselhada a não ficar relembrando o marido de seus naufrágios diplomáticos. Sugiro que você fale com ela. Pois muito em breve ele vai fazer com que a garota, mesmo com seus resultados espetaculares nos testes linguísticos, pareça uma chimpanzé usando ASL. Quanto mais primitivo o organismo, mulher, mais rápido ele amadurece. É *claro* que Nazareth estava emocionalmente um pouco à frente de Aaron durante os contratos de Sigma-9! Mas tal vantagem é temporária, minha senhora, e é melhor que ela se lembre disso.

– Então você está decidido, Thomas? Quer tanto esse cavalo de raça premiado para sua Linhagem que está disposto a amarrar para sempre a própria filha a ele, mesmo sabendo que ela não suporta sequer olhar para o rapaz? Essa é sua ideia de retribuição pelo valor que ela representa ao seu tesouro? Qual é o problema, meu bem? Tem mais alguém de olho nele?

Thomas virou o rosto para o outro lado em um movimento rápido, e Rachel soube que havia chegado ao ponto crucial. O homem não teria desviado o rosto se não tivesse medo de que ela visse aquilo estampado em sua testa. Mas a linguagem corporal sempre denuncia, o movimento abrupto, sem graciosidade e nada parecido com os gestos de sempre, foi mais revelador do que qualquer afirmação que poderia ter feito. E foi a vez de ela rir.

– Ah! – Rachel exclamou. – É *isso*, não é? Você está prestes a perdê-lo, esse garanhão de primeira com uma cauda espetacularmente encaracolada, para outra Linhagem! E não pode permitir que isso aconteça!

– Certamente não posso – respondeu o homem, ainda de costas para ela.

– Bem, se é isso então, por que não casa alguma das outras garotas? Você tem um número sem fim de outras éguas puro-sangue, Thomas... Por que não Philippa? Só Deus sabe como seu irmão ficaria satisfeito em se livrar dela, já que não suporta nenhuma das filhas, e a garota está com escandalosos dezessete anos. Case *Philippa* com Adiness!

– Não.

– Por que não?

– Porque quero ver o que a combinação genética das habilidades de Nazareth e Aaron vai produzir – disse ele, sem emoção. – E Philippa não tem absolutamente nada de especial. – O breve momento de descontrole de Thomas havia passado, e ele se virou para encarar Rachel com facilidade. A voz pesada era o único sinal de que ela conseguira mexer com ele. – Agora já chega – continuou o linguista, ríspido. – Você já me fez desperdiçar tempo demais. Diga a Nazareth que ela deve estar pronta para se casar no dia em que completar quinze anos, e não quero ouvir mais nada a respeito do assunto. Nada! Nem mais uma palavra, mulher! *Chega!*

E ele saiu do quarto, sem esperar para ver se ela o obedeceria.

Sozinha, Rachel cobriu a boca com os dedos trêmulos, fechou os olhos e se balançou em silêncio de um lado para o outro. Não chorou nem depois da partida do esposo, mesmo podendo fazer isso em segurança... Mas o que fizera havia mexido com *ela* também. Ela havia feito tudo errado. Deixara Thomas pegá-la de surpresa e havia lidado com a situação da pior maneira possível. Devia ter manipulado Thomas. Devia ter fingido apenas um interesse casual, talvez até aprovação, quando ele contara suas intenções. Depois, à noite, quando ele estivesse tomando seu uísque, ela poderia ter começado uma discussão sobre o assunto. Nunca deveria ter batido de frente com ele, nunca deveria ter se oposto abertamente a ele... A decisão de fingir ser uma dama indefesa fora tardia demais, uma transição muito rápida, que se desfez no momento em que ele a provocou com isso.

Ela sabia que, depois de dar à luz sete filhos, estava velha e desgastada demais para ainda ter alguma arma erótica que pudesse usar contra o marido. Mas ele ainda era vulnerável a outras técnicas, e ela o conhecia melhor que qualquer outra pessoa. Precisava apenas deixar o amor-próprio de lado e bajulá-lo de forma convincente. Ela cometera o tipo de erro idiota que recém-casadas cometiam... como Nazareth logo seria, coitadinha... Mas recém-casadas eram salvas das consequências de sua ignorância por conta da juventude do corpo. Rachel não tinha mais essa vantagem. Sacrificara a filha pelo próprio ego, trocara a garota por minutos de triunfo sobre Thomas, triunfo que teria que ser pago pela própria Nazareth. A derradeira réstia de conforto que sobrara era o fato de que a garota nunca saberia como a própria mãe lhe havia falhado, ou por quão pouco a havia vendido.

Na Casa Estéril, as mulheres a ouviram, é claro. Era a coisa cortês a se fazer. Prepararam um bule de chá forte e fizeram Rachel se sentar e beber enquanto ouviam seu relato. Mas não tinham simpatia a lhe oferecer.

– O que esperava? – perguntaram a ela. – Tinha chances mínimas de sair vitoriosa quando começou a interação, e o pouco que tinha jogou fora imediatamente. O que *esperava* que o homem fizesse quando o desafiou daquele jeito?

– Ah, eu sei... – disse Rachel, exausta. – Eu sei.

– Então.

– Thomas está completamente equivocado – disse ela. – *Equivocado.*

– Ele é um homem. Estar equivocado não tem nada a ver com nada.

– Se você se comporta assim com frequência, Rachel, fico surpresa de ele não ter assinado os papéis para expulsá-la há muito tempo.

– Eu não me importaria se ele fizesse isso.

– Rachel! Pense em Belle-Anne, no que fizeram com ela, o que ela se tornou... Você deve ter visto a mulher! Aquilo é uma sentença de morte, pior que morte... apodrecer em um hospital psiquiátrico!

– Thomas nunca me colocaria em um hospital público – disse Rachel. – A esposa do Líder de todos os Líderes de todas as Linhagens num covil de cobras? *Tsc...* ele nunca faria isso. Ele me mandaria para um daqueles lugares com nome de canil para cães de raça. Cedar Hills. Willow Lake. Maple Acres. Vocês sabem o tipo do lugar. Onde vou poder passar o dia inteiro na cadeira de balanço, ao lado de uma fileira de velhas senhoras em cadeiras de balanço, todas dopadas ao ponto de catatonia, esperando que nos levem para a cama e nos chumbem até o amanhecer. Só outra forma de catatonia.

– E por que ele não fez isso ainda?

– Porque está acostumado comigo, e é muito ocupado. Gosta de como mantenho os documentos dele em ordem. Conta comigo para que não o deixe esquecer das coisas. Porque ganho muito dinheiro para esta Família e se ele estiver sempre perto de mim, pode garantir que não estou fazendo corpo mole. Eu era uma espécime da melhor estirpe, e ele costumava pensar em mim dessa forma. Não tem tempo de arrumar uma esposa nova e ensinar a ela tudo o que faço, então é menos trabalhoso me suportar. Afinal de contas, não precisa me ver toda hora. Sou uma conveniência, com algumas qualidades irritantes que ele pode evitar a maior parte do tempo.

– Um casamento perfeitamente normal – disse Susannah, e as outras concordaram.

Mulheres inteligentes cuidavam para que, conforme envelhecessem, *se* tornassem úteis das formas que Rachel enumerara. Era a única segurança que tinham, e tudo o que havia entre elas e as fileiras de velhinhas dopadas com Clorpromazina.

– Pobre Nazareth... – disse Rachel, suspirando.

– Agora não adianta dizer isso...

– Não adianta de nada – concordou Rachel. – Mas pobre dela mesmo assim.

– Bom, diga isso aqui, e depois mantenha a opinião para si – disse Caroline. – A pior coisa que poderia fazer por ela é ser simpática. Quanto mais rápido a garota criar uma casca para encarar o que vem pela frente, menos isso irá machucá-la. Não ouse ficar chamando a menina de coitadinha!

– Não. Não sou tão idiota assim, embora não pareça, dado o que fiz hoje. Mas sou melhor que isso.

– Então vá dar a notícia a ela, e faça isso direito. Antes que ele conte.

– Dever – disse Rachel. – Oportunidade. Lealdade às Linhagens. O lugar da mulher. O poder curativo do tempo. Aproveitar a parte boa. Fábulas e firulas.

– Exatamente. Acabe logo com isso para que ela se acostume à ideia antes de ter de abrir as pernas para aquele merda do Adiness.

Rachel estremeceu, e então se serviu uma última xícara de chá. Bebeu devagar, até o fim, e depois se levantou para ir encarar a filha... Não sabia muito bem onde Nazareth estava, mas o computador de pulso lhe diria.

– Nazareth vai vir até aqui depois – disse Rachel. – Vocês sabem que vai.

– Espero que venha mesmo. Para onde mais iria?

– Não contem a ela que estive aqui, lamentando e reclamando. Por favor.

– Claro que não. Ela vai estar muito melhor se achar que isso não está preocupando você nem um pouco. Nós sabemos disso... Já estivemos no lugar de Nazareth.

Rachel as encarou.

– Não, não estiveram – disse, amarga. – Nenhuma de vocês precisou se casar com um homem que *odiava*.

Aquilo as fez silenciar, e elas assentiram. Odiar o cônjuge era algo *raro*, porque a discórdia real entre marido e esposa não era um arranjo eficiente para um estilo de vida comunitário. Esse tipo de relação costumava gerar poucos filhos, e era difícil para todo mundo na sede da Família onde o casal vivia. Thomas devia ter motivos genuinamente convincentes para concordar com aquele matrimônio, para ter ido contra tanta experiência e tradição. Ou, então, devia estar contando com a juventude e inocência de Nazareth para fazê-la se deixar levar pelo corpo e rosto magníficos de Adiness. Nazareth ainda não havia vivido sua dose de Amor Romântico. Thomas talvez estivesse contando com a possibilidade de que ela fosse arrebatada pelos braços de Adiness. Pelo bem de Nazareth, Rachel esperava que o marido estivesse certo e que tal amor demorasse um bom tempo para morrer.

– Sabemos um pouco como é, então – amenizou Grace. – Um pouquinho. O bastante para sermos cautelosas, Rachel. Vá agora e conte tudo à sua filha. E vamos ficar esperando por ela.

– Ah, e... Rachel? – Caroline enfiou os dedos entre as madeixas de cabelo e olhou para a outra mulher. – Rachel, antes que você vá... Ouviu os rumores a respeito do Trabalho Governamental?

– Rumores...

– Rachel, pense! Sei que Nazareth é sua maior preocupação no momento, e com razão, mas pense por um momento. Não ouviu nada sobre os experimentos com os bebês de proveta?

Rachel franziu a testa.

– Acho que não – respondeu. – O que estão dizendo?

– Que estão dando alucinógenos aos coitadinhos... e depois os submetendo à Interface com seres não humanoides.

– Por Deus Pai Todo-Poderoso. – Mesmo no estado de exaustão e nojo em que estava, Rachel entendeu o que aquilo significava.

– Pode ser só um rumor – propôs Susannah. – Geralmente é. E bem o tipo de coisa que o governo amaria convencer as Linhagens a fazer.

– Isso é... indizível. Se for verdade.

– Sim, é indizível mesmo – concordou Caroline. – Rachel, veja se consegue descobrir algo a respeito disso, pode ser? Com Thomas? Ele pode muito bem saber.

Rachel concordou, sem dar muita atenção à questão, a mão já na maçaneta. Não poderia lamentar por bebês de proveta naquela manhã. Estava desgastada demais com lamentações pela própria filha e como havia falhado a menina.

– Vou tentar – falou ela.

– Se tem alguém que pode descobrir, é você – disse Caroline.

– Ah, claro. Sou muito habilidosa em minhas... relações maritais.

– Rachel... Apenas tente.

– Por quê? O que poderíamos fazer?

– Seria bom saber que *não* é verdade – disse Susannah. – Seria mais fácil para todas nós dormir à noite, meu bem.

Quando Nazareth as procurou mais tarde no mesmo dia, as mulheres estavam prontas. Formavam um círculo de pequenas cadeiras de balanço na área comum, cada uma com seu bordado ou retalho de colcha ou xale rendado intrincado a ser tricotado ou crochetado. E o coração delas se endureceu de forma resoluta contra a tentação de mimar Nazareth, como elas mesmas haviam proibido a mãe da garota de fazer. Ainda assim, era difícil assistir ao desespero e à repulsa da menina com uma expressão de tranquila despreocupação.

– Eu não vou conseguir fazer isso – repetia ela.

– Vai, sim, Nazareth – elas respondiam, apenas. – Você vai conseguir.

– Não vou.

– Você não tem escolha.

– Pois tenho, *sim* – disse ela a certa altura. – Tenho uma escolha.

– Qual?

– Eu posso me matar – afirmou ela. – Antes de passar a vida com aquela paródia nojenta de homem e seu ego que é muito maior do que ele próprio jamais conseguirá ser, vou me matar. *Vou mesmo.*

Algo no tom de voz dela, certa incisividade, chamou a atenção das mulheres. Era uma ameaça cômoda, fácil de fazer, muito comum e frequente em garotas jovens subitamente confrontadas com as decisões desagradáveis dos homens que as controlavam. Mas havia um tom de resolução nas palavras de Nazareth que elas não podiam ignorar.

– Como você faria isso? – zombou Nile, medindo uma braçada de seda verde-esmeralda. – Pense, Natha... Você está protegida por dois lindos guardinhas, sempre esperando por você à porta. Não pode nem ir ao banheiro sem passar por aqueles dois, parados à soleira e contando os segundos.

– Eles não podem entrar comigo – disse Nazareth. – Podem ir para todos os outros lugares, mas não podem entrar comigo *no banheiro*. E eu sei formas de... Ah, eu sei formas de colocar um fim nisso antes que eles se cansem de contar os segundos.

E sem dúvida ela sabia. Qualquer mulher sabia.

Elas se entreolharam, depois se viraram para a garota trêmula. O mesmo pensamento transparecia no rosto de todas: *não podemos tolerar isso.*

– Nazareth... meu amor – começou Susannah, cuidadosa, tomando o cuidado de dar tempo para que as outras a impedissem caso ela houvesse julgado mal a situação. – Tem uma coisa que você precisa saber.

– Não tenho interesse algum em seus continhos de fadas!

– Não é um conto de fadas. É a verdade.

– Não tenho interesse. Não ligo, o que quer que seja.

– Nazareth Chornyak! – disse Susannah, ríspida. – Escute-me! Lembra-se, muito tempo atrás, de ter contado a Aquina sobre seu caderno de Codificações? Lembra-se?

Nazareth ergueu os olhos, os lábios entreabertos. A pergunta havia chamado a atenção dela, afinal de contas.

– Por que está me perguntando isso?

– Porque, meu bem, Aquina voltou aquele dia e nos contou. E fez mais do que isso. Seguiu você até seu esconderijo no pomar, meu amorzinho, e, desde então, todo mês volta até lá e copia o seu trabalho para que possamos usá-lo.

O ultraje ficou estampado de forma clara e furiosa no rosto da jovem, e elas ficaram gratas em vê-lo. Se pudesse ser distraída por algo como aquilo, ainda estaria em segurança.

– Como *ousam*? – sibilou ela. – Suas intrometidas... Suas velhacas odiosas e *intrometidas*! Meu caderno... Meu caderno particular...

Estava tão brava que não conseguiu nem continuar falando, engasgada com a sensação de ter sido violada. As mulheres concordaram com ela com toda a solenidade devida e garantiram que todas ali teriam se sentido da mesma forma. Exatamente da mesma forma.

– Mas o que importa – continuou Susannah, quando a tempestade amainou um pouco – é que, entre aquelas Codificações, encontramos sete válidas. *Sete*, Nazareth Joanna. E todas maiores.

Susannah percebeu o silêncio da sala, aquela quietude que só ocorre quando todos seguram o fôlego, aguardando o desastre acontecer. Ela estava correndo um risco tão grande... Será que teria de corrê-lo duas vezes? Será que Nazareth havia ouvido, furiosa como estava?

Mas, quando a garota enfim falou, não disse nada do que elas estavam esperando. Disse:

– Não quero nem saber.

– Como?

– Não quero nem saber. Não estou ouvindo. Não vou ouvir o que vocês têm a dizer. Não vou servir a Aaron Adiness e me deitar com ele, que é um *nojento*, estão entendendo? Um *nojento*! Não vou dar ouvidos a vocês, suas bruxas, com seus feitiços e seus encantos idiotas... *Não* quero nem saber!

Ah, muito melhor. Só o pânico e a raiva comuns de uma jovem. Nada de seriedade mortalmente opaca, e sim um falatório frenético. Com aquilo elas eram capazes de lidar, e sem botar o Projeto de Codificação ainda mais em risco. Mas, quando precisavam ser cruéis, sabiam que o melhor era arrancar logo o curativo. Estava nas mãos de Grace agora. Grace, cuja risada machucaria muito mais Nazareth, pois ela era uma das mulheres mais gentis. E, de fato, Grace não perdeu a deixa. Ao menor sinal dos dedos de Susannah, observado pelo canto do olho, a risada nítida da mulher soou e rompeu o silêncio. E as outras se juntaram a ela.

– Não *riam* de mim! – gritou Nazareth, encolhendo-se. – Como *ousam*?

– Mas meu bem... – começou Caroline, esforçando-se para ser ouvida acima do burburinho da diversão. – Como não riríamos? Olhe como está sendo obscenamente engraçada!

Nazareth girou a cabeça. De um lado para o outro, várias e várias vezes. Caroline havia visto um animal fazer aquilo certa vez, em um zoológico. Era cego e movia a cabeça daquele jeito, completamente perdido. E então, ao ridículo, acrescentou uma chibatada de pedantismo, cortando fundo e rapidamente.

– Nazareth, você é uma linguista. É impossível *não* ouvir. Não tem como "se negar a saber", por mais tentador que isso possa ser. Você não pode "se negar a saber" que um gambá furioso a agraciou com seu perfume... Não pode "se negar a saber" o que acabamos de contar. Você nos deu sete Codificações

Maiores; elas são todas válidas. *Você sabe disso.* Poupe-nos de um escândalo, por favor.

– Ah... – resmungou a garota encurralada. – Malditas sejam vocês...

– Meu Deus – disse Susannah. – Como você reclama.

– Tenha modos, mocinha – acrescentou Thyrsis. – Misericórdia...

Lágrimas começaram a escorrer do rosto de Nazareth, e as senhoras ali ficaram encantadas em vê-las. Preocupante era quando uma mulher deveria chorar, porém não conseguia. Mas sentiram pena da menina mesmo quando ela começou a soltar o verbo.

– Não basta mentir para mim – berrou Nazareth – e roubar minhas coisas, e fuçar no meu caderno, e usar meu trabalho sem nem me perguntar, e fingir o tempo todo que são minhas amigas! Não basta, não é? Não, vocês ainda não acham o bastante! Não ficaram satisfeitas, não é? É como os homens dizem: vocês não têm o que fazer, então tramam coisas... e agora estão tentando me chantagear! E ainda riem! Vocês tentam me chantagear e ainda *riem*! Ah, malditas sejam... Malditas sejam vocês...

Aquilo era muito bom, pensaram elas. Mostrava que ela havia entendido. Havia juntado um pouco de conhecimento aqui e outro ali... o bastante para saber que Codificações eram preciosas. As menininhas ouviam histórias no colo das mães, quando elas tinham tempo para isso, caso contrário ouviam das mulheres nas Casas Estéreis. Ouviam como, muito tempo atrás, as mulheres podiam votar e exercer a medicina e pilotar espaçonaves. Um mundo de fantasia para aquelas pequenas, tão fabulosa e cintilante quanto qualquer história com castelos e dragões. Ouviam como, naquela época, as mulheres haviam começado a dar os primeiros passos na direção de uma língua própria.

As histórias eram repetidas à exaustão, e adornadas com detalhes encantadores, e o elemento central dos enfeites eram as Codificações. *Palavras para percepções às quais nunca foram atribuídas palavras próprias.* Codificações Maiores, as mais preciosas, pois de fato eram realmente recém-nascidas no universo do discurso. Codificações Menores, que sempre surgiam na esteira de alguma Maior, porque traziam à mente conceitos relacionados que podiam ser lexicalizados seguindo o mesmo padrão, ainda valiosas. "Uma mulher que entrega uma Codificação a outras mulheres é uma mulher de valor, e todas as outras estarão em débito com ela pelo resto da vida."

Elas memorizavam a lista, curta porque em muitos anos ninguém ousara manter registros escritos, como as Linhagens da Bíblia. "E Emily Jefferson Chornyak nos deu três Codificações Maiores e duas Menores ao longo da vida; e Marian Chornyak Shawnessey, irmã de Fiona Chornyak Shawnessey, nos deu uma Codificação Maior e nove Menores ao longo da vida; e a irmã Fiona Shawnessey nos deu..." Elas aprendiam todas aquelas coisas, e davam a elas o valor expresso na voz e nos olhos das mulheres, e tomavam conta daquilo. "Não conte ao seu pai, ouviu, ou a nenhum dos meninos, e a nenhum homem no mundo. Eles vão apenas rir. Esse é um segredo das *mulheres*." Mas claro que contavam às garotinhas que aquele segredo era tudo uma parte do linglês...

Nazareth estava com jeito de quem ia desmaiar, então a fizeram colocar a cabeça entre os joelhos até a cor voltar ao rosto, e depois a levaram até o sofá no salão para que ela se deitasse. O sofá no qual nenhuma mulher da Casa Estéril se sentava, porque, quando os estofados estragassem, teriam de fazer uma petição para que os homens o consertassem. Era o sofá de emergência.

– Está se sentindo melhor agora, Natha?

– Eu odeio vocês – foi tudo o que ela disse.

É claro que não as odiava. Elas sabiam em que a menina estava pensando. Se usasse o segredinho da morte que aprendera com a lista de nomes, não destruiria apenas a si mesma. Como qualquer outra garotinha, ela havia perguntado: "Por que não podemos *falar* essa nossa língua? Em segredo, quando os homens não estiverem ouvindo?". E elas haviam respondido: "Porque ainda não temos Codificações o bastante". Quantos anos as mulheres esperaram por uma língua nativa própria enquanto ela, Nazareth, não tinha força o bastante para suportar a própria vida? Não fazia diferença alguma o fato de que achava que a língua era o linglês, e que ela sequer soubesse da existência da láadan. O efeito era o mesmo. Era a macia rede da culpa, que apertava o cerco cada vez mais, algo que Nazareth odiava.

Ela era uma mulher das Linhagens. Aquilo destruiria seu coração, mas precisava cumprir seu dever, porque entendia, da forma mais superficial que fosse, o que o dever significava. Então ficou ali amortecida, com toda a luz de seu ser sendo drenada pelas palavras implacáveis das mulheres. Nazareth se sentiu naquele momento uma prisioneira que havia acabado de ouvir a frase "Você foi sentenciada à prisão perpétua", e a sensação era mais intensa do que nunca. Mas ela aprenderia. Todas as mulheres eram sentenciadas à prisão perpétua. Não era um fardo que cada uma carregava sozinha. Ela estava muito bem acompanhada.

Mais tarde, deitada inquieta na cama e com o ouvido atento caso uma das mulheres inválidas precisassem de sua ajuda, Caroline desejava ter tido a coragem de contar um pouco mais à garota. Ter dado a ela um presentinho na forma de conhecimento. Ter dito a ela que *havia* uma língua chamada láadan, que as mulheres haviam escolhido seus dezoito sons com muito carinho, para que outras mulheres não tivessem de se esforçar para pronunciar as palavras só porque aquelas que a haviam construído calhavam de ter o inglês como sua primeira língua terráquea. Nazareth teria gostado de saber daquilo. Teria gostado mais ainda de saber que o linglês, com sua lista sempre crescente de fonemas e com constantes mudanças na sua sintaxe, um grande fenômeno sem sentido, era apenas uma língua de fachada. Um disfarce mantido para que os homens não descobrissem a língua de verdade. Ela teria sentido o conforto de saber que as longas e solenes sessões anuais da Convenção Central do Projeto de Codificação, durante a qual tudo o que fora feito com o linglês era avaliado para se decidir se era inútil ou complicado demais (por decisão unânime), *era* mesmo a bobagem que os homens achavam que era. Só deixava tudo mais hilário o fato de que eles achassem aquilo uma bobagem, e por isso elas mantinham tudo desse jeito de forma *deliberada*. Porque uma coisa que as mulheres não podiam arriscar era que algum homem levasse o projeto a sério. Já seria alguma coisa dar isso a Nazareth, contar aquelas coisas à garota.

Mas elas não haviam tido coragem. Como saber quanta resistência a jovem, que não havia sequer completado 15 anos de idade, demonstraria frente a tamanho estresse? Todas temiam o dia em que alguma mulher, levada além dos próprios limites, cuspiria na cara de algum homem detestável: "Você acha que sabe demais! Mas não tem nem ideia de que nós, mulheres, temos uma língua própria *de verdade*, uma de cuja existência vocês, homens, nunca suspeitaram! Seus *burros*, acreditando que nós, mulheres das Linhagens, criaríamos algo deformado como o linglês e chamaríamos aquilo de língua!".

Ah, sim. Seria muito fácil alguma delas fazer algo assim, e era tentador. A glória de ver a expressão chocada do homem... Todas nas Casas Estéreis tinham pelo menos uma história para contar sobre um momento desses, de quase ceder à tentação. E todas agradeciam aos céus a sabedoria que as impedira de descobrir qualquer coisa perigosa sobre a Língua Nativa até terem idade (e serenidade) para que as palavras não saltassem da boca mesmo sem querer, e isso apenas depois de deixarem de ser obrigadas a viver dia e noite entre homens.

Tudo isso passou pela mente de Caroline, e provavelmente depois teriam de contar a Nazareth algumas mentiras complicadas para amenizar o que havia sido revelado naquele dia. Caso, por exemplo, ela pedisse para ver as próprias Codificações nos programas de computador dedicados ao linglês.

Os olhos de Caroline se abriram em meio à escuridão. Ah, meu Deus, sim! A primeira coisa que as mulheres deveriam fazer no dia seguinte era inserir as Codificações de Nazareth no computador, com as formas em linglês que ela havia lhes dado, corrigidas conforme o atual formato grotesco da língua, é claro. Elas precisariam estar disponíveis quando Nazareth quisesse vê-las, e precisariam estar disponíveis *quanto antes*.

CAPÍTULO 14

Ah, eu nunca tive uma mamãe,
um paizinho muito menos,
mas sou o mais fofinho
dos bebês terrenos!
E não é culpa MINHA se mamãe
foi uma proveta
e papai foi uma agulha
em vez de um pau numa buceta!

Sou um provetinha! (UHU!)
Um provetinha pirralho! (HAY!)
Sou provetinha até morrer...
Provetinha pra caralho! (HEY, HEY!)
(Cantiga de bar popular dos anos 1980, de autoria anônima)

Inverno de 2185...

Arnold Dolbe se sentia ridículo, e estava em uma situação ridícula mesmo. Não era todo dia que se via um homem do governo, vestido com o antigo terno de negócios que era o uniforme dos homens do governo, sentado no escritório de outro homem do governo, cercado por criancinhas com idade de um a três anos. Mas Dolbe, o suprassumo dos homens do governo, estava nessa situação. Sentia-se extremamente desconfortável, e o oficial que ouvia ele soltar os cachorros estava furioso... O que a equipe *pensaria*? Dolbe havia sido informado com todas as letras que precisava ser discreto. Em vez disso, lá estava ele andando com um... bando de... lacaios, cada um carregando vários pirralhos. Havia sido a sensação dos escritórios ao longo do caminho.

– Vá se foder, Dolbe – cuspiu o oficial, um tal de Taylor B. Dorcas III. – Você precisa se esforçar pra ser idiota assim, ou é simplesmente um dom natural? Eu disse para você tomar cuidado, porra! Isso é tomar cuidado? – Dorcas havia frequentado a Casa de Aula na mesma época que Arnold Dolbe.

O oficial balançou os braços, apontando para as crianças enfileiradas em cadeiras por todo o escritório, e exigiu que Dolbe explicasse o seu comportamento inaceitável. Mas Dolbe estava acostumado a burocratas gritões como aquele e não se abalou nem um pouco. Estavam de igual para igual ali, e ele sabia muito bem como a banda tocava. Ficou olhando para o outro homem, impassível, até o sujeito acabar. Só depois falou, e de forma elaboradamente despreocupada.

– Não há nada de imoral em aparecer em público com onze crianças, Taylor – afirmou. – Me poupe, por favor.

– Eu não falei que era imoral! Disse que era... que você tava chamando muita atenção pra você! E pra mim!

– Taylor, não sei se tô entendendo... Mas se o que te incomoda é a opinião dos seus subordinados, e os comentários que vão fazer, você errou demais. Se deixou a rédea solta a ponto de eles comentarem por aí sobre a reunião, mesmo entre eles, mesmo numa mesa de bar. Eles deviam ser cegos, surdos e indiferentes a *todos* os incidentes do tipo, a menos que você os instrua a fazer diferente. Francamente...

Taylor Dorcas bufou, fazendo os lábios vibrarem com um barulho alto, e se sentou totalmente exasperado. Dolbe estava certo, é claro. E agora estava um ponto em vantagem porque tivera a oportunidade de passar um sermão sobre gerenciamento. Maldito fosse! Dorcas considerou por um instante apertar o botão do comunicador e disparar algumas ordens rápidas, só para restabelecer que aquele era o território *dele* e era *ele* quem mandava ali... Mas Dolbe fez o próximo movimento enquanto ele ainda pensava no assunto.

– Bom, essas são as onze crianças que a gente tá entregando pro Departamento – disse ele. – Trouxe os prontuários delas em microfilme, e obviamente inseri os dados nos seus computadores diretamente do meu escritório. Não precisa se preocupar com isso.

– O que exatamente...

– A "data de nascimento" delas. As vacinas que receberam. Os remédios que tomaram, e a resposta a cada uma. Alergias, se tiverem alguma. Resultados de testes de rotina. Tamanho das roupas. Esse tipo de coisa.

– E o nome delas, é claro.

Dolbe ergueu as sobrancelhas sem nem pensar.

– O nome delas? O nome delas, Taylor?

– Ora, elas não têm nome?

– E *por que* teriam?

– Bom...

– Escuta aqui, Taylor – disse Dolbe. – Todas essas crianças começaram a vida como um pouco de esperma anônimo e um óvulo igualmente anônimo. Elas não têm pais, por que teriam nome?

Taylor Dorcas revirou os olhos e bateu com o indicador no peito de Dolbe.

– Você poderia ter dado o seu sobrenome pra elas, Arnold. Você é tão papaizinho delas quanto qualquer pessoa.

Dolbe bufou, mas não se dignou a responder à patacoada do colega.

– Mas que diabos, cara... Como você sabe quem é quem então?

– Elas têm número – disse Dolbe, sem pestanejar. – Achei que seria óbvio. Até pra você.

– De um a onze?

– Não. Esses não são os primeiros onze bebês de proveta com os quais a gente trabalhou. Mas são onze números consecutivos. Da esquerda para a direita, Dorcas, apresento o número 20... até o número 30. Crianças padrão para assuntos do governo, em boa saúde e todinhas suas.

– Minhas?

– Figurativamente falando, é claro. Devo dizer, para ser preciso, que são todas responsabilidade da sua subseção do Departamento de Saúde, Divisão das Crianças, Seção de Um a Cinco Anos. Espero que você tenha feito os ajustes necessários.

– Sim, fiz. Por favor, pede pra sua... procissão... ir com todas as crianças até a cobertura. Um voante grande tá esperando e vai levar todo mundo até um orfanato federal. Com babás a bordo pra ficar de olho nelas durante o voo, é claro. A gente vai cuidar bem delas.

– Ótimo – disse Dolbe. – Nesse caso, vou começar.

– Não, ESPERA um minutinho, Dolbe!

Ele havia começado a se levantar da cadeira, mas parou, deu de ombros e voltou a se sentar, sugerindo que Taylor Dorcas devia tentar se expressar com a maior clareza possível para que ambos pudessem voltar a cuidar de assuntos mais urgentes.

– Preciso de mais alguns detalhes – protestou Dorcas.

– Tá tudo nos arquivos, Taylor – disse Dolbe, apontando para a pasta que jogara na mesa do homem logo ao entrar na sala.

Ela tinha um SECRETO carimbado em letras garrafais, em três cores diferentes e em várias línguas, incluindo símbolos em LiPanSig.

– Vou ler os arquivos – disse Dorcas. – Mas, neste exato momento, preciso de uma rápida introdução sua.

– Não é minha obrigação te dar nada do tipo.

– Eu sei. E você pode recusar, é claro. Nesse caso, vou mandar buscarem o Brooks Showard e pedir pra *ele* me ajudar.

Dorcas havia recuperado um ponto e empatado o jogo. Ele sorriu para Dolbe, que retribuiu o sorriso. Eles se odiavam, mas nada pessoal. E Dolbe sabia de coisas. Por exemplo, sabia que o apelido de Taylor Dorcas na Casa de Aula era "Dorcastrado". Mas Dorcas também sabia de algumas coisas. Aquele não era exatamente um problema.

– Certo. Que tipo de detalhes você quer? – perguntou Dolbe.

– O mínimo possível, por favor. Sou um homem muito ocupado.

– Aqui – começou Dolbe no apropriado tom maçante – você tem os bebês de proveta do número 20 ao 30, conhecidos popularmente como "provetinhas", temporariamente em custódia da minha unidade. Foram gestados pelo tempo convencional, trazidos ao mundo, receberam cuidados médicos e sociais padrão e estão todos em condições físicas satisfatórias. Sob minha coordenação, duas modificações foram feitas no ambiente deles. Primeira: desde o primeiro dia de vida, receberam pequenas quantidades de várias drogas alucinógenas, em doses gradualmente maiores. Você vai encontrar a lista completa nos arquivos. Segunda: em algum ponto antes dos três meses, todas as crianças foram colocadas na Interface do TG com uma espécime de uma criatura alienígena conhecida como beta-2, com a esperança de que isso levasse à decodificação da língua dos alienígenas em questão, língua que também é conhecida como beta-2. O experimento foi executado onze vezes, com modificações apropriadas em variáveis relevantes: combinações, doses e alternância dos alucinógenos. Os resultados foram insatisfatórios, e o experimento foi encerrado. Agora, por lei, as crianças estão sendo transferidas para sua custódia, para que em sequência sejam instaladas no orfanato federal de Arlington, Virgínia. Qualquer outra informação que você possa querer está disponível nos arquivos e pode ser consultada quando necessário.

Ele não disse "FIM DA APRESENTAÇÃO" ou bateu os calcanhares de forma solene, mas a nuance estava presente na forma como cerrou os dentes depois do ponto-final.

– Entendi – disse Taylor Dorcas. – Entendi.

– Que bom.

– Você disse que o experimento não foi bem-sucedido. Pelo que entendi, isso significa que as crianças não aprenderam nada de beta-2.

– Entendeu certo.

– O memorando que você enviou por malote dizia algo sobre "desenvolvimento anormal da linguagem". O que isso significa exatamente?

– A gente não tem a menor ideia do que isso significa... exatamente.

– Ah, qual é, Arnold.

– A gente sabe o que significa... de forma *nada* exata.

– Já serve.

– *Olha* pra eles – disse Dolbe. – Consegue perceber alguma coisa esquisita?

Dorcas obedeceu, observando uma criança por vez. Pareciam bem normaizinhas. Com a cor meio esquisita, talvez; mas, por não tomarem muito sol e ficarem o dia todo sob luzes artificiais, isso seria esperado. Fora isso, eram bem comuns.

– Elas parecem normais para mim – arriscou ele. – A única coisa é que são quietinhas demais. Acho que estão meio assustadas com toda a bagunça e com pessoas estranhas por perto.

– Não. Elas são sempre assim.

– Sempre?

– Sempre. Nunca dão um pio. Em língua alguma.

– Mas...

– Essas crianças *nunca* abriram a boca desde que foram submetidas à Interface – afirmou Dolbe. – Nunca choraram. Nunca balbuciaram. Não sei se você percebeu, mas parece até que não têm expressão, e se mexem muito pouco: ou seja, parece que também não desenvolveram nenhuma linguagem corporal.

– Meu Deus! Mas qual é o problema delas?

Dolbe suspirou.

– Nenhum. Ninguém sabe até o momento. O sistema vocal delas é normal. Exames do cérebro, em várias modalidades, não mostram anormalidade alguma. Têm a audição normal, talvez até um pouco melhor que o normal. Deveriam ser capazes de falar, mas não falam. Ah, e vale dizer que a gente tentou expor todas elas a falantes nativos da Linguagem Americana de Sinais. Nenhuma resposta.

– Jesus! Por quanto tempo vão ficar assim?

– Se eu soubesse, Taylor, não as estaria entregando a você... Digo, se eu tivesse qualquer razão para acreditar que essa condição é temporária. E você vai encontrar instruções específicas, vindas direto dos peixes grandes, para me notificar se uma delas demonstrar mesmo o mais rudimentar sinal de tentativas de se comunicar. Da *forma* que seja. Seria muito importante caso acontecesse.

Taylor Dorcas soltou um assovio entredentes e voltou a olhar para as crianças. Percebeu que poderiam muito bem ser bonecas. E os olhos delas... Ele não tinha a menor vontade de passar muito tempo olhando aqueles olhos.

– Elas não têm algum retardo na aprendizagem? – perguntou ele, abrupto.

– Não que a gente saiba até o momento. É um pouco difícil de testar, como você deve imaginar. Mas, até agora, segundo os especialistas, elas têm a inteligência normal de qualquer criança humana. Só não fazem esforço algum para se comunicar. Ou, se fazem, a gente não consegue perceber.

– Isso é incrível.

– Não é.

– Não estão em um estado catatônico...

– Ah, não. Elas se movem de forma perfeitamente apropriada em qualquer situação à qual são expostas. Por exemplo, na hora de comer. Não, não é catatonia nem nada do gênero.

– Bom, então você não tem nada, *nenhum* tipo de explicação para me dar? Caramba, cara, as mulheres que vão cuidar dessas crianças precisam de alguma base para saber como lidar com elas!

– Eu sinto muito – disse Dolbe, e sentia mesmo.

– Nadinha de nada?

– Nadinha de nada.

Não era toda a verdade, é claro. Dolbe tinha uma explicação, que saíra direto da boca de Thomas Blair Chornyak, que graciosamente aparecera assim que Dolbe pedira para ver se o linguista poderia contribuir com alguma coisa. De acordo com Chornyak, o problema não era que as crianças não tinham língua alguma, já que apenas uma condição como a de um coma profundo poderia causar total ausência de linguagem em um ser humano. O problema era algo que ele chamava de "ausência de lexicalização".

– Não posso garantir, é claro – dissera o linguista, obviamente fascinado –, porque não tenho informação o bastante nem tempo para coletar mais. Mas posso formar um palpite. E meu palpite é que essas crianças têm a cabeça cheia de experiências e percepções não verbais para as quais linguagem alguma oferece uma forma... Experiências para as quais nenhuma lexicalização, ou seja, Dolbe, nenhum sinal, nenhuma linguagem corporal, existe. Não nas línguas terráqueas às quais foram expostas, nem na sua beta-2. Se é que existe essa língua.

Quando Esquio Pugh reclamou, dizendo que não entendia, Chornyak mastigou e explicou tudo com palavras bem simples. Deu o exemplo de um humano que vê o sol nascer, e quer explicar essa percepção para outro ser humano. Disse que a forma que a pessoa daria a tal expressão, em sons ou em qualquer outra modalidade, era uma lexicalização. Depois, explicou que seres humanos presumivelmente encontravam ou cunhavam lexicalizações para todas as experiências humanas, ou humanoides. Mas as percepções ou experiências às quais aquelas crianças haviam sido expostas, quaisquer que fossem elas, não tinham lexicalizações correspondentes (ou então elas estavam usando uma forma de lexicalização literalmente impossível de ser reconhecida por humanos).

– Por exemplo...? – perguntara Dolbe.

– Caramba, sei lá *eu*. Como você quer que eu lhe dê, em palavras, um exemplo de uma percepção para a qual não existem palavras? Eu poderia dar no máximo uma analogia ruim.

– Por favor, faça isso.

– Digamos que estivéssemos nos comunicando normalmente em inglês, mas emitindo sons em frequências que o ouvido humano é incapaz de captar... Não seria exatamente inglês, Dolbe, mas, enfim, vamos fingir que sim. Ou digamos que os gestos que as crianças estão empregando para produzir as palavras na Língua Americana de Sinais esteja em uma velocidade tão rápida que o olho humano é incapaz de acompanhar. Não é exatamente *isso*, Dolbe. É algo bem diferente, porque esses seriam problemas quase fisiológicos... Mas talvez sirva de analogia. Os efeitos seriam presumivelmente os mesmos.

– Então não é um problema fisiológico. Nem tecnológico. Não tem nenhum aparato que a gente possa construir?

– Acho que não – Chornyak havia dito. – Sinto muito.

Dolbe não tinha intenção alguma de tentar explicar isso a Taylor Dorcas, nem naquela hora, nem nunca. Duvidava muito de que aquilo estivesse certo, de qualquer forma. O maldito poderoso chefão lingo os estava engabelando, pensara o homem, ou então havia ficado tão impressionado com a novidade da situação que disse a primeira coisa que lhe viera à mente. Mas, mesmo que a explicação fosse cem por cento correta, Dolbe manteria aquilo estritamente entre ele e seus três técnicos. Sabia que Chornyak não espalharia o assunto por aí.

Showard, sentimental como sempre, mesmo com os provetinhas, perguntara ao linguista se havia algo que poderiam fazer para ajudar as crianças.

– Eu sei o que eu faria – havia respondido o linguista. Sem hesitar.

– O quê?

– Espalharia as crianças entre o maior número possível de falantes nativos do maior número de línguas terráqueas e alienígenas que eu pudesse.

– Por quê?

– Porque – Chornyak havia explicado, paciente – é possível que exista alguma língua que tenha lexicalizações que essas crianças possam aproveitar. Talvez não, mas é plausível. É provavelmente a única coisa que *daria* para fazer.

E ele havia tido a audácia de se oferecer para ficar com as onze crianças, nas sedes das Famílias, e ver o que podia fazer por elas!

– Você sabe – ele havia dito – que temos a maior variedade de falantes nativos de línguas, tanto terráqueas quanto alienígenas, em um único lugar. Estamos equipados para testar a estratégia que sugeri, pelo bem das crianças. Vocês não estão. Sugiro que as deixem conosco.

A arrogância do sujeito... Só de lembrar, Dolbe sentiu o estômago se revirar. Como se, só porque eram forçados por motivos de negócios a interagir com os linguistas, fossem entregar crianças inocentes a eles, mesmo que fossem provetinhas! Quem os lingos achavam que eram, afinal?

– Não – repetiu ele, fitando Dorcas. – Não temos nenhuma sugestão. Podem cuidar delas como cuidariam de qualquer outra criança. Comida boa. Muito exercício, por aí vai. Façam-nas assistirem às aulas da coleduc. Coloquem-nas em Casas de Aula quando chegar a idade adequada, tal e coisa, coisa e tal. E aí vejam o que acontece. E se alguma coisa *de fato* acontecer, me avisem imediatamente.

– Certo, Dolbe, certo. Se é só isso que você sabe...

– É só isso que eu sei.

– Arnold?

– O quê?

– As crianças são infelizes?

– Elas parecem infelizes?

– Não... elas não parecem nada, na verdade.

– Bom, então. Pra que inventar sarna pra se coçar? Posso pedir pra levarem elas até a cobertura, então?

– Claro. Vá em frente... Nós dois temos mais o que fazer.

Dolbe chamou os funcionários para que recolhessem as crianças silenciosas e as levassem embora. Como concessão a Taylor Dorcas, que havia sido muito civilizado em relação a tudo considerando o contexto, teve o cuidado de mandar o grupo pelos corredores do fundo, orientando-os a usar os elevadores isolados. Podia se dar ao luxo de ser magnânimo. Afinal, estava enfim se livrando daqueles monstrinhos esquisitos.

Michaela Landry havia demonstrado um pesar decente e derramado uma ou duas lágrimas decentes quando o Bisavô Verdi alcançara, um tanto prematuramente, o descanso eterno. Em seguida, havia escolhido um tio idoso e decrépito da Família Belview, onde correra um pouco mais de riscos porque havia apenas algumas dezenas de pessoas morando na sede em vez da usual centena que se apinhava nos covis lingos. Depois disso, havia se sentido obrigada a aguardar a morte natural de outro senhor, na Família Hashihawa, para não levantar suspeitas.

E agora estava de novo em busca de um emprego, armada com indicações de três Linhagens diferentes. A vaga, disponibilizada pela Família Chornyak, parecia ser dos sonhos de qualquer assassina. Quarenta e três mulheres linguistas, todas sob o mesmo teto, e sem nenhum homem tomando conta delas! Onde Michaela poderia abater uma por vez, com todo o cuidado! Ela sentia que aquele podia ser o projeto com o qual se ocuparia pelo resto da vida... Afinal de contas, era esperado que todas aquelas mulheres morressem mais cedo ou mais tarde. E, em muitos casos, mais cedo. Poderia passar a vida tranquila trabalhando no lugar, e talvez ela mesma envelhecer por ali, sem ter de procurar outro emprego.

A descrição que o Supervisor Estatal de Enfermeiras havia dado fora curta e direta.

– Essa tal Casa Estéril tem apenas residentes mulheres, e só vinte e três delas precisam de cuidados. Nenhuma, até onde sei, necessita de nada muito elaborado. As pacientes são idosas e não podem cuidar de si mesmas de forma adequada. E há a lista usual de problemas que senhoras adoram ter: artrite, diabetes, enxaquecas, esse tipo de coisa. Mas nenhuma está de fato doente. Até o momento, as outras mulheres da residência vêm dividindo os cuidados entre si, mas o empregador diz que agora são tantas pacientes que não conseguem mais dar conta. O que não é nada surpreendente, considerando que são linguistas, e não mulheres de verdade.

Ele havia olhado para ela de forma suspeita, visto que Michaela parecia ter uma tolerância pouco usual por pacientes das Linhagens. A enfermeira, porém, havia elaborado um curto discurso no qual detalhava o nojo que sentia por linguistas, e isso fizera com que o homem ficasse mais calmo.

– Entendo seus sentimentos, sra. Landry – dissera ele, em tom de aprovação. – E devo dizer que compartilho deles. Mas por que raios continua aceitando trabalhos para cuidar dos lingos, já que se sente assim?

– Porque eles pagam extremamente bem, senhor – disse ela. – Estou recuperando parte do dinheiro do povo leigo, supervisor.

Ele estalou a língua, satisfeito, e estendeu a mão para dar um tapinha no joelho dela, o pervertido desgraçado. Depois deu a ela os detalhes usuais sobre onde ficaria instalada, quanto receberia de salário e a quantas folgas teria direito.

– Tem certeza de que está interessada? – perguntou ele, quando chegou ao fim de toda a lenga-lenga. – Não sei se esse trabalho se enquadra no seu plano de recuperar parte do dinheiro ganho de forma ilícita por aqueles parasitas... Duzentos créditos por mês, mais lugar para pernoite e alimentação? Não é lá grande coisa para cuidar de vinte e três mulheres... Embora tenha a questão de que nenhuma é muito doente. O que a senhora acha?

Michaela tombou a cabeça, tímida, e deixou os cantinhos da adorável boca se curvarem para cima. Os grossos cílios desceram, depois subiram e desceram de novo enquanto ela o fitava através deles.

– Vou apenas *começar* com esse salário, supervisor – disse, docemente.

Ele sorriu para ela.

– A senhora é uma safadinha, hein?

– Como?

Dessa vez, ele não deu um tapinha no joelho dela; deixou a mão subir uns bons cinco centímetros coxa acima. Michaela conseguiu se desvencilhar dele, mas de um jeito que o fizesse acreditar que havia gostado do gesto e só não correspondera por conta do recato. O homem pareceu absurdamente satisfeito consigo mesmo.

– Oportunidades de crescer, não é mesmo? – ele lhe perguntou, o sorriso idiota ainda estampado no rosto idiota. No rosto corado e idiota. – Crescer bastante.

– Ah, sim, supervisor. Tenho certeza de que sim.

– Bom, suponho que sabe o que está fazendo... Sendo uma mulher experiente como é.

– Espero mesmo que eu saiba, supervisor. – Ela olhou para ele de soslaio e soltou um arquejo minúsculo. – E o *senhor* reconhece uma mulher experiente quando vê uma, não?

– Ah, sou muito vivido, sra. Landry! – gabou-se ele. – Pode apostar seus... lindos dedinhos do pé... que sou muito vivido. *Ah,* sim, viuvinha Landry, eu sou muito vivido mesmo.

Ele não era nada vivido. Ela percebia isso só de olhar para ele. Se ele tivesse dormido com três mulheres na vida, ela era uma senadora. Tinha no mínimo trinta e cinco anos nas costas, e ela podia apostar que sabia como ele passava o tempo. Devia ter três bonecas infláveis em casa, cuidadosamente acondicionadas em estojos à prova d'água: uma loira, uma morena e uma ruiva. E ainda apostaria que uma delas tinha o rosto da mãe dele pintado. Só um homem daquele tipo sequer cogitaria passar a vida supervisionando mulheres. *Enfermeiras.*

– Ah, e sra. Landry...

– Pois não, senhor?

– Achei que seria do seu interesse saber que Thomas Blair Chornyak pediu especificamente pela senhora. Isto é, o lingo que ligou em nome dele fez isso. Parece que o homem reconheceu seu nome nos currículos enviados... Diz que já conheceu a senhora, na verdade.

– Sério? – Michaela ficou chocada. – Onde ele poderia ter me visto, supervisor?

– Tenho certeza de que não sei, docinho. Talvez tenha visitado um dos lugares onde a senhorita trabalhou?

– Talvez... Mas acho que eu teria me lembrado.

Ela teria. O linguista mais importante de todos os linguistas? O mais responsável dos linguistas, e a presa principal dela? Ela jamais teria esquecido.

Mas o supervisor não tinha como saber daquilo.

– Por que raios a senhora se lembraria? – bronqueou ele. – Que razões plausíveis seus empregadores teriam para contar que ele estava por lá? Meu Deus... Que tal relembrar nosso lugar, hein? Thomas Blair Chornyak (que apodreça no quinto dos infernos e leve todos os parentes com ele) é um homem *muito* importante.

– Sim, supervisor – disse Michaela, corando muito habilidosamente e permitindo que uma minúscula gota de consternação surgisse no canto de um dos olhos.

O que lhe garantiu outros tapinhas e mãos bobas do homem, com a desculpa de que ele estava confortando a pobrezinha. Ela esperava que *ele* apodrecesse no quinto dos infernos, e só lamentava pelo fato de não ter a oportunidade de ajudá-lo nesse quesito. Mas Michaela manteve a expressão de sonsa reverência no rosto e usou os cílios para complementar, até ele ficar tão agitado que precisou deixar a mulher sozinha antes que fizesse algo genuinamente indiscreto.

Arfando, o supervisor se afastou dela e começou a mexer em uma pilha de papéis na escrivaninha, enquanto Michaela o observava e esperava. Estava acostumada a perder tempo enquanto os homens enrolavam. O treinamento dela na Academia Matrimonial incluíra lições detalhadas sobre essa habilidade tão essencial às mulheres. E, enfim, ele disse que estava tudo em ordem e lhe desejou boa sorte.

– E se algum dia a senhora precisar de mim... – concluiu ele, lançando a ela o que sem dúvida era um olhar com segundas intenções.

Nem ferrando. Ela preferia *se matar* a precisar dele.

– Obrigada, supervisor – disse Michaela. – O senhor é muito gentil. Hora de ir e deixar o senhor trabalhar.

Ele lhe deu permissão para partir, e ela agradeceu mais uma vez. Quando passou por ele no caminho até a porta, com o cartão com as informações da entrevista na sede da Família Chornyak guardado em segurança no bolso, requebrou luxuriosamente o belo quadril na direção dele.

Com sorte, ela o fizera melar a cueca.

CAPÍTULO 15

A decisão de se casar com uma mulher que foi apropriadamente treinada para a vida marital não precisa ser friamente comercial. De fato, o processo de analisar fitas tresdê de nossos clientes, examinar seus arquivos genéticos e pessoais, entrevistar as mulheres que parecem mais promissoras e por aí vai, lembra mais as funções de um departamento de recursos humanos do que um idílio romântico. Concordamos, e concordamos que o homem americano não deseja proceder dessa forma. Além disso, não é algo necessário. Não há razão pela qual um homem não possa garantir que a mulher que escolheu como noiva – da forma tradicional – seja inscrita em uma das sete ótimas Academias Matrimoniais gerenciadas por esta agência. Assim, o homem pode ter o melhor dos dois mundos... O delicioso deleite do amor jovem, o êxtase de encontrar e escolher a garota de seus sonhos... e a satisfação de saber que ele terá uma esposa digna de ser chamada assim.

Sugerimos que considere a alternativa com cuidado antes de decidir que vai tentar a sorte – economizando assim nossos modestos honorários. O senhor realmente quer começar a vida de casado com uma mulher destreinada, cuja única habilidade marital é o resultado desastroso de cursos de coleduc somado aos esforços das outras mulheres da família? Realmente quer arriscar deixar sua carreira, seu lar e seu conforto à mercê das atrapalhadas técnicas de tentativa e erro de uma garota que não foi educada como deveria? Realmente acredita que qualquer grau de beleza natural de rosto e corpo pode compensar uma série interminável de constrangimentos sociais e decepções pessoais? (E, caso já seja pai, é isso que quer para seus filhos?)

Achamos que não. Achamos que o senhor quer uma esposa que possa levar para qualquer lugar sem hesitação. Que quer uma esposa na presença da qual o senhor terá uma confiança serena ao receber qualquer visitante. Há poucos investimentos mais importantes que os homens podem fazer em relação ao futuro – não deixe seu amanhã ao sabor da sorte. Mal podemos esperar para servi-lo.

(Folheto *A Esposa Perfeita*™ Ltda.)

Primavera de 2187...

Nazareth apenas aguardava no carro do governo, o olhar baço no trânsito pesado ao redor. Eles se atrasariam, e os outros ficariam nervosos. Talvez devesse pedir ao motorista que fosse com ela para explicar que o atraso fora inevitável... Feliz aniversário de dezenove anos, Nazareth Joanna Chornyak Adiness.

Ela não se sentia como alguém daquela idade. Sentia-se velha. Velha e desgastada... As crianças das Linhagens mal tinham a oportunidade de *ser* crianças, o que as envelhecia. E Nazareth já havia tido filhos: o menino nascido em seu décimo sexto aniversário e as gêmeas, nascidas dois anos depois... Algo que lhe dera certa maturidade. Mas não era nada disso que a fazia se sentir como uma daquelas idosas anciãs pregando maluquices do fundo de uma caverna. Era viver como a esposa de Aaron Adiness, que tinha vinte e cinco anos por fora, mas menos de três por dentro, que provocava aquilo.

Aaron era bonito, viril (exaustivamente viril) e, com a maior parte das pessoas, encantador. Nazareth sabia que muitas mulheres cobiçavam seu marido. A impressionante facilidade que tinha em adquirir e aprender línguas havia diminuído conforme envelhecera, mas antes disso ele já criara uma reputação impressionante. Ela não tinha a menor ideia de quantas línguas ele realmente sabia ler e escrever com facilidade, mas com certeza chegava perto de cem.

Era o tipo de coisa com que a mídia se refestelava, e nunca se cansava de preencher os pequenos buracos na programação com um quadro sobre "o homem que fala cem línguas!". O que era absurdo, é claro. Ele falava pouco mais de uma dezena, talvez, mas a história era melhor quando era distorcida e alimentava a nada saudável fascinação que o povo leigo tinha por tudo relacionado aos monstros linguistas. Mas aquilo não era proeza alguma. Na verdade, não no que tangia a línguas terráqueas. Ser fluente em línguas de cinco famílias linguísticas diferentes era impressionante; saber cem só demonstrava que a pessoa havia tido um monte de oportunidades e que se dedicara ao aprendizado de línguas como outras se dedicavam ao surfe ou ao xadrez. Línguas humanas eram tão parecidas que, depois que se aprendia bem uma dezena, já se conhecia tudo o que línguas humanas podiam fazer, e aprender novas era algo quase trivial.

Mas o povo leigo não queria acreditar nisso, e Aaron não fazia esforço algum em corrigir o mal-entendido. Ele e suas "cem línguas"... Sempre que uma nota aparecia na tela com o nome dele, mesmo que dissesse a mesma coisa que outras dezenas de vezes antes, Aaron corria para socar as teclas e garantir um registro para seu álbum. Que Nazareth era obrigada a manter atualizado, é claro.

Desde que passara a viver com ele, sujeitando-se a seus caprichos, a garota pisava em ovos do nascer ao pôr do sol. Era tão fácil ferir seus sentimentos que ela mal sabia o que o havia incomodado. Mas então ele falava: "Você sabe muito bem o que fez de errado, sua puta presunçosa!" e ficava de cara feia por horas, até que ela tivesse pedido perdão não uma, mas várias vezes. E, de vez em quando, ele a agraciava com seu perdão ressentido por um tempinho.

Quando ela não pedia perdão, era esperado que seria agraciada por humilhação, porque ele a fazia de capacho, o que era meio assustador, em qualquer oportunidade. Quanto mais pública, melhor. Em privado, ele sequer falava com ela; em público, fazia todos morrerem de rir de suas piadas sobre os erros, o peso, seu dente da frente que era meio torto e qualquer mínima bobagem que ela pudesse ter feito ao longo do dia... ou ao longo da noite. Ele a fazia cair em pegadinhas, e depois ficava sorrindo enquanto os outros gargalhavam da desgraça dela. Então Aaron erguia uma das sobrancelhas elegantes e fazia um barulhinho de decepção, como se ela fosse uma criança birrenta, dizendo: "Coitadinha, você não tem mesmo senso de humor, não é?". Era um bendito alívio ir trabalhar e escapar dele. Sempre.

As outras mulheres riam das piadas dele assim como os homens, e Nazareth sabia o porquê. Se não rissem, duas coisas aconteceriam. Primeiro, Aaron as incluiria em sua guerra do ridículo. E segundo, os maridos as acusariam de serem mal-humoradas e de estarem "cortando o barato" ou de serem burras demais para entender a mais simples piadinha. Os homens, quase todos, achavam que Aaron era a pessoa mais divertida que já haviam tido o prazer de conhecer.

Se Nazareth fosse suficientemente humilde, às vezes ganhava um ou dois dias de paz, mas não mais que isso. Não eram só as coisas que ela dizia que feriam os sentimentos dele, mas também a expressão no rosto dela, ou as coisas que fazia ou deixava de fazer, e ele não *suportava* a ideia de que ela fizesse alguma coisa bem. Quando alguém a elogiava, Aaron ficava irado. Quando recebia um elogio rotineiro por um trabalho bem-feito, ele ficava furioso. Se ela tinha um contrato no qual trabalhar e ele não, ficava bravo e soltava fogo pelas ventas. Ela não ousava ganhar dele em partidas de xadrez ou cartas, ou vencer um jogo de tênis contra ele, ou nadar algumas piscinas a mais do que ele conseguia, porque Aaron não tolerava nenhuma dessas coisas.

E era Nazareth quem aguentava o grosso das consequências quando o marido era superado em algo por outro homem. Em público, ele sabia perder, apertava a mão do vencedor e elogiava suas habilidades. Entre quatro paredes, porém, andava de um lado para o outro pelo quarto, reclamando do azar e da série de acidentes misteriosos que o haviam *impedido* de vencer.

Em público, ele fazia questão de mostrar como os filhos eram seu maior orgulho, sempre enfiados sob a asa do papai ou brincando no colo do papai. Em privado, porém, ele os detestava. As crianças eram úteis como posses, como algo que ele podia exibir assim como fazia com a coleção de espadas ou as malditas línguas que dominava. Mas não tinha interesse algum nos rebentos. E não fazia esforço algum para fingir que tinha algum interesse em Nazareth, exceto por conveniência sexual, pelo dinheiro que ela ganhava para engordar as contas particulares dele (e como ele reclamava amargamente do desconto de quarenta por cento que ia para as contas comunitárias quando ele sabia que ninguém podia ouvi-lo...) e pelo valor dela como capacho. Quando a esposa não pudesse mais ser útil em nenhuma daquelas coisas, teria tanto uso para ele quanto um estranho qualquer... Provavelmente menos, até. Um estranho ao menos lhe ofereceria certo senso de novidade.

Ela poderia ter reclamado, mas não havia com quem reclamar. Os homens amavam Aaron, que sempre tinha a esperteza de nunca voltar a petulância contra eles. Ao ficar mais velho, havia superado isso, como Thomas previra que aconteceria. E reclamar para outra mulher seria tão útil quanto gritar com a cabeça dentro de um poço. "Viver com um homem é assim mesmo", diriam elas, caso algum dia se dispusesse a falar. Nazareth acreditava que Aaron era muito pior do que a maioria dos homens. Sabia, por exemplo, que, embora o pai ficasse bravo com a mãe com frequência, era sempre cortês com ela em público, e nunca havia visto nenhum homem atormentar a esposa como Aaron fazia com ela. Mas as mulheres que não sofriam com os mesmos problemas que ela tinham outros com os quais lidar. A invenção dos homens não tinha limites quando o objetivo era provar que eram superiores.

Era irônico que ela tivesse aceitado aquela vida em nome das Codificações, pois não encontrara nenhuma nova desde o casamento. Não apenas porque não tinha tempo sozinha para se sentar e se dedicar a elas, mas porque não havia um lugar escondido no qual trabalhar. A sensação era de que uma apatia se infiltrara em sua mente e aniquilara para sempre o que quer que fosse a fonte de seus esforços.

Sou burra, pensava Nazareth. *E não sou só eu que acha isso.* Aaron achava que ela era burra, sem dúvida alguma. Ensinaria os filhos a pensar assim. E a única vez que ela havia escorregado em sua resolução e tentara contar a outra mulher como sua vida era, a outra a chamara de burra.

– Por Deus, Nazareth – havia dito ela. – Você não precisa tolerar esse tipo de coisa. Pode *manipular* seu marido, sua bo-boca. Como pode ser tão burrinha?

Manipular. Como se manipulava um homem? O que ela queria dizer com "manipular" o marido?

– Senhora Chornyak, melhor eu entrar com a senhora e explicar.

Nazareth se sobressaltou... Não havia percebido que o tráfego voltara a andar, muito menos que haviam chegado.

– Obrigada, sr. Dressleigh – murmurou ela. – Eu ficaria muito grata se pudesse fazer isso por mim.

– É parte do meu trabalho – disse o motorista, tomando o cuidado de deixar claro que mais nada o teria feito se esforçar em benefício de uma mulher das Linhagens.

E com isso ele saiu do veículo, com Nazareth tentando ao máximo acompanhar o ritmo dos seus passos. Ele explicaria o ocorrido, iria embora, e naquela noite algum herói igualmente relutante a buscaria. Não fazia diferença para Nazareth; ela nunca tivera um motorista amigável, ou mesmo educado. Ou que fizesse o menor esforço para chamá-la pelo nome correto. Ela era da Família Chornyak, usava uma aliança de casamento; assim, só poderia ser a "sra. Chornyak", que se danem os detalhes.

Quando as explicações e formalidades foram dadas, porém, e ela enfim se acomodou na cabine de interpretação e espalhou os dicionários ao redor de si para se preparar para o trabalho, descobriu que o universo não se esquecera de seu aniversário. Na verdade, ele preparara um esplêndido presente, algo que ela jamais teria sido capaz de conjurar sozinha.

Ela esperava que aquele dia fosse mais cansativo que o normal, porque o assunto da negociação era uma tarifa de importação, algo que nunca era lá muito fascinante, e também porque não poderia contar com ajuda alguma. O garotinho de nove anos que lhe servia de apoio estava totalmente comprometido em uma negociação na língua de Interface dele que não podia ser postergada, o outro de seis estava de cama com uma daquelas doenças contagiosas de crianças, e Aquina Noumarque estava trabalhando em Memphis e tampouco poderia ajudar. Isso significava total ausência de apoio, formal ou informal; não era um jeito fácil de trabalhar.

Como sua mente estava ocupada com os problemas que a situação lhe traria, Nazareth sequer percebeu que havia algo errado até começar a ouvir sussurros e sentir o tipo de tensão que é o produto de uma linguagem corporal gritando desconforto. A coisa enfim chamou sua atenção, e ela ergueu os olhos do material de consulta para a pequena catástrofe que afetara as negociações... Talvez estivesse com sorte e algum homem do governo houvesse quebrado a perna? Nada doloroso, é claro, e nada sério; ela não era uma mulher vingativa.

E lá estavam os jilodes em seus macacões de sempre, encarando sabe-se Deus o quê, com uma expressão de amargo prazer no rosto anguloso, e Nazareth soltou um arquejo.

– Por todos os santos e anjos – disse baixinho, sem ao menos se certificar de que havia fechado os microfones. – São jilodes do gênero *feminino*!

E decerto eram. Mesmo com as vestes soltas obrigatórias segundo a religião oficial do país, mesmo com o cabelo cortado bem curto, incomum entre mulheres terráqueas, estava claro que eram do gênero feminino. Ou eram espécimes muito diferentes, ou a mulher jilode média possuía seios grandes; grandes e notavelmente *empinados*.

Nazareth tratou de baixar rápido os olhos para a superfície lisa de plástico diante de si e lutou para não deixar o prazer transparecer no rosto. Não seria nada bom se a vagabunda linguista traísse o deleite em se encontrar naquela situação. Haveria reclamações contundentes ao pai dela pelo comportamento pouco diplomático com o qual abordara aquela crise diplomática.

Alguém deu uma batidinha baixa na parte de trás da cabine, o que não a surpreendeu. Afinal de contas, eles não ficariam apenas sentados ali, congelados como se o Sol houvesse decidido tirar férias. Alguém precisava fazer alguma coisa. Ela respondeu: "Pois não?", sem olhar ao redor, controlando com cuidado a expressão antes de mostrar o rosto para quem quer que fosse.

– Senhora Adiness... Espero não ter lhe assustado.

Ela se virou, com um sorriso educado no rosto, bem enquanto o homem adentrava a cabine e se sentava ao lado dela. Não era um homem do governo, então... Quem era? Era bonito, e devia ter o dobro da idade dela, mas não usava uniforme ou insígnia alguma para identificá-lo.

– Senhora Adiness, vou ser muito breve – disse ele, mantendo o tom de voz baixo. – Peço perdão por ser tão abrupto, mas creio que a senhora compreende a necessidade de deixar de lado as amenidades. Meu nome é Jordan Shannontry, da Família Shannontry, e devo checar se posso ser de alguma utilidade de forma periférica por aqui... Soubemos que a senhora estaria completamente sozinha hoje, e REM34-5-720 é uma espécie de passatempo para mim. Como estava livre, e era óbvio que a senhora estaria muito atarefada, eu vim... Mas não estava esperando nada *assim*.

– Nem os homens do governo – disse Nazareth, em sua voz mais cuidadosamente evasiva.

– Será possível que não soubessem que isso seria uma má ideia? – perguntou ele.

– Quem?

– Os jilodes... Com certeza conhecem a cultura terráquea o bastante! Estão negociando e comercializando conosco há pelo menos quinze anos.

– Ah, elas sabem muito bem o que estão fazendo – disse Nazareth. – É uma tática deliberada para interromper as negociações... e insultar os negociadores americanos.

– Tem certeza?

– Quase absoluta, sr. Shannontry.

– Ora, malditas sejam, então!

– Como queira, senhor.

– A arrogância... para não falar que é pura falta de educação...

– Ah, sim. Os jilodes não são conhecidos por serem lá muito educados, sr. Shannontry. E agradeço muito pela sua disposição em ajudar, aliás... Não sabia que existia mais alguém que pudesse dar uma mão.

Shannontry deu de ombros, despreocupado.

– Não é como se eu pudesse oferecer *grande* ajuda, querida – disse ele. – Consigo falar "oi" e "tchau" e "obrigado", e mais uma coisinha ou outra; devo dizer ainda que esse pouco que *consigo* falar é com um sotaque que faria a senhora se arrepiar. Mas leio a língua com facilidade, e o DAT achou que eu podia ao menos ajudar com traduções, consultar coisas nos dicionários, esse tipo de coisa.

– Foi gentil da sua parte vir – disse Nazareth.

– Bem... O prazer é meu. Eu mal podia esperar para ouvir a língua em uso, na verdade. Mas não sei o que fazemos agora, sra. Adiness, e me parece óbvio que esses homens tampouco sabem.

Nazareth se permitiu abrir um sorriso.

– Bem, decerto não tem nada que *eu* possa fazer, sr. Shannontry.

– Não... Dadas as circunstâncias, certamente não há. Meu bom Deus... E agora?

Nazareth colocou uma expressão de desconcerto e impotência no rosto e esperou. Estava se divertindo demais. Não havia como os homens do governo começarem as negociações com jilodes mulheres; era algo fora de questão. Nenhuma criatura do gênero feminino, por definição, tinha os direitos legais de um adulto, o que tornaria inválida qualquer decisão tomada ali. Além disso, criaria precedentes e levaria a potenciais repetições intermináveis da tática por parte de outros povos alienígenas. Havia muitas culturas extraterrestes que permitiam que as fêmeas da espécie tivessem direitos iguais ou quase iguais aos dos machos.

Por outro lado, os homens do governo não tinham como saber o que exatamente *podiam* fazer sem causar uma crise diplomática interplanetária. E quanto mais tempo passassem apenas sentados ali, piores as coisas ficariam.

Até que um deles se levantou e foi todo desajeitado até a porta pedir recomendações de alguém acima na hierarquia. Nazareth deu uma risadinha, esperando que ele trombasse com algum membro da equipe que orgulhosamente anunciara alguns anos antes que haviam decifrado uma das línguas REM18 usando apenas o computador. Fora necessário enviar um linguista até eles para, muito gentilmente, informar que a palavra que haviam traduzido como "amigo" em inglês, na verdade, significava "aquele que pode ser comido, desde que condimentos apropriados sejam usados na preparação do cadáver". Nada como um "especialista" do governo para animar o já maravilhoso décimo nono aniversário de alguém!

Quando o homem saiu da sala, as jilodes em negociação imediatamente entraram na postura de ausência ritual.

– Ora, só faltava essa... – disse Jordan Shannontry. – O que isso significa?

– Que elas se sentiram insultadas – explicou Nazareth. – Quando os jilodes entendem que foram insultados, fazem isso. É uma maneira muito efetiva de deixar as coisas mais lentas.

– Que Deus nos ajude... – Shannontry suspirou. – Há alguma coisa que possamos fazer?

– Temo que não me caiba propor como proceder – disse Nazareth, como era apropriado.

Ela não havia sido treinada como esposa, mas sabia seu lugar como mulher linguista assim como qualquer outra das Linhagens. O papel dela era interpretar e traduzir, responder da melhor forma que pudesse a questões diretas feitas em relação à língua e cultura dos alienígenas envolvidos na negociação e, fora isso, permanecer em silêncio. Muito enfaticamente, não era papel dela sugerir estratégias ou políticas diplomáticas a qualquer um dos presentes.

Shannontry a analisou com cuidado, e ela corou um pouco sob o olhar fixo dele antes de virar o rosto para o outro lado.

– Isso é completamente injusto com a senhora – disse ele, intenso. – É jovem demais para ser colocada nessa posição, e sinto muito... É muito grosseiro, e imperdoável.

Nazareth não sabia o que dizer e não ousou encará-lo. Ele parecia genuinamente preocupado com ela, mas ela sabia que não devia confiar naquilo. A qualquer momento, o homem poderia acionar a armadilha que estava construindo com as palavras falsamente galantes, assim como Aaron fazia, e ela estaria em maus lençóis. Então continuou em silêncio e esperou, tensa como gato escaldado encarando um balde de água.

– Senhora Adiness, não podemos continuar assim – disse ele, educado, sem toque algum de raiva na voz. – Minha querida, se puder me falar o que dizer, vou até lá e *digo*. De forma lamentável, é claro, mas vou dizer. Só escreva e leia em voz alta para mim algumas vezes, e vou lá resolver isso.

– O senhor faria isso?

– É claro.

Nazareth ficou encantada. Ele realmente ajudaria.

– Temos tempo de sobra, então – disse ela.

– Temos?

Ela explicou como os rituais de ausência duravam dezoito minutos e onze segundos, e ele fez um barulhinho de impaciência com a língua.

– Então acho que não há o que fazer – murmurou ele.

– Acho que não.

– Bem, mas e aí? O que devo dizer?

Nazareth pensou por um momento. Primeiro havia a estrutura narrativa que acolheria a sentença direta, e a partícula tripla que cuidaria da desambiguação das três inserções. Em seguida, a mensagem simples: SERIA UM PRAZER ESPERAR QUE SEUS HOMENS VIESSEM NEGOCIAR. Depois a outra metade da estrutura narrativa... alguns títulos honoríficos...

– Vai ficar longo – disse ela, hesitante.

– Tudo bem – respondeu ele. – Eu dou um jeito. E se meu sotaque bárbaro ofender o ouvido delas, a culpa será delas mesmas. Só escreva.

Ela o fez, e leu o texto para ele.

– De novo, por favor.

A linguista repetiu.

– O primeiro conjunto...

Ela repetiu mais uma vez, erguendo o queixo para que ele pudesse ver claramente a posição da língua dela contra os dentes.

– Ah, entendi. Assim... Certo, vamos lá. Escute enquanto repito... Eles vão entender?

Nazareth teria reagido com uma careta ao fluxo capenga de sons que representavam as habilidades orais de Shannontry com REM34, mas seria uma falta de educação equivalente à das jilodes. Ela mordeu os lábios, em vez disso, e ele riu.

– Está ruim assim? Bem... Se prepare, sra. Adiness, vou tentar de novo.

Melhor. Não muito, mas melhor.

– Isso – disse ela. – Elas vão entender, mesmo que não gostem muito. E já é hora, acho... Sim, elas estão se virando. Talvez o senhor queira ir antes que o homem do DAT volte...

– Com certeza – disse ele, aparentemente nada ofendido pela leve indicação de como proceder. – Já volto.

Nazareth jamais teria ousado sair da cabine de interpretação e seguir direto até a delegação alienígena, e duvidava que muitos homens fizessem o mesmo, mas Jordan Shannontry parecia confortável como se estivesse na sede da própria Família.

Ela ficou olhando, maravilhada, como se a cena estivesse acontecendo só para entretê-la. Ela o viu se aproximar das mulheres jilodes, fazer uma mesura para a esquerda e depois para a direita, o que mostrava que havia estudado a cultura daquele povo, por mais que tivesse problemas de pronúncia, e disse logo o que havia ensaiado. Duas vezes. Devagar. E depois uma terceira, para ter certeza de que elas haviam ouvido e entendido.

Os negociadores americanos não gostaram nem um pouquinho daquilo e, enquanto Shannontry atravessava a sala, puxaram a manga dele com uma expressão de "Que raios foi isso?" no rosto, mas ele nem se abalou. Desvencilhou-se dos homens como se fossem criancinhas e não se deteve para explicar nada. *Maravilhoso*, pensou Nazareth, *maravilhoso! Ser tão autoconfiante... tão controlado... Ousar se comportar daquele jeito...*

Ele se juntou a ela em meio minuto e tocou o pulso da linguista de forma educada antes de se sentar.

– Sugiro que a senhora vá embora agora, sra. Adiness – disse ele. – Antes que nossos amigos federais possam criar mais comoção. Venha... Vou tirar a senhora daqui, e depois volto para explicar a situação.

Ela ficou com receio de fazer aquilo, mas ele foi firme. Ignorou as objeções de Nazareth e a fez sair da cabine e seguir até o corredor a passos rápidos, recolhendo os materiais de trabalho da mulher para que não precisasse se preocupar com isso. Só quando estavam seguros do lado de fora da sala de reuniões, ela sentada no cubículo reservado aos linguistas para seus intervalos e esperas, o homem voltou a falar.

– A senhora não precisa se preocupar – disse ele. – Não mesmo. Independentemente do que aconteça, vou explicar que a senhora se comportou exatamente como deveria e que não há razão alguma para se irritarem nem um pouco com a senhora. Se quiserem reclamar, que reclamem de mim. A senhora apenas cumpriu as *minhas* instruções, e, se houve erro, o erro foi *meu*. Agora apenas relaxe, minha querida, e espere enquanto vejo o que pode ser feito. Entendo que elas vão mandar uma equipe de jilodes homens?

– Ah, sim – respondeu ela. – É claro. Têm pressa para que a tarifa seja definida... a favor deles, é claro, assim como nós queremos que nos favoreça. Isso é só uma... tática.

– E funcionou muito bem, não?

Nazareth abaixou a cabeça para esconder o rosto e concordou que havia funcionado, sim.

– Bem... Vamos dar um jeito nisso. E com um time decente de jilodes à mesa. E só então, minha querida, vou pedir que alguém traga a senhora de volta à cabine.

E com isso ele partiu, deixando-a completamente perplexa. Não estava apenas impressionada, e sim chocada... Tentou imaginar Aaron em uma situação daquelas e acabou rindo alto. Ele não estaria ali, para começo de conversa; não Aaron. Ele só trabalharia se uma mulher fosse o apoio *dele*. Ele não se dignaria sequer a trabalhar em uma negociação multilinguística com uma mulher servindo de intérprete de uma das outras línguas. Agir como apoio para uma mulher? O homem faria qualquer coisa, inventaria qualquer desculpa para não ter de fazer isso.

Então, passou pela cabeça dela que, por mais estranho que fosse, devia ser muito triste ser Aaron Adiness e ter de viver sempre aterrorizado pelo próprio ego. A ideia nunca lhe ocorrera.

Coitadinho de Aaron. Aquele era um pensamento novo. Coitadinho de Aaron.

CAPÍTULO 16

P: O que você tá vendo, Nils? Pode me dizer?

R: [RISOS]

P: Vai, tenta... é muito importante. O que você tá vendo? O que é, tá olhando pra quê?

R: Isso. Não. Isso não.

P: Vai, Nils... Pode chamar o que você tá vendo de "isso". Finge que "isso" serve. O que você tá vendo?

R: [RISOS]

P: Nils, você não tá nem tentando! Você prometeu que ia tentar, pelo bem da ciência, e pelo meu bem. Por favor, cara, tenta...

R: Não é uma coisa. Não é uma não coisa. Não é uma ideia. Não é uma não ideia. Não é parte da realidade. Não é uma não parte da realidade. Não é uma não parte de uma não parte da não realidade.

P: Nils, isso não tá ajudando muito.

R: [RISOS]

(Doutor Quentun Silakady entrevistando uma cobaia sob efeito de LSD)

Por algum motivo, Brooks Showard estava certo de que não haveria mais experimentos misturando bebês e drogas alucinógenas. Fora horrível ver os provetinhas falharem um depois do outro, principalmente considerando que haviam começado tão promissores. E *fora* uma boa ideia, por Deus... Beau St. Clair estava com a alma atormentada por uma culpa massacrante, e os malditos doutorzinhos não pareciam ajudar muito; não sem deixar ele prostrado e incapaz de trabalhar, de qualquer jeito. Mas fora uma *ótima* ideia. Uma ideia excelente, que poderia ter sido o grande sucesso que eles estavam esperando. Mas não havia funcionado.

E considerando o que havia acontecido, considerando o que haviam enviado para o orfanato em Arlington, Brooks estava certo de que era o fim daquilo tudo. Ele, Beau e Esquio haviam concordado também que o próximo passo, qualquer que fosse, deveria ser tomado por Arnold Dolbe. Esquio já fizera o que lhe competia; variações infinitas usando o computador. E Beau e Brooks também haviam feito sua parte. Agora tudo dependia de Arnold.

Que os surpreendeu. Eles estavam encarando o homem, sem palavras, tamanho o choque.

– O que foi? Por que estão me olhando assim? – disse Dolbe, na defensiva. Quando viu que os outros não falariam nada, cada vez mais vermelhos, repetiu: – Eu perguntei *por que estão me olhando assim.*

Showard pigarreou e tentou falar por todos eles.

– Achamos que... Achamos que já havia sido conclusivamente demonstrado que a ideia dos alucinógenos não funciona, Arnold. Era uma boa ideia. Uma *puta* de uma boa ideia... Mas não funcionou.

– Não concordo! – disse Dolbe.

– Ei!

– Não concordo. Não concordo mesmo – repetiu ele, teimoso, encarando os outros com uma expressão obstinada que o ajudara a passar por inúmeras situações, mesmo que não soubesse o que estava fazendo. Esperava que o mesmo acontecesse naquele momento, já que pelo menos um ou dois fatos estavam a seu favor. – Acho que funcionou muito bem.

– Dolbe, você claramente tá doido de pedra – disse Esquio Pugh. – E acho que falo por todos quando digo isso. Doido de pedra, e com o resto de sanidade já indo pro beleléu. Você precisa de um tranco, Dolbe.

– Não, não preciso – insistiu Dolbe. – Não. *Vocês* estão errados. Eu tô certo.

– Bom, beleza, então por gentileza explica pra gente como aquilo "funcionou", Dolbe! Não aprendemos porcaria nenhuma de beta-2. E olha o que aconteceu com os provetinhas!

– Exatamente.

– Ah, meu Jesus Cristinho! – berrou Showard.

– Não, esperem – disse Dolbe. – Tentem se controlar e escutem o que tenho a dizer. É verdade, a gente não teve progresso algum com a aquisição de beta-2. Mas... e isso é muito, muito importante... a gente teve progresso com o projeto em si, como projeto. Parece que vocês não se lembram, meus amigos, mas os bebês *não* morreram. *Não* ficaram malucos. *Não* sofreram. Nada aconteceu com eles.

– Ah, não, imagina. Só destruímos a mente deles.

– Ai, Showard, você tá pior que uma mulher com esse sentimentalismo meloso! Não tem motivo algum pra gente achar que destruiu a mente deles, ou prejudicou a mente deles, ou interferiu na mente deles de algum jeito ruim. *Zero* motivos. Vocês viram os exames, a cabeça deles é perfeitamente normal.

– Ah, é? E por que eles não se comunicam então, Dolbe? Já que eles têm a cabeça perfeitamente normal?

– A gente não sabe.

– Achei que o lingo havia explicado – disse Esquio. – Não entendi porra nenhuma, mas achei que vocês tinham.

– Não dá bola praquilo – disse Dolbe. – Não importa. Não tô dizendo que os resultados dos experimentos foram perfeitos. Só que, ao menos, a gente teve algum progresso. Um avanço positivo. Pela primeira vez, desde o começo do projeto! E eu não tô nem um pouco disposto a deixar isso tudo ir pelo ralo, ah, não, senhores. Eu quero usar esse progresso de *ponto de partida*, e devo dizer que me choca ver que vocês não estão comigo nessa.

– Dolbe, você é um merda – disse Brooks.

– Obrigado. Também te amo, viu?

Beau St. Clair fulminou os dois com o olhar e mandou que, pelo amor de Deus, parassem, porque já tinham problemas demais.

– Deixa eu ver se entendi o que você tá sugerindo – disse ele para Dolbe. – Você quer que a gente use aquele bebê que foi oferecido voluntariamente ontem à noite, certo? E quer que a gente comece a dar pra ele as drogas que limparam a mente dos provetinhas. E depois que a criança for submetida à Interface, aí vemos no que vai dar. É isso mesmo, Dolbe?

– Eu não teria usado palavras tão rebuscadas, Beau, mas você sacou a ideia geral.

– Ah, Dolbe, vai pro inferno – gemeu Beau, completamente miserável. – Você sabe o que vai acontecer se a gente fizer isso!

– Eu não tenho nem noção – objetou Dolbe. – Nem vocês. A gente não tem jeito de saber o que vai acontecer se o experimento for feito com um bebê humano normal em vez de um provetinha. E até onde sei... Digo, consultei as anotações que fiz na reunião em que discutimos a ideia lá no começo, então o que eu sei tá bem certo: começamos com os provetinhas justamente pra que, quando alguém entregasse voluntariamente um bebê uterino, já tivéssemos experiência o suficiente com os alucinógenos e uma certeza razoável do que estamos fazendo.

– Isso é verdade – disse Esquio. – Odeio admitir, mas isso é verdade. Essa era *mesmo* a ideia.

– Sim, mas isso foi antes de vermos o que aconteceu com os provetinhas!

– Meu Deus, Showard, você vai me deixar nervoso se continuar com isso – declarou Dolbe. – Eu já disse, *nada* aconteceu com os provetinhas. A gente pode ir até o orfanato a hora que quiser pra visitar eles... Eles estão ótimos.

– Estão se comunicando?

– Estão comendo. Dormindo. Saudáveis. Andando por aí, brincando.

– Brincando?

– Bom... Fazendo coisas. Não estão machucados.

– Você é doido.

– Então que seja, Showard, mas é hora de continuar com o projeto! A gente tem um bebê saudável, um bebê normalzinho que nasceu de uma mulher, e ele só tem duas semanas de idade. A mãe morreu em um acidente de voante e o pai é muito jovem; não quer ficar preso com a criança e ficou feliz de entregar o bebê para nós... Ele tem várias utilidades em mente pros dez mil créditos, como todos têm. É uma situação ideal... *se* a gente for em frente logo. As percepções da criança ainda nem tiveram tempo de amadurecer, digamos assim, muito menos de apodrecer. E quero começar a trabalhar nisso agora.

– Ótimo – disse Beau. – Que ótimo.

– Adorei o entusiasmo, Beau.

Dolbe olhou para a folha de papel diante dele, movendo os lábios conforme lia as palavras, e depois os fitou de novo.

– Eu falei com os pediatras – disse ele. – Discutimos o caso de todas as cobaias anteriores. E concordamos que o regime de administração de drogas mais satisfatório é o que foi usado com a número 23. Vamos usar esse com o bebê entregue voluntariamente.

– Em que sentido foi o mais satisfatório? – perguntou Beau, curioso. – Como caralhos eles chegaram a essa conclusão? O fim foi o mesmo pra todos.

Dolbe se negou a discutir, dizendo que era irrelevante. Brooks Showard declarou que fazer aquilo era a mesma coisa que fechar os olhos e sortear um número aleatório, e Dolbe soltou um suspiro profundo. Sonoro. Um homem bom e cansado, sobrecarregado por seus subordinados incompetentes.

– Cavalheiros – começou ele, com firmeza –, quaisquer que sejam seus sentimentos pessoais sobre o assunto, temos trabalho a fazer. E estamos fazendo o governo esperar. Já notificamos o laboratório, as drogas estão a caminho... Vamos começar hoje à tarde.

– Mas que pressa toda é essa, Dolbe? – quis saber Showard. – Eu preferiria encher a cara hoje à tarde e começar amanhã de manhã.

– Sinto muito, Showard. Não sabemos qual é o ponto crítico de virada, e não vamos arriscar. É uma sorte o bebê ser tão novinho; não vamos perder tempo. Na verdade, se você não tivesse enchido a cara ontem *à noite*, a gente já teria começado.

– Você realmente acha que vale a pena tentar? – perguntou Esquio Pugh.

Esquio não ligava a mínima para bebês ou provetinhas ou o que fosse, mas tinha baixa tolerância ao fracasso quando estava envolvido em um projeto. Esquio estava acostumado a dar um jeito no fracasso das outras pessoas, não ele mesmo se meter em confusão. Estava completamente cansado de tudo aquilo.

– Sabemos – começou Dolbe, solene, juntando as mãos na frente do corpo – que há uma diferença crucial entre o cérebro de um bebê normal e o de um bebê de proveta. Não conseguimos determinar exatamente que diferença é essa, em termos fisiológicos ou neurológicos ou mesmo psicológicos. No entanto, os cientistas todos concordam que *existe* uma diferença e estão trabalhando para identificar qual é. Com certeza há a possibilidade de que essa coisa, qualquer que seja, tenha alguma relação com o mecanismo de aquisição de línguas da criança humana. Ou seja, pode ser *exatamente* a diferença de que precisamos. E nunca vamos descobrir a menos que tentemos.

– Beleza – disse Esquio. – Você é o chefe.

– Obrigado, Pugh – disse Arnold Dolbe. – É um prazer saber que alguém nesta sala ainda se lembra disso.

Nenhum deles, nem nos sonhos mais malucos, nem nas profundezas de suas alucinações alcoólicas, teria antecipado o que aconteceu. Achavam que já haviam visto de tudo, mas estavam redondamente enganados.

O bebê tolerou o regime de alucinógenos sem incidentes. Nenhum efeito colateral, nenhuma reação alérgica. Tudo parecia de acordo (*ainda* parecia de acordo, no caso, mesmo depois de tudo). Haviam submetido o bebê ao regime escolhido e esperando pacientemente pelas quatro semanas inteiras que os médicos insistiam que fossem respeitadas.

E depois, cheios de expectativas, mesmo não querendo criar nenhuma depois de tudo, cuidadosamente colocaram a criança na Interface com a coisa tremulante (?) que chamavam de beta-2.

E aí a coisa tremulante ficou doida. Ou ao menos foi o que concluíram que havia acontecido. Chuvas de faíscas (?) voaram do lado da Interface onde ela estava para o outro. O ar dentro da Interface assumiu um padrão *moiré* e não foi possível não desviar o olhar. Houve vibrações... não barulhos exatamente, mas vibrações... algo batendo (?) ao redor deles. Coisas estremecendo e se partindo e fluindo e se debatendo loucamente...

Quando acabou, o que demorou para acontecer, o alienígena estava mortinho da silva. Pelo menos, era nisso que eles e os cientistas acreditavam. O que não era um problema, já que ninguém teria ousado soltar e devolver a criatura para seu lugar de origem, mesmo que houvesse sobrevivido. E a única forma de explicar o que havia acontecido com o falecido aos outros beta-2s lá na velha plantação ou sabe-se lá onde eles viviam era o LiPanSig.

Arnold Dolbe se ressentiu amargamente pelo fato de que Thomas Chornyak se negou a ajudar a redigir a mensagem com a explicação, e nem se deu ao trabalho de delegar a algum outro membro das Linhagens. Para Dolbe, parecia algo imperdoável.

– Mas não mesmo – disse o linguista. – Vocês fizeram essa confusão toda. Estamos cansados de falar, e vocês cansados de escutar, e mesmo assim persistem nessa história. Vocês que deem um jeito de resolver isso agora.

– Mas não somos nada *bons* em LiPanSig!

– Ninguém é bom em LiPanSig – disse Thomas, com um bufar zombeteiro. – Não tem como ser bom nessa coisa. É um sistema muito rústico de sinais primitivos para serem usados em emergências... E suponho que esse seja um bom exemplo de emergência. Meu Deus, que bagunça.

Em momentos como aquele, Dolbe desejava ter seguido o conselho do Pentágono, que era usar seus agentes "John Smith" como ponto de contato entre o Trabalho Governamental e Chornyak, em vez de insistir em ter autorização completa para observar o projeto diretamente e falar com ele e os técnicos sem intermediários. Sua esperança era de que as coisas fossem melhorar se eliminassem intermediários. Fora um erro.

– Senhor Dolbe, vocês têm vários funcionários do DAT treinados em LiPanSig – afirmou o linguista. – Encontre alguém com coragem o bastante e delegue isso a ele. Adiar não vai ajudar em nada... Até porque, até onde sabemos, aquele alienígena era parte de algum tipo de animal coletivo, ou completamente telepático. Os outros beta-2s já devem saber que ele está morto.

– Sabemos disso.

– E estão com medo. Por isso me chamaram.

– Te chamamos porque o senhor é um especialista nesse tipo de coisa – respondeu Dolbe, de cara feia. – A gente não tá com medo.

– Então são mais idiotas do que eu imaginava – disse Thomas, saindo da sala. – Eu, no lugar de vocês, estaria me cagando de medo.

Definitivamente, pensou Dolbe, ele devia ter mantido o antigo sistema. Assim, um dos Johns Smith teria sido humilhado daquele jeito, e não ele.

Depois, na saída, o linguista ainda havia colocado a cabeça para dentro da sala e dito:

– Dolbe, vou fazer a mesma oferta que fiz da outra vez. Ofereço-me para tirar aquele bebê de suas mãos.

– Isso não vai ser necessário – suspirou Dolbe.

– Não? Ele não parece estar na mesma condição daquelas outras onze crianças?

– Até onde sabemos, sim.

– Então deixe-me ficar com o bebê. Talvez possamos ajudar.

– Ele vai pro orfanato, como os outros – insistiu Dolbe, lutando para manter o fluxo de palavras. Algo no rosto do linguista o fazia querer se arrastar pelo chão e implorar misericórdia. – E vai ser muito bem cuidado. Pode ter certeza. Certeza absoluta.

Chornyak o encarou com um olhar do qual Dolbe se lembraria para sempre; mas não havia dito mais nada, e fora a última vez que o viu.

Dolbe estava naquele momento embalando suas coisas. Nunca havia esperado aquilo, nunca havia pensado que chegaria o dia em que precisaria embalar as coisas e sair de seu escritório. *Seu* escritório. *Seu* laboratório. *Seu* projeto! Aquilo o estava destruindo. Até fazia suas entranhas se revirarem.

As ordens do Pentágono haviam sido muito diferentes das mensagens usuais do governo; ou seja, deu para entender perfeitamente a mensagem. Uma linha: ENCERRAR PROJETO. Apenas isso. Sem maiores explicações. Sem satisfações sobre o que acontecera quando o funcionário do DAT contara aos outros beta-2s a respeito do acidente usando LiPanSig. Nenhum comentário. Só um ENCERRAR PROJETO. E, em uma notinha de rodapé, suas novas atribuições.

Não era justo. Sim, tudo o que haviam feito até aquele momento fracassara. Mas eles haviam *aprendido* coisas! Iriam ignorar agora os preceitos da ciência de conhecimento pelo conhecimento? Verdade pela verdade? Eles haviam feito um ótimo trabalho, considerando a magnitude da tarefa e o que tinham disponível.

Os outros homens haviam apenas rido quando ele contara o fato. Rido! E Showard, maldito fosse, dissera:

– Como assim, novas atribuições, Dolbe?

– Ora, é claro, recebemos novas atribuições.

– Não entendo o porquê – falou Showard, devagar. – Lembra? Era decifrar beta-2 ou o mundo iria acabar. Lembra? O general em pessoa falou isso pra gente, ele e o bigodinho dele e os dentes branquinhos dele e aquele uniformezinho fofo de soldado dele. Já que o mundo tá prestes a acabar, prefiro encher a cara. E vocês? Beau? Esquio? Não preferem encher a cara?

O único consolo ali, pensou Dolbe, que nunca havia demonstrado o mínimo interesse em colônias fronteiriças e não estava nem um pouco ansioso para viver naquela colônia para o qual seria realocado, era que nunca mais precisaria olhar para Showard ou St. Clair ou Esquio Pugh de novo. O Pentágono espalhara os cinco para todos os cantos, garantindo que ficassem o mais afastados possível uns dos outros, e Dolbe achava quase insuportável o fato de que Esquio Pugh poderia continuar na Terra. A Nova Zelândia podia não ser Washington, ou Paris, mas ao menos era um lugar civilizado. Ok, Pugh tinha certo jeito com computadores... Mesmo assim, era injusto.

– Deixa pra lá, Arnold – disse a si mesmo em voz alta. – Deixa pra lá. Segue em frente e vai cuidar do seu trabalho novo.

Um membro do time que vestia a camisa, era o que ele era. Por Deus.

E não iria decepcionar.

CAPÍTULO 17

"Notas Comportamentais"
UM:
Que: ninguém nunca precisa dizer por favor.
O que significa?
Significa que por favor não é necessário porque suas neces-
sidades são conhecidas, e mesmo sem um pedido educado,
ainda é possível negá-las a você.
DOIS:
Que: todos são sempre bem-vindos.
O que significa?
Significa que às vezes há espaços vazios que você é autoriza-
da a preencher e durante os quais sua presença não constitui
um incômodo real.
TRÊS:
Um estremecer.
O que significa?
Significa que houve um erro de tradução.

(Poema "feminista" do século 20)

Nazareth não saberia dizer exatamente quando começara seu envolvimento pessoal com Jordan Shannontry. Ela nunca havia flertado na vida, nem tivera uma "quedinha" por ninguém antes, e jamais tivera a oportunidade de aprender com o marido qualquer coisa sobre romance. Um dia, Jordan era apenas o apoio informal escalado para trabalhar com ela, sempre cortês, sempre tão útil quanto seu conhecimento limitado de

REM34 lhe permitia. E então, sem nenhuma transição aparente, havia algo mais entre eles, e ela sempre se pegava sem fôlego perto dele. Tinha os olhos atraídos com cada vez mais frequência para as mãos fortes do rapaz, enquanto ele virava as páginas dos livros e trabalhava habilmente com microfilmes; ela conhecia aquelas mãos com tanta intimidade que era capaz de vê-las mesmo com os olhos bem fechados... A textura e a cor da pele, a elegância dos nós dos dedos, os pelos castanhos e fininhos, a forma como os punhos se curvavam. Era tudo tão fascinante que ela jamais se cansava de voltar a explorar tudo de novo. E, quando as mãos dele a tocavam, acidentalmente ou em meio às tarefas que executavam juntos, ela ficava completamente imóvel, como um coelhinho congelando que avista uma coruja pairando acima de si. Ao que parecia, aquele era o tal "amor" de que tanto falavam... Ela não tinha como saber. E as negociações foram se estendendo cada vez mais.

Jordan era gentil, o que provavelmente foi a perdição de Nazareth. Ela não estava acostumada a gentilezas vindas de homens, e havia se deparado com aquilo pouquíssimas vezes. Os homens de sua Família, nos breves momentos em que interagiam com ela, eram simplesmente corretos; e ela nunca tivera contato com outros homens a não ser como intérprete. Intérpretes mereciam tanta atenção quanto máquinas de serviço, especialmente se fossem mulheres. Afinal de contas, como Thomas gostava de dizer, circuitos entregam qualquer mensagem que quisessem transmitir, mas isso não implicava necessariamente que entendia o que era dito. Era a resposta padrão dele quando acusavam os linguistas de permitir que mulheres participassem de assuntos apropriados apenas para homens.

Quanto a garotinhas trabalhando como intérpretes, ou mulheres com mais de trinta anos... Eram invisíveis. Nazareth duvidava muito que os homens com os quais trabalhavam soubessem que elas existiam por mais do que alguns segundos no começo e no fim de cada negociação. Mulheres deviam desaparecer da mente deles assim como a presença dos minúsculos microfones; insuportáveis quando inseridos, mas imperceptíveis depois de alguns segundos.

Jordan Shannontry não apenas a tratava com gentileza mas também a elogiava. Certa vez, comentara quão bonito estava seu penteado. Mencionara que ela tinha um belo colo. Um belo colo! Em um dia péssimo, quando nada funcionava e todos os homens à mesa estavam irritados e com os nervos à flor da pele, Jordan trouxera uma rosa amarela e a acomodara em cima do dicionário de Nazareth. Ninguém jamais lhe dera uma rosa antes, nem mesmo no dia de seu casamento. Quando olhou para o rapaz na ocasião, perdera o fôlego, tão forte batia seu coração. E, como aquilo poderia interferir em sua efetividade como intérprete, tomou o cuidado de *não* olhar mais para ele. Só para as mãos de Jordan; isso ela se permitiu. Havia jogado a rosa amarela fora, com medo de que fosse encontrada, mesmo se tentasse escondê-la com cuidado. Não teria como explicar como a flor fora parar em sua posse.

E, como seria inevitável, chegou o dia das negociações, um último dia em que ambos sentariam lado a lado na cabine de interpretação. Ela sabia que não o veria novamente, a não ser que fizesse algo. O quê, não tinha ideia... Ouvira falar de pessoas que tinham "casos", mas ignorava por completo como aconteciam. De uma coisa tinha certeza: quem tomava a iniciativa, do que quer que fosse, era o homem, não a mulher. Mas ela com certeza precisava demonstrar para ele que estava disposta, não?

Ela não deixou a palavra "adultério" brotar na mente, pois isso seria um crime gravíssimo, só perdendo para assassinato... Ela tinha a sensação de que, nas Linhagens, talvez fosse ainda *mais* grave que assassinato. Em sua imaginação, não fora muito além de se deitar nos braços de Jordan, ambos recatadamente vestidos, e talvez conversar um pouco... Talvez com os lábios dele tocando seu cabelo. Apenas isso, nada mais.

Pensou naquilo ao longo de todo o último dia de trabalho, sempre que não estava interpretando, mas não conseguiu pensar em nenhum estratagema, e conforme as horas passavam e ela entendia que jamais teria outra chance caso não agisse, sua ansiedade ia se transformando em pânico. E foi assim que, andando pelo corredor atrás de seu acompanhante até o carro do governo, com Jordan ao lado, ela se pegou tocando o braço dele e sussurrando em seu ouvido "Eu te amo, Jordan, te amo muito, muito mesmo!", antes de sair correndo. Correndo a toda velocidade, passando pelo abismado funcionário do governo e quase saltando para dentro do carro. Fechou com força a porta atrás de si e implorou que o motorista se apressasse.

– Aconteceu alguma coisa, sra. Chornyak? – perguntou o funcionário do governo quando alcançou o veículo. – Nunca vi uma senhora linguista correr desse jeito. Está tudo bem?

– Só estou um pouco enjoada – conseguiu dizer Nazareth. – Sinto muito.

– Não foi nada – disse ele. – Vão levar a senhora para casa agora.

Ela esperou a tarde toda, sem a menor noção do que aconteceria em seguida, desejando ora que não tivesse feito nada, ora que tivesse feito muito mais, ansiando por alguém com quem pudesse conversar e sabendo que não poderia confiar em ninguém. E não seria justo, mesmo que essa pessoa existisse, pois, caso contasse para alguém, acabaria envolvendo a pessoa, quem quer que fosse, no que ela estava prestes a fazer. E jamais faria algo assim.

Até o mais baixo ruído do comunicador a fazia se sobressaltar, mas nenhuma das ligações era para ela. E então, alguns minutos antes das oito da noite, Rachel foi atrás dela nos jardins e lhe informou de que Thomas desejava vê-la em seu escritório.

– Que inferno – disse Nazareth. – Não estou disposta a ouvir meu pai falar do próximo contrato, ou repassar as reclamações relacionadas ao que acabou de terminar, ou qualquer outra coisa que ele deseje falar!

– E...

– É sério, não estou disposta. Estou exausta.

– Nazareth, seu pai não me pediu para vir perguntar se você estava disposta a ir até o escritório. Você sabe muito bem disso. Mandou que eu viesse até aqui para avisar que está esperando por você. Por favor, não me cause problemas com esse tipo de bobagem.

– Sinto muito, Mãe. Foi grosseiro da minha parte... Acho que realmente estou cansada.

– Sem dúvida – disse Rachel, calma, e deu meia-volta para cuidar de seus afazeres, mas não antes de dizer: – Não deixe Thomas esperando, querida. Ele não gosta nada disso.

Não, não gostava, era um fato. Quanto mais ela demorasse para ouvir o que ele tinha a dizer, o que quer que fosse, mais desagradável seria. Assim, apertou o passo.

Quando abriu a porta do cômodo reservado ao Líder da Família, viu o pai sentado à escrivaninha, como já esperava. O que ela não esperava era ver Aaron com ele, sentado em uma poltrona, ou a garrafa de vinho aberta e já meio vazia sobre a mesa. Ela parou na entrada, surpresa, e Thomas fez um gesto para que fechasse a porta e se juntasse a eles.

– Sente-se, meu bem – disse o pai. – Fique à vontade.

Nazareth ficou desconfiada de imediato. Ambos tinham uma expressão satisfeita no rosto que sugeria algum projeto empolgante, o que significaria certo incômodo para ela, mas traria muitos benefícios a eles. O que haviam adicionado à agenda agora? Aaron estava com uma expressão no rosto que só poderia ser descrita como um meio-sorriso de desdém. Sem dúvida era algo que ele tinha total certeza de que ela detestaria.

– Bom ver você, Natha – disse o homem, todo cordial e acolhedor. – Você está adorável.

Em outra circunstância, Nazareth teria explicado a ele que estava suja daquele jeito pois estava trabalhando nos jardins quando Rachel foi buscá-la, mas não era algo importante naquele momento. Ela permaneceu imóvel e esperou para ver o que haviam reservado para ela. Trabalhar em uma colônia fronteiriça, talvez? Algum lugar que envolvesse dezenas de transferências malucas de um meio de transporte para o outro? Ela odiava viajar, e ambos sabiam disso.

Ela esperava algo horrível, mas não o que aconteceu.

– Nazareth, recebemos uma visita esta tarde – disse o pai dela.

– Um ótimo rapaz – comentou Aaron.

– De fato – concordou Thomas. – E muito cavalheiro.

– Certo – disse Nazareth. – Mas esse cavalheiro tem alguma relação comigo? Ou isto é algum tipo de brincadeira que eu desconheço?

– Nazareth, foi Jordan Shannontry – disse Thomas, e a filha ficou imóvel. O que estava acontecendo ali? – Nazareth? Você ouviu o que eu disse?

– Ouvi, Pai.

– Tem algo a dizer?

– Como o senhor disse – começou ela, com muita, muita cautela –, ele é um ótimo rapaz. Foi muito útil. Não como um apoio de verdade, é claro, mas me ajudou a dar uma respirada aqui e ali. E é muito trabalhador.

– Ele me contou uma história muito perturbadora, Nazareth – disse Thomas.

– Como assim? Contou? Fiz alguma coisa errada? Ninguém me falou nada, Pai... Não estou entendendo.

– Não tem nada a ver com suas atividades profissionais.

– Como assim?

– Nada mesmo. – Thomas se serviu de mais vinho e a observou por cima da borda da taça, passando a garrafa para Aaron. – De acordo com Shannontry, você terminou o dia de trabalho assediando-o no corredor, em público, dizendo no ouvido dele que "o amava muito, muito mesmo". E depois saiu correndo como um cavalo de corrida.

– Como assim? – repetiu ela. – Como assim...?

– "Como assim?". Isso é tudo o que tem a dizer? Imagino que Shannontry jamais inventaria algo tão insano quanto isso, mas você *é* minha filha. Vou ouvir o que quer que tenha a dizer caso se digne a negar a acusação.

Ele a fitou e, quando ela permaneceu imóvel e muda, de tão chocada que estava, ele continuou:

– Eu já imaginava. Ele ficou completamente atordoado, visto que é um respeitável homem casado com vários filhos, e você supostamente é uma respeitável mulher casada e por aí vai. E ele não consegue conceber o que a fez ter uma percepção tão bizarra das coisas.

Nazareth enfim conseguiu falar, embora as palavras roucas saindo de sua boca não lembrassem em nada sua voz:

– Ele contou ao senhor... Ele veio até aqui, até nossa casa, e *contou* isso ao senhor!

Thomas ergueu as sobrancelhas, e Aaron pareceu ainda mais encantado.

– Com certeza – disse Thomas. – O que esperava que o pobre homem fizesse?

– Acredito, Thomas – começou Aaron –, que ela achou que ele escalaria até a janela do quarto dela, de forma figurativa, é claro, já que nesse caso teria que se esgueirar por um túnel, e talvez fizesse uma serenata de amor. Ou quem sabe mandaria um bilhete implorando que ela fugisse com ele para... ah, para Massachusetts, talvez.

– Era isso que você esperava, Nazareth? – perguntou Thomas, sério. – Você é tola a esse ponto? – perguntou. Ela mordeu o lábio e desejou estar morta, mas o pai continuou: – *Obviamente* ele veio aqui e me contou, e eu ficaria muito surpreso se não tivesse feito isso! Ele está muito ciente de suas obrigações como um cavalheiro. E quando algo idiota assim acontece, é obrigação do cavalheiro em questão contar para o pai da mulher sobre seu comportamento ridículo. Qualquer homem de estirpe teria feito exatamente a mesma coisa no lugar dele. Você acha que ele apenas ignoraria, sua tolinha?

– Não achei que ele fosse... me dedurar!

Thomas suspirou e trocou um longo olhar com o genro.

– Minha querida, essa não foi uma boa escolha de palavras – disse ele.

– Para mim, parece exatamente a palavra correta.

– Bem, não é uma consideração muito brilhante da sua parte. Quando uma jovem mulher se porta mal como você fez hoje à tarde, e devo dizer que fiquei *muito* surpreso com isso, Nazareth, alguém responsável que tenha testemunhado o incidente deve informar a ocorrência à família para que seus membros possam decidir o que fazer. Como Shannontry, graças a Deus, foi a única pessoa que soube precisamente o que você fez, não teve escolha a não ser nos contar em pessoa. E tenho certeza de que não foi nada agradável para ele.

– Ele veio até aqui – repetiu Nazareth, aturdida, em meio à névoa das palavras do pai – e contou a você, e contou a Aaron...

– Claro que não! Por Deus, garota, você está saltando de uma bobagem para a outra como uma cabrita! Ele veio aqui e *me* contou, pois sou seu pai, e o Líder desta Casa. Ele não disse nada ao seu marido. Como é apropriado, deixou essa desagradável tarefa para mim.

Thomas havia contado a Aaron! Seu próprio pai! O escritório estremeceu e saiu de foco diante dos olhos da linguista como a tela de um comunicador com interferência. As coisas assumiram a aparência de objetos de papelão sem dimensão, e ela ficou encarando fixamente um ponto atrás da cabeça de Thomas. Nos ouvidos, havia apenas um apito agudo que perdurava insuportavelmente... *Este mundo*, pensou ela. *Este mundo. Só um deus homem pode ter criado este mundo nojento e abominável.*

– Nazareth!

Ela não respondeu, mas o agressivo estalo da palavra no ar chamou a atenção o bastante para fazê-la erguer um pouco a cabeça e olhar para o pai. A impressão que teve era de que o sorriso de Aaron se espalhara ao redor como xarope derramado no chão inclinado. Chegava até ela vindo de todos os lados.

– Nazareth, Jordan me deu a palavra dele, como um cavalheiro e um homem das Linhagens, de que nunca deu a você razão *alguma* para presumir que ele tinha qualquer interesse além da extremamente limitada aproximação necessária para que pudessem exercer suas funções juntos durante atividades profissionais – prosseguiu o pai. – Ele ficou chocado e muito triste de descobrir que uma mulher da sua estirpe e suposta boa educação aparentemente interpretou simples cortesia como um assédio inapropriado.

Ele me deu uma rosa, pensou Nazareth. *Disse que meu colo era adorável... e me deu uma rosa.* Mas ela não disse isso a eles. Talvez não tivesse contado aquilo aos outros homens.

– Estou igualmente chocado, Nazareth, e igualmente entristecido – continuou o pai. – Coloco em mais alta estima a reputação e a honra desta Família, e não é nada agradável descobrir que você não tem consideração por nenhuma das duas. Uma filha dos Chornyak se oferecendo assim para um homem como uma prostituta qualquer... Nazareth, isso me deixa sem palavras.

Então por que continua falando?! Foi um grito, embora silencioso. O Líder da Família continuou:

– Você precisa entender que colocou um bom homem, um bom cristão, em uma posição muito constrangedora. Retribuiu a cortesia que ele ofereceu a você e a esta Família com um insulto, e envergonhou a todos nós. E colocou nas costas de Jordan Shannontry o fardo de uma obrigação muito desagradável, que, para o crédito do homem, ele cumpriu de imediato. Se eu fosse cruel, contaria à sua mãe como você traiu a criação que lhe demos, e isso partiria o coração dela. Ela é uma mulher decente e temente a Deus, Nazareth Chornyak Adiness! Todos nós sob esse teto somos pessoas decentes e tementes a Deus! O que, em nome do que é mais sagrado, passou pela sua cabeça?

– Sei lá.

– *Sei lá?*

Aaron então falou, ainda sorrindo, extremamente satisfeito:

– Ela está falando a verdade, Thomas – disse. – Ela realmente não sabe. Dou minha palavra, e estou em posição de garantir a veracidade da afirmação. A ignorância dela é impenetrável, em todos os sentidos da palavra.

O que vocês vão fazer comigo?

Ela só conseguia pensar nisso. O que fariam com ela? Iriam afastá-la dos filhos? Inventar alguma história? Colocá-la em uma instituição como haviam feito com a coitadinha da Belle-Anne, e ainda no mês anterior com Gillian, a problemática esposa de Adam? Ela era velha demais para apanhar e não tinha dinheiro ou privilégios dos quais pudesse ser privada... O que fariam? O que *podiam* fazer? E Aaron... Ele era o marido prejudicado ali. Quando *ele* começaria a falar quão imunda ela era?

Thomas devia estar pensando a mesma coisa, pois perguntou:

– Aaron, tem algo a dizer a essa tola que pareço ter oferecido a você em casamento?

Aaron deu uma risadinha e tomou mais um gole de vinho. A garrafa estava vazia.

– Seu marido está lidando com isso com uma calma admirável, devo dizer – disse Thomas. – Conheço poucos homens que encarariam as coisas como ele. E quero que ele saiba que estou impressionado com seu bom senso.

– Ora... – Aaron dispensou os elogios com um gesto da mão. – Thomas, sejamos sinceros... Está sendo muito engraçado.

Engraçado?

– Não sei se vejo as coisas dessa forma, filho.

– Ah, olhe para ela! – Aaron gargalhou, apontando para Nazareth com a mão que não estava segurando a taça de vinho. – Consegue imaginar um homem como Jordan Shannontry demonstrando qualquer interesse por uma mulher como Nazareth? Ora, Thomas... É nojento, claro, mas engraçado. Minhas *filhas* seriam mais sensatas, mesmo tão novinhas, mas

Nazareth? Não! Zero sofisticação, o cabelo sem estilo algum, só Deus sabe vestindo o quê... Zero graça, zero elegância, zero assunto, e um apelo erótico equiparável ao de um pudim de arroz mediano... – Ele agora ria abertamente, a gargalhada sincera de um adulto vendo bebezinhos novinhos fazendo coisas "fofas" que só bebezinhos novinhos sabiam fazer.

– Tenho a impressão de que eu não seria capaz de invocar tamanho senso de objetividade como o seu, Aaron – disse Thomas. – Se fosse Rachel no lugar de Nazareth, digo. Não que Rachel fosse capaz de fazer algo tão ridículo. Rachel tem a língua afiada, mas não é tola. E até já leu um ou dois livros na vida que não eram só gramáticas.

Aaron só balançou a cabeça e enxugou as lágrimas dos olhos.

– Não consigo nem imaginar – disse, a voz fraca por conta do riso, e imitou uma dama envergonhada nas pontas dos pés para sussurrar confidências no ouvido do acanhado amado. – Oh, Jordan – soltou em um *falsetto* –, eu amuuu você... muito... muito... muito... – Enxugou as lágrimas dos olhos de novo. – Meu Deus do céu, Thomas, como é engraçado. É engraçado demais.

Os cantos da boca de Thomas se moveram um pouco, como se puxados por um fio. Ele admitiu que, de fato, via certa graça na situação.

Nazareth ficou imóvel na cadeira, atordoada, como se esculpida em madeira. Não conseguia sentir nada além do coração disparado, e desejava não poder sentir. Continuou ali enquanto o pai primeiro soltava risadinhas, depois gargalhava, e enfim os dois homens inclinaram a cadeira para trás e urraram com a maravilhosa hilaridade de tudo aquilo.

– Nazareth... pensando que Shannontry poderia...

– A menina idiota... pensando... *dizendo*...

Ela não via mais razão para ter de tolerar aquilo, mas não conseguia se mover. Suas pernas não lhe obedeciam. Ficou ali, sentada, enquanto eles perdiam o fôlego de tanto rir e trocavam descrições cada vez mais elaboradas de como ela devia ter "assediado" Jordan, o que os homens do governo deviam ter pensado, como ela devia ter corrido para se esconder e como não passava de uma ofensa ambulante envolvendo um cerne de vergonha. Mas ela parecia incapaz de se mover.

Estava quase achando que eles nunca iam parar, quando finalmente deixaram os risos morrerem. Thomas agitou os dedos, e Aaron aquiesceu, pousando a taça de vinho na mesa. Em seguida, saiu do escritório, passando por ela sem lhe dedicar um olhar sequer.

– Bem, Nazareth, devo dizer que esse seu marido é um homem extraordinário – disse o pai.

Depois se recompôs e se aprumou na cadeira, olhando para ela por apenas um momento com o sorriso ainda nos lábios. Quando voltou a falar, porém, a voz já estava fria e severa, e não havia traço algum de diversão nela.

– Esteja ciente do seguinte, Nazareth Joanna Chornyak Adiness, filha da minha Família – disse ele, como se fizesse um juramento. – Esteja ciente do seguinte: seu marido é um homem de enorme tolerância, e de enorme bom senso, para ser capaz de ver graça real nisso. Jordan Shannontry é um homem de honra e vai tirar tudo isso da cabeça. Ele lidou com a situação exatamente como deveria. Tampouco tenho a intenção de estender esse assunto... porque é uma bobagem. Mas... Nazareth, está me ouvindo?

– Sim.

– Ninguém está irado com você. Não é algo que mereça a ira de alguém. É só bobagem, bobagem tola e idiota, e evidência de quão extraordinariamente imbecil você pode ser. Mas que isso *jamais* volte a ocorrer! Está me ouvindo, Nazareth? Jamais. Caso haja o mínimo sinal de que isso possa se repetir, você vai compartilhar um quarto com sua prima Belle-Anne antes que se dê por si.

– Sim.

– Só preciso da assinatura de dois homens adultos de nossa Família para colocá-la junto de Belle-Anne. Não se esqueça disso, garota. Não tenha dúvidas de que serei um desses homens, e acredito que posso contar com Aaron para ser o segundo.

– Sim.

– Agora, não me entenda mal! Isso não significa que, se um homem me disser que você o estuprou nos corredores do Congresso, tomaremos providências contra você! O que estou falando é que, se eu tiver a *menor evidência*, nem que sejam rumores de terceiros, ou um sussurro, de que você comprometeu a honra desta Família e dos Chornyak... Você entendeu?

– Sim.

– Quero só ver. Você parece entender muito pouco as coisas. Mulherzinha idiota, como ousa se comportar como uma rameira de esquina?

– Sei lá.

– *Sei lá*... Pergunto-me o que você sabe! Agora vá embora daqui e tente pensar em como vai implorar o perdão do seu marido de modo a demonstrar seu apreço pela gentileza dele, gentileza que você *não* merece.

– Sim.

Ela não saberia dizer como, mas saiu do escritório e da casa e fugiu para os pomares. Segura na escuridão, abraçou uma macieira, agarrando-se à árvore com toda a força enquanto o mundo cedia e se dissolvia ao seu redor. Depois de um tempo, percebeu que estava repetindo em voz alta a litania das Codificações. Várias e várias vezes, como um feitiço contra o mal. Notou que havia machucado os lábios ao esfregá-los na casca áspera do tronco.

Se eles houvessem ficado bravos, se a tivessem punido, ela achava que poderia suportar as consequências. Mas não haviam ficado bravos. Apesar do inflamado discurso final de Thomas, que ele sem dúvida se achava no dever de, "como cavalheiro e linguista", compartilhar com ela, os dois não haviam ficado sequer irritados. Era como se ela fosse uma criancinha, uma criancinha bem nova, que havia feito cocô na calça e ficado orgulhosa da traquinagem. Era algo que merecia risadas, não disciplina, a não ser a tentativa de fixar firmemente na mente da criança que pessoas legais não faziam aquele tipo de coisa. Para o bem dela.

Era insignificante. Se ela tivesse a habilidade e a disposição de botar tudo aquilo em papel, e de alguma forma entregar os escritos para que homens os lessem, eles ficariam apenas entediados. *Que escândalo as mulheres fazem por causa de uma coisinha tão pequena*, era o que eles falariam, e logo depois esqueceriam tudo. E não havia palavras, em língua alguma, para *explicar* o que haviam feito com ela e que pudesse fazer com que eles parassem e percebessem quão horríveis haviam sido com ela.

Nazareth correu as mãos pela árvore uma última vez, depois se levantou e se preparou para voltar para casa e encarar Aaron. Com cuidado, limpou cada partícula de terra e da casca da macieira da pele e das roupas. Ajeitou o cabelo e forçou o rosto a assumir uma máscara de falsa tranquilidade. Não havia motivos para dar a Aaron ainda mais munição para humilhá-la, e ela não tinha a menor intenção de fazer isso.

Nazareth nunca mais sentiria qualquer traço de afeição, ou mesmo de simpatia, por qualquer pessoa do gênero masculino com mais de três anos de idade. Nem mesmo pelos próprios filhos.

CAPÍTULO 18

Há momentos em que é impossível não sentir certa inquieta-
ção – quase uma culpa – em relação à educação das garoti-
nhas das nossas Famílias, e das moças mais velhas também.
Sim, elas têm acesso a lições via coleduc, e à socialização
nas Casas de Aula, e ao treinamento incansável em várias
línguas. Mas nada além disso. Somos muito cuidadosos com
nossos filhos meninos; contratamos todos os tipos de tutores
especiais possíveis, damos todo tipo de aulas especiais para
eles. Fazemos todo o possível para garantir que aprenderão
a ser homens no melhor sentido da palavra. Assumimos isso
como uma responsabilidade sagrada.

Mas não fazemos quase nada para ajudar nossas mo-
cinhas a virarem mulheres de verdade. Não as mandamos
para Academias Matrimoniais porque não queremos passar
muito tempo sem o serviço delas. Em vez disso, as deixamos
à mercê da atenção errática das mulheres de nossas Casas
Estéreis... Isso não está certo, e sei muito bem disso. E um
dia desses, eu realmente tenho a intenção de fazer algo a
respeito. Na primeira oportunidade, assim que a pressão de
nossos negócios passe a ser uma força um pouco menos do-
minante em nossa vida. Sinto que devemos isso às nossas
mulheres, e não tenho orgulho algum em admitir esse fato.
(Thomas Blair Chornyak em entrevista a Elderwild Barnes,
da *Spacetime*, em uma edição especial sobre "a educação
nos Estados Unidos")

Outono de 2188...

A primeira reação de Michaela Landry às instalações destinadas às febris e doentes mulheres da Casa Estéril dos Chornyak foi entender que os homens daquela Família eram ainda mais insensíveis do que a maioria, o que já dizia muita coisa. Ela analisara a situação – vinte e três mulheres em vinte e três catres estreitos, todas em um único grande quarto com doze camas de cada lado, enfileiradas e de frente uma para a outra. Tudo o que a enfermeira sentira fora choque, e nojo, ao ver como os homens Chornyak não davam *valor algum* àquelas mulheres. Sem dúvida teriam como pagar pelo menos algumas divisórias como as usadas nos dormitórios das crianças na casa principal, oferecendo, assim, um mínimo de privacidade e espaço individual para cada uma! Mas não, elas haviam sido jogadas ali como pacientes carentes em uma enfermaria pública como aquelas em hospitais antigos... E até naquele tipo de enfermaria, pensou Michaela, havia cortinas que as mulheres podiam fechar caso não quisessem se expor tanto. Ali, não. Ali, se uma das mulheres precisasse passar por algum procedimento íntimo, ou se estivesse adoentada de uma maneira que causasse angústia às demais, eram trazidos alguns biombos tricotados (certamente, um uso prático para os infinitos bordados das residentes), que eram então armados ao redor da cama. Quando a situação voltava ao normal, as separações eram removidas e a mulher voltava para o meio da multidão.

Mas, aos poucos, ela foi entendendo que as coisas não eram exatamente como pareciam. O cômodo tinha janelas altas nas duas paredes, então estava sempre iluminado por uma luz suave. Havia também janelas de altura normal nas duas paredes, o que oferecia àquelas mulheres uma vista das florestas da Virginia lá fora. Na primavera, havia árvores floridas e tapetes de plantinhas silvestres; no outono, os arredores eram um espetáculo de carmim e dourado e amarelo. A maioria das mulheres, as que mal podiam sair da cama, sequer ligava para o fato de que os trechos de mata não passavam de habilidosas pinturas de cenas naturais estendidas em um amplo pátio, e que logo além da glória dos cornisos e dos bordos havia uma rua e um passeio público. De onde estavam, tinham a impressão de olhar para o coração de um bosque.

Se o grande quarto fosse separado em cubículos, apenas algumas das residentes poderiam assistir à procissão das árvores pelo ciclo do ano, e as outras teriam apenas vislumbres do exterior quando alguém tivesse tempo de levar suas cadeiras de rodas até as janelas. E a luz do sol não estaria presente para animá-las exceto na parte do dia em que o sol estivesse diante da estreita janela gradeada acima de cada cama. Elas não poderiam erguer os olhos e ver o céu e dois ângulos diferentes da glória dos arredores, e o rosto das outras mulheres que haviam sido suas parentes por casamento, quanto não por sangue, ao longo de quase toda a vida. Elas precisariam olhar sempre para uma parede nua e limpa, esperando e ansiando que alguém viesse fazer uma visita e talvez ficasse por alguns instantes.

– Foi uma escolha nossa – uma das mais idosas havia explicado quando Michaela se adaptara o bastante para comentar o que havia pensado. – Os próprios homens tinham a intenção de fazer "quartos particulares" neste andar. Uma boa privacidade, diziam. Mas nós não queríamos nada disso. – E então deu uma risadinha. – Só quando entenderam que assim não teriam que gastar dinheiro ficaram mais do que satisfeitos em fazer as coisas do nosso jeito. Na verdade, eles se acharam incríveis por ceder a nossos caprichos exóticos.

– Mas as senhoras não se cansam de estar sempre umas com as outras? – perguntou Michaela. – Entendo que é muito mais bonito dessa forma... Com toda essa luz e ar fresco, e com a vista do outro lado do cômodo... Mas as senhoras não se *incomodam* de estar sempre cercadas de tanta gente?

A anciã deu tapinhas tranquilizadores na mão de Michaela.

– Às vezes – respondeu. – Às vezes, pensamos: "Se eu tiver que olhar na cara idiota dessas mulheres idiotas por mais um minuto, vou ficar maluca!". É claro, todas pensamos isso. E é por isso que temos três quatros lá embaixo, querida. Quartos de verdade, individuais. Quando alguma de nós realmente não consegue mais suportar viver neste cômodo, tira uma semana de folga, ou mais, se for necessário, em um dos quartos lá embaixo. E quando descemos, sempre achamos que vamos querer ficar por pelo menos um mês, mas em três dias já estamos morrendo de vontade de voltar.

– Parece até difícil de acreditar – disse Michaela.

– Ora, querida, você precisa entender que todas nós, ou quase todas, crescemos em Famílias de linguistas, sempre cheias de gente. Passamos a infância em dormitórios, comemos em refeitórios e compartilhamos banheiros coletivos desde que nos conhecemos por gente. Estamos muito mais acostumadas a passar o tempo com uma grande quantidade de pessoas do que a maioria.

– É estranho – disse Michaela. – No começo, deve ter sido difícil.

– Não – respondeu a idosa, sem pestanejar. – Não acho que foi tão difícil assim. Começamos a viver todos juntos depois das Revoltas Antilinguistas, por motivos de segurança... É mais seguro quando se está em grandes números. Fora que podemos ter as Interfaces aqui, entende? São muito caras, e não poderíamos ter Interfaces em casas menores. E por segurança, assim como por economia, que acabamos protegendo as sedes das Famílias com barricadas de terra em vez de... ah, de construir bons e velhos hotéis ou coisas do tipo. Mas a principal coisa que você precisa entender, e que não compreende pois é muito nova, minha querida, é que na época em que as sedes das Famílias foram construídas, quase *todas* as pessoas neste país viviam cercadas por outras. Quase todo mundo! Apenas os mais abastados podiam arcar com lares particulares, entende? Quase todas as pessoas se apinhavam em apartamentos e condomínios... A lotação era terrível! Naquele contexto, os linguistas não viviam com muito mais pessoas que o povo leigo, e ouso dizer que viviam com muito mais conforto. Pois as sedes das Famílias são cuidadosamente planejadas, entende?

Michaela negou com a cabeça, constrangida.

– É difícil – disse ela. – É difícil de imaginar. As coisas mudaram muito rápido.

– Hummm, acho que sim, minha filha. Mas a situação familiar para *você*, em que qualquer pessoa com alguns milhares de créditos que queira um pouco mais de espaço pode se mudar para um planeta ou asteroide fronteiriço e ter quantos quartos quiser... é muito *nova*. Ora, consigo me lembrar de quando havia apenas *um* assentamento no espaço, minha querida! E para ir até lá, por mais miserável e sem recursos que o lugar fosse, sra. Landry, era necessário ter uma enorme fortuna à disposição. Muito antes de as colônias fronteiriças virarem algo comum, menina, estávamos todos apinhados na Terra de uma forma que as pessoas hoje achariam insuportável. E pense no que eu perderia se tivesse um quarto só meu!

Ela gesticulou para que Michaela analisasse o quarto, e a enfermeira precisou sorrir. Em quase todas as camas, sentadas cuidadosamente na beira do colchão para não chacoalhar o corpo frágil e dolorido das senhoras, havia menininhas da Família Chornyak. Elas passavam o dia inteiro correndo aos bandos entre as duas construções. E cada paciente, a menos que estivesse doente a ponto de não poder participar, tinha duas ou três menininhas de idades diversas empoleiradas na cama, segurando sua mão e falando. Falando, falando sem parar por horas. Quando uma ia embora, outra já chegava para assumir o lugar da anterior.

A velha Julia Dorothy, cuja voz era tão fraca que não conseguia mais estabelecer nenhuma conversa, era tão centro da bagunça das meninas quanto qualquer outra mulher ali. Procuravam as outras mulheres para manter as habilidades em línguas orais, tanto terráqueas quanto alienígenas, mas iam até Julia Dorothy para aperfeiçoar o ASL; sentavam-se na cama dela agitando os dedos e mexendo o rosto constantemente com os comentários móveis que complementavam os sinais. Julia Dorothy não era capaz de falar com a voz, mas os dedos eram ágeis como aranhas, e o rosto ancião, com suas rugas e seus vincos, era tão articulado que, às vezes, até Michaela, que não era fluente na língua sequer para enunciar as letras do alfabeto, tinha a sensação de que era capaz de capturar parte do que Julia estava sinalizando.

Aquelas mulheres, ela tinha de dar o braço a torcer, eram felizes. Doentes, talvez. Febris, com certeza. Idosas, sem dúvida alguma. Mas felizes. Sabiam que tinham um papel valioso, que eram um recurso sem o qual a comunidade de linguistas não funcionaria. As garotinhas haviam adquirido línguas e precisavam *usá-las*, ou as perderiam devagar. As mães, pais, tios e tias das crianças não tinham tempo para conversar com elas na infinitude de línguas estrangeiras. Quando não estavam trabalhando em contratos do governo, estavam gerenciando a Família. A prática entre as crianças não era das mais úteis, porque, exceto pelo inglês e o ASL que todas falavam, o resto das línguas era dividido entre elas de forma que cada criança soubesse duas ou três, todas completamente diferentes umas das outras. Podia até haver outra criança mais nova que compartilhava uma língua alienígena com uma mais velha, preparada para servir de apoio, mas eram poucas as chances de as duas estarem livres ao mesmo tempo, exceto nas horas que passavam na Casa de Aula ou antes das sessões com os computadores de coleduc.

Apenas as pacientes de Michaela, que não podiam mais ir trabalhar nos contratos ou ocupar outros papéis úteis na economia das Famílias, podiam fazer o que faziam. Eram recursos inestimáveis e sabiam o próprio valor. Quando uma mininha de quatro anos de idade era a única pessoa do mundo que falava uma língua alienígena específica, exceto o bebê de dezoito meses se preparando para servir de apoio, podia ir correndo até a Casa Estéril à procura de uma parceira de conversa. Se nenhuma das mulheres ali conhecesse sequer uma coisinha ou outra da língua, a criança, com uma habilidade que impressionava Michaela, *ensinava* a língua para qualquer uma das senhoras que gostasse da ideia e estivesse livre.

Michaela ouvia porque ficava encantada, embora entendesse quase nada do que escutava.

– Viu, Tia Jennifer, é quase como as línguas atabascanas da Terra! Tem posposições, e são esse-ó-vê...

– Tia Nathalie, você vai gostar dessa! Tem sessenta e três classificadores diferentes, e todos são declinados nas *duas* extremidades, acredita?

– Tia Berry, espere só até a senhora ouvir! Tia Berry, escuta só minha língua! Viu só? Tem um conjunto inteiro de fricativas velares, *seis* delas em distribuição complementar! Ouviu aquela?

Para Michaela, poderiam muito bem estar discutindo a mais nova reviravolta da física. Mas ela amava assistir. O rostinho ansioso das crianças, e a forma como se esforçavam para ter clareza e falar devagar – porque, contavam para Michaela, era *muito* difícil para alguém como Tia Jennifer aprender uma nova língua, sabe? –, e a paciência inacreditável das idosas assentindo solenes e pedindo para as crianças repetirem tudo mais uma vez... Elas passavam vinte minutos com uma tia específica tentando emitir um fonema, com a criança balançando a cabeça e corrigindo antes de a tia tentar de novo, várias e várias vezes, até a criancinha enfim dizer "Não é exatamente isso, mas *quase*!", e bater palminhas. Sempre tomando muito cuidado para não chacoalhar o colchão...

– As senhoras não se cansam? – perguntou Michaela certa vez quando a última das crianças enfim fora jantar depois de um longuíssimo dia.

– Cansadas das crianças?

– Não... Não exatamente. Elas vêm e vão tanto que acho que não passam tempo suficiente aqui para que as senhoras se cansem de uma específica. Não se as amarem realmente, e parece ser o caso.

– Bem, sra. Landry... Algumas delas são de arrancar os cabelos. São meninas como quaisquer outras. Mas, em geral, é claro que gostamos das garotinhas.

– Mas escutem, as senhoras não se cansam de sempre falar sobre línguas? Eu enlouqueceria, tenho certeza.

– Não há nada mais interessante que uma língua nova, minha querida.

– Sério?

– Sério.

– Argh... – disse Michaela. – Não consigo acreditar nisso.

– Além disso – acrescentou Vera, da cama ao lado –, quando estamos conversando em alguma língua... Digo, não tentando aprender uma nova, ou aprender a respeito de alguma língua, mas falando nela, mesmo... Conversamos sobre todos os assuntos deste mundo e além.

– Não são lições o tempo todo, então? Quando estão falando joviano, por exemplo, podem estar falando sobre o jantar ou tresdês ou qualquer outra coisa?

– É exatamente isso, sra. Landry – disse Jennifer. – Claro, não existe joviano... Mas de resto, é isso mesmo.

– Não existe joviano?

– Ora, meu bem... E por acaso existe alguma língua chamada terráqueo? Ou terrês?

– Acho que não. Não, claro que não.

– Então, se nosso planetinha precisa de cinco mil línguas ou mais, por que Júpiter teria apenas uma?

Michaela suspirou.

– Nunca havia pensado nisso – confessou. – Isso nunca... nunca *me ocorreu* antes.

E elas então explicaram que as línguas humanoides não recebiam nomes terráqueos como "joviano", de uma forma ou de outra. Logo no início, a humanidade havia tentado fazer algo assim, mas fora uma perda de tempo; as pessoas eram incapazes de pronunciar os nomes, quanto mais lembrar deles.

– Então as línguas começaram a ser numeradas, entende? Como essa... Entende, querida? REM41-3-786. Ou "rem quarenta e um, três, sete oito meia".

– O que significa? Ou melhor, significa alguma coisa?

– REM... isso é um vestígio histórico. Há muito tempo, havia uma língua de programação chamada BASIC, e nela havia uma palavra, REM, que era contração de "remark", ou "comentário". A palavra era muito usada. Quando línguas alienígenas começaram a ser inseridas nos computadores, ainda usavam REM, e simplesmente pegou. Então, todas começam com REM, e não "significa" nada além de, quem sabe, algo como "agora vem o número de uma língua alienígena humanoide".

– E depois?

– Depois vem o número que nos diz a qual espécie humanoide a língua se refere. Na Terra, há apenas uma... Mas alguns outros planetas têm várias. O 41 nesse exemplo significa que a língua é uma das faladas pela quadragésima primeira espécie com a qual interagimos pela Interface. O número 1 nunca vai aparecer em um código, já que, de certa forma, *significa* terráqueo.

– Acho que me perdi.

– Os dígitos de um a mil são reservados para espécies humanoides. O terráqueo é o 1, e serve de guarda-chuva para *todas* as línguas terráqueas, entende? Talvez mil não seja suficiente, é claro, mas ainda não chegamos a esse número.

– Entendi... acho. O número 2 é para qual espécie alienígena?

– Nenhuma – respondeu Jennifer. – O 2 foi separado caso se descubra que os cetáceos deste planeta têm línguas próprias, assim como nós, primatas. Se algum dia esclarecermos isso, tais línguas serão resumidas pelo numeral 2.

– Meu Deus.

– Sim. E ainda só estamos na parte REM41 do código. Aí depois vem um número de 1 a 6, que classifica a língua segundo as possíveis ordenações de verbo, sujeito e objeto. Essa é uma língua 3, o que significa que a ordem é o verbo seguido do sujeito seguido do objeto. De forma bem resumida, é claro.

– Até onde sabemos, nunca vamos precisar desse algarismo se chegarmos a adquirir alguma língua não humanoide – afirmou Anna.

– Por quê? Elas não seguem sempre a mesma ordem?

– Não, meu bem. Não há razão para esperar que línguas não humanoides sequer *tenham* verbos, sujeitos ou objetos, entende?

– Mas aí daria para dizer que *são* línguas?

– Esse é justamente o ponto – responderam as idosas.

– Enfim, há o número final – concluiu Anna. – Nesse caso, 786. Ele apenas indica a ordem numérica na qual as línguas foram adquiridas. E pronto, temos o código inteiro. REM41-3-786... significa que é uma língua humanoide alienígena falada pela quadragésima primeira espécie humanoide encontrada, que pode falar várias outras línguas além dessa, é claro, segue a ordem verbo-sujeito-objeto, e é a septingentésima octogésima sexta língua que adquirimos. Funciona melhor do que se referir a ela como... – Anna parou e olhou ao redor. – Alguém aí sabe o nome nativo da REM41-3-786?

Alguém sabia; para Michaela, parecia algo como "rxtpt", se é que parecia com algo, e ao mesmo tempo era bem mais que isso.

– Interessante *mesmo* isso – disse a enfermeira, devagar. – Esse tipo de coisa... Não achei que pudesse ser tão interessante, mas é.

E todas sorriram para ela, como se tivesse feito algo que merecesse muitos elogios.

Ela estava passando por maus bocados. Dormia mal e acordava de pesadelos encharcada de suor. Estava perdendo peso, e as mulheres insistiam que outras residentes da Casa Estéril assumissem pelo menos parte das funções dela.

– É meu trabalho – dizia Michaela, com firmeza. – Vou fazer o que for preciso até o fim.

– Mas você acorda dezenas de vezes toda noite! Alguém poderia fazer parte das suas tarefas... Ou trabalhar por você em uma noite a cada três...

– Não – repetia Michaela. – Não. Vou cuidar de tudo.

Não era o sono inquieto que a estava deixando magra e ansiosa, e com certeza não o trabalho em si. Ela não tinha quase nada para fazer além das tarefas como enfermeira. Administrar remédios aqui e ali, dar um ou outro banho e injeções, elaborar dietas. Quase nada, de fato. Não precisava sequer fazer as camas ou se preocupar em trocar os lençóis, pois Thomas Chornyak contratara alguém de fora para cuidar daquele tipo de coisa. Quanto ao sono, ela não se lembrava da última noite que havia passado a noite sem interrupção alguma. As mulheres dali estavam sempre acordando ao longo da madrugada. Se não houvesse crianças doentes, havia animais doentes, ou pessoas muito idosas doentes. Se não houvesse nada disso, sempre havia uma criança que tivera um pesadelo, ou uma tempestade que obrigava alguém a se levantar e fechar as janelas... Sempre alguma coisa. Enfermeiras só superavam suas habilidades femininas normais quando aprendiam a acordar instantaneamente se fossem chamadas, ficando alertas e funcionais enquanto seus serviços fossem necessários, e adormecendo imediatamente assim que se deitassem de novo. Isso não impedia que, pelo menos uma vez, toda enfermeira (toda mulher, na verdade) tivesse ouvido respeitosamente um médico choramingar sobre como seus polpudos salários eram justificados pelo fato de que eram acordados ao longo da noite para ver os pacientes. Eles teriam dito "Mas não é a mesma coisa!", e de fato não era. Mulheres precisavam se levantar com muito mais frequência, ficar acordadas por mais tempo e não eram nem pagas ou admiradas por isso. Com certeza não era a mesma coisa.

A causa da condição de Michaela era algo específico a ela, e não a todas as mulheres. Quando assumira a vaga, sua intenção era abater as mulheres da Casa Estéril dos Chornyak uma a uma, da forma mais plausível e aleatória que pudesse... acrescentando quarenta ou mais marcas a sua lista. Havia até considerado matar todas ao mesmo tempo como forma de manifestação política; claro que nesse caso acabaria pega e punida, mas seria uma forma de *mostrar* aos linguistas que eles não sairiam incólumes depois de matar bebês inocentes! Seria uma heroína do povo leigo, que concordava com ela no que dizia respeito ao assunto. Chegara a pensar que poderia muito bem valer a pena.

Inclusive definira Deborah como sua primeira vítima. A idosa tinha noventa e sete anos; precisava ser alimentada com uma papinha enriquecida e purês de frutas e vegetais através de uma sonda. E nenhuma garotinha conversava com Deborah, embora, para o desconcerto de Michaela, quase todas se sentassem à beira da cama da senhora para acariciar seus cabelos e dar tapinhas na mão dela por alguns minutos todo dia.

– Ela nem sabe que você está aqui, meu bem – dissera Michaela a uma menina a primeira vez que vira aquilo acontecer. – É muito gentil da sua parte, mas não vale de nada... Deborah não sabe de nada que acontece ao redor dela há muito tempo.

A criancinha erguera os olhos claros, perturbadoramente adultos: não tinha mais que seis anos de idade. E dissera:

– E como podemos saber disso, sra. Landry?

Michaela admitira que não tinha como ter *total* certeza, é claro, mas não havia motivos para acreditar no contrário; se ela perguntasse, os médicos diriam a mesmíssima coisa.

– Isso significa – começara a menininha, em tom de reprovação – que, enquanto não soubermos *com certeza*, Tia Deborah pode muito bem ficar ali deitada o dia inteiro sem falar e se mexer, mas querendo muito, muito, muito que alguém se sente com ela e lhe dê um pouco de carinho. Não é mesmo?

– Isso é *tão* improvável, menina!

– Sra. Landry – respondera ela, sem dúvida a repreendendo –, *nós* não estamos dispostas a assumir esse risco.

Michaela não voltara a interferir. Mas, para ela, parecia um pouco insalubre que uma criança pensasse no que Deborah podia ou não estar sentindo, e reforçou a opinião de que, pela lógica, a anciã deveria ser a primeira vítima. Na época, havia imaginado que não demoraria muito para dar o primeiro passo.

Mas já se passara quase meio ano, e Deborah ainda jazia ali, silenciosa e imóvel sob os cuidados de garotinhas e das outras mulheres da casa. Michaela não conseguia perpetrar o ato. Pior ainda: a cada dia, sentia-se menos disposta a matar *qualquer* uma delas. Elas não eram o que esperava que fossem. Não eram o que sempre havia ouvido que eram. Não se enquadravam no perfil de "vadias linguistas" no qual todas as pessoas que ela conhecia acreditavam. Que frequentemente faziam parte de piadas obscenas e histórias tolas que as crianças contavam para assustar umas às outras. "Ei, vocês acham que os homens lingos são uns merdas", diziam as pessoas. "Mas são uns santos de candura perto das *vadias* linguistas!" Ela achava que as coisas ali seriam mais fáceis do que das outras vezes, mas era justamente o oposto.

Aquelas eram mulheres que haviam passado a vida trabalhando incansavelmente. As vinte e três pacientes de Michaela não eram doentes, na maioria dos casos; estavam apenas exaustas. Como animais domésticos muito idosos que haviam trabalhado até um dia se deitar e não conseguir levantar mais; era com isso que pareciam. *Não* eram indiferentes aos problemas do povo leigo... Sem dúvida se preocupavam com os negócios dos Chornyak; mas, até aí, todas as pessoas se preocupavam mais com a própria família. Mas elas se interessavam na mesma medida pelos problemas do povo leigo, assim como outros cidadãos. Tinham o mesmo interesse pelos últimos eventos nas colônias, a mesma empolgação com as descobertas científicas mais recentes, a mesma ânsia de ouvir sobre o que acontecia no mundo e além. O desdém aristocrático, o ódio pelas "massas", toda aquela lista de características repulsivas que ela acreditava definir tais mulheres? Elas não eram nada daquilo. Não as mulheres das quais ela cuidava. E não as outras vinte que não eram suas pacientes.

Elas não eram perfeitas nem santas. Se fossem, teria sido mais fácil, porque seriam muito *diferentes*. Mas algumas eram mesquinhas e estúpidas. Algumas eram exageradas em tudo. Havia, por exemplo, os absurdos de Aquina Chornyak, que pareciam infinitos. Mas apresentavam exatamente a distribuição de imperfeições que se esperaria encontrar em qualquer grupo de mulheres daquele tamanho. Nem mais nem menos. E a devoção que uma tinha pela outra, não apenas pelas inválidas, que não só deveriam inspirar a compaixão de qualquer mulher, mas também a devoção da mais irritante delas, tocava o coração de Michaela.

Ela nunca vira nada parecido fora das Linhagens. Mas, fora delas, mulheres nunca conviviam umas com as outras daquele jeito. Cada mulher ficava sozinha na própria casa, cuidando das necessidades do próprio marido e dos próprios filhos, até que atingia a idade em que era enviada a um hospital para morrer sozinha em um quarto particular. Se alguém sugerisse a uma mulher a possibilidade de viver como aquelas mulheres linguistas, ela diria que a perspectiva era horrível e declararia que nada a faria escolher tal vida, Michaela tinha certeza disso. Mas, caso tivessem a oportunidade, talvez tratassem umas às outras como as mulheres linguistas faziam... Como saber? Não importava, porque nenhuma outra mulher teria o que aquelas tinham, pois ficariam sempre trancadas, uma ou duas por casa, sem nunca sair exceto para serem exibidas como posse de algum homem.

Aquelas mulheres da Casa Estéril, vivendo como viviam, eram algo incrível de se ver. Ela as invejava, mas não podia odiá-las por isso. Vira em seu primeiro emprego, na Família Verdi, como as mulheres das Linhagens eram totalmente subjugadas pelos homens como qualquer outra mulher, em qualquer outro lugar. Saíam para o mundo para trabalhar, mas não tinham privilégios. A situação não era culpa delas, de forma alguma.

Como poderia matá-las?

Mas, se não matasse... Um pensamento horrível lhe veio à mente, e ela não pôde evitá-lo: talvez tivesse errado ao matar os outros. Não Ned; ela nunca acreditaria que errara ao matar

Ned. Mas e os outros linguistas? Eram linguistas homens, mas mesmo assim... Era uma semente que ela não podia permitir que crescesse, porém sempre crescia enquanto ela dormia. E se os linguistas homens fossem inocentes das coisas das quais eram acusados? Das coisas que ela fora ensinada a atribuir a eles, assim como no caso das mulheres? E se ela tivesse matado não para fazer sua parte no controle de uma peste que assolava a nação, e sim por conta de uma crença inocente de estereótipo que não tinha base alguma na realidade? Tantas coisas que "todo mundo sabia" haviam se revelado mentiras quando ela as testemunhara com os próprios olhos... E se o resto das crenças a respeito dos linguistas também fossem mentiras? E quando ela lembrava que a única evidência que tinha de que os linguistas estavam envolvidos no assassinato de bebês perpetrado pelo Trabalho Governamental era a palavra de Ned Landry, o estômago dela se revirava em fúria. Quando Ned Landry soubera *qualquer* coisa, sobre *qualquer* assunto? E se ele estivesse completamente errado?

Michaela perdeu mais peso e passou a dormir cada vez menos, e as mulheres lhe faziam chás de ervas e ficavam em cima dela e ameaçavam chamar Thomas para dizer que a enfermeira estava mais doente que as pacientes.

– As senhoras nunca fariam isso – disse ela.

– Não, nunca faríamos mesmo. Mas insistiríamos que *você* fizesse. E é o que vamos fazer caso não comece a melhorar.

Ela ainda estava irritada, ainda impaciente consigo mesma, quando a época festiva começou a se aproximar. E então, certa manhã, aconteceu algo que resolveu pelo menos parte de seu problema.

Era manhã, e Michaela estava fazendo algo que exigia suas habilidades como enfermeira em vez de apenas seu conhecimento mulheril. Sophie Ann Lopez, nascida Chornyak, casada com um homem da Família Lopez das Linhagens e depois enviada à Casa

Estéril dos Chornyak quando ficara viúva aos oitenta anos, não era uma das acamadas. Tinha noventa e quatro anos e não fazia as coisas rápido, mas fazia. Acordava com as galinhas todas as manhãs, e sua concessão máxima à passagem dos anos era a bengala que usava para subir e descer as escadas. Assim que chegava ao andar que queria, não tardava em deixar a bengala em algum canto, tanto que dali uma hora ou duas, todas estariam gritando: "Alguém aí viu a bengala de Sophie Ann?". Ela odiava a bengala, e nada, exceto a quase inevitável perspectiva de meses acamada com uma bacia quebrada depois de despencar escada abaixo, a fazia ceder e aceitar a menor ajuda que fosse.

Mas, em meio ao frio de dezembro, Sophie contraíra algum tipo de infecção que se espalhara para os rins, e enfim tornou necessária a presença de um cirurgião na Casa Estéril para realizar uma pequena cirurgia a laser. Ela fora feita sem incidentes, atrás dos biombos repletos de rosas selvagens e moitas de amoras tricotadas em lãs de cores vibrantes contra um fundo azul-escuro; o cirurgião logo fora embora para cuidar de algum outro assunto, e Michaela ficara responsável por observar Sophie Ann enquanto ela lentamente despertava da anestesia.

Por um tempo, Michaela achou que a paciente estava apenas resmungando. Depois a enfermeira começara a reconhecer palavras, como se a paciente estivesse lutando contra as camadas de sedação.

– Não vai demorar muito agora – repetia Sophie sem parar. – Não vai demorar, estou falando!

Ela continuou com o falatório até Michaela primeiro achar engraçado, e depois ficar curiosa.

– O que não vai demorar muito agora, querida? – perguntou ela, enfim.

– Ora, a láadan! Que pergunta boba!

– O que *é* isso, Sophie? Algum tipo de celebração?

Michaela se inclinou sobre a mulher e afastou com cuidado os cabelos brancos da têmpora suada, onde estavam grudados em madeixas murchas.

– Aí eles vão ver só – resmungava a idosa. – Eles vão ver só! Quando chegar a hora, quando nós, tias velhas, pudermos começar a falar em láadan com as bebês, não vai demorar! E aí elas vão falar uma láadan pidgin, mas quando falarem nela com as bebês *deles*... Aí, sim! Aí, sim! Ah, que maravilha vai ser!

Aquilo era uma língua?

– Como assim, Sophie Ann? O que vai ser uma maravilha?

– Ah, meu Deus, não vai demorar muito agora!

Ela havia soltado fragmentos daquilo até Michaela ter o que achava ser a ideia geral. Aquelas mulheres, e as mulheres linguistas das gerações anteriores, haviam assumido a missão de construir uma língua só para mulheres. Uma língua para dizer coisas que mulheres queriam dizer, e que faria os homens se perguntarem: "Por que alguém iria querer falar sobre *isso*?". O nome da língua soava como se Sophie estivesse tentando cantarolá-lo. E os homens não faziam nem ideia daquilo.

Michaela ficou pensativa, cuidando de Sophie Ann e se perguntando se aquilo seria apenas o efeito dos anestésicos; a idosa parecia muito certa do que dizia, mas Michaela já vira pacientes no pós-cirúrgico que pareciam muito certos da existência de dragões e pavões gigantes na enfermaria, assim como outras ilusões insanas. Mas, se fosse verdade, como havia acontecido? Como poderiam ter mantido aquilo em segredo, como poderiam ter trabalhado sem os homens saberem, supervisionadas como eram? E como alguém poderia simplesmente inventar uma língua? Michaela tinha quase certeza de que ninguém sabia como a primeira língua humana nascera; da mesma forma, tinha quase certeza de que Deus tivera um papel fundamental na criação da linguagem... Lembrava-se de ouvir algo assim na Casa de Aula. Não houvera algo chamado Torre de Blá-blá-blá? De Blabel? Algum coisa assim?

Era inevitável que a algazarra de Sophie Ann, assim como as perguntas de Michaela, atraísse a atenção das outras mulheres; elas vieram rapidinho. Caroline chegou enrolada na capa de sair, voltando de alguma atividade, e tombou a cabeça para ouvir.

– Ah, meu Deus! – exclamou de imediato. – Mas que bobagem!

– É mesmo?

– Com certeza soa uma grande bobagem. Do que ela estava falando, sra. Landry?

– Algo sobre uma língua secreta só de mulheres – disse Michaela. – Ela chamou de ladin... lahadim... latim? Algo parecido com latim, mas meio diferente. E repetiu várias vezes que não vai demorar muito agora, o que quer que isso seja.

– Ora! – Caroline riu. – É apenas o efeito dos anestésicos!

– Tem certeza?

– Sra. Landry, Sophie tem quase cem anos de idade!

– Mas ela é tão lúcida quanto a senhora.

– Sim, mas ela está falando de algo que aconteceu muito, muito, muito tempo atrás... Você sabe como são as pessoas idosas! Não conseguem se lembrar do que fizeram cinco minutos atrás... A bengala dela, por exemplo! Ela nunca sabe onde está. Mas coisas que aconteceram meio século atrás estão tão frescas na memória dela como o próprio nome. É isso.

– Explique melhor, por gentileza, sra. Chornyak – disse Michaela, com firmeza. – Sinto que perdi alguma coisa.

Caroline ergueu a cortina do biombo com uma mão e tirou a capa com a outra, falando com tranquilidade.

– Sra. Landry, quando Sophie era uma garotinha, a língua das mulheres *era* um segredo, imagino. As mulheres estavam muito mais assustadas, como sabe; as das Linhagens, ao menos, estavam. Temiam que, se os homens descobrissem sobre a língua mulheril, eles as fizessem parar de trabalhar nela, então tentaram manter tudo em segredo. Mas isso foi há muitos anos.

– Existe uma língua mulheril então?

– Claro! – afirmou Caroline, animada. – E como não? É conhecida como linglês, sra. Landry, nada a ver com o que quer que Sophie estava resmungando sobre latim. E não é segredo algum. Os homens acham que é uma perda de tempo idiota, mas, até aí, acham que tudo o que fazemos, exceto interpretar e traduzir e parir, é uma perda de tempo idiota. Se for à sala dos computadores, sempre vai encontrar alguém trabalhando no linglês, minha querida... Você tem toda a liberdade de ir lá ver se quiser.

– Mas é para mulheres linguistas – disse Michaela.

– Sophie falou *isso*?

– Não... Mas presumi que fosse.

– Essa seria uma atividade horrenda – comentou Caroline. – E uma *real* perda de tempo... Não, não é reservada apenas para mulheres linguistas. Nós a estamos construindo porque somos treinadas. Mas, quando ela for finalizada, quando pudermos começar a ensiná-la por aí, vamos oferecer o linglês a todas as mulheres... E, se elas assim quiserem, a língua será *para o uso* de todas as mulheres.

– Sophie Ann falou que seria um pudim. Um pudim?

Caroline franziu a testa, depois entendeu.

– Não exatamente um pudim, sra. Landry – disse ela. – Nada a ver com o doce. É pidgin... P, i, d, g, i, n.

– E o que isso significa?

– Sophie Ann está bem, sra. Landry?

– É claro. Eu não estaria aqui conversando se ela não estivesse.

– Peço perdão, faz sentido. Então, pidgin... Bem, quando uma língua em uso não tem falantes *nativos*, é considerada um pidgin.

– Não entendi.

– Digamos que uma nação conquistadora fale húngaro. E tenha conquistado um povo que só fala inglês. As pessoas não teriam uma língua em comum. Mas precisariam se comunicar para fechar negócios, administrar o território, esse tipo de coisa. Nessa situação, acabariam utilizando uma língua que não é exatamente húngaro nem exatamente inglês, que seria usada apenas quando os dois povos *precisassem* se comunicar. E uma língua como essa, nativa de *ninguém*, entende, é conhecida como um pidgin.

– É uma coisa boa? Mulheres aprenderem um desses pidgins, digo?

– Não... Não é. Mas digamos que os falantes de inglês conquistados acabem, por alguma razão, isolados do resto do mundo. Digamos que tenham filhos que nasceram ouvindo o pidgin, e cresceram falando a língua, e talvez até comecem a preferir usar o pidgin ao inglês. Quando *eles* tivessem filhos, o pidgin seria a única língua ouvida pelas crianças, e aí viraria uma língua nativa *delas*, dessas crianças. Nesse caso, a língua se transformaria em um *crioulo*, sra. Landry. E aí, sim, seria uma língua nova. Se desenvolveria como qualquer outra língua, mudaria como qualquer outra língua, se comportaria como qualquer outra língua.

– Então... Mulheres que só conhecem esse tal linglês de um livro ou de um computador vão falar nessa língua com as filhas. Aí as filhas vão falar linglês, que não é uma língua de verdade. Mas se começarem a falar nela com as próprias filhas...

– A situação é muito diferente da clássica – disse Caroline. – Nós, mulheres, não somos exatamente um povo conquistado com uma língua existente... mas a analogia é boa o bastante. Basicamente, sim; então, o linglês viraria uma língua nativa. Lembrando, é claro, que todas as crianças das Linhagens são plurilíngues e têm *várias* línguas nativas. Ela se tornaria uma das línguas nativas delas.

– De todas as mulheres que a aprendessem, caso assim escolhessem.

– Claro.

– E elas *escolheriam* isso, a senhora acha?

Sophie Ann já estava totalmente acordada, olhando para elas com uma expressão ansiosa que chamou a atenção de Michaela de imediato; ela se virou para a paciente e a tranquilizou com um carinho no braço.

– Está tudo bem, Sophie Ann – disse. – Já passou.

– Eu estava explicando o que é linglês para a sra. Landry – Caroline contou a Sophie Ann. – Você estava falando sobre isso logo antes de acordar, amorzinho... Um monte de bobagem, claro. Sobre como, muito tempo atrás, a língua ainda era um segredo.

Michaela viu o olhar de consternação no rosto de Sophie Ann e tratou logo de acalmá-la.

– Está tudo bem, querida – afirmou, sabendo que a idosa devia estar constrangida com a confusão. – De verdade! Caroline já me explicou tudo. Está tudo bem.

– Que bom... – disse Sophie Ann, fraca. – Que bom... Tenho certeza de que todo mundo fala um monte de abobrinhas sob o efeito de anestésicos.

– Ah, com certeza – concordou Michaela. – Médicos e enfermeiras não dão atenção alguma... É sempre um monte de abobrinha. É que, no seu caso, foi uma abobrinha *muito interessante.*

Caroline deu um beijinho na testa de Sophie e foi embora. Michaela começou a cuidar da idosa, sem falar mais nada. Mas, de uma forma ou de outra, soube que aquela fora a última gota. Ela não tocaria naquelas mulheres.

Ela ficou parada diante da mesa de Thomas, calma, ouvindo as corteses objeções do homem, mas foi absolutamente firme. Claro, se quisesse, ele poderia forçá-la a se submeter a um procedimento formal, e nesse caso ela teria que entrar em contato com o cunhado para que ele fizesse o pedido da dispensa dela. Michaela não acreditava que ele faria isso, já que ela poderia ser facilmente substituída; mas, independentemente da decisão dele, ela não mudaria de ideia.

Ela não contou a ele que sua missão de vida era assassinar linguistas, nem que isso se tornara um problema, já que estava diante do desconfortável dilema de ter como pacientes linguistas que ela seria incapaz de matar. Em vez disso, apresentou a ele seus motivos lógicos.

– Minhas pacientes estariam em risco nessa situação – disse, quando ele perguntou a razão de tudo aquilo. – É impossível que eu, uma única enfermeira, consiga cuidar de tantas mulheres doentes da forma apropriada. E, embora eu não tenha medo algum de trabalhar duro, sr. Chornyak, *tenho* meus padrões. Quando chego a um ponto em que é literalmente impossível realizar meu trabalho, o bem-estar dos meus pacientes deve vir em primeiro lugar. Não posso mais fingir que consigo dar conta dessa função, senhor.

– Estou correto no meu entendimento de que elas não ficaram mais doentes do que já estavam de uma hora para outra, correto? – perguntou Thomas.

– Ah, não... De modo algum. Na verdade, estão todas extremamente saudáveis, apesar de tudo. Mas também têm a vida consideravelmente longa, as mulheres da sua Família. E conforme mais e mais delas vão ficando extremamente idosas, senhor, mais atenção constante a suas necessidades pessoais elas vão exigir. Quase todas, sr. Chornyak, agora precisam de ajuda até mesmo para realizar coisas simples, como tomar banho e comer.

E sempre tenho dezenas de pares de mãos, quando não mais, dispostos a me ajudar com essas tarefas. Mesmo as menininhas de quatro anos têm prazer em se sentar com uma çumbuca de arroz ao lado de uma amada tia e alimentá-la com pequenas colheradas. Outro dia, vi duas garotas de sete anos darem banho em uma idosa frágil de noventa com tanta competência e gentileza quanto qualquer mulher adulta, conversando o tempo todo sobre seus verbos e substantivos...

Ela pensou em tudo isso, esperando, mas não disse nada. Já havia aprendido o bastante para saber que, se Chornyak por um instante suspeitasse de que as mulheres na Casa Estéril sentiam algum prazer em passar o tempo cuidando umas das outras, daria um jeito de colocá-las em algum trabalho útil; teria opiniões fortes até mesmo sobre o "desperdício do tempo" das menininhas de quatro anos.

– Bem, sra. Landry, entendo seu ponto – disse Thomas, devagar. – Temo inclusive dizer que fomos bem desnaturados. Quando contratei você, achei que haveria poucas coisas para fazer. Mas não prestei atenção na questão, e deveria ter percebido que a situação evoluiria. Sinto muito, é claro, mas você deveria ter falado comigo antes. Ao que parece, nossas senhoras estão determinadas a viver para sempre, não?

Michaela havia se preparado para protestos ferrenhos, argumentos intrincados e muita manipulação linguística sobre cumprir deveres e manter a palavra. Mas Thomas não se comportou como ela imaginara.

– Certo – continuou ele, assentindo em concordância e anotando algo em seu computador de pulso. – Certo. Pode se considerar dispensada da função no final do mês, querida.

Surpresa, mas grata por tudo ter sido tão simples, Michaela apenas agradeceu.

– Não há o que agradecer – disse Thomas. – Lamento que você tenha sido obrigada a pedir dispensa e peço perdão em nome das mulheres mais jovens da Casa Estéril, que decerto deveriam ter falado comigo a respeito disso muito antes, poupando você da tarefa. Mas, agora que isso já foi acertado, será que posso lhe oferecer outro emprego, sra. Landry?

– Outro emprego?

– Sim, minha querida. Será que tem um instante?

– É claro, senhor.

– Se entendi corretamente, o que precisamos na Casa Estéril é mais uma questão de braços fortes do que de conhecimentos de enfermagem. É isso mesmo?

– Quase isso, sim.

– Quantas enfermeiras acha que deveríamos ter para cuidar dos banhos, da alimentação e de coisas do tipo?

– Duas, pelo menos, talvez três.

– Certo. Vamos começar com duas e acrescentar outra se ficar claro que é necessário. Se você concordar, ajudaria se eu encontrasse duas mulheres fortes e dispostas procurando trabalho como... qual é a palavra mesmo? Enfermeiras práticas? Certo, vamos contratar duas dessas. Uma para o dia e outra para a noite?

– Não, senhor. Desculpe, o senhor vai precisar de duas durante o dia e mais uma de plantão à noite que possa atender caso seja necessário. Funcionaria se ambas passassem o dia trabalhando e alternassem as noites de plantão.

– Bem, vamos tentar fazer isso. Gostaria que você ficasse por duas razões, sra. Landry. Nenhuma daria muito trabalho, até onde entendo, mas fique à vontade para me corrigir caso eu esteja errado.

– Sim, senhor. Obrigada.

– Meu pai é vigoroso e alerta. Mas sofre com vertigens frequentes e graves, tem o que entendo serem leves infecções no trato urinário e precisa de alguém para cuidar de sua alimentação, porque tem uma tendência a ter crises de gota... Assim como, infelizmente, uma tendência a ser glutão. Acabou desenvolvendo uma mania horrível de comer doces.

– Em outras palavras, ele precisa de uma babá com autorização para trabalhar como enfermeira.

– Exatamente. Não fica acamado, exceto quando está sofrendo de uma das crises. É ocasional, mas precisamos de certa ajuda quando isso acontece. Também precisamos de alguém que saiba identificar quando ele *precisa* repousar, porque demoramos para notar. Eu gostaria então que você se mudasse para a sede principal para cuidar do meu pai, como expliquei, mas também que passasse uma vez por dia na Casa Estéril para garantir que as coisas estão sendo feitas do jeito certo. E para fazer o que quer que seja da alçada de uma enfermeira treinada. E, claro, caso alguma das mulheres fique gravemente doente, você ficaria na Casa Estéril até a crise passar e seus serviços não forem mais necessários por lá, pelo menos por um tempo. Será que aceitaria fazer isso, minha querida? Seria de muita ajuda para todos nós.

Michaela estava no céu. Aquilo lhe permitiria continuar com sua vocação de morte sem precisar agir contra outras mulheres; permitiria que ela mantivesse contato com as residentes da Casa Estéril (o que, para seu completo choque, havia se tornado algo que valorizava muito); e ainda a pouparia do trabalho de ter de caçar outro emprego, aprender como outra família e paciente funcionavam, e outras coisas cansativas do gênero. Era uma surpresa agradável, e algo que ela não esperava de jeito algum, mas que a agradava muito.

E talvez, de vez em quando, ela pudesse conferir o progresso da língua mulheril. Não tinha habilidades que lhe permitissem fazer parte do trabalho, e ela não era tola a ponto de querer ajudar com algo que não dominava nem um pouco. Mas, se ficasse por perto, observando com cuidado e discrição, talvez pudesse continuar a par do projeto. Agora que as mulheres da Casa Estéril sabiam que ela estava ciente do linglês, talvez conversassem com ela sobre o tema de vez em quando, quem sabe até ensinando uma ou outra palavra. Era plausível, pelo menos.

– Precisa de tempo para pensar na oferta, sra. Landry? – perguntou Thomas.

– Não – respondeu Michaela. – Seria um prazer aceitar. Eu não queria ir embora, senhor... Aqui é muito bonito, e estou satisfeita com o emprego. A questão é que está impossível lidar com a situação atual. O que o senhor propôs deve dar um jeito nisso, e eu adoraria ficar.

– Precisaremos instalar você em um quarto de visitas, creio eu... Onde não há elevadores. Nem banheiro privativo.

– Isso não me incomoda, senhor. De verdade.

– Estamos de acordo, então?

– Se o senhor estiver satisfeito com os termos, sr. Chornyak, estamos de acordo.

– Então vou cuidar imediatamente de encontrar as duas enfermeiras práticas... Você se importa de ficar na Casa Estéril até elas serem contratadas e depois treiná-las em suas funções?

– De maneira alguma, vai ser um prazer. E se eu puder fazer qualquer outra coisa para ajudar nesse período de transição, sr.

Chornyak, por favor, me avise. Por exemplo, senhor... Conheço bem o Supervisor de Enfermeiras. Se o senhor ligar para ele e autorizar, talvez eu mesma possa encontrar com rapidez duas mulheres competentes e cuidar de todos os detalhes. Não há por que o senhor se preocupar com essas coisas.

– Você faria isso?

– É claro.

– Excelente, sra. Landry. Vou ligar para o homem, e vamos tirar tudo isso do caminho. Agora, se me der licença, tenho muito trabalho a fazer.

Michaela deixou que os cílios caíssem, oferecendo modestamente um gesto de cortesia que não lhe fora exigida. Depois, olhou com cuidado para o linguista. Sim, ele havia gostado.

Thomas se pegou muito interessado por Michaela Landry. Havia algo nela, uma qualidade que ele não era capaz de definir ou descrever, que o fazia se sentir... ah, *mais alto* quando estava perto dela. Mais alto, forte e sábio, e um homem melhor em todos os sentidos. Ele não tinha a menor ideia do que ela fazia para causar isso, e não tivera tempo de observá-la para descobrir, mas sabia que gostava daquilo. Quando estavam no mesmo recinto, ele sentia a necessidade de ficar bem perto dela, caso pudesse fazer isso sem dar muito na cara. E logo criou o hábito de chamá-la a seu escritório para discutir vários pequenos assuntos relacionados à saúde de Paul John ou das pacientes da Casa Estéril.

Enquanto estava em sua presença, depois que o propósito real da discussão era atingido, notava de repente que, sem perceber a mudança de assunto, estava no meio de outra discussão completamente diferente. Seus próprios projetos, planos, problemas... Não de forma indiscreta, é claro. Ele nunca deixava escapar algo que ela, ou qualquer outra linguista, não deveria saber. Mas eles conversavam sobre coisas que estavam muito além dos limites remotos do que poderia ser definido como *cuidado de pacientes*. E ela não parecia se importar com isso. Era a mais notável ouvinte que Thomas já conhecera. Nunca se entediava, nunca parecia inquieta ou ansiosa para ir embora ou fazer outra coisa, nunca queria dar sua opinião. Fazia parecer que cada palavra que ele falava era um prazer aos ouvidos dela... O que não havia como ser verdade, é claro, mas era uma ilusão maravilhosa e mérito de suas qualidades como mulher. Ah, se Rachel fosse daquele jeito...!

Quando acabou na cama de Michaela, pouco mais de três meses após a mudança dela para a sede da Família Chornyak, ele ficou um pouco decepcionado. Não com a performance de Michaela; ela tinha tanta habilidade nos braços dele quanto em todas as outras coisas que fazia, e ele ficaria muito surpreso se esse não fosse o caso. Mas, de alguma forma, ele a imaginara como uma mulher excepcionalmente virtuosa, inteiramente fiel à memória do esposo falecido. Uma viúva respeitável de caráter genuíno e charme recatado. Mas o Líder da Família era incapaz de não se decepcionar com o fato de que ela não era como ele imaginara que seria.

Por outro lado, havia vantagens naquele acordo. Reforçava a convicção de que, por mais admirável que uma mulher fosse, por mais excepcional que parecesse se comparada à média das pessoas do gênero, era um *fato* que, inevitavelmente, todas as mulheres eram débeis e fracas de caráter. Havia algo de instrutivo ali, e lhe ensinava a necessidade de observar atentamente as mulheres da Família, com uma atenção que fosse além de julgamentos superficiais. Sem perceber, pensou ele, até então fora muito negligente na questão.

Eram coisinhas frágeis, as mulheres, mesmo nas mãos de um homem experiente como ele; um homem que, como ele, era um mestre das artes eróticas. Se tivesse qualquer dúvida sobre seu talento após tantos anos, e da morna retribuição obrigatória de Rachel, o êxtase arrebatado de Michaela diante de seus mais casuais esforços logo teria afastado esse temor. Michaela de forma alguma era indelicada, exigente ou lasciva – lascívia era algo repugnante em uma mulher, e, se tivesse demonstrado qualquer sinal daquilo, ele a teria dispensado imediatamente. Mas, apesar do recato da enfermeira, ele conseguia perceber que seu toque a levava às alturas, e entendeu que o marido dela sem dúvida devia ter sido um daqueles incompetentes completos na cama.

Thomas tinha prazer em mostrar a Michaela como um homem de verdade fazia amor com uma mulher, e descobriu que o prazer recíproco dela era exatamente o que ansiava. Ele nunca a decepcionava quando o corpo dela era tudo o que queria naquele momento. No entanto, quando preferia conversar a fazer amor, ela ficava tão feliz com suas palavras quanto com suas carícias. Quando caía no sono, Thomas podia contar sempre com sua discrição, certo de que ela iria embora antes que ele acordasse e que a cama estaria arrumada, o quarto organizado, e que nenhuma presença feminina desajeitada e gélida interferiria em seu conforto. A menos que pedisse com todas as letras que ela ficasse; nesse caso, quando ele acordasse, ela já teria arrumado o cabelo e se revigorado sem o perturbar, e estaria recatada ao lado dele, à disposição. Era uma mulher cem por cento satisfatória, aquela Michaela Landry. A mulher mais próxima de uma sem falhas que ele conhecera. Dadas as circunstâncias, estava disposto a perdoar a inabilidade dela de resistir a seus avanços e fazer jus às expectativas que tinha antes de tudo isso.

Era injusto, lembrou a si mesmo, esperar de uma mulher coisas que não eram próprias da natureza do gênero. Injusto e sempre fonte de discórdia. Ele não era capaz de imaginar Michaela sendo fonte de discórdia, mas levava muito a sério a responsabilidade de não destruir tal qualidade nela mimando-a ou permitindo que tomasse liberdades. Ela era perfeita como era; ele não queria que mudasse nada.

CAPÍTULO 19

Cavalheiros, eu gostaria de abordar um ponto crucial levantado aqui antes de fazermos qualquer outra coisa hoje. Gostaria de começar definindo de maneira apropriada a especialidade médica conhecida como ginecologia, tirando logo o elefante da sala para podermos avançar para outros tópicos. Acompanhem comigo...

Para aqueles senhores que consideram a ginecologia de um ponto de vista de compaixão e abnegação, a definição não vai importar. Para os que estão na especialidade apenas pelo bem do conhecimento científico, a definição será irrelevante. Mas aos demais, que podem estar se perguntando se cometeram um erro grave... recomendo fortemente que ouçam com muita atenção o que estou prestes a dizer. É de vital importância que o façam.

Cavalheiros, a ginecologia não se resume a "cuidados médicos para mulheres humanas que já passaram pela puberdade". Essa definição, vista com frequência até em excesso na mídia popular, é uma distorção que pode ameaçar seriamente o seu autorrespeito – se os senhores permitirem que isso aconteça. Não devem permitir; é um erro, compreensível no caso de leigos, talvez, mas não no de profissionais da medicina.

Deixem-me explicar o que é a ginecologia. O que ela realmente é. Cavalheiros, é o cuidado médico para seus companheiros homens, cujas mulheres os senhores estão mantendo em bom estado de bem-estar, permitindo assim que os homens sigam sua vida como desejam. Há poucos fardos mais desagradáveis, poucos impedimentos mais graves *que um homem pode precisar encarar do que uma mulher doente, uma mãe enferma, uma filha incapaz. Qualquer mulher em má condição de saúde. É o ginecologista que garante que homem algum precise lidar com tal fardo ou lutar contra tal impedimento.*

Cavalheiros... Sei que todos já ouviram piadas sobre como ginecologistas "servem" às mulheres. São piadas ignorantes. Ao manter as mulheres saudáveis, o ginecologista está servindo a outros homens; poucas tarefas são mais essenciais ao bem-estar desta nação e seu povo. Nunca se esqueçam disso, cavalheiros, pois é a verdade, e tenho Deus como testemunha...

(Discurso de boas-vindas à Universidade Médica do Noroeste, Divisão de Ginecologia, Obstetrícia e Feminiologia)

Verão de 2205...

Nazareth estava deitada na cama estreita do hospital, esperando a chegada dos médicos. Não dava a mínima para a pintura descascada das paredes, para as antigas camas de metal, para as fileiras de estranhos que compartilhavam a enfermaria decrépita com ela. Não estava acostumada nem com luxo nem com privacidade. Mas se importava com a forma como era tratada, com a hostilidade sempre presente quando alguém falava com ela, independentemente de quais fossem as palavras usadas. Seria cruel da parte das enfermeiras espalhar para todos os outros pacientes que ela era uma linguista, submetendo-a, assim, a tal hostilidade, mas era o que haviam feito. De outra forma, como as pessoas saberiam? Não era como se tivesse a pele esverdeada, ou como se linguistas tivessem chifres que ajudassem observadores incautos a distingui-los...

Certa vez, anos antes, ela fora a um hospital para ter o apêndice removido. E como era apenas uma criança, ainda muito inocente, havia pedido às enfermeiras que *não* contassem a ninguém que ela era uma menina das Linhagens.

– Por que não, srta. Chornyak? Tem vergonha disso?

Ela tivera vontade de responder: "A senhora não tem vergonha do seu coração de pedra?"; mas, em vez disso, ficara quieta, já em estado de alerta pela resposta ácida. E é claro que as enfermeiras haviam contado aos outros não apenas que era uma linguista, como também que havia pedido que aquilo não fosse revelado. É claro.

Ela agora entendia muito melhor as coisas. Médicos desprezavam enfermeiras, mas esse não era o problema – médicos desprezavam *todas* as pessoas, exceto outros médicos, e eram treinados para tal. Mas o povo leigo desprezava as enfermeiras também, e era *esse* o problema. A enfermagem, Nazareth compreendia pelas histórias, já fora um dom admirado; havia mundos em que ainda era. No passado, enfermeiras haviam sido conhecidas como "anjos da misericórdia"... e havia, inclusive, enfermeiros homens. Mas isso fora antes de várias das funções de enfermeiros serem passadas aos computadores. Depois que os computadores que ficavam ao lado das camas, os dataclínicos, haviam ficado responsáveis por registrar todos os dados (que não eram da alçada dos médicos, claro), e por dispensar remédios e injeções de forma automática, o papel dos enfermeiros havia sido derrocado rapidamente. E quando os dataclínicos foram programados para interagir com os pacientes e até mesmo oferecer palavras de conforto, que as enfermeiras infelizmente achavam que não tinham tempo para oferecer, o prestígio da carreira chegara ao fim.

Agora, enfermeiras davam banho nos pacientes, trocavam a roupa de cama, alimentavam os inválidos, cuidavam de contusões e ferimentos, descartavam excrementos e outros fluidos corporais fétidos, cuidavam para que os mortos fossem limpos... todas as coisas desagradáveis e repulsivas que eram naturais à doença. Eram raras as mulheres que se dedicavam à enfermagem por qualquer razão que não fosse necessidade extrema de dinheiro, ou pela pressão de algum homem que tinha poder sobre ela e sentia que *ele* precisava de dinheiro. Assim, as *próprias* enfermeiras se odiavam. Para

Nazareth, não era surpresa alguma que descontassem nos pacientes a frustração que era seu pão de cada dia.

Ainda assim, doía nela saber que, ao comportamento desagradável, somava-se ainda uma dose adicional de crueldade só porque era uma linguista. Doía não só fisicamente, mas também pela forma desnecessariamente grosseira como cuidavam dela. Doía apenas porque eram mulheres. Mulheres tratando outras mulheres mal... Aquilo era horrível. E doía porque tinham o espírito corrompido, embora a culpa não fosse delas e não houvesse absolutamente nada que ela pudesse fazer para ajudá-las.

Os médicos iam vê-la quando lhes dessem na telha, é claro. Ficavam quanto tempo queriam e iam embora quando queriam. O que ela mais queria era se levantar e caminhar pelo corredor, distrair a mente das dores do corpo, mas não ousava fazer algo assim. Tão certo quanto o fato de que sempre choveria assim que alguém lavasse as janelas, ela sabia que se saísse por cinco minutos da cama os médicos fariam a ronda nesse momento. Asim, ficou onde estava e continuou esperando.

Quando enfim passaram, não estavam de bom humor. Ela não tinha ideia do que os fizera ficar daquele jeito. Talvez as ações da bolsa tivessem "despencado"... O que quer que significasse uma ação da bolsa despencando. Ou talvez um paciente tivesse tido a audácia de questionar algo que os homens escolheram dizer ou fazer. Ou talvez tivessem pedido ovos cor-de-rosa e tentáculos de beija-flor para o café da manhã. Médicos não precisavam de motivo *algum* para se irritar; irritar-se era um direito de nascença, assim como o título de doutor, agora reservado apenas para eles. Os "doutores" em antropologia e física e literatura não ofendiam mais os doutores *de verdade* e confundiam o público; haviam colocado um fim naquilo, assim como em tantas outras coisas indecorosas e inapropriadas.

– Sra. Chornyak.

– Adiness, doutores – corrigiu ela.

O sorriso que estampou seu rosto assim que disse as palavras não foi para eles, e sim uma reação a como ela mesma se divertira com a própria perversidade... Como se tivesse algum orgulho de usar o sobrenome de Aaron! Ela jamais corrigira qualquer um dos funcionários do governo, que seguiam diretrizes baseadas em uma única regra: "linguistas são linguistas", de modo que chamavam qualquer linguista de qualquer Linhagem por qualquer nome-de-linguista que lhes fosse mais familiar.

– Sra. Adiness, então. Perdão.

– Está tudo bem, doutores.

– Algum problema?

– Não – disse ela. – Mas tenho uma pergunta.

Eles olharam um para o outro, a linguagem corporal em polvorosa. *Por que raios precisamos aturar essa vadia insuportável?* Mas um deles apenas questionou:

– Certo, e que pergunta é essa?

– Posso receber alta?

– Quando foi sua cirurgia? – quis saber um dos homens.

– Antes de ontem.

– Faz pouco tempo, não acha?

– Cirurgias a laser cicatrizam rápido.

De novo a linguagem corporal. *E essa desgraçada ainda vem dar as próprias opiniões médicas... Tem que ter muita coragem.* Nazareth apenas ignorou.

– A senhora acha que está bem o bastante para ter alta? Se sim, por favor, pode ir.

O homem mais velho do grupo se inclinou por cima dela, chacoalhando a cama. Ela teria gemido de dor se não estivesse disposta a aguentar *qualquer* dor antes de demonstrar fraqueza diante daqueles espécimes elegantes. O homem pressionou o botão de ALTA no computador ao lado da cama e, quando o ponto de interrogação surgiu, escolheu A QUALQUER MOMENTO HOJE.

– Pronto – disse ele, e o grupo foi embora dizendo por sobre os ombros que, se ela tivesse qualquer outra pergunta, poderia falar com as enfermeiras. Nazareth sabia que era verdade. Sem dúvida poderia perguntar coisas às enfermeiras. E elas não responderiam a menos que fosse inevitável, mas estava livre para perguntar. Não fazia diferença, de um modo ou de outro, agora que tinha permissão para ir embora.

A mensagem chegou ao computador de pulso de Clara, que foi procurar o marido de Nazareth imediatamente. Por sorte, Aaron ainda estava na casa. Ela o pegou enquanto saía, impaciente para ir logo fazer suas coisas.

– Ela quer o quê? – perguntou ele, grosseiro. – Desembuche, Clara.

– Ela teve alta, Aaron – respondeu Clara. – E não quer voltar para cá. Agora que certamente é estéril... quer ir direto do hospital para a Casa Estéril. De uma vez por todas.

Só então Aaron se deteve, a atenção enfim conquistada.

– Isso não é um pouco incomum? – questionou ele. – Irregular?

– Se é o que você diz, Aaron...

– Você sabe muito bem do que estou falando – disparou Aaron. – O normal não seria ela vir para cá e passar algumas semanas por aí, sendo mimada, e *só depois* se mudar para a Casa Estéril?

Clara poderia ter dito a ele que muitas mulheres, depois de doenças e cirurgias, continuavam vivendo com o marido como antes, e que eram mantidas respeitosamente na sede principal da Família até ficarem viúvas porque os esposos assim queriam. Mas nem se deu ao trabalho. Aaron era incapaz de sentir mais afeição por qualquer ser humano do que sentia por cachorros. Pelas mulheres, então, era incapaz de sentir *qualquer* afeição. Será que pensava na mãe como algo além de um móvel? Provavelmente não, pensou Clara. Havia homens como ele em todos os lugares, homens que tinham para com as mulheres o preconceito horrível que no passado era associado a diferenças étnicas... Mas Aaron era, sem dúvida, o pior exemplo que ela já conhecera. Seria uma perda de tempo tentar reverter o que o homem sentia por mulheres, e ela não tinha tempo a perder.

– A decisão é sua – disse ela. – E de Thomas, é claro.

– Hum. – Ele ficou parado no lugar, olhando para Clara de cara feia como se ela tivesse despejado nele uma carga de problemas e preocupações por pura incompetência. – Qual é o procedimento? – quis saber, enfim. – Preciso apresentar formalmente a questão a Thomas ou o quê?

– Eu recomendaria isso, Aaron – disse a mulher, olhando cautelosamente para o chão. *Ou o quê!*

– Ele está?

– Ainda está no escritório, creio.

– *Raios*, mas que incômodo!

– Você pode lidar com isso da forma que lhe for mais conveniente – respondeu Clara, fria. – Vou dizer para Nazareth esperar enquanto você cuida do assunto.

– Não, espere – disse ele. – Vou resolver isso já e pedir que você entre em contato com Nazareth antes de sair. Fique por aqui, pode ser?

– Claro.

– Então já volto.

Ele se virou para as escadas que levavam até o andar inferior e começou a descer dois degraus por vez, enquanto Clara o fuzilava com um olhar de ódio só possível após anos de treinamento.

– Então ela vai ter alta hoje?

– Foi o que Clara me disse.

– Não foi rápido demais?

Aaron deu de ombros e sorriu.

– Você sabe como ela é. Coloca alguma coisa na cabeça e pronto.

– Igualzinha à mãe dela.

– Sem dúvida.

– E ela quer ir direto do hospital para a Casa Estéril em vez de voltar para casa?

– Sim... Quer que as outras mulheres já mandem as coisas dela. Acho que vai querer levar os livros, mas não vou permitir. Ela não precisa deles por perto, e já estou acostumado com os tomos aqui.

– É claro – concordou Thomas. – Bem... O que quer fazer a respeito disso?

– Por mim, ela pode fazer como quiser – disse Aaron, sem dar a mínima. – Por que forçar a mulher a voltar para cá se ela prefere ir para outro lugar? Ela já me deu muito trabalho... Primeiro a doença, depois todo o choramingo e as caras feias por causa disso... Se ela vai ficar feliz indo para a Casa Estéril, por que impedir?

– Você não se importa, Aaron? Tem certeza?

Os dois homens se entreolharam, sabendo que ambos estavam pensando a mesma coisa. *Se ela voltar para cá, mesmo que não diga nada a respeito, será uma repreensão ambulante. As mulheres vão olhar para ela, depois para nós e, com os olhos, vão dizer "seus vagabundos mãos de vaca", mesmo que não abram a boca. As mulheres vão pensar que deveríamos ter autorizado a regeneração de seios para ela... Vão encontrar um jeito de nos relembrar o tempo todo que é assim que estão se sentindo.*

– Eu não me oporia aos desejos dela em um momento desses – disse Aaron, solene. – Seria indelicado e insensato. Acho que... a menos que você tenha fortes objeções... devemos atender às vontades dela. Afinal de contas, ainda poderá vir até a sede principal e ver as crianças sempre que quiser... e os serviços dela vão continuar disponíveis para a Família como sempre. Por que causar chateações desnecessárias?

– Você está agindo de forma muito lógica – comentou Thomas. – Fico feliz.

O escritório caiu no silêncio, com ambos os homens pensativos. Aaron enfim decidiu que não haveria momento melhor do que aquele, em que Thomas parecia satisfeito com ele.

– Thomas... – começou o genro. – Nazareth e eu não andamos muito... felizes... juntos.

– Bem... ela sempre foi estranha. Não é difícil compreender.

– Você acha que sob tais circunstâncias... – Aaron se deteve, como se fosse difícil continuar.

– Vá em frente. Acho o quê?

– Como você encara a perspectiva de nos divorciarmos, Thomas? Nazareth e eu?

O homem mais velho franziu a testa e enrijeceu o corpo; fez Aaron esperar. Enfim, respondeu:

– Nós não aprovamos o divórcio, Adiness.

– Estou ciente, senhor. Também não aprovo, nem minha família.

– Foi o divórcio e a mania de dormir com todo mundo que quase destruiu este país no século 20 – afirmou Thomas, com considerável fervor. – Demoramos muito para superar aquilo, muito tempo até a vida retornar a sua forma correta e natural... Não sei se eu estaria disposto a contribuir com o atraso de tal progresso.

Aaron falou com cuidado; não queria dar a Thomas a ideia de que não era devoto do Modo de Vida Americano e da Santidade do Lar e todo o resto. Bem, havia frequentado a Casa de Aula, como todo mundo, sabia como a banda tocava.

– Não há *leis* contra o divórcio – argumentou.

– Não. Mas o ato é veementemente condenado. Em geral, o povo leigo condena o divórcio com *muito* fervor, a menos que a mulher em questão tenha sido internada pelo resto da vida ou seja uma adúltera manifesta... Deus sabe que a coisa mais próxima a um adultério que a pobre Nazareth já fez foi sussurrar aquela bobagem no ouvido de Jordan Shannontry. Receio dizer que não seja um adultério manifesto o bastante. Não acho que seria possível passarem por um divórcio sem muito estardalhaço público... Em especial nas atuais circunstâncias.

– Senhor, é uma questão de seguir suas convicções pessoais, ou é uma questão a ser definida baseada na reação do povo leigo?

– *Eu* não aprovo o divórcio! – disparou Thomas. – Segundo minhas convicções, um contrato é um contrato, e o contrato de casamento é válido e deve ser cumprido como qualquer outro. Divórcio, exceto nos casos mais extremos, não passa de comodismo. Esta nação ainda está sob pressão o bastante pelo choque do contato com civilizações alienígenas, fora a necessidade de estabelecer as colônias espaciais e criar um padrão de vida decente nelas... É *crucial* preservar nossa tessitura cultural e colocá-la acima de conveniências pessoais.

Thomas ia negar o pedido, pensou Aaron. Por causa do maldito povo leigo e da cabecinha fechada das pessoas. E o fato de que Aaron estaria condenado a passar o resto da vida com uma mulher tão mutilada que nenhum homem decente seria capaz de olhar para ela sem sentir nojo não seria suficiente para fazer o homem mudar de ideia. Era amargo, e Aaron não estava pronto para aceitar o fato. Ainda não.

– Bem, senhor, vou obedecer à sua decisão, é claro – disse o genro. – Mas acho que deve saber que não me sinto mais capaz de deitar com sua filha... não como ela está agora. E todo homem precisa de alívio sexual se quiser ser útil a sua Família... Tenho certeza de que sabe disso tanto quanto eu, Thomas.

Ah. Thomas sentiu o golpe e estreitou os olhos para considerar as implicações. Era um fator novo na equação. Tinha quase certeza de que ninguém na Família, nem mesmo Rachel, suspeitava da relação dele com Michaela Landry. Estava sendo tão discreto que quase suspeitara estar sofrendo de uma leve paranoia a respeito do assunto, e sabia que podia confiar em Michaela sem hesitar. Mas Aaron sempre fora engenhoso e astuto, dado a intromissões sempre que algo lhe trouxesse vantagens... Se Aaron *suspeitasse*, e tivesse seu pedido de "alívio sexual" negado quando Thomas estava saracoteando em camas que não eram a de Rachel, poderia causar uma bela confusão e sair ileso disso. Por mais enfadonha que fosse a opinião do público americano em 2205 a respeito do divórcio, não era nem uma amostra do que sentia pelo adultério. Era

algo que acontecia, é claro. Com moderação e em casos escolhidos a dedo. Mas ser pego com a boca na botija seria imperdoável. Quanto será que Adiness sabia?

Os belos olhos escuros o encaravam, ingênuos e honestos;
ingênuos demais para o gosto de Thomas, e ele viu que não
haveria como garantir. O que o rapaz dissera? Que tinha certeza de que Thomas sabia tanto quanto ele que todo homem
precisava de alívio sexual? Não, não haveria como garantir.

Depois de tomada a decisão, Thomas não perdeu mais
tempo.

– Você acha que poderia fazer isso com *extrema* delicadeza? – perguntou.

– É claro, Thomas.

– E com a maior gentileza possível?

– O que quer dizer, senhor?

– Quero dizer que, *para variar*, peço que trate Nazareth
como se desse algum valor a ela. Quero dizer que fale educadamente com ela quando em público, que não a use como
saco de pancada para manter sua reputação de papo inteligente e maravilhosas piadas... Ah, Adiness, eu não sou idiota,
por mais que eu não me meta no casamento dos outros! E
quero dizer que, se por acaso você encontrar Nazareth na
frente de outras pessoas, vai tratá-la como uma dama pela
qual tem respeito. Não vou permitir que digam que primeiro
permitimos que ela fosse mutilada a ponto de se tornar inaceitável para você, depois que fosse expulsa brutalmente da
sede da Família como uma mulher divorciada, sem desculpa
alguma além de questões financeiras! Tenho certeza de que
você entende.

– Claro, senhor... Entendo perfeitamente o que quer dizer. E pode contar comigo.

– Você me dá sua palavra como cavalheiro?

– Com certeza.

Thomas então juntou os dedos diante do rosto e olhou
para Aaron por cima deles.

– Nesse caso, talvez a ideia não seja tão inaceitável assim. Há uma jovem em nossos dormitórios... O nome dela é Perpetua. Já a notou por aí, Aaron?

Ele notara. Ela era adorável. Cabelo castanho bem volumoso, enormes sobrancelhas igualmente castanhas, um corpo exuberante e promissor e gestos delicados que o excitavam sempre que ela se movia ou falava. Aaron havia, sim, notado Perpetua, assim como todos os outros homens da Família.

– Talvez – respondeu ele.

– Em cerca de um ano, Perpetua completará dezesseis anos. E vai precisar de um marido. Eu gostaria de manter a garota na família, Aaron.

– Compreendo.

– Você já estará divorciado por um tempo respeitável até o aniversário dela, ou logo depois... E Perpetua será uma boa esposa. Uma aliança adequada, em todos os sentidos da palavra.

Que velho astuto, pensou Aaron. Transformaria aquilo em uma negociação. Aaron Adiness voltaria a servir de garanhão para a Família Chornyak... ou nada de divórcio. Mas, por ele, ser sentenciado a servir de garanhão para Perpetua era consolo o bastante. O ano entre os dois eventos seria a parte mais difícil.

E Thomas também sabia disso.

– Você precisará ser *irrepreensível* durante seu ano como solteiro – disse o sogro, medindo as palavras. – Vá para um dos quartos de solteiro, passe todas as noites, sem exceção, em sua cama de solteiro... E não vou permitir que digam que você se divorciou de Nazareth simplesmente para se casar com Perpetua.

– Mas é o que vão dizer de um modo ou de outro, senhor.

– Uma coisa é dizerem isso porque têm a cabecinha maldosa; outra porque você deu motivos.

– Você tem minha palavra de novo.

– Sei que tenho.

Um ano de celibato total... A perspectiva desanimava Aaron mais do que ele achou que faria. Mas a vida com Nazareth significaria um celibato permanente quebrado apenas por escapadelas aqui e ali... Eles ficariam de olho em cada um de seus movimentos caso continuasse casado com Nazareth; teria sorte se conseguisse arrumar alguma prostituta dando sopa uma vez por ano. Aaron estremeceu; havia coisas piores do que um ano vivendo como monge.

– Eu juro, Thomas – disse ele, sem pestanejar. – Compreendo as condições e vou me submeter a elas. Ao pé da letra.

– Aham. – O som não era agradável, tampouco a expressão do rosto do sogro. – Vou saber se você não se comportar – continuou Thomas, sombrio. – E vou acabar com você. É só derramar uma gota de mijo fora do penico, rapaz. A reputação desta Família, a reputação das Linhagens significa muito mais do que qualquer membro individual. O povo leigo já tem razão o bastante para criticar a forma como "mandamos nossas mulheres para a rua para fazer trabalho de homens" sem precisar de escândalos adicionais.

– Você tem minha palavra – repetiu Aaron. – Deveria ser o bastante.

– Deveria?

Aaron corou, mas não disse nada. Não havia o que dizer. Ou o velho confiaria nele ou não, e não havia nada que Aaron pudesse fazer para influenciar a decisão, exceto ficar sentado ali e se permitir ser tão transparente quanto possível. Por incrível que pareça, não tinha nada a esconder. Aceitaria mesmo as condições e consideraria aquele um preço razoável para se livrar de Nazareth.

– Certo, então – disse Thomas, de súbito. – Certo. Normalmente, não estou disposto a encontrar desculpas para um divórcio... Mas esta não é uma situação normal. E há *certo* precedente... Belle-Anne. Certo, Aaron, nesse caso, e com a sua promessa, não vou me opor.

Aaron soltou o ar, que até então não percebera estar segurando. Estava muito aliviado. Era uma pena não ter dormido com Nazareth uma última noite antes da cirurgia, mas aquilo nem lhe ocorrera. Assim como não lhe ocorrera que ela não insistiria em voltar para lá e transformar a vida dele em um inferno por puro prazer. No lugar dela, ele decerto teria se refestelado com a possibilidade de se vingar. Mas era tipicamente feminino ser burra ou covarde demais para aproveitar a oportunidade. Sentiu-se quase grato por ela. Não era um homem brilhante, mas não era tolo a ponto de não saber que era responsável por boa parte do amargor que ela acumulara ao longo do casamento. Ele se divertira muito no processo, mas sabia que nada daquilo fora divertido para Nazareth, que, como toda mulher, não tinha senso de humor algum. Era como pessoas daltônicas ou que não escutavam algumas frequências. Uma deficiência curiosa.

E, naquele momento, ele e Thomas haviam conseguido mexer os pauzinhos de forma muito eficiente. Em uma só tacada, haviam se livrado de Nazareth e do lembrete irritante que ela representaria, e ainda haviam dado um jeito de manter Aaron na Família *para* gerar mais rebentos, algo que seria impossível se ele continuasse casado. Também haviam definido que ele seria um marido adequado para a exuberante Perpetua. Aaron sabia que, apesar das objeções de fachada de Thomas, o sogro estava satisfeito com o arranjo; aquele era o tipo de coisa que o homem considerava um exemplo de gerenciamento de Famílias. Estava quase sorrindo, o desgraçado, quando disse a Aaron que fosse em frente e notificasse os advogados dos Chornyak. Aaron sentiu que eram muito inteligentes, ele e Thomas... Era uma pena que não pudesse se gabar daquele pequeno complô.

Clara viu o homem subindo as escadas depois da reunião com o irmão dela e leu corretamente a expressão convencida dele, mas não foi rápida o bastante para chamá-lo antes que saísse porta afora. Ficou claro para ela que estavam dispostos a deixar Nazareth fazer o que quisesse. Também ficou claro que Aaron se esquecera de que a esposa aguardava a decisão. A não ser que ele ou Thomas tivessem entrado em contato diretamente com ela.

Estava tão absorta em pensamentos que não ouviu Michaela até que ela chamasse seu nome duas vezes, e só então se sobressaltou.

– Você está muito cansada, Clara – comentou Michaela. – Está dormindo em pé.

– Não... Estava só pensando. E me preocupando com coisas.

– Posso ajudar? – perguntou. Clara explicou, e Michaela tocou de leve a mão da mulher. – Estou a caminho do escritório do sr. Chornyak neste instante para perguntar sobre um novo remédio para seu pai. Se quiser vir comigo, podemos incomodar uma vez só... Segurança em números e coisa e tal.

– Não tenho medo de falar com ele sozinha, minha querida – disse Clara. – Não é isso. Só estou tentando controlar meu mau humor antes de ir até lá. Pode ir primeiro.

– Bom, mas *eu* tenho medo de ir sozinha – declarou Michaela –, porque o remédio de que preciso custa quase três vezes mais do que os que seu pai está tomando no momento. Então, por favor, venha comigo por caridade, Clara. As coisas não vão ser tão ruins se ele tiver que soltar os cachorros atrás de nós só uma vez.

Clara olhou para ela, e Michaela viu no brilho do olhar da mulher que ela não havia engolido a conversinha. No entanto, a linguista apenas respondeu "Certo, Michaela", e a acompanhou sem mais comentários.

E é claro, como Clara suspeitava, nenhum dos homens havia sequer pensado em responder a Nazareth com um simples "sim" ou "não". Muito menos com a notícia de que ela estava prestes a se divorciar.

– Thomas! – Clara ficara chocada. – Meu Deus, Thomas...

– O que foi, Clara?

– Digo... É só...

– Clara, pode, por gentileza, parar de gaguejar e cuspir e desembuchar? Nazareth não dá a mínima para Aaron, nunca deu, e você sabe isso tão bem quanto eu. Qual é o problema?

Clara não sabia o que fazer, e se sentia impotente e absurda. Não havia como explicar ao irmão. Não tinha relação alguma com o fato de Nazareth dar ou não a mínima para Aaron Adiness. Tinha a ver com a demonstração explícita de como valia pouco para os homens quando eles negaram o dinheiro para a regeneração dos seios, para começar; e tinha a ver com passar por uma cirurgia invasiva em si; e tinha a ver com a forma como mulheres eram tratadas em enfermarias públicas, especialmente mulheres linguistas; e tinha a ver com a dor e o pesar que Nazareth devia estar sentindo naquele instante; e tinha a ver com a notícia, que seria casualmente informada via computador de pulso, sobre o divórcio acordado entre os homens. "Ah, aliás, Aaron está se divorciando de você, achamos que você gostaria de saber."

Ela até poderia fazer o irmão entender, é claro, se passasse horas explicando. Thomas era um sagaz leitor dos efeitos da linguagem sobre outras pessoas, e, apesar da tola interação entre ela e Michaela, nunca era um homem insensato. Mas não havia forma de fazê-lo ver aquilo de forma rápida e eficiente, e Thomas não tinha paciência com longos falatórios sobre assuntos pelos quais não se interessava. Ele a encarou, e Clara sabia que estava irritado; sentiu a garganta se apertando. *Estou ficando velha*, pensou ela, *e devo estar perdendo a capacidade de raciocínio junto com meus outros encantos juvenis.*

– Sei que você gosta de Nazareth, Clara – disse Thomas. – Mas foi a própria Nazareth que *pediu* para ir direto para a Casa Estéril, entende? Não é como se Aaron houvesse tentado *mandá-la* para lá. Garanto, e eu não teria permitido caso ele quisesse fazer algo assim, Clara. Estamos apenas fazendo o que a própria Nazareth pediu.

– Eu sei, Thomas.

– Então realmente não entendo por que está tão surpresa.

Michaela aproveitou elegantemente a deixa, certa de que Clara apreciaria a ajuda.

– Sr. Chornyak – começou, cheia de deferência e propriedade –, creio que o que preocupa Clara é Nazareth saber disso via computador de pulso, sem sequer um rosto humano interagindo com ela. Apenas um barulhinho dizendo que ela agora é uma mulher divorciada e desejando-lhe boa sorte, se é que me entende.

– Não entendo vocês – respondeu Thomas. – Ela detesta o marido, não quer voltar para casa, e a informação é a de que não terá de suportar nem o marido nem a sede da Família por mais um dia que seja. Para mim, ela deveria estar dançando de alegria. Mas, contanto que *vocês duas* se entendam, realmente não importa se *eu* entendo ou não. Nunca fingi ser especialista nas noções emocionais das mulheres.

– Claro, senhor – disse Michaela.

– Mas e aí? Você e Clara têm uma solução para esse terrível problema que fui burro demais para perceber?

– Sr. Chornyak, preciso ir até o hospital de uma forma ou de outra, já devia ter dado uma passada por lá há muito tempo. Pode ser que eu precise mandar um dos meus pacientes para lá em algum momento, e deveria estar ao menos familiarizada com o lugar. A menos que tenha alguma objeção, senhor, eu poderia levar a mensagem para Nazareth e analisar as instalações ao mesmo tempo.

– Não tenho objeção alguma, sra. Landry – disse Thomas. – Se tiver tempo livre e achar que é recomendável, simplesmente vá em frente.

– Obrigada, senhor – falou Michaela. – E tenho apenas mais um tópico sobre o qual gostaria de conversar antes de partir, se for possível.

Enquanto Michaela enumerava rapidamente as vantagens do novo remédio que justificavam o aumento de preço, Clara escapuliu sem olhar para trás, com a gratidão estampada na posição da cabeça, dos ombros e das mãos.

O hospital era feio, mas hospitais eram sempre assim. Michaela nunca trabalhara em uma enfermaria de luxo, cuidando de ricaços, mas em espaços como aquele. Prestou pouquíssima atenção na aparência do lugar, cuidando apenas de garantir que fosse um lugar limpo, e era. E ficou igualmente pouco impressionada com a insolência das enfermeiras.

– Ou você me diz agora, e sem fazer mais graça, onde a sra. Adiness está, ou vou ligar para Thomas Blair Chornyak e dizer que vocês a perderam – disse Michaela à equipe. – Talvez dê para encontrar a mulher usando o chip de assistência pessoal.

– Ora, não precisa ser grossa assim!

– Você está desperdiçando meu tempo, enfermeira, e seu comportamento é mais do que detestável. Está aqui para *servir*, não para dificultar o processo de cura, e, caso goste mais de um paciente do que de outro, deveria guardar isso para si. Agora me leve até a sra. Adiness.

Ela era tão hábil em adornar palavras elegantes com um veneno aristocrático quanto em ouvir histórias chatas. Era uma das habilidades que as academias matrimoniais presumiam que uma mulher precisaria ter para se casar com alguém de uma família abastada na qual humanos ainda eram empregados como servos. A enfermeira reconheceu o tom sem dificuldade, e não fora treinada para se defender dele... Então, saiu apressada de trás da bancada estreita, corada e com um bico nos lábios, e levou Michaela até a cama de Nazareth sem perguntar sobre a possível fonte de autoridade naquela voz.

– Aqui – anunciou, apontando. – Cá está ela. Visita para você, sra. Adiness.

Michaela encarou fixamente a enfermeira até ela se virar e sair atarantada, murmurando sobre ingratidão e sobre quem as pessoas pensavam que eram. Só então Michaela se virou para Nazareth.

– Sra. Adiness – disse, cortês. – Meu nome é Michaela Landry e sou a enfermeira que seu pai empregou na Casa Estéril. Tenho vergonha de chamar aquela criatura de "enfermeira", mas juro que não estou aqui para demonstrar o grau de decadência que minhas companheiras de profissão às vezes atingem. Creio que não nos conhecemos, no máximo nos vimos de passagem... Como a senhora está?

Ela estendeu a mão, e Nazareth a apertou por um instante apenas.

– Sim, é claro, sra. Landry, lembro de você. É muito gentil da sua parte ter vindo até aqui.

A paciente parecia debilitada, pensou Michaela. Se fosse possível uma pessoa estar com o espírito e a mente debilitados, assim como o corpo, esse seria o caso dela. Magra, magra *de doer*... A tez de uma cor ruim, a aparência característica de pacientes com câncer... o cabelo cheio de nós e todo bagunçado. Mesmo ali. Pobrezinha.

– Sra. Adiness, você foi autorizada a ir para a Casa Estéril diretamente daqui. Me mandaram para dizer isso. E seu pai me pediu para vir ajudá-la... Ele não quer que vá sozinha.

Era uma mentira fácil e não lhe custava nada. Ela fez uma anotação mental de contar a Thomas que dissera aquilo. E não deveria ser mentira, porque a mulher certamente não estava bem para sair do hospital por conta própria e ir sozinha até a Casa Estéril. Dada a aparência tensa, teria feito isso sem reclamar uma vez sequer, mas não havia por que se esforçar daquela forma. Ou de qualquer outra forma. Michaela a queria acomodada em uma cama confortável sob *seus* cuidados, e queria isso logo. E daria a notícia do divórcio apenas quando aquela mulher estivesse acolhida, e protegida, e longe de olhares curiosos. Nem um segundo antes.

– Sra. Adiness...

– Por favor, sra. Landry... Me chame de Nazareth. Eu prefiro.

– Como quiser, senhora. Por favor, considere me chamar de Michaela se não for estranho. Agora, que tal se vestir e juntar suas coisas enquanto peço um táxi?

– Um táxi? – Nazareth soou chocada. – O robônibus passa bem aqui na frente.

– Foi assim que você veio?

– É claro – respondeu Nazareth, depois acrescentou: – Não tenho tanto dinheiro assim.

– Bom, eu tenho.

– Dinheiro seu?

Michaela sorriu.

– É um dos poucos benefícios de ser tanto viúva quanto enfermeira, Nazareth. Meu cunhado é meu guardião legal, mas é obrigado a deixar parte do meu salário comigo já que não moro mais com ele. Não tenho *rios* de dinheiro, mas posso pagar uma curta viagem de táxi.

– Não posso permitir que gaste seu dinheiro comigo – objetou Nazareth, imediatamente, e Michaela riu.

– Certo... – disse. – Você é a senhora da casa, e eu, a empregada, e não vou desobedecer. Então vou pegar o táxi sozinha e deixar você pegar o robônibus, e vou chegar à Casa Estéril antes de você. Vai ser muito melhor assim... mais espaço para mim no táxi.

Ela ficou completamente surpresa quando Nazareth apenas assentiu, como se aquilo fizesse total sentido. Michaela se sentou de imediato na beira da cama da outra mulher, com cuidado para não chacoalhar o colchão.

– Ah, minha querida – disse, sem se preocupar se soaria desrespeitosa, pois o que estava vendo ali era uma dor abafada, e cuidar da dor era a única função que era incapaz de ignorar só pelo bem das boas maneiras. – Era uma brincadeira! É claro! Não vou permitir que vá até a Casa Estéril de outra forma que não sob meus cuidados, e decentemente confortável. Entenda isso, por favor, e perdoe minha piadinha... Só queria fazê-la sorrir, Nazareth.

Nazareth apenas olhou para ela e não disse nada, e algo em Michaela cedeu, um nó que ela sequer percebera que havia dentro de si.

– Você está muito cansada, Nazareth – continuou a mulher. – Precisa de cuidados, e não de conversa fiada. Vou chamar a enfermeira para ajudá-la a se vestir.

– Não, por favor!

Michaela foi firme e colocou certa autoridade na voz.

– Prometo, minha querida, que aquela enfermeira vai ser tão gentil e cuidadosa com você como se estivesse lidando com um adorável bebê recém-nascido. Confie em mim.

– Você não tem ideia...

– Ah, pois tenho ideia, *sim*! Com certeza. E prometo. Ela vai vir até aqui, será respeitosa, será gentil, e vai tratar você com toda a atenção do mundo. Não vai ousar fazer diferente... Não interessa o que ela está pensando; isso é culpa da cabecinha maldosa *dela*, e você vai ignorar isso como ignoraria qualquer outra deficiência. Em nome da boa educação. E vou chamar o táxi e levar você para casa.

– Eu não sou uma criança, Michaela... Você não precisa...

– Não fale! Chiu. Se você fosse uma criança, tudo seria muito mais fácil, porque eu apenas a pegaria no colo e iria embora, com você chutando e gritando ou não. Mas é mais alta do que eu, infelizmente, e vou precisar de ajuda... Você quer dificultar ainda mais as coisas?

Ela odiava dizer aquilo, porque seu instinto lhe dizia para tratar aquela mulher ferida com carinho, mas era a coisa certa a falar. A ideia de que estava dando trabalho à enfermeira enviada para buscá-la fez todas as objeções de Nazareth cessarem.

– Sinto muito, sra. Landry – disse Nazareth. – Proceda com suas obrigações, por favor.

Proceda com suas obrigações, por favor! Que mulher engraçada e estranha, e como devia sofrer com aquela personalidade toda desajeitada... E o "sra. Landry" ágil e tão correto! Colocando-se em seu lugar. Ela recuperaria a dignidade quando chegasse à Casa Estéril, pensou Michaela, e aquilo era muito mais importante do que qualquer outra coisa naquele momento.

CAPÍTULO 20

Pense no seguinte, por gentileza: fazer algo "aparecer" é considerado magia, não? Bem... Quando você olha para outra pessoa, o que vê? Dois braços, duas pernas, um rosto, uma série de partes. Correto? Agora, o corpo tem uma superfície contínua específica que começa na parte de dentro da pele dos dedos e continua pela palma da mão e pelo antebraço até a curva do cotovelo. Todo mundo tem uma superfície dessa – na verdade, tem duas.

Vou chamar tal superfície de o "atade" da pessoa. Imagine o atade, por favor. Veja-o com clareza na mente. Entenda, tenho meus próprios atades aqui, o esquerdo e o direito. E você também tem dois, muito belos.

Antes não havia atade, mas agora haverá, porque você vai notar os atades de todas as pessoas para as quais olhar, assim como nota o nariz e o cabelo delas. De agora em diante, eu fiz o atade aparecer... Agora, ele existe.

A magia, compreenda, não é uma coisa misteriosa, não é para bruxas e feiticeiras... Magia é algo ordinário e simples. É simplesmente linguagem.

Agora olho para você e posso dizer, como não poderia fazer há três minutos: "Mas que belos atades você tem, vovó!".

(*O discurso das Três Marias*, autoria desconhecida)

Nazareth foi para a Casa Estéril com vários hematomas, como Michaela havia visto, e estarrecida. A notícia de que o marido estava se divorciando dela mal penetrou o véu que se estendia a seu redor e, por isso, quando tomou conhecimento do fato, a notícia sequer foi capaz de causar o menor desconforto que fosse. Mais tarde, no entanto, e sob os competentes cuidados das mulheres, ela foi deixando o véu dissipar e sentiu que essa mudança era como se houvesse voltado para casa depois de uma vida de exílio.

Não havia mais Aaron; ele a evitava, e, quando não podia evitar, era excessivamente educado. Não havia mais a necessidade de ficar sozinha com ele, quando ele não se sentia compelido a ser educado. Os filhos estavam a apenas alguns passos de distância, e de qualquer forma as garotinhas iam sempre até a Casa Estéril. Era uma espécie de liberdade. Ela jamais precisaria tolerar o olhar de um homem percorrendo seu corpo mutilado. Passaria por todo o processo de cura, e adicionaria aos trajes um apetrecho com seios falsos e bobos, e iria trabalhar como sempre fizera. Nenhum outro homem a veria nua, ou tocaria em seu corpo. Nunca mais. Nem mesmo um médico, a não ser que ela estivesse inconsciente. Nunca mais.

A princípio, ela apenas vagou pela Casa Estéril, absorvendo tudo como se nunca houvesse entrado ali antes, deleitando-se com as vozes das mulheres, maravilhando-se com a cama que teria apenas para si. Uma cama que não precisaria ser compartilhada com um homem a roncar ou com um corpo ocupando todo o espaço e deixando-a espremida contra a parede. Era puro luxo. Não esperava que fosse daquele jeito, pois nunca tivera a oportunidade de conhecer qualquer outro jeito.

Quando Michaela finalmente a declarou curada, as mulheres enfim contaram a ela sobre a língua chamada láadan, e explicaram como o linglês era apenas uma fachada. Nazareth ficou imóvel, abismada enquanto ouvia, sem dizer palavra alguma até que houvessem terminado. Só então falou:

– Vocês, mulheres... Vocês, mulheres, e seus contos de fada!

– É verdade! – protestaram elas. – É sério, Nazareth... É verdade.

– Ao longo de toda a minha vida, vocês disseram que o *linglês* era verdade.

– Foi necessário – retorquiu Aquina. – Julgamos melhor você não saber antes.

– E agora, depois de uma vida de mentiras, esperam que eu acredite que, de repente, estão contando a verdade? – Nazareth negou com a cabeça. – Não quero mais ouvir historinhas pra boi dormir – zombou. – Deixem isso para as menininhas. Junto com os unicórnios, o homem do saco e o bicho papão. Me deixem em paz.

– Nazareth – bronqueou Susannah. – Você devia ter vergonha de si mesma.

– Devia, é?

– Sabe que devia. Esperamos tantos anos para poder lhe mostrar isso... Virei uma velha capaz apenas de rir e chiar enquanto esperava. E agora você não quer nem *ver* o que temos para mostrar.

– Então me mostrem – disse Nazareth, que amava Susannah de todo o coração. Mas não perdeu a oportunidade de cutucar Aquina. – Aquina, essa tal láadan tem cem vogais diferentes?

– Ah, você é terrível!

Nazareth riu, vendo as costas de Aquina desaparecerem pelo corredor, e Susannah disse de novo que ela devia ter vergonha de si mesma.

– Eu tenho – disse Nazareth, com grande satisfação. – Tanta vergonha que mal posso manter o queixo erguido. Agora me mostrem.

– Fica lá no porão – avisaram as mulheres.

– É claro. Junto com a banheira de gosma verde e borbulhante na qual sacrificam uma virgem toda segunda de manhã. Onde mais? Eu consigo andar até o porão, não estou aleijada... Vão na frente, por favor.

Ela as seguiu, rindo de novo enquanto as mulheres pegavam pedaços de papel do fundo de gavetas, do meio de livros de receitas e de outros recônditos e espaços escondidos. Riu, mas se sentou e olhou para o material reunido que lhe entregaram. E conforme lia, foi parando de ler.

– Seria tão fácil perder tudo isso! – disse, a certa altura. – E tão horrível...

– Não – rebateu Faye. – Seria desagradável, mas não uma tragédia. Está tudo na nossa memória. Cada trechinho e cada letra.

Nazareth não disse mais nada. Começara rindo e duvidando, mas se divertindo. Conforme examinava os papéis, porém, ficava cada vez mais tensa, a ponto de as mulheres se perguntarem se haviam introduzido o assunto cedo demais. Ela ainda estava longe de estar curada.

– Nazareth, você está bem, minha filha? – perguntou Susannah, com cautela. – Está gostando?

– Gostando? – Nazareth entregou o bolo de papéis para elas como se fosse um monte de peixe podre. – Estou é com nojo!

O silêncio se espalhou, e elas se entreolharam, chocadas. Com nojo? Sabiam que Nazareth, mais do que qualquer outra mulher das Linhagens, era muito boa com línguas. Mas será que tinham tão pouco domínio do que era necessário a uma nova língua para ela ficar com nojo da láadan?

Nazareth se levantou, cambaleando um pouco, mas empurrou as senhoras que tentaram ajudá-la e subiu as escadas antes de todas.

– Isso é imperdoável – declarou, de costas para elas. – Imperdoável!

– Mas é uma ótima língua – exclamou Aquina, falando o que as outras hesitavam em dizer. – Você não tem direito de julgar a láadan assim, em dez minutos de análise casual! Não estou *nem aí* com suas notas nos testes, ou quão difícil é a sua língua alienígena... Você não tem o direito!

– Aquina... – censurou Grace. – Por favor.

– Não é isso – disse Nazareth, os lábios apertados. – Não tem nada de errado com a língua.

– Então *o que é*, pelo amor de Deus? – quis saber Aquina.

Nazareth se virou para elas, para o grupo apinhado na cozinha, de olho em alguma criança perdida que pudesse ouvir algo que não devia, e disse:

– É imperdoável que essa língua ainda não esteja sendo usada!

– Mas ela não pode ser usada enquanto não estiver pronta!

– Mas que bobagem! Línguas vivas nunca "estão prontas"!

– Nazareth, você sabe o que queremos dizer.

– Não. Eu *não* sei o que querem dizer.

Foi quando Caroline veio correndo, reclamando da algazarra e de como era idiota que Nazareth estivesse de pé daquele jeito, e as encaminhou até um dos quartos privados como se fossem um bando de galinhas descontroladas. E foi exatamente a isso que as comparou.

– Ora! Que *raios*? – perguntou, em um tom severo, depois de fechar a porta e apoiar as costas nela. Elas contaram, e Caroline relaxou e deixou os braços caírem ao lodo do corpo. – Meu Deus do céu! Achei que era um terremoto, na melhor das hipóteses... Todo esse escândalo porque Nazareth não gostou da láadan? Pelo amor!

– Mas eu gostei, Caroline – insistiu Nazareth. – Não que importasse se eu não tivesse gostado, mas gostei.

– Mas ainda não está pronta. Elas estão certas.

– Elas estão erradas.

– Ora bolas, Natha!

– Eu garanto: a língua que acabaram de me mostrar está suficientemente "terminada" para ser *usada*. E, ao que parece, está pronta há anos, enquanto vocês brincavam com ela e faziam ajustes aqui e ali... Quando penso que há menininhas nas Linhagens com seis ou sete anos que já poderiam estar falando láadan fluentemente e ainda não sabem uma só palavra da língua... Que vontade de matar vocês, juro!

– Isso não faz sentido.

– Sabe o que vocês parecem? – perguntou Nazareth. – Parecem aqueles artistas idiotas que nunca deixam as pinturas serem expostas porque precisam dar mais uma pincelada! Como aqueles escritores que nunca mostram os livros para o mundo e morrem sem nunca publicar nada porque sempre têm uma frase a mais que querem acrescentar. Suas tolas... Os homens estão certos, vocês são um bando de bobinhas, ignorantes e *tolas*! Vocês e todas as mulheres nas Casas Estéreis, obviamente, já que são todas umas bobocas. Meu Deus do céu, quase me dá vontade de voltar à sede da Família Chornyak só para não ter que olhar para a cara de vocês!

– Nazareth...

– Quietas! – ordenou ela, sem se importar em parecer arrogante ou desagradável. – Por favor, saiam daqui e me deixem em paz por um instante para que eu possa pensar sobre isso! Estou chateada demais para conversar com vocês neste momento... *Saiam* daqui!

Ela estava tremendo, e as outras sabiam que, se Nazareth fosse qualquer outra mulher, estaria chorando. Não queriam deixar Nazareth daquele jeito. Por outro lado, era nítido que a presença delas não estava lhe trazendo conforto algum, então obedeceram.

– Vamos esperar você no salão – disse Susannah, baixinho, assim que saiu pela porta. – É o lugar mais seguro para tratar do assunto... Quando quiser falar, meu bem, estaremos lá.

Não demorou muito para se acalmar e logo foi se juntar às outras. Deram a ela um xale para continuar tricotando, para que pudesse focar algo que não exigisse muito da sua atenção, deixando-a livre para falar e ouvir. Uma das mulheres ficou de guarda na porta, e as meninas mais novinhas que estavam por perto foram "ajudar com o inventário" no porão, já que não pareciam dispostas a simplesmente voltar para a sede da Família Chornyak, e as mulheres estavam ocupadas demais para dar atenção a elas.

– Então... – começou Caroline, acrescentando pontos ao quadrinho elaborado de ponto-cruz que dizia "Língua primitiva não existe". – Se o que você diz é verdade, este é o dia mais importante da minha vida, da vida de muitas de nós. Mas é difícil de acreditar, Nazareth... Pense, você está aqui há apenas algumas semanas e só voltou mesmo a si há uns dois dias. Algumas de nós estão aqui há mais de vinte anos. E trabalhamos nessa língua o tempo todo, durante cada momento livre que temos. Não acha que saberíamos se fosse a hora de finalizar o Projeto de Codificação e começar a ensinar a língua? Sem você para nos falar isso?

– Não – afirmou Nazareth. – Eu *acharia* isso se alguém tivesse descrito essa situação absurda para mim. Mas estaria errada. Talvez vocês estejam próximas demais do assunto e não conseguem enxergar... Precisaram de alguém com percepções frescas para ver além das aparências.

– Então Deus nos abençoou com você, Nazareth Joanna Chornyak Adiness... Que sorte a nossa poder usufruir das suas "percepções frescas".

– Caroline, eu nunca me dei bem com ninguém – insistiu Nazareth. – Eu sei disso. Não sei qual é o problema comigo, mas sei que mal sou capaz de falar três frases sem ofender duas pessoas e magoar outras três. E sinto muito... Sempre senti. Sempre quis que alguém me ensinasse a ser melhor. Mas, por mais horrível que isso soe, porque eu não sou capaz de falar de outra forma, a língua está *pronta*... "Terminada", se assim preferirem. E o fato de não estar em uso é uma vergonha e um absurdo.

– Nazareth! – Caroline já estava irritada, e irritada com o fato de estar irritada. – Você é muito boa, é claro... Mas nós também não somos ruins no ofício! Não precisamos que *você* nos ensine linguística.

– Precisam, sim. – Nazareth estava determinada como uma pedra.

– É o que você acha – disse Grace, tensa. – Todas tentamos fazer concessões, mas você vai longe demais.

– Certo – concordou Nazareth. – É o que acho. Mas então me digam o que falta na língua, e vou ouvir de mente aberta. O que ela não tem ainda? O que precisam que tenha antes de ser considerada terminada?

Bem... Elas mencionaram uma coisa aqui e outra ali, e Nazareth riu com desdém. Tudo o que falaram, disse ela, seria suprido pelos mecanismos da língua. Ou pela adição de um morfema limitado, um sufixo aqui, uma coisinha a mais em alguma palavra. Elas continuaram protestando até não terem mais objeções, e Nazareth rebateu cada uma delas.

– Mas Nazareth... – disse Caroline, enfim. – O vocabulário é tão limitado...

– É isso, então? – Nazareth olhou ao redor. – É o tamanho do vocabulário que está incomodando vocês?

– Ora, sabemos do que uma língua precisa – disse Caroline. – Fizemos tudo isso há muito tempo, e você está certa sobre os problemas que discutimos. Mas não podemos começar a falar em láadan com as bebês até termos um vocabulário grande o suficiente, flexível o suficiente...

– Para quê?

– Como assim?

– Grande e flexível para *quê*, Caroline? Para escrever a *Enciclopédia galáctica*? O que estão esperando? Os léxicos científicos especializados? Um glossário completo de enologia? *O quê*, exatamente?

Aquilo fez as mulheres se irritarem de verdade, e todas largaram as agulhas de supetão.

– É claro que não! Só queremos que seja possível falar láadan com graça e facilidade no dia a dia!

– Ora, ela já está pronta para isso – afirmou Nazareth.

– Não está não!

– Quantas palavras vocês têm? Quantas palavras autônomas, sem aquelas que são geradas pelos afixos?

– Cerca de três mil – disse Susannah. – Só isso.

– Pelo amor de Maria! – gritou Nazareth, e todas mandaram que ela falasse mais baixo. – Me desculpem, mas francamente! Três mil! Do jeito que falaram, achei que tivessem no máximo algumas centenas de unidades lexicais.

– Nazareth, o inglês tem centenas de milhares de palavras. Pense... E não grite, *por favor*.

– E o inglês arcaico, no qual o Novo Testamento inteiro foi escrito de forma consideravelmente adequada, tem menos de *mil*. Como vocês sabem muito bem.

– Mas não podemos começar a usar uma língua em um estado que exija paráfrase constante – protestou Caroline. – Já é ruim o bastante ter de começar como uma variante de pidgin... Então que ao menos tenha um bom vocabulário!

Nazareth respirou fundo e acomodou o novelo de lã no colo.

– Minhas queridas, estou dizendo que a língua está pronta – disse ela, com tanta seriedade e paciência quanto conseguiu, a voz calma e o olhar firme. – Pronta para ser usada. E digo mais: vocês sabem disso. Todas vocês, sem exceção, conhecem línguas com menos itens lexicais do que a láadan que criaram. Estão contando historinhas para boi dormir *a si mesmas*, e não entendo o porquê. Se começarmos hoje, se aquelas de vocês que cuidam das crianças na sede principal começarem hoje mesmo a murmurar com as bebês em láadan em vez de em inglês, láadan será uma língua crioula em no máximo duas gerações. Porque logo essas bebês serão mulheres adultas e estarão fazendo o mesmo com a *próxima* geração, ou talvez até com a geração depois da próxima, já que, até onde sabemos, nenhuma língua começou dessa forma. E, com mais uma geração, ela vai ser uma língua viva igual a tantas outras línguas vivas.

As mulheres encararam Nazareth, e ela pôde ver a mente das colegas em polvoroso alvoroço, buscando desculpas e explicações. Antes que pudessem encontrar outros subterfúgios, porém, a linguista prosseguiu:

– Escutem! Sei tanto quanto vocês que quando as pessoas eruditas aprendiam latim como segunda língua para lidar com a academia e com legislações, elas se viravam. Deviam falar um latim horrendo, mas *se viraram*. Não ignorem o que falei e parem de inventar mais desculpas para o atraso! Se demorar cinco gerações, ou dez, para a láadan passar de uma língua bárbara auxiliar para nossa língua nativa, esse é só mais um motivo urgente para começar quanto antes! É claro que vai ser horrível no início, não tem outro jeito... Mas, meus amores, estamos falando de pelo menos cem anos para passar dessa fase, se começarmos hoje mesmo! E vocês aí, sentadas, me dizendo que devemos esperar até ter... o quê? Cinco mil palavras? Dez mil palavras? Dez mil palavras e dez mil Codificações? Que número arbitrário definiram como meta?

– Não sabemos. Não exatamente. Só sabemos que o que temos não é suficiente.

Nazareth franziu a testa e mordeu o lábio, e Susannah tratou de colocar o xale esquecido de novo na mão da mulher.

– Trabalhe no seu crochê, Natha – ordenou. – É o que nós, mulheres, fazemos... Pergunte aos homens e eles vão dizer isso. Sempre que vêm aqui, nos veem batendo papo e mexendo em nossas agulhas. Desperdiçando nosso tempo. Bote sua agulha para trabalhar, garota, por favor, e não pareça tão *intensa*. Isso dá rugas.

Nazareth obedeceu, colocando as agulhas entre os pontos feitos sem prestar muita atenção, mas não mudou a expressão.

– Tem algo mais – disse ela, sem rodeios. – Algo que vocês estão escondendo. Essa desculpa do "vocabulário limitado" é tão fajuta quanto aquela de que "não há Codificações suficientes" que me davam quando eu era uma garotinha. Vocês usam isso para enrolar as crianças, e não sou mais criança... Não vai ser suficiente. Quero saber a verdade. Chega de mentiras.

– Que bobagem!

– Vocês estão sempre dizendo isso! – protestou Nazareth. – Por que não arranjam um papagaio para ficar repetindo "Que bobagem!" o dia inteiro? Isso não cola... Tem mais alguma coisa aí. Algo que estou sendo idiota demais para ver. Algo que não é só uma questão de a língua estar "terminada" ou não. E sei exatamente para quem perguntar sobre isso, aliás! Aquina Chornyak: qual é o problema *real* que temos aqui? O que estão encobrindo com essa contagem tola de palavras? – Quando viu que Aquina não responderia, estendeu a mão e puxou o cabelo da mulher mais velha. – Aquina! Me conte! Que tipo de radical é você?

– Certo – disse Aquina. – Vou contar... Mas você não vai gostar nada disso.

– Não interessa.

– O problema real é que decisões precisam ser tomadas, e essas... pessoas... não querem fazer isso.

– Que decisões são essas?

– Você acha que a láadan está terminada, não é?

– Tão terminada quanto qualquer língua. O vocabulário dela vai crescer, como o de qualquer outra língua.

– Certo. Então, suponha que comecemos a usar a láadan, como você diz que devemos. Aos poucos, mais e mais garotas vão adquirir a láadan e começar a falar uma língua que expressa as percepções das mulheres em vez das dos homens... A realidade vai começar a mudar, não é mesmo?

– Tão verdade quanto a água é molhada – disse Nazareth. – Tão verdade quanto o céu é azul.

– Então, minha cara senhora... Precisamos estar prontas para essa mudança na realidade. Prontas para *agir*, para reagir à mudança! Quando ela começar, não vamos poder ficar sentadas aqui no salão saracoteando e fofocando e brincando de ideias revolucionárias. Não vamos poder passar o dia serenas como gado, pensando na morte da bezerra, em séculos no futuro, quando alguém vai precisar *fazer* alguma coisa! E esse é o cerne da questão, Nazareth... Nenhuma mulher nesta casa, ou em qualquer uma das outras Casas Estéreis, tem coragem de tomar uma decisão sobre o que devemos fazer *depois*. É isso que nos faz, como você bem colocou, continuar acrescentando mais uma pincelada e mais uma frase e falando "Ah, ainda não!" e "Que bobagem!" e "Pelo amor de Deus".

– Oh... – soltou Nazareth. – Compreendo.

– Compreende mesmo, Nazareth? De verdade? – O tom de voz de Caroline era amargo e irritado. – Considere, por exemplo, o que Aquina nos mandaria fazer! Se fizéssemos o que ela quer, precisaríamos começar a estocar rações e suprimentos de emergência, guardando tudo em fardos que pudéssemos carregar nas costas enquanto escapulíssemos para a mata, cada uma de nós carregando no colo uma menininha sequestrada, fugindo, só um passo à frente das hordas de homens determinados a nos matar!

– Que exagero, Caroline – zombou Aquina.

– Não tanto. Já ouvi você falar sobre isso.

– Eles não ousariam nos matar. Prenderiam cada uma de nós que *soubesse* láadan, e nos drogariam até esquecermos cada palavra. Destruiriam nossos registros, puniriam qualquer criança que usasse uma sílaba da língua sequer e abafariam a existência dela para sempre... Mas não nos matariam. Eu nunca disse que *nos* matariam, Caroline; é a láadan que eles aniquilariam. E precisaríamos ir embora antes que eles pudessem inventar alguma nova e horrenda "epidemia de esquizofrenia contagiosa" supostamente trazida de algum planeta fronteiriço em uma saca de grãos... Mas eles não nos matariam.

– Está ouvindo? – Caroline disse a Nazareth. – É isso que temos que ouvir, sem parar.

– Estou ouvindo – disse Nazareth. – E entendo você, Caroline. E também entendo Aquina. E acho que há muitas outras possibilidades do que pode acontecer.

– Sem dúvida – concordou Caroline. – É absurdo pensar que os homens apenas nos prenderiam em instituições, assim como pensar que nos matariam. E se Aquina não amasse tanto os extremos, saberia disso. Eles teriam de nos deslocar em grupos pequenos, mesmo que inventassem meia dúzia de epidemias espaciais que fossem convenientemente contagiosas apenas para mulheres. Mas os homens conhecem o poder de uma língua nova assim como nós, e *botariam um fim* na láadan, Nazareth. No dia em que começarmos a usá-la, no dia em que a deixarmos sair do porão, estaremos colocando a própria existência da língua em risco. Você tem razão quanto à banheira de gosma verde e borbulhante lá embaixo, Nazareth... Mas não temos virgens para sacrificar.

– Vocês estão com medo.

– É claro que estamos com medo!

– O que acho que eles vão fazer, a única coisa que *podem* fazer, é desmantelar as Casas Estéreis – disse Faye. – Nos isolar umas das outras. Nos manter longe do resto das mulheres, e com certeza afastadas para sempre das crianças. Não seria nada difícil para eles ensinar aos bebês que as mulheres mais velhas ou estéreis são bruxas, velhos repositórios horríveis de maldade, algo a ser temido e evitado... Já fizeram isso antes, e tiveram um imenso sucesso! Algumas de nós seriam encarceradas... Outras, isoladas na sede das Famílias. Aposto que conseguem imaginar campanhas publicitárias em que eles "decidem" que erraram todos estes anos ao nos colocar em construções separadas e que "nos dão as boas-vindas de volta ao lar de nossas famílias". O povo leigo vai amar... E eles vão aniquilar qualquer vestígio da láadan. E qualquer vestígio do linglês, por via das dúvidas, caso a língua dê alguma ideia errada a alguém algum dia. E a láadan vai morrer, assim como todas as línguas mulheris morreram desde o princípio dos tempos.

– A menos que escapemos antes que eles percebam o que está acontecendo – sibilou Aquina. – É nossa única chance.

Nazareth se levantou e foi até a janela, fitando o campo verdejante atrás das árvores, em silêncio e imersa em pensamentos.

– Nazareth – implorou Grace, atrás dela. – Se Aquina estiver certa, descontando os exageros, é claro... Entende agora o que isso significa?

– Sim.

– E elas não conseguem ter coragem – disse Aquina, com desprezo – para decidir o que deve ser feito e *fazer*.

– Porque não *sabemos* o que fazer – disseram as outras. – Falamos, falamos muito sobre isso... Mas não sabemos.

– Precisamos escolher uma das Casas Estéreis – começou Aquina, a voz firme. – A mais isolada e mais fácil de defender, e, ao menor sinal de que os homens descobriram o que está acontecendo, devemos estar prontas para ir lá com o máximo de meninas que pudermos. Não é uma decisão difícil. Precisamos estar prontas para partir daqui se precisarmos.

– Isso significa deixar as crianças para trás!

– E nunca mais ver nossa família!

– E escândalos... Pensem nas mentiras que os homens vão contar à mídia!

– E as idosas acamadas, lá em cima... Vamos precisar abandoná-las!

– Não é de espantar que estejam enrolando – disse Nazareth, virando-se para elas. – Tentando ganhar tempo. Não é de espantar.

– Ah, não você, também! – gemeu Aquina. – Não vou aguentar isso.

Nazareth voltou e se sentou, pegando o xale idiota de novo.

– É o seguinte – começou, com uma certeza absoluta na voz. – Independentemente do que aconteça, só temos duas opções. Ou não acreditamos de verdade no Projeto de Codificação, e nesse caso os homens estão certos e somos só mulheres idiotas brincando de coisas idiotas para passar o tempo... Ou começamos agora mesmo.

– É isso! – exclamou Aquina.

– Não se esqueçam de que os homens vão demorar vários anos para perceber – disse Nazareth, encarando Aquina. – Estão acostumados a ouvir meninas praticando línguas alienígenas que nunca escutaram e nunca mais vão escutar na vida, fora as várias línguas terráqueas que lhes são estranhas. Então, contanto que possamos convencer as garotas de que esse é um segredo a ser mantido longe dos homens, como tantos outros segredos que ensinamos a elas, meus amores... Dez anos vão se passar, talvez mais, antes que os homens percebam de repente que muitas garotinhas estão fazendo os *mesmos* sons desconhecidos. Meu Deus, eles estão tão convencidos de estamos apenas trabalhando no linglês, tão convencidos de que mal somos capazes de achar o caminho até o banheiro sem um mapa... Talvez se passem décadas até que a gente precise tomar uma das atitudes mencionadas por Aquina. Não se esqueçam disso.

– Mas...

Nazareth cortou Aquina, erguendo a mão no gesto ancestral dos professores.

– Mas concordo com Aquina que decisões precisam ser tomadas, e tomadas agora, caso sejam necessárias algum dia. Ela está mais do que certa. Se precisarmos fazer alguma coisa, não vai haver tempo para decidir o que exatamente deve ser feito, e qualquer decisão tomada em um momento de pânico certamente será a errada. Precisamos nos planejar, por mais que seja improvável termos que usar tais planos, e resolver o que precisa ser resolvido.

– Obrigada, meu Deus, alguém com bom senso!

– Obrigada a *você*, Aquina – disse Nazareth. – Agora, pessoal, podemos continuar?

Continuar. Para um Projeto infinito, passado de geração para geração, "Podemos continuar?" era demais, e elas estavam atordoadas com a perspectiva.

– Não é complicado – garantiu Nazareth. – Devemos tomar a decisão e fazer com que chegue a todas as Casas Estéreis o mais rápido possível, usando códigos inseridos em receitas. Em cada Casa Estéril, as mulheres que dominarem mais a láadan deverão começar a praticar a língua entre si, por pior que seja, até ficarem à vontade o bastante para servir mais ou menos como modelo. E, depois, começar a usar a láadan, e apenas a láadan, com as bebês das Linhagens sempre que não houver homens por perto.

– Ou mulheres que ainda vivem na sede das Famílias.

– Ou mulheres que ainda vivem cercada de homens, sim – concordou Nazareth. – Sempre que seguro, o mais seguro possível. Enquanto isso, aquelas que não sabem quase nada da língua devem começar a *aprender*. Sem chamar a atenção dos homens, e sem deixar que isso interfira em outras tarefas.

– E o planejamento? – perguntou Aquina.

– O planejamento deve começar – disse Nazareth. – Em todas as Casas Estéreis, deve haver reuniões para discutir as alternativas. Para cada ação que acharem que os homens podem tomar ao sentir que estão sendo enganados, uma reação correspondente deve ser definida em consenso por todas as mulheres, e depois os preparativos para tomar essas ações devem ser planejados. Os resultados devem ser compartilhados entre as Casas Estéreis até que haja concordância de todas, até que entendamos o que devemos fazer em cada crise hipotética. E vamos fazer *o que for necessário* para nos preparar.

– Simples assim, Nazareth?

– Simples assim. Vocês já enrolaram o suficiente.

– Bem... – começou Susannah. – Bem! Alguém precisa subir e contar isso às outras. Elas têm o direito de saber.

– E alguém deve botar a mesa do jantar e chamar as sentinelas antes que achem que nós morremos aqui – lembrou Caroline.

Elas dobraram as peças nas quais estavam trabalhando e as guardaram nas profundas bolsas de costura junto com os novelos e as rendas e os pedaços de tecido que escondiam fundos falsos para lá de úteis. Então, tentaram decidir se deveriam se alegrar ou chorar.

– Isso é motivo para celebrar, não acham? – arriscou Grace.

– Como saber? São tempos de terror. Isso é fato.

– Estamos pulando no abismo – disse Susannah, solene.

– E é tudo culpa da Nazareth – disse a própria Nazareth. No silêncio amuado que se seguiu, ela completou: – Todo começo é também um fim. Não dá para ter um sem o outro.

CAPÍTULO 21

Você parte de nós
na direção de um novo começo;
nos regozijamos por você e desejamos uma boa jornada
até a Luz.
Os ventos vão lhe contar sobre nós,
as águas vão mencionar seu nome;
neve e chuva e neblina, a primeira luz e a última luz,
tudo vai nos lembrar de que você tinha
certo jeito de Ser
que nos era muito caro.
Você vai voltar à terra da qual veio
e ir além.
Nós vamos guardar você
para Sempre. Amém.

(Encômio fúnebre da Igreja da Gentilezamor)

Michaela acordou antes do nascer do sol com uma dor de cabeça insuportável, encharcada em suor frio. Acordou antes que o toque suave do alarme da sede da Família acordasse todo mundo (com exceção das pessoas doentes ou as que tinham alguma dispensa), sempre pontual às cinco da manhã. Ali, nas profundezas da colina que protegia a sede da Família Chornyak, não havia nada mais que pudesse acordá-los... Luz alguma penetrava a construção, a não ser os longos corredores que se estendiam ao longo das duas laterais da construção, onde certa iluminação vinha das claraboias no térreo e se espalhava por todo o comprimento das passagens. E não havia som algum... Nenhum canto de pássaro, nenhum trovão, nenhum som de tráfego das ruas ou dos céus acima, nada. Era completamente silencioso, e completamente escuro. E, exceto no caso dos dormitórios coletivos, os linguistas haviam construído os quartos para serem o mais acusticamente isolados possível. Era o único tipo de privacidade que existia na casa das Linhagens.

Se o casal do quarto ao lado quisesse passar a noite se deleitando com os prazeres eróticos ou os rituais proibidos (algo que Michaela sequer conseguia imaginar os linguistas fazendo, já que pareciam quase dolorosamente recatados e puritanos, mas nunca se sabia), ninguém saberia. Ninguém jamais ouviria um resmungo, um gemido de prazer, uma obscenidade ou mesmo um grito de êxtase durante o orgasmo. Quem construíra aquelas casas insistira em garantir isolamento total, e fora muito sábio de sua parte.

Mas, com os pesadelos que a atormentavam ultimamente, Michaela não precisava mais de alarmes para acordá-la. Os sonhos ruins já eram mais do que suficiente. Sonhos em que todos os homens que havia matado se enfileiravam diante dela e estendiam os braços, implorando, pedindo a própria vida de volta, resmungando de forma lamentável como bebês presos em celas ou animaizinhos enroscados em cercas... Ela tremeu e jogou os lençóis encharcados para o lado, odiando a sensação deles contra a pele.

Era tão ridículo, raios! Exceto por Ned Landry, e por Deus, ela o *mataria* de novo a hora que fosse, se tivesse a oportunidade; todos aqueles homens haviam ido em paz, e provavelmente gratos, para o túmulo. Todos estavam chegando ao fim de uma longa e frutífera vida de trabalho. Todos estavam em um estágio da vida em que não se podia contar com sistemas biológicos, e o corpo começava a trair o espírito constrangido. Todos estavam mais do que prontos para descansar. Descanso que ela havia dado a eles. Sem dor. Um doce descanso.

Vovô Verdi, por exemplo. Era absurdo que ela sonhasse com ele implorando pela vida de volta! Ele mal via a hora, de uma forma completamente saudável, de se livrar dela.

– Como se eu fosse um bebê, é assim – resmungava ele. – Como um bebezinho! Precisam trocar minha fralda e me dar banho e passar óleo e talquinho, passar talquinho em mim e trocar minha fralda como se eu fosse um bebê! E me dar *papinha* de neném, que coisa nojenta! Nenhum homem merece viver assim, sra. Landry, não mesmo! Bando de tolos, é o que são!

E ele então puxava as fraldas que tanto o envergonhavam, e se largava nos travesseiros, e amaldiçoava a magnífica herança genética que o atava a um mundo que não suportava mais... Ele jamais estaria pedindo aquela vida de volta. Estaria era agradecendo Michaela pela bênção de ter sido liberado dela. E a mesma coisa com os outros.

Exceto Ned. E sobre Ned... Se ela houvesse sonhado só com ele, rastejando e implorando e suplicando por misericórdia, teria adorado. Esperava que ele estivesse queimando no inferno. Bem devagar. Com algum demônio sempre o fazendo *esperar*. Ela não se arrependia de ter matado Ned Landry, da mesma forma que não se arrependia de aniquilar o vírus da pólio ao vacinar crianças. Mesmo tipo de imundície, mesmo tipo de praga, mesmo tipo de serviço à humanidade... Foi isso que fez ao se livrar de Ned Landry. Ela estava ferrenhamente grata por ter feito aquilo.

Mas e os outros? Era absurdo, e ela sabia que era absurdo, mas mesmo assim as vítimas assombravam suas noites. Mesmo sendo todos homens. Mesmo sendo todos lingos. Mesmo que, por direito, todos merecessem a morte.

Ela sentiu uma pontada de dor na cabeça com o pensamento e abriu um sorriso sombrio... *Você* mereceu *isso*, Michaela! Porque é uma mentirosa. É uma mentirosa da cabeça aos pés... *Eles mereciam a morte*... Agora você sabe que não é verdade. E aquele era o problema. Ela achou que havia escapado do problema quando deixara a Casa Estéril e redefinira seus alvos para que fossem sempre homens, mas estava enganada.

Paul John Chornyak, por exemplo. Noventa e cinco anos. Idade em que a morte não seria mais surpreendente do que o sol nascendo pela manhã. Certo inconveniente para Thomas e os outros homens mais velhos, porque ele havia sido Líder da família e não largava o osso, insistindo em comparecer às reuniões e ser parte das decisões de negócios da Linhagem. Não que a mente dele não fosse afiada. Era, mas a memória não estava mais como antes, e ele era tão paciente quanto uma criancinha. Ela não servia mais as refeições do ancião no salão de jantar comunal, exceto aos domingos e feriados e nas ocasiões esparsas em que ele simplesmente decidia que, caramba, *não queria* comer sozinho no quarto. E mesmo isso acontecia só à noite, quando ele se comportava mais como uma pessoa muito idosa e sabia que uma noite quase insone o esperava... Ele nunca precisara dormir muito e se entediava tendo de esperar a chegada da manhã. Isso o fazia ser petulante, e às vezes insistia em ir até o salão de jantar para a última refeição do dia apenas como forma de interromper o fluxo contínuo de noites e madrugadas. O café da manhã e o almoço, porém, eram servidos por Michaela no quarto do idoso. Ela lhe fazia companhia se ele assim quisesse, ouvindo o que ele tinha a dizer. O que significava que a qualquer momento, qualquer momento mesmo, ela poderia facilitar a passagem dele desta para uma melhor, assim como fizera com os demais, livrando o mundo do fardo de mais um linguista.

Mas ela amava o velho.

A afirmação a fez despertar *de vez*; e ali ficou, encarando o teto, chocada com os próprios pensamentos. Era verdade. Ela o amava. Amara Vovô Verdi também; agora, entendia isso. Amava as mulheres idosas da Casa Estéril. Amava Nazareth Chornyak, cujo rosto sempre procurava assim que entrava em uma sala com linguistas; sabia que arrumava desculpas para encostar em Nazareth quando passava por ela, limpando uma sujeirinha imaginável de sua túnica ou alisando um amassado igualmente imaginário em sua roupa... Fazendo uma massagem em seus músculos doloridos depois de um dia duro de trabalho... Sim, ela amava Nazareth também. De repente, Michaela teve a consciência de estar transbordando, estar cheia até a tampa e agora transbordando amor. Por lingos! Por lingos imundos e malditos, por lingos indizíveis, os mesmos que ela odiara a vida toda como uma boa cidadã decente, os mesmos que haviam pegado o bebê dela e o matado e lhe entregado uma porcariazinha de metal em troca... De onde vinha todo aquele amor? Ela nem sabia que tinha aquilo em si, aquela habilidade de amar.

Por Thomas, porém, ela não sentia amor algum, não mais do que sentira por Ned. Havia organizado tudo para que ele se convencesse de que a seduzira, porque conhecia o poder dele e o respeitava, e não conhecia outra forma de se aproveitar dele. Mas não o amava. Amar alguém que a considerava como algo apenas um patamar acima de animais domésticos muito bem treinados não era possível. E ele havia deixado isso bem claro. Seria uma perversão amar o mestre quando ele estava sempre com a bota em seu pescoço, e ela era uma mulher de mente sã. Como a maior parte das mulheres, sofrera um caso violento de Amor Romântico, algo sobre o qual todos aprendiam na Casa de Aula e que lhes era enfiado goela abaixo (com uma colher enorme) pela mídia. Mas isso fora quando era muito novinha. E, como acontece com a maioria das mulheres, um único caso a curara para a vida toda.

Fora uma sorte aquilo ter acontecido *antes* de conhecer o homem com o qual precisaria se casar, poupando-a da experiência destruidora de "se apaixonar", e depois "se desapaixonar", do próprio marido. Ela *servia* a Thomas, assim como servira a Ned, e não havia razão alguma para acreditar que havia perdido o jeito. Thomas nunca seria como Ned, nunca seria um tolo, nunca seria como massa de modelar nas mãos de uma mulher. Mas, se desse muito duro, e se fosse extremamente cuidadosa... Ela sabia que era quase indispensável para Thomas agora, tanto quanto uma mulher pode ser indispensável para um homem como ele. Tão indispensável quanto a pobre Rachel, pelo menos. Provavelmente ainda mais. E ele devia estar se perguntando onde ela estava; já passava da hora de estar de pé cuidando de suas tarefas.

– Estou cansada – disse Michaela, em voz alta. – Estou exausta demais. Não consigo sair desta cama, subir e ser uma boa moça.

Mas depois, é claro, ela se levantou, tirou os lençóis da cama para levar tudo até a lavanderia, colocou um roupão para a visita definitivamente necessária ao lavatório mais próximo, e depois seguiu na direção do corredor para começar o dia. De dia, ao menos, ficava ocupada demais para ser assombrada pelos seus fantasmas pessoais, com Ned sendo o mais novo do grupo. Trancou os lamentos sem lógica das vítimas em seu quarto junto com a exaustão e foi, graciosa, cuidar de suas coisas.

Ela estava muito atrasada; quando chegou ao salão de jantar, já estava quase vazio. Todas as crianças já haviam ido embora, e mesmo a seção onde os adultos comiam tinha pouquíssimos presentes. A maioria era formada por homens muito velhos, que não participavam mais de contratos com o governo e que a fizeram lembrar do incômodo que acabara de tirar da cabeça. Ela parou à porta tentando decidir onde se sentar e considerando seriamente pular o café da manhã. Podia ir direto para a Casa Estéril, onde lhe serviriam uma xícara de um bom chá e pão recém-assado e onde sabia que teria boa companhia e boas conversas. A outra opção seria se sentar com algum daqueles homens e ter de ouvir que era o fim do mundo e que a culpa era ou do presidente ou das mulheres, dependendo de qual das duas coisas tivesse irritado mais os velhos cavaleiros nos últimos tempos.

Alguém encostou em seu braço, e ela se sobressaltou; não havia ouvido a aproximação. Saprendilhas eram ótimas em uma casa cheia de pessoas ocupadas indo e vindo, pois evitavam a barulheira de passos. Mas também não avisavam quando alguém se aproximava, o que às vezes era inconveniente.

Mas fora Nazareth quem a tocara, o que era um toque de esperança em uma manhã que, até então, fora pura desgraça.

– Natha – disse a enfermeira. – Você está atrasada.

– Você também. Atrasada demais. Venha tomar café comigo, e podemos estar atrasadas demais juntas.

– Aqui?

– Claro que não. Venha, soube de uma crise de saúde na Casa Estéril que exige sua atenção imediata, enfermeira Landry. Posso confirmar isso caso alguém pergunte. Você não quer comer com esses velhotes, quer?

– Não muito – admitiu Michaela. – Mas acho que devo fazer isso, de uma forma ou de outra. É como prestar um tipo de serviço de saúde pública.

– Não, você vem comigo, preciso mais de você do que eles; estou sentindo uma dor terrível se aproximando – disse Nazareth.

E, antes que Michaela pudesse responder qualquer coisa, a outra já a havia empurrado porta afora, atravessado o átrio com ela. Os últimos ARes ainda não haviam saído da área de privacidade, o que significava que não havia nada a ser visto ali. Logo, elas saíram para a rua pelos cômodos de serviço. Nazareth não perdia tempo em nada que fazia, e a experiência com a prole de nove crianças havia dado a ela uma forma firme de manejar pessoas que era impressionante, até para uma enfermeira profissional que lidava profissionalmente com pessoas. Na calçada, Michaela forçou a outra a parar, tanto para recuperar o fôlego quanto para entender o que estava acontecendo.

– Ei! – protestou, rindo. – Está cedo demais para correr! Não fui criada correndo e me exercitando antes do nascer do sol como vocês, linguistas doidos... Podemos caminhar agora? Por favor?

– Podemos. Mas eu precisava sair antes que alguém me visse e inventasse uma emergência *para mim*.

– Fazem isso, é? Suponho que seja por isso que a vejo tão pouco aqui na sede principal.

– Exatamente por isso – concordou Nazareth. – Meu pai acredita devotamente que um linguista que não esteja em uso é um linguista desperdiçado, e ele não permite que linguista *algum* seja desperdiçado. Passo bem cedo para ver meus filhos que calharem de estar por aí e depois volto voando para casa.

Casa. A Casa Estéril.

– Podiam ter pegado você de jeito quando foi até o salão de jantar – apontou Michaela.

– Sim... Mas de que outra forma eu conseguiria chamar sua atenção? Garanto que se ficasse no átrio e gritasse quando a visse, eles *certamente* teriam me pegado de jeito. Era mais seguro entrar de fininho e puxar você comigo, não é mesmo?

A caminhada já havia se transformado em corrida novamente, e Michaela sabia que Nazareth não conseguia evitar; apressar-se era tão natural para ela quanto comer e beber. Mas a enfermeira estendeu a mão e se virou para ficar de frente para a outra mulher.

– Me deixe dar uma olhada em você – falou, segurando Nazareth firmemente pelos ombros. – Não, Nazareth, chega de me puxar por aí! Não sei se você está bem mesmo... Talvez deva sugerir para o seu pai que passe mais alguns dias no hospital, já que lá é tão agradável? Fique quieta, mulher, me deixe *ver* como você está! Vão guardar comida mesmo que a gente não chegue à Casa Estéril até meio-dia... Fique *parada*.

Nazareth sorriu, declarando que havia desistido, e Michaela analisou a paciente com atenção sob a luz matinal; era mais confiável do que as luzes internas. Ainda estava muito magra, pensou ela. Magra *demais*. Alta do jeito que era, uns dez centímetros maior que Michaela, a magreza ficava ainda mais evidente. Principalmente considerando as túnicas simples que vestia. Os ossos do quadril ainda estavam saltados.

– Não vou comer mais – anunciou Nazareth com determinação, lendo a mente da outra. – Nem se dê ao trabalho de me passar um sermão, dona enfermeira. Eu já como o suficiente. Sempre fui magrela, pode perguntar para meu antigo esposo, e não vou me transformar de repente em uma dessas matronas agora que estou mais velha.

– Sossegue – disse Michaela, e pousou o indicador gentilmente nos lábios de Nazareth, ganhando um beijo em retribuição; moveu as mãos para acompanhar a linha dos ossos protuberantes da maçã do rosto e estreitou os olhos para analisar o rosto daquela magrela autoproclamada.

Sim, ela estava magra demais, mas o olhar de estresse intolerável havia ido embora. Estava ligeiramente corada, os olhos brilhando com os primeiros sinais de boa saúde. Soltara aquele coque violento que sempre usava e trançara o cabelo em uma única trança solta nas costas.

– Francamente, Nazareth – comentara Thomas a primeira vez que vira a mudança de penteado. – Na sua idade?

Michaela amara o fato de que Nazareth ignorara o pai.

– Você parece estar melhor, Nazareth – disse, enfim, satisfeita. – Muito melhor.

– Estou *mesmo* melhor, é isso. Nada como arrancar a madeira podre e toda a decadência com uma machadada só para melhorar a estrutura geral da casa.

– Quando lembro como você estava no hospital naquele dia...

– Nem lembre – aconselhou Nazareth, sensata. – Nem pense naquilo. Você pensa muito no passado... Isso não faz bem.

Como ela sabia daquilo? Michaela a encarou, pensando em como ela lhe era querida, e Nazareth mostrou a língua.

– Será que podemos continuar agora? – quis saber a linguista, fingindo grosseria. – Está satisfeita com a inspeção? Eu gostaria de comer, e seria ótimo se você me desse uma chance. Inclusive, Susannah fez pãozinho temperado esta manhã, Michaela.

– Já vai ter acabado quando a gente chegar.

– Se você continuar parada aqui desse jeito, vai mesmo.

Michaela pegou a mão da outra mulher e elas se apressaram, atravessando o gramado e deixando para trás olhares de reprovação dos pedestres parados pacatamente nas calçadas. Deviam achar que ela era uma lingo também. O pensamento cruzou a mente de Michaela enquanto forçava as pernas para manter o ritmo acelerado de Nazareth, e ela se maravilhou com o fato de que a ideia não a incomodava. O que a incomodava era a perspectiva de ficar sem os pãezinhos temperados de Susannah, os melhores do mundo.

Ela teve um dia longo e ocupado, e não deu mais espaço mental aos sonhos. Estava ocupada com os vivos. E quando voltou à sede da Família Chornyak no meio da tarde, pronta para fazer seu relatório para Thomas (uma farsa, mas a forma mais discreta de combinar os encontros noturnos e algo que faziam todos os dias sem falta), encontrou a casa silenciosa e uma mensagem de Thomas dizendo que não estaria no escritório naquele dia.

– Aconteceu alguma coisa, Clara? – perguntou ela, surpresa; Thomas *nunca* dispensava o "relatório" quando estava na casa, porque estava determinado a fazer com que aquele fosse um item imutável em sua agenda diária. – Está tudo tão quieto... Alguma coisa aconteceu?

– Foi o meu pai, meu bem – disse Clara.

Paul John? Michaela teria saído correndo, como os antigos bombeiros respondendo ao alarme de incêndio, mas Clara a segurou rápido pelo pulso.

– Não vai ajudar, meu bem. Não precisa ir até lá – disse a outra mulher. – Ele partiu... E já estão cuidando de tudo.

– Mas por que *eu* não fui chamada? Ele era meu paciente! Por que ninguém foi atrás de mim, Clara? Eu estava na Casa Estéril, tão pertinho!

– Michaela, meu benzinho, meu pai desceu para fazer as traquinagens dele na sala dos computadores, e... – começou Clara.

– Ah, meu Deus, seu *pai*... E eu aqui, reclamando para você! Ah, Clara...

Clara deu tapinhas na mão da enfermeira e continuou.

– Ele havia colocado na cabeça que queria mudar uma coisa em um dos programas de cálculo de tarifas, e estava lá parado, falando, dizendo como os outros haviam feito tudo errado e ele não toleraria aquilo... E ele simplesmente *se foi*, meu bem. No meio da frase. Não poderia ter sido mais tranquilo.

– Mas...

– Além disso, nós, mulheres, cuidamos dos nossos mortos por muitos e muitos anos antes de termos uma enfermeira nesta casa – continuou Clara. – Não havia necessidade de perturbar você.

– Eu sinto muito, Clara – disse Michaela, baixinho. – É claro que não havia. Quando aconteceu?

– Ah, uma hora atrás, talvez. Tenho certeza de que alguém já deve ter ido até a Casa Estéril levar a notícia a uma hora dessas... Não é o tipo de coisa que anunciamos nos intercomunicadores... Você deve ter se desencontrado da mensageira.

Michaela respirou fundo e percebeu que estava tremendo. Estava com vergonha de si mesma.

– Clara, eu sinto tanto... – repetiu ela.

– Não fique assim, meu bem. Papai já tinha noventa e cinco anos. Já era esperado, e não estou mal. Se ele estivesse doente, ou se houvesse sofrido... Aí seria diferente. Mas foi como ele queria que fosse. Morreu bem enquanto falava mal de como as coisas haviam sido feitas. Está tudo bem. De verdade.

Michaela tentou sorrir e, quando Clara foi embora, falando algo sobre coisas que precisavam ser arranjadas, ela enfim, e abençoadamente, conseguiu se sentar um pouco. Estava fraca como se fosse uma árvore que perdeu toda a seiva, como se todo o seu sangue houvesse sido drenado. E ela sabia o porquê. Não era luto, embora Paul John significasse muito para ela. Clara estava certa ao dizer que ele morrera como preferia morrer. Mas estava se sentindo culpada pelo que lhe viera à mente no instante em que Clara lhe dera a notícia.

Ah, graças a Deus, agora não vou ter que matá-lo.

Foi nisso que ela havia pensado. Ficara doida de alívio, e doida *com* o alívio que sentira. Ficou ali parada por um bom tempo, no silêncio pouco usual da casa, perguntando a si mesma que tipo de perversidade distorcida havia dentro de si.

Depois de um tempo, uma mensagem chegou em seu computador de pulso, de Thomas. Um incidente infeliz, mas não inesperado, e por aí vai. Mas os serviços de Michaela ainda seriam necessários, tal e coisa, coisa e tal... Ela poderia se programar para continuar empregada... E eles fariam uma reunião no dia seguinte para discutir as mudanças necessárias em seus serviços, *et cetera* e tal.

Michaela confirmou o recebimento da mensagem. E depois, quando teve certeza de que era capaz de caminhar sem tremer, foi para o quarto.

CAPÍTULO 22

Agora, a única canção que as mulheres conhecem é a que
aprendem ao nascer,
uma canção aflita, com as palavras erradas, nas várias lín-
guas que a Terra tem a oferecer.
As coisas que as mulheres querem dizer, as histórias que an-
seiam por contar...
ocupam o dia inteiro nas línguas da Terra, e também metade
da noite para se completar.
Então ninguém escuta o que as mulheres dizem, exceto os
homens de poder
que ficam ali parados, ouvindo de bom grado, depois de cem
dólares por hora receber...
Dizendo "Quem raios iria querer falar sobre coisas tão tolas
assim?".
Ah, as línguas da terra não se prestam às canções que as
mulheres cantam sem fim!
Há muito mais em uma canção mulheril, muito mais a se
aprender;
mas as palavras não estão nas línguas da Terra, e não há
para onde correr...
Então as mulheres falam, e os homens riem, e há pouco que
as mulheres possam falar,
mas uma canção aflita com as palavras erradas, e uma dor
que nunca vai acabar.
As mulheres continuam trabalhando nas línguas dos ho-
mens, e no ofício de fazer dar,
mas as mulheres que gaguejam estão por todos os lados, e as

que falam bem nos dedos dá para contar...
Porque a única canção que as mulheres conhecem é a que
  aprendem ao nascer;
uma canção aflita, com as palavras erradas, nas várias lín-
  guas que a Terra tem a oferecer.
(Letra de canção do século 20, ajustada para a melodia de
uma antiga música chamada "House of the Rising Sun",
que depois ficou conhecida apenas como "Canção aflita,
                         com as palavras erradas")

Verão de 2212...

O tempo passou como o tempo costuma passar, seguindo o ciclo das estações e o ciclo menos previsível, mas igualmente
infinito, das negociações governamentais em prol da conquista e expansão do território. Línguas foram adquiridas, bebês
nasceram e foram submetidos à Interface, e mais línguas ainda foram adquiridas. Sophie Ann morreu, em paz, enquanto
dormia. Deborah também já havia partido, com as menininhas
cuidando dela até o último suspiro. Por causa da artrite, Susannah agora estava em uma cadeira de rodas, mas isso não a
impedia de assar seus pãezinhos temperados. Nazareth continuava magra, Caroline abrupta, Aquina exagerada. Tentavam
não pensar em que Belle-Anne havia se tornado, porque não
havia nada que pudessem fazer a respeito; quando Aquina
não era capaz de parar de pensar no assunto, as outras a acal-
mavam até os horrores irem embora e ficavam de olho nos armários de ervas até os espasmos de memória terem um fim. O
tempo passou normalmente, como sempre fazia.

E Nazareth estava certa: cada menininha da Família
Chornyak agora sabia falar láadan e usava a língua sem dificuldade. As coisas não estavam evoluindo tão rápido nas outras
Casas Estéreis, mas os relatos que vinham delas não eram desa-
nimadores. Algumas das netas mais velhas das anciãs, já saindo
da infância quando o ensino de láadan começara, mas ainda

jovens demais para estarem envolvidas nos contratos do governo, haviam começado a pegar a língua sozinhas... com dificuldades, é claro. Até aí, as mulheres adultas tinham ainda mais dificuldades, mas davam um jeito. Estavam "latinizando", diziam, lembrando do comentário de Nazareth sobre como o latim devia ter sofrido quando passara a ser usado internacionalmente. Elas davam um jeito. E os homens não haviam notado nada.

Quando o Projeto fora implementado, uma das primeiras coisas que Nazareth havia feito fora preparar um alfabeto manual de láadan. Em conceito, algo muito parecido ao alfabeto soletrado com os dedos de ASL, mas muito diferente em forma, porque era algo que só as mulheres treinadas e com olhos atentos eram capazes de ver. Eram movimentos diminutos, feitos com os dedos parados ou apoiados sobre o colo: não podia ser nada além disso. Era um treino esplêndido para as mais novinhas, e para todas elas; se fossem capazes de acompanhar todos aqueles movimentos discretos e entendê-los, tudo isso enquanto se comportavam como se nada estivesse acontecendo, capturar a linguagem corporal de outras pessoas seria simples em comparação.

As menininhas adoravam... Todas as crianças gostavam de uma "língua secreta", e aquela era maravilhosamente secreta. Quando estavam todas sentadas na Casa de Aula, por exemplo, recatadas e aparentemente prestando atenção enquanto os professores tagarelavam seus ritos do século 20, os olhos das garotinhas não traíam nada, mas os dedinhos estavam em polvorosa. "Que poema IDIOTA! Ele nunca vai calar a boca? Quanto tempo falta para o sinal? E que velhote bobo", e coisas muito piores, é claro. Era empolgante, e algo bem perigoso, mas pertencia apenas a elas. As mulheres mais velhas não precisaram se preocupar em lembrar as mais jovens sobre a necessidade de manter a língua em segredo. Não abririam o bico sobre o uso de láadan nem que fossem torturadas, porque era algo delas, e delas todas juntas; nenhuma outra coisa no mundo preenchia essa descrição.

As coisas estavam correndo exatamente como Nazareth havia previsto, e as outras admitiam isso de bom grado. Mas algumas questões eram surpreendentes mesmo assim. Por exemplo, a velocidade de tudo aquilo.

– Está acontecendo tão rápido! – disse Thyrsis, e soltou um gritinho; havia espetado o dedo com a agulha de costura. Colocou o dedo na boca e limpou o sangue antes que manchasse o tecido. – Como pode estar indo tão rápido assim?

– Nazareth, você disse que demoraria muito tempo – concordou outra mulher. – Gerações, você disse... Me lembro muito bem.

– E vai demorar gerações mesmo – respondeu Nazareth – antes que a láadan se torne uma linguagem auxiliar. É inevitável. Não vejo mudança alguma nesse quesito.

– Mas elas usam a língua o tempo todo e a adoram. E fazem coisas estranhas.

– O quê, por exemplo?

Susannah deu uma risadinha.

– Por exemplo, ontem fui apresentar uma nova palavra a elas, para se referir àquela dança que vimos nos tresdês. Lembra, Grace? Aquela, em que parece que os jovens estão todos tentando deslocar o ombro?

– Lembro – disse Grace. – Se me perguntassem, juraria que é algo doloroso.

– Então! Achei que havia uma proposta decente de palavra, e dei minha sugestão. E uma das pequerruchas *me corrigiu*, acreditam?

– Corrigiu? Como é possível? Você errou a morfologia? Na sua idade?

– É claro que não, era uma palavra perfeitamente boa em láadan, formada de acordo com todas as regras. Mas ela me corrigiu. Disse: "Tia Susannah, não pode ser assim. Sinto muitíssimo, mas precisa ser *assim*".

– E ela estava certa?

– Por Deus, como vou saber? Não tenho intuições nativas sobre a láadan, como bem sabem.

– Nem as crianças.

– Ah, mas ao que parece, elas acham que têm, já.

– Não é possível.

– Não... Mas ela disse: "Assim, minha boca sabe que está certo". Elas todas balançaram a cabeça, reconhecendo o choque.

– Admito que tudo está acontecendo bem mais rápido do que qualquer teoria linguística poderia prever – disse Nazareth. – Mas acho que posso entender o motivo. Acho que não levamos em conta o quão *divertido* seria para as crianças. Elas têm tão pouca diversão, nós devíamos ter percebido... Mas isso nunca me passou pela cabeça.

– Vocês já perceberam – perguntou Caroline – como estão próximas umas das outras?

– As menininhas?

– Claro, as menininhas! Mesmo as mais velhas, que conseguem usar láadan apenas para fazer as mais novas rirem delas... Elas estão...

Pararam, porque não havia palavra alguma para aquilo em nenhuma das línguas que conheciam, e queriam usar a palavra *certa*.

– Ah... – disse ela. – Já sei. Elas estão *héenahal*. – E suspirou. – Que alívio ter uma língua com as palavras certas!

– Bom, não é de admirar que estejam tão unidas, então – comentou Nazareth. – Lembre que algumas têm esse recurso maravilhoso desde o dia em que nasceram.

– Não consigo nem imaginar – disse Grace, enfática. – Tento, mas não consigo. Imaginar como deve ser. Não estar sempre patinando porque não há palavras... A ponto de a pessoa com quem você quer desesperadamente conversar ficar cansada de esperar pela palavra certa e mudar de assunto. Ter uma língua que funciona, que diz o que você quer dizer com facilidade e eficiência... E *sempre* ter algo assim? Não, meus amores, não consigo imaginar. Sou velha demais.

– Está funcionando, então – disse Thyrsis. – Podemos dizer com certeza que está funcionando.

– Ah, sim – respondeu Nazareth. – Sem dúvida vocês não conseguem imaginar, nem por um instante, que *esta* realidade é a mesma com a qual vocês e eu nascemos precisando lidar. Sim, está funcionando, e muito rápido.

– E não estamos mais prontas para lidar com essa nova realidade agora do que estávamos no dia em que Nazareth nos disse para levantar a bunda da cadeira e fazer alguma coisa – afirmou Aquina.

– Aquina, nem comece!

– Ora, mas não estamos.

– Não precisa ter pressa, Aquina.

– Não precisa ter pressa? Por Deus, os homens são lerdos, mas não são surdos e cegos! Quanto tempo acham que vai demorar até eles perceberem?

– Muito tempo – respondeu Caroline, confiante. – Eles acham que somos todas idiotas. Acham que nossa atenção é toda devotada a definir matrizes descritivas para os oitenta e quatro fonemas diferentes de linglês neste exato momento, por exemplo.

– Oitenta e cinco.

– Oitenta e cinco, já? Caramba... Entenderam? Nada é tão ultrajante a ponto de apenas reforçar a convicção deles de que temos pudim de baunilha no lugar do cérebro. E enquanto eles tiverem certeza de suas percepções, estaremos bem seguras.

– Mesmo assim! – surtou Aquina. – Mesmo assim! Não são homens quaisquer, são linguistas. Treinados para observar. Eles com certeza vão perceber, e não estamos prontas.

– Aquina, por favor! – protestou Thyrsis. – Por que estragar nossa alegria?

– Porque preciso. Alguém precisa.

Ninguém respondeu, e os dedos delas passaram a voar com as agulhas em uma unanimidade que dizia NÓS-ESTAMOS-IGNORANDO-VOCÊ. Isso não a deteve, porém.

– O que realmente precisamos – começou ela, solene –, o que realmente resolveria o problema de uma vez por todas é uma colônia nossa. Uma colônia só para mulheres. Algum lugar bem longe e tão carente de valor em dinheiro que os homens nunca teriam o interesse de tirá-la de nós.

Nazareth ergueu as mãos, jogando o tricô para cima.

– Aquina, que absurdo! – gritou ela. – Uma colônia! Não conseguimos nem comprar uma fruta sem a autorização por escrito de um homem, e você quer comprar passagens de espaçonave... Não podemos nem sair dos limites da cidade sem um homem nos escoltar *e* fazer uma autorização por escrito, mas você quer que a gente voe para as estrelas e crie uma colônia... – Ela irrompeu em um acesso de riso, mas conseguiu usar as duas mãos para acariciar o cabelo branco de Aquina, para mostrar que não havia malícia na risada.

– Ah, eu sei – resmungou Aquina. – Eu sei. Mas seria ótimo.

– Nós poderíamos levar estoques de esperma congelado com a gente – acrescentou outra das mulheres, rindo. – Para as meninas que vamos sequestrar. Não poderíamos, Aquina? Poderíamos passar pela alfândega dizendo que é... o quê? Xampu?

– Eu sei... – repetiu Aquina. – Eu sou uma boba.

– Enfim... Não seja uma boba inveterada, Aquina.

– Mas os homens *vão* perceber – insistiu ela. – Independentemente das minhas fantasias, vocês sabem muito bem que vão perceber. E nós não temos certeza do que fazer.

– Minha querida, não é assim – bronqueou Nazareth. – Vocês têm uma lista. Onze possibilidades de reações que os homens podem ter. Onze respostas lógicas, uma para cada hipótese. Nós fizemos essa lista há cinco anos.

– Ah, nós fizemos *listas*! Mas não fizemos nada para executar o que foi listado! Temos outras listas para isso. As pré--listas, para começarmos a nos preparar para as listas *de verdade*... Isso é idiota. É bizarro. É imperdoável! Nós devíamos ter começado há muito tempo.

– Ah, meu bem...

Foi uma discussão que se alongou e se alongou como uma estrada, e ainda se alongaria enquanto houvesse privacidade e tempo livre o bastante para permitir, porque não havia uma resposta. Se Aquina estivesse certa, elas de fato estavam seriamente atrasadas. Mas eram tão ocupadas! As únicas que tinham tempo para colocar os planos em movimento estavam muito doentes, muito velhas ou incapazes de realizar qualquer uma das tarefas envolvidas. E não havia como fugir daquilo.

A ganância dos governantes da Terra não tinha limite; cada novo povo alienígena contatado significa novos tesouros alienígenas a explorar, e um novo mercado para os produtos da Terra, o que significava uma nova língua alienígena a ser adquirida. Nunca havia bebês suficientes, nunca havia Interfaces suficientes... Naquele ano, uma nova resolução surgira nas Nações Unidas propondo que os linguistas fossem obrigados por lei a instalar uma das Famílias na Federação da América Central, uma na Austrália e uma em algum outro lugar – não era *justo*, trovejavam os delegados, que todas as Famílias vivessem nos Estados Unidos, na Europa Unida e na África, sendo que todos precisavam igualmente dos linguistas. E, é claro, as delegações da Europa Unida e da África haviam se adiantado para protestar que mal podiam ser incluídas nas acusações de imperialismo linguístico, já que eram os Estados Unidos que agrupavam *dez* das treze Linhagens.

Continuou acontecendo. Como se os linguistas fossem um recurso público, ou uma unidade militar, e não cidadãos individuais e seres humanos. Não fazia diferença, porque não havia como as Linhagens se espalharem "equanimemente" ao redor do mundo ao bel-prazer da população de cada região. Mas a pressão constante de fazer mais e de ser mais nunca era aliviada. Por que, queriam saber os governos, as crianças linguistas não podiam ser obrigadas a dominar no mínimo duas línguas alienígenas em vez de uma só, dobrando assim a utilidade delas? Por que as mulheres das Linhagens não podiam usar drogas de fertilização que garantissem gestações múltiplas? Por que o tempo de cada bebê na Interface não podia aumentar para seis horas por dia em vez de três? Por quê...? Eram perguntas sem fim, e nada além do apego ao paradigma judaico-cristão evitava que perguntassem por que os homens das Linhagens não podiam assumir dezenas de esposas cada em vez de uma só.

Eram demandas que não acabavam mais, intromissão que não acabava mais. Os linguistas haviam surpreendido homens de vários serviços de inteligência plantados diante da sede das Famílias com dias de diferença, e acharam muita graça. Eles podiam ser ótimos agentes secretos, mas péssimos encanadores e carpinteiros e jardineiros. Aqueles que haviam sido destacados para conquistar as mulheres das Linhagens, se casarem com elas e *fazerem parte das famílias* eram os mais comicamente óbvios.

As mulheres das Casas Estéreis não tinham tempo, em tais circunstâncias, para colocar em operação os planos de contingência. A cada dia que passava, ficavam mais ocupadas. Mesmo as curtas reuniões no salão – que faziam armadas com seus tricôs e costuras, só para discutir como não havia tempo para fazer as coisas e surtar a respeito – estavam ficando cada vez mais raras. E mais curtas, já que todas, exceto as mais velhas, eram obrigadas a cumprir vários prazos.

Como naquele momento, em que todas saíram às pressas, exceto Susannah, que não trabalhava mais em negociações, embora ainda passasse muitas horas traduzindo e mexendo nos computadores, cuidando dos dados. Aquina precisara sair também, apesar de toda a determinação em *fazer* alguma coisa, e Susannah acabou sozinha com Nazareth e a bagunça usual de tudo sendo deixado de pernas para o ar.

– Não acredito – disse ela. – Você com certeza não está de férias, não é, Natha? Não tem pelo menos uma meia dúzia de lugares em que deveria estar, ao mesmo tempo, uns quinze minutos atrás?

– Sim. – Nazareth riu. – E estou atrasada para todos esses compromissos.

– E ainda está aqui sentada?

– Estou tentando decidir para quais dos seis vou me atrasar primeiro, cara Susannah.

– Hummmm... Estou vendo. E também estou vendo outra coisa, Nazareth Joanna Chornyak Adiness.

– O que mais você está vendo com esses sábios olhos anciãos?

– Que *você* não está preocupada – disse Susannah.

– Ah, que olhar aguçado o seu, vovozinha!

– Mas você não está. Ou *está*?

– Não. Não estou preocupada.

– Todas as outras estão, meu bem. Não só Aquina. Se fosse só Aquina, não seria problema. Mas *todas* estão.

– Eu sei.

– Elas tentam não pensar no assunto, mas estão chateadas.

– Sim.

– Ora, então... Por que *você* está tão serena, Nazareth? O que não está dizendo? Por que está tão despreocupada?

– Não sei.

– Mesmo?

– Mesmo.

– Nazareth?

– Pois não, Susannah.

– Você sabe alguma coisa que nós não sabemos? De novo? Como sabia que já era hora de começar a ensinar a láadan, algo que não sabíamos? Como você sabia que os ensinamentos funcionariam, algo que não sabíamos?

Nazareth considerou seriamente a pergunta enquanto Susannah a encarava sem piscar.

– Susannah, eu sinto muito – respondeu enfim, devagar. – Mas não tem como explicar. Sou *incapaz* de explicar.

– Talvez você deva tentar mesmo assim.

– Se eu pudesse, Susannah, tentaria. E, quando puder, vou tentar.

– E quanto tempo vai demorar? Antes que você se sinta capaz de começar a tentar?

Nazareth começou a dobrar o tricô, sorrindo.

– Minha bola de cristal está quebrada, Susannah, meu amorzinho – provocou ela. – E preciso ir, ou não será mais meia dúzia de lugares nos quais preciso estar ao mesmo tempo... será uma dúzia inteira. Preciso resolver algumas dessas coisas.

CAPÍTULO 23

Sob essa ótica, frases se sustentam por uma espécie de "cola nuclear" formada de mésons, partículas alfa e postulados de significação, todos rodando em órbitas mais ou menos quantizadas ao redor de plasma indiferenciado ou de feixes de traços. Assim, a noção mais antiga de uma gramática como um algoritmo abstrato de reconhecimento generativo, embora concretamente manifesto, deve ser abandonada e substituída por um recurso (para voltar a um sentido mais tradicional da palavra) em que traços especificam e são especificados por outros traços em várias combinações – sujeitas, é claro, a limitações óbvias que não cabe discutir aqui. Qualquer outra coisa que possa ser dita em favor de tal posição é no mínimo incontestável; e, em si, isso representa um avanço significativo na Teoria da Gramática Universal como este campo foi tradicionalmente concebido. Em oposição a isso, atualmente, há apenas a Teoria das Limitações Derivacionais Universais – que, embora igualmente incontestável, sofre de certa falta de plausibilidade...

Coughlake apresenta aquele que é, talvez, o melhor argumento a favor da Posição Insuportável quando diz que limitações derivacionais devem ser deixadas ilimitadas, uma vez que, argumenta ele, já foram exploradas por muito tempo por chauvinistas não derivacionistas tentando exercer um tipo de imperialismo interpretativo, um pax lexicalis, digamos assim, sobre o reino da sintaxe.

INSTRUÇÕES: *Você tem trinta minutos. Identifique o distinto linguista autor da citação acima e especifique o modelo teórico ao qual ele é associado. Depois explique, com clareza e de forma concisa, o que a citação significa.* NÃO VIRE A PÁGINA ATÉ RECEBER A ORDEM PARA FAZÊ-LO. PODE COMEÇAR.

(Pergunta tirada da prova final aplicada pela Divisão de Linguística do Departamento de Análise e Tradução dos EUA)

Aquela era uma ocasião tão esplêndida quanto rara. Olhando para as mesas cobertas com alvas toalhas de linho pesado (linho de verdade, tirado dos baús nos depósitos, onde havia sido guardado com outros itens valiosos da Família, também raramente usados), e para a prataria e cristais brilhantes, Thomas tentou se lembrar da última vez que haviam organizado algo parecido. Muitos anos atrás, se não contassem os jantares de Natal... E mesmo em tais ocasiões, não costumavam tirar as toalhas de linho dos baús, ou convidar pessoas das outras Famílias. Aquela demonstração de opulência era uma homenagem a seu septuagésimo aniversário... E, ao pensar nisso, concluiu que a última festa desse tipo devia ter sido justamente para o aniversário de setenta anos de algum outro Líder da Família. Muito tempo atrás, naquela mesma casa, algo assim havia sido organizado para a celebração de vida de Paul John. Como se o número setenta tivesse algum significado.

Era apenas uma desculpa, claro. Para interromper o fluxo de trabalho, estudo, reprodução, treinamento, registro. Para passar um tempo reforçando relacionamentos, encontrando velhos amigos que só se viam de vez em quando com o passar dos anos. Tais pretextos eram poucos e muito espaçados. Só havia treze Líderes de Família que podiam completar setenta anos.

Haviam se divertido muito, sem dúvida alguma. A começar pela comida magnífica, o tipo de comida que o povo leigo acreditava que os linguistas comiam *todos* os dias, com champanhe da melhor qualidade e vinhos exóticos vindos das colônias. Isso enquanto as mulheres ainda estavam à mesa, a presença delas restringindo as conversas a política e assuntos triviais... Mesmo assim, haviam se deleitado.

As mulheres enfim se retiraram para fazer o que quer que fizessem quando estavam juntas (fofocar, pensou Thomas, sempre fofocar), e chegara o momento de aproveitar conversas de verdade. O sólido e útil papo dos homens, que conheciam e gostavam uns dos outros, e podiam falar livremente sobre suas vidas. Nada parecido com fofocar, com certeza. O bourbon chegara, assim como os melhores tabacos. O salão estava cálido como não ficava nem mesmo no Natal. Thomas sorriu, percebendo que estava genuinamente feliz, pelo menos por enquanto. Tão feliz que nem mesmo a última catástrofe do DAT poderia distraí-lo. Não naquela noite.

– Você está com um ar presunçoso hoje, Thomas – comentou o irmão Adam, servindo-se de mais bourbon. – Descaradamente presunçoso.

– Eu me sinto presunçoso.

– Só porque sobreviveu até os setenta? – cutucou Adam. – Não é algo tão admirável assim. Em mais dois anos, vou alcançar o mesmo marco.

Thomas apenas sorriu para o irmão e ergueu a taça para tocar a dele com um estalido de celebração mútua. Que Adam o pentelhasse; nada estragaria o seu humor naquela noite.

Ele apontou para a extremidade da mesa com o cigarro, para o grupinho de homens em esplêndidos trajes formais completos, incluindo gravatas.

– Sobre o que estão conversando ali, Adam? Se for tão bom quanto parece, talvez eu chegue mais perto para ouvir. O que é, sexo ou bolsa de valores?

– Nenhum dos dois. Surpresa.

– Sério? Nem mulheres, nem dinheiro?

– Ah, é sobre mulheres, Thomas. Mas não sobre os braços, as tetas e a bunda delas, meu caro irmão. Nada erótico.

– Meu Deus. Sobre o que mais dá para conversar quando o assunto são as mulheres?

Ele então prestou atenção, tentando ouvir, e trechos do papo chegaram até ele acima do burburinho geral.

– ... uma maldita anja, o tempo todo. Não dá para acreditar...

– ... uma única dor ou incômodo, acredita? Nunca ouvi falar disso, mas, meu Deus, que alívio! Eu estava...

– ... como costumava ser, choramingando e importunando, e choramingando e importunando o dia inteirinho...

– ... como explicar, mas...

– ... caramba, é *bom*, sabe, ter...

Thomas balançou a cabeça; não conseguia entender nada. Só uma palavra aqui e uma frase ali, tudo imerso em um discurso satisfeito.

– Certo, Adam – disse ele, enfim. – Desisto. Do que estão falando?

– Bom... Não posso falar por experiência, claro, já que vivo em abençoada harmonia. Mas, se o que estão falando for verdade, algo está acometendo as mulheres.

– Acometendo? Elas parecem iguaizinhas para mim... O que quer dizer com isso?

– De acordo com eles – Adam fez um gesto amplo para abarcar todos os homens nas mesas –, o processo de socialização enfim começou a pegar, e as mulheres estão se recuperando dos efeitos da maldita corrupção feminina. Uma maravilha, não acha?

– É disso que estão falando?

– Exato. As mulheres, de acordo com eles, não importunam mais. Não choramingam. Não reclamam. Não exigem coisas. Não discutem. Não ficam doentes. Acredita nisso, Thomas? Não têm mais dores de cabeça, incômodos menstruais, surtos de histeria... Ou, se têm, não falam mais desses males. É o que eles dizem.

Thomas franziu a testa e pensou a respeito. Será que era verdade? Quando fora a última vez que tivera de aturar uma insolência de Rachel? Para sua surpresa, percebeu que não se lembrava.

Ergueu a taça bem alto e chamou a atenção dos homens na mesa. Como a festa era dele, claro que todos se viraram cortesmente para ver o que o homem queria.

– Adam aqui me diz que as esposas dos senhores viraram santas – disse ele, sorrindo. – Não me orgulho em dizer que não só não havia percebido, como acho difícil acreditar. É bem mais provável que Adam esteja apenas confuso. Mas, se não for o caso, essa me parece uma mudança drástica... Aconteceu com todas elas? Ou só algumas?

Eles responderam sem hesitar: havia acontecido com todas as mulheres das Famílias. Ah, talvez as mais idosas ainda se irritassem aqui e ali, mas era culpa da idade – até homens velhos sabiam ser irritantes. À parte disso, aquilo estava acontecendo com todas as mulheres, o tempo todo. Como Adam dissera, as distorções do século 20 haviam enfim se dispersado, e a Terra virara o novo Éden.

– Ora, raios que me partam – declarou Thomas.

– E vão partir, meu irmão, vão partir – disse Adam, com um tolo sorriso de desdém no rosto. Adam tomara bourbon demais.

Na mesa ao lado, Andrew St. Cyrus ergueu a mão e disse:

– Deixe-me fazer uma rápida pesquisa, Thomas... Pode ser? Digam-me, todos vocês... Quando foi a última vez que ouviram uma mulher choramingando por aí? Ou alguma tagarelando sem parar a respeito de algum assunto para o qual ninguém em sã consciência daria bola? Ou choramingando por horas sobre sei lá o quê? Quando foi a última vez?

Houve um murmúrio, e conversinhas paralelas, até que enfim concordaram: já fazia uns bons seis meses. Talvez mais. Só haviam começado a notar aquilo recentemente, mas era algo que devia estar acontecendo havia muito tempo.

– Mas isso é maravilhoso! – disse Thomas.

– Não é? E incrível. E no tempo certinho para comemorar seus setenta anos!

E todos ergueram os copos de bourbon em um brinde.

– Ah, e as mais novinhas... – disse alguém, do outro lado do salão. – Ai de mim se eu fosse uns cinquenta anos mais novo!

Gargalhadas retumbantes preencheram o recinto, junto com as usuais piadas sujas sobre mulheres, mas as outras mesas concordaram.

– Elas são tão *adoráveis*, as mocinhas – refletiu o sujeito que havia levantado o assunto. Um Hashihawa, mas Thomas não lembrava o primeiro nome dele. – E elas têm ideias tão fofinhas. Chornyak, escute só: eu tenho uma neta... Bom, tenho duas ou três dúzias de netas... Mas tem essa em particular, uma coisinha adorável, chamada Shawna, acho. Outro dia a ouvi falando com outra das menininhas, explicando muito seriamente que o que sentia pelo irmão mais novo não era "amor", "amor", sabe... Era... Não lembro a palavra exatamente, mas era "amor pelo irmão ou irmã de sangue, mas não de coração". Que fofo! O tipo de distinção boba que só uma mulher faria, é claro, mas fofo. Ah, vai ser um homem sortudo de uma Linhagem sortuda aquele que se deitar com a minha pequena Shawna, Thomas!

– Em que língua ela estava falando?

O homem deu de ombros.

– Não sei... Quem consegue acompanhar todas? A língua que adquiriu na Interface, acho.

E exemplos começaram a vir dos outros homens. Exemplos fofinhos. Exemplos muito curiosos. Só para adicionar à conversa e explicar o ocorrido para Thomas, que claramente não percebera o que estava acontecendo ao seu redor ultimamente. Não foram tantos exemplos assim, porque o assunto logo mudou e começaram a falar de questões mais importantes, como o próximo candidato republicano à presidência dos Estados Unidos. Mas foram pelo menos uma dúzia de exemplos.

Thomas ficou parado, esquecido do bourbon, incomodado com alguma coisa. Adam o encarava com a expressão embriagada, acusando o irmão de estar pensando em negócios em vez de celebrar. Mas ele não estava pensando em negócios.

Não mesmo. Estava pensando naquela dúzia de exemplos, na dúzia de conceitos "fofinhos" e "curiosos" vindos de quase todas as Famílias. O que significaria mais ou menos uma dúzia de línguas alienígenas diferentes para todos os exemplos. Mas não era o que parecia. Apenas alguns dos homens haviam lembrado da forma aproximada das palavras, mas Thomas fora um linguista a vida inteira; não precisava de todas as palavras para perceber um padrão. Aquelas expressões eram todas, cada uma delas, da *mesma* língua. Ele apostaria a vida nisso.

O que só podia significar uma coisa.

– Meu Jesus Cristinho montado em um jumento cor-de--hortênsia – exclamou Thomas em voz alta, chocado.

– Beba – ordenou Adam. – Vai fazer bem. Você não está nem perto de bêbado ainda.

Ele não estava nada bêbado; estava era sóbrio como uma pedra. E nem uma garrafa inteira de bourbon o teria embriagado naquele momento.

Aquilo tudo só podia significar uma coisa.

Porque não havia como aquelas garotinhas de Famílias diferentes estarem adquirindo úma mesma língua alienígena ao mesmo tempo. *Nem ferrando.*

E as peças começaram a se juntar na cabeça dele. Coisas que havia percebido bem por cima, sem notar que havia percebido. Coisas que vira de canto de olho, entreouvira por aí... coisas que sentira.

Ele olhou para aqueles homens, sangue do seu sangue, os homens das Linhagens, rindo e animados e um pouco bêbados e felizes, empanturrados com os raros prazeres da noite e a companhia uns dos outros. Mas tudo o que conseguia pensar era: *Tolos! Todos vocês são uns tolos. E eu sou o maior tolo de todos.* Pois ele era o líder não apenas da Família Chornyak, mas de todas as Famílias, e aquilo deveria significar alguma coisa. Deveria significar que ele sempre saberia o que estava se passando nas Linhagens antes que as coisas fossem mais longe do que deveriam.

Como algo assim havia acontecido? Onde ele estava com a cabeça?

Não disse nada para os outros, porque só podia estar errado. Só podia haver outra explicação. Talvez um grupo de línguas alienígenas semelhantes que se espalhara pelas Linhagens por coincidência, algo do tipo. Ou talvez Thomas só tivesse imaginado ver padrões, distraído pelo álcool que bebia tão raramente. Ele deixou tudo aquilo de lado e se concentrou em cumprir o papel de anfitrião pelo resto da noite. Em parte porque era sua função, mas também porque não queria estragar a noite para os outros homens caso estivesse errado.

A festa se estendeu, interminável, todo o prazer dela drenado. Adam desmaiou e precisou ser carregado para um cubículo nos dormitórios reservado para aquele tipo de acidente degradante. Adam não era capaz de controlar a esposa nem o gosto pela bebida, e sem dúvida era desagradável para ele ser sempre comparado a Thomas, então bebia até não poder mais ser comparado. Thomas teve a impressão de que a festa havia se transformado em uma piada, que nunca terminaria.

Quando enfim chegou ao fim, como seria o normal, apesar de suas percepções distorcidas do tempo, Thomas estava enfraquecido pela mistura de alívio e medo. E grato por poder escapar para o escritório, aonde ninguém ousaria ir sem ser convidado e onde Michaela Landry o estaria esperando como fora instruída a fazer. A expectativa dele fora estar com um bom humor pouco usual ao fim da noite, e havia desejado que ela estivesse lá para que pudessem conversar.

Ele ainda queria que ela estivesse lá, frenético como estava. Não para usufruir do corpo dela; não tinha interesse algum no corpo da mulher naquela noite. Mas sim no abençoado dom de ouvir de coração e mente aberta. E no fato de que podia confiar de olhos fechados nela.

Ele sentia que, se não conversasse com ninguém a respeito daquilo, ficaria maluco. E *podia* conversar com Michaela, abençoada fosse.

– Michaela, você está entendendo o que estou dizendo? Está acompanhando?

– Não tenho certeza... – respondeu ela, cautelosa. – Não sou linguista, meu bem... Não sei nada dessas coisas. Talvez, se você me explicar de novo, eu possa compreender.

Ele precisava desesperadamente falar tudo de novo, aquilo estava mais do que óbvio para ela. E, pela primeira vez, ela precisava desesperadamente *ouvir* tudo de novo. Para ter certeza de que ele estava falando o que ela achava que estava, e para saber direito o que o homem já sabia. Porque as mulheres não haviam contado aquilo para ela, é claro, não mais do que haviam contado para qualquer outra mulher que vivia entre homens. Nem mesmo Nazareth. E Michaela não havia percebido.

– Michaela, se você estivesse prestando atenção, não teria problemas em entender... – disse Thomas, severo. – Não é nada além da sua compreensão.

– É claro, Thomas. Me perdoe. Vou ouvir com muita atenção desta vez.

– Então, você já deve ter ouvido falar do Projeto de Codificação, Michaela; está sempre na Casa Estéril, é impossível que não tenha ouvido falar. Por gerações, nossas mulheres estão brincando de... construir uma "língua mulheril" chamada linglês. Você deve ter ao menos as escutado falar a respeito.

– Acho que me lembro de algo assim, Thomas.

– Bem, então, é uma bobagem sem tamanho, e sempre foi. Em primeiro lugar, é impossível "construir" uma língua humana. Não sabemos como as línguas humanas surgiram, mas temos certeza de que não foi com algum maldito humano se sentando para inventar uma do zero.

– Sim, meu querido.

– E em segundo lugar, mesmo que fosse possível fazer algo assim, com certeza não seria feito por mulheres... E isso está mais do que claro pelo resultado lamentável da iniciativa. Oitenta e tantos fonemas. Mudanças da ordem obrigatória das palavras por meio de uma convenção, imagine só, a cada dois ou três anos. Conjuntos de *centenas* de partículas. Cinco ortografias diferentes, para situações diferentes. Onze regras distintas para a formação de perguntas simples de sim ou não. Treze... – Ele se deteve ao lembrar com quem estava falando, e pediu perdão. – Nada disso faz sentido para você, Michaela. Sinto muito.

– É muito interessante, Thomas – disse ela. – E tenho certeza de que deve ser importante para quem entende do assunto.

– É *mesmo* importante. Corrobora tudo o que eu disse sobre como são tolos tanto o projeto em si quanto as mulheres envolvidas nele. É exatamente o que se esperaria de um grupo de mulheres reunido para passar todo o tempo livre delas, por anos, se dedicando a uma tarefa absurda. Com convenções e fóruns e tudo o que se tem direito. É o que eu teria previsto, e entendo o resultado... E esse é o problema.

– Sinto muito, meu querido. Agora, acho mesmo que não estou acompanhando.

– Michaela, eu fiz questão de acompanhar o progresso, ou regresso, do linglês a cada seis meses, mais ou menos. É infantil, mecânico. Um tipo elaborado de interlíngua, mas a interlíngua parece grego clássico em comparação. Sempre foi assim. Nós, homens das Linhagens, sempre ficamos impressionados com a forma como nossas mulheres foram capazes de produzir tal monstruosidade... Sempre foi prova, se é que precisávamos de mais provas, de que as habilidades de aquisição de línguas não são diretamente proporcionais à inteligência. Mas... e esse é o ponto... A partir daquela palhaçada, daquela porcaria de linglês, elas não podem ter desenvolvido um sistema coerente que possa ser ensinado e falado por menininhas, passado de linguista a linguista das Famílias. É impossível algo assim ter acontecido.

Michaela percebeu os sinais de tensão no pescoço e nos ombros do homem, e se moveu para um lugar onde a posição de Thomas aliviaria o incômodo.

– Mas, pelo jeito, você acha que foi isso que aconteceu – disse ela. – Ou entendi errado?

– Não... Acho que foi o que aconteceu. Não entendo como, não faz o mais remoto sentido, mas acho que foi o que aconteceu. E não posso tolerar isso, Michaela!

– Claro que não! – disse ela, de imediato. – É claro que não pode.

– Não posso tolerar – continuou ele, como se ela não houvesse dito nada. – Nunca fui da opinião de que devia ser extremamente estrito com nossas mulheres, mas não vou tolerar isso. A menos que eu tenha entendido totalmente errado, é algo perigoso, o que quer que seja. E precisa ser detido, e detido *agora*, enquanto envolve apenas algumas menininhas e um bando de velhas idiotas. Que a alma conivente delas vá para o inferno!

– E acha que elas vão contar a verdade, Thomas? Se ficarem assustadas, digo. Acho que o linglês deve significar muito para elas.

– Não espero ter que fazer com que elas me *contem* – respondeu ele, o rosto sombrio e os olhos cintilando de uma forma que Michaela nunca vira antes. – Vou deixar de lado toda a minha agenda de amanhã. Vou até a Casa Estéril imediatamente depois do desjejum... Caramba, talvez vá *antes* do desjejum. E vou ficar naquele antro de iniquidade até chegar à raiz disso tudo, nem que demore uma semana. Vou revirar cada armário, olhar cada programa no computador... E, enquanto estiver lá, para demonstrar que não sou tão idiota como elas podem ter imaginado, vou vasculhar cada recipiente e canto que elas alegadamente usam para "material de costura", com tesouras em mãos se for necessário. E vou chegar à raiz disso, Michaela. Queiram elas ou não. Tentem elas mentir para mim ou não.

– Entendi, Thomas. Nossa, que trabalhão isso vai te dar.

– E se for o que acho que é...

– Sim, meu querido. Se for...?

– Se for... – Ele socou a mesa com tanta força que a enfermeira quase se sobressaltou; foi por pouco. – Vou *matar isso no ninho*. Cada vestígio da língua. Vou destruí-la como faria com um enxame de insetos, e vou cuidar para que isso seja feito em todas as Famílias. E nunca mais o Projeto de Codificação verá a luz do dia, Michaela. Eu garanto. Nunca. *Nunca mais*.

Pensando que devia ser ainda mais cuidadosa do que já fora, Michaela disse como era ótimo ele poder fazer isso, com tanta rapidez e certeza. Depois perguntou:

– Mas, meu bem, não sei se entendo *por que* você ficou abalado desse jeito. É só uma língua, e elas já sabem tantas! É por que fizeram isso sem sua permissão...? Por que ensinaram a língua para as crianças sem perguntar para você antes?

Ele a fulminou com o olhar, como se fosse mordê-la, e ela permaneceu absolutamente imóvel e deliberadamente tranquila até ele se fartar de encarar e ranger os dentes e franzir a testa.

– Esse tal linglês, se é que conseguiram mesmo dar forma a ele a ponto de as crianças conseguirem usar, seria tão perigoso quanto qualquer doença – disse ele, sem rodeios. – Esqueça, Michaela, é complicado. Está muito além da sua compreensão, e ainda bem. Mas representa um risco e representa corrupção. E não é algo que deve acontecer.

– Ah, meu querido... – Michaela suspirou. – Que horrível... Talvez você não deva esperar até amanhã. Talvez deva ir hoje à noite... Sim, tenho *certeza* de que deve ir até lá hoje à noite!

A forma mais segura de impedir que ele fosse até a Casa Estéril imediatamente era oferecer a ideia como uma sugestão empática, e ele reagiu como ela esperava.

– Se eu tivesse como ter certeza de que estou certo, iria agora mesmo – disse ele. – Mas não tenho tanta certeza assim. Não há motivo para histeria.

Ela estremeceu cautelosamente e arregalou os olhos para mostrar que estava assustada. Ele riu.

– Michaela, pelo amor de Deus – continuou Thomas. – Nada poderia acontecer antes do nascer do sol, mesmo que eu esteja certo. E eu pareceria um maluco surgindo na Casa Estéril no meio da noite caso estivesse errado. Não fale besteira.

Thomas continuou falando daquilo por um tempo. A impressão dele era de que estava se repetindo sem parar. Devia ser o uísque, supôs, ou o choque de ter de considerar a possibilidade de as mulheres terem passado a perna nele. Ou ambos.

Ela o deixou falar, sentindo como se estivesse não ali, no escritório abarrotado, mas sim olhando para ele por um buraquinho em um tecido distante, muito longe dali, afastado no tempo e espaço. Os problemas que ele tinha, quaisquer que fossem, estavam prestes a ser resolvidos. Ela, por outro lado, não tinha mais problemas, pois ele havia acabado de resolvê-los. De uma vez por todas. Uma paz a preencheu como água escura e estagnada... A luz no cômodo era dourada e ondulante.

Ali estava um assassinato que ela poderia perpetrar como o de Ned, com a consciência limpa. Um serviço que seria capaz de fazer pelas mulheres das Linhagens. Ela não era linguista e jamais seria, não podia ajudá-las com a língua nova e seria apenas um fardo se tentasse. Mas era tão habilidosa em matar quanto elas eram com suas conjugações e declinações. Ela, Michaela Landry, poderia fazer algo que nenhuma das outras, nem mesmo Aquina, tão bobinha com suas noções de militância, poderia fazer. Ela poderia salvar a língua mulheril, pelo menos por um tempo. Talvez ganhasse tempo o suficiente. Com certeza por um bom tempo, e isso seria uma forma de pagar, pelo menos em parte, por seus pecados. Se havia em suas mãos o sangue de mortes injustificadas, se havia mesmo feito algum mal, aquela seria uma espécie de retribuição.

E ela não precisaria esperar a oportunidade certa, ou ser inteligente, porque não tinha a intenção de tentar escapar. Não daquela vez. Estava cansada, cansada demais, de cumprir o papel de Anjo de Candura, enquanto algo dentro dela se retorcia com perguntas que não podia responder, enquanto os homens que matara atormentavam suas noites com súplicas. Aquilo chegaria ao fim também, e o Todo-Poderoso havia misericordiosamente oferecido a ela o privilégio de um fim *digno*.

Quando o homem caiu no sono, exausto de tanto beber e falar, ela pegou uma seringa da bolsa de enfermagem que sempre mantinha perto durante a noite, em caso de emergência, e aplicou em Thomas uma única dose de uma droga rápida e certeira. O linguista não soltou ruído algum nem acordou. Em dez minutos estava mortinho da silva, além de qualquer esperança de salvação. Ela o moveu para o chão, para conseguir fechar o sofá-cama que usavam para dormir juntos, e depois o puxou de volta para o assento. Não havia passado todos aqueles anos erguendo e virando pacientes sem aprender algumas coisas. Era forte o bastante, mesmo para um homem do tamanho dele, com todo aquele peso morto. Ela o vestiu com as roupas que estava usando no banquete e soltou a gravata, fazendo parecer que só a afrouxara para tirar um cochilo. Era comum que ele dormisse no escritório, e ninguém se surpreenderia se soubesse que havia feito isso depois da festa.

E depois...! Ah, a enfermeira perversa, cheia de insinuações sexuais rejeitadas pelo sempre moralmente correto Líder da Família, mesmo em seu estado ligeiramente embriagado, caíra sobre ele e retribuíra anos de gentileza com o mais horrendo dos assassinatos! Em troca de nada além de seu orgulho ferido... Ela poderia facilmente imaginar as manchetes dos tresdês: CRIME PASSIONAL! INSANA ENFERMEIRA VINGATIVA, CHEIA DE LUXÚRIA E ENLOUQUECIDA PELA REJEIÇÃO, ASSASSINA O MAIOR DOS LINGOS! Seria assunto por pelo menos uns sete dias. Talvez oito. Talvez até, como se tratava de Thomas Blair Chornyak, por muito mais tempo. Daria vários meses às mulheres, mesmo que outros homens começassem a perceber o que estava acontecendo, até porque a transferência de poder de um império do tamanho das Linhagens não seria algo simples.

Ela nunca estivera tão calma, ou tão feliz. Sentia muito por ter de deixar Nazareth Chornyak... A querida Nazareth.

Mas, se Nazareth soubesse daquilo, ficaria grata pelo fato de Michaela ter feito algo assim por ela. Era o melhor presente de despedida que podia dar à mulher.

Michaela pegou a maleta de enfermagem e foi para o próprio quarto e a própria cama. Adormeceu de imediato, e dormiu sem sonho algum para perturbar seu descanso. Não se preocupou sequer em trocar de roupa. Quando fossem atrás dela de manhã, como fariam no instante em que vissem a seringa vazia ao lado do corpo, ela já estaria vestida para recebê-los.

CAPÍTULO 24

Era uma época sem esplendor... entende? Uma época em que o ininterrupto tecido da realidade fora submetido a um processo artificial: dividido em pequenas partes baças, cada qual mais assustadora que a anterior. E uniformemente assustadoras, ficando mais e mais assustadoras por meio de regras criadas pelos homens. Como se linhas fossem traçadas no ar, e depois tivéssemos que devotar nossa vida a nos comportar como se tais territórios invisíveis definidos pelas linhas que vocês traçavam fossem reais. Era uma realidade da qual toda a alegria, toda a glória e todo o esplendor haviam sido sistematicamente excluídos. E era a partir daquela realidade, daquela construção linguística que as mulheres da Casa Estéril dos Chornyak estavam tentando extrapolar. Era algo impossível, é claro. Não é possível entrelaçar a verdade a uma rede de mentiras.

Aquina sempre dizia que nós tínhamos que decidir o que FAZER... *Bom, imagine uma pessoa parada em cima de um bloco de gelo, planejando e planejando e planejando. Planejando formas de andar em cima do gelo, de decorá-lo, dividi-lo, de lidar com todas as certezas de um bloco de gelo. Estaríamos falando de uma pessoa ocupada, cuidadosa, engenhosa e admirável, não? Só que, quando o gelo derrete, isso tudo não tem serventia alguma.*

Nós, mulheres, havíamos acendido uma fogueira em cima do gelo, e era inevitável que ele derretesse. Nessa hora, sem nunca ter conhecido nada além da vida sobre o gelo, não há o que fazer; nessa hora, só é possível ser.

Eu teria explicado, se soubesse como; não era como se estivesse querendo manter algo em segredo. Machucava-me o fato de não saber como explicar. Eu acordava de manhã e pensava: "Talvez hoje seja o dia em que as palavras que explicariam isso vão me ocorrer"; mas isso nunca aconteceu. Eu amadureci até ficar muito, muito velha, e isso nunca aconteceu.
(Fragmento do que se alega ser um diário de Nazareth Chornyak Adiness; sem data)

A reunião foi pouco usual, em todos os sentidos. Cada um dos lugares da mesa estava ocupado, e fora necessário trazer cadeiras extras para acomodar os que haviam ficado em pé. Além da relação completa dos homens da Família Chornyak, uma delegação de três homens mais velhos e dois mais novos de cada uma das outras doze Linhagens, todos haviam comparecido em pessoa. Em geral, representantes externos como aqueles compareciam por meio de conferências via computador para evitar inconveniências e superlotações... E olhando para a situação, vendo todos espremidos ombro a ombro naquela mesa, mais os homens sentados ao longo das paredes em cadeiras já desconfortáveis antes do começo da reunião, James Nathan se perguntava se cometera um erro ao escolher tal alternativa.

Ombro a ombro *com ele*, David Chornyak pensava a mesma coisa; ele e James Nathan haviam se encarado em rápida consternação e depois desviado o olhar de imediato. Fosse ou não fosse um erro, era tarde demais agora; estavam todos ali, e a melhor coisa a fazer era resolver a agenda do dia o mais rápido possível.

– Vamos lá, Jim – disse David, baixinho. – Vamos acabar logo com isso.

James Nathan assentiu, apertando o pequeno botão logo abaixo do tampo. Ele não gostava do som daquele negócio... A escolha havia sido do seu avô Paul John, uma terça menor descendente; ele nunca teria escolhido aquele som estridente.

Mas o toque fez o burburinho cessar e todos se virarem para ele, que era a função do alarme.

– Bom dia, cavalheiros – começou James Nathan. – Obrigado a todos pela presença em pessoa aqui. Sei que não estão exatamente confortáveis, e lamento muito. Sinto dizer que nunca tivemos necessidade de instalações para conferências aqui na Família Chornyak.

Nigel Shawnessey, cuja Família na Suíça *tinha* instalações para conferências, pigarreou de forma elaborada e fitou o teto com um olhar cheio de significado. Considerava aquela reunião uma imposição ridícula, realizada apenas como forma de demonstrar dominância. Além de completamente desnecessária. Ninguém jamais desafiara a Família Chornyak para ficar com a posição de Líder das Linhagens, e, enquanto os Chornyak continuassem a produzir homens do calibre tradicional, ninguém o faria.

James Nathan não ignorara nada da linguagem corporal; sabia o que significavam os gestos, mas não concordava. Assumir o lugar de Thomas Blair Chornyak não vinha sendo nada fácil; fazer isso aos quarenta e seis anos chegava perigosamente perto de estar além de suas habilidades. Ninguém jamais antecipara algo assim, não com o pai dele dotado de uma saúde robusta e com setenta anos recém-completados... Era normal os homens Chornyak ficarem no cargo até os oitenta e tantos, às vezes até depois disso.

Não havia nada ordinário em ter um Líder assassinado por uma mulher maluca. E o esforço de assumir a posição de Thomas Blair, de forma tão súbita e sem nenhum dos mecanismos usuais de transição, deixara dolorosamente claro para James Nathan que era necessário manter as Linhagens sob rédeas curtas. O que, enquanto ele pensava, era uma frase tão estranha e infeliz que o fez sorrir. Manter as Linhagens sob rédeas curtas, claro... Graças a Deus ele não dissera aquilo em volta alta! E fora irredutível quanto à reunião – sob nenhuma circunstância teria convocado o encontro na sede da Família

Shawnessey, onde seria obrigado a coordenar o encontro com Nigel Shawnessey fazendo o papel de anfitrião, além de todos os fardos intrincados que seriam colocados nos ombros dos homens Chornyak como convidados. Thomas teria feito as coisas daquele jeito sem nem pestanejar, mas James Nathan não era Thomas, e sabia disso. Ah, não... Ele podia ser jovem, e podia ter caído de paraquedas na posição de Líder, mas não era idiota.

– Nossa agenda hoje – começou, com a voz suave – contém apenas um item, e não poderia ser mais incomum. A última reunião assim aconteceu em 2088, quando decidimos construir a Casa Estéril dos Chornyak, e estávamos em um número muito menor na época. Convoquei esta reunião apenas porque o tempo que precisava gastar ouvindo vocês reclamarem sobre o tema estava começando a corresponder a uma proporção absurda dos meus dias, assim como das minhas noites. E insisti em ter todos os senhores aqui em pessoa porque vazamentos para a mídia seriam mais do que inaceitáveis. A segurança na rede dos comunicadores não é adequada, como infelizmente todos aqui sabem, e seria muito desagradável que este assunto se transformasse em um tópico de discussão para popcasters de notícias.

– Está certíssimo – disse meia dúzia de homens, em tom apaixonado, e os demais resmungaram em concordância.

– Muito bem, então – prosseguiu James Nathan. – Feitas as explicações, devemos seguir direto para a discussão. Nosso assunto hoje, cavalheiros... são as mulheres.

– Onde elas estão, aliás?

– Perdão? Não entendi.

– Bom, já que estamos falando de vazamentos e indiscrições desagradáveis e coisas do gênero... – começou o homem da Família Verdi. – Onde estão as mulheres Chornyak enquanto esta reunião acontece?

James Nathan respondeu em um tom de voz que deixou claro o ressentimento com a pergunta.

– Nós cuidamos disso – afirmou ele, sem expressão. – Os senhores não precisam se preocupar.

– Cuidaram disso? Cuidaram como?

Verdi era um maldito grosseirão e teria de ser colocado em seu lugar na primeira oportunidade. Mas não ali, pensou James Nathan, não ali; aquela não era a hora de discussões pessoais.

– Quase todas as mulheres estão em negociações – disse ele. – As livres receberam uma série de tarefas para fazer pela propriedade. Não há mulheres na sede principal da Família Chornyak além daquelas com menos de dois anos... Entendo que meu colega confia em nós para evitar qualquer indiscrição séria vinda dessas crianças.

Ponto para ele; Luke Verdi corou de leve e não disse mais nada.

– Agora, venho escutando essencialmente a mesma história, e as mesmas reclamações, de cada um dos senhores – continuou James Nathan. – Estou pessoalmente ciente da situação também; esta Família não parece imune ao fenômeno. Mas alguém precisa fazer um resumo para garantir que estamos de fato lidando com um problema *geral*; esse assunto é grave demais para ser tratado com pressa. Não preciso lembrar os senhores de que devemos esperar uma reação extrema do povo leigo, independentemente do que decidirmos fazer.

– Que se dane o povo leigo – disse um homem mais novo da Família Jefferson.

– Não estamos em posição de adotar esse tipo de postura – explicou James Nathan. – Mesmo que fosse consistente com as políticas das Linhagens... O que não é o caso.

– O povo leigo não tem nada a ver com isso, se quer saber.

– Não quero saber, e não quero ouvir esse tipo de coisa. O que *quero* é um resumo do caso, e agora sei exatamente para quem pedir. Dano, por favor, poderia fazer as honras?

Dano Mbal, da Família Mbal, era um homem imponente e acostumado à oratória. Era muito bom naquele tipo de coisa. Oratória, narrações, declamações... Todos os homens linguistas eram treinados em tais habilidades, assim como em fonética ou estratégia política; as três eram essenciais no uso da voz como um mecanismo de poder. Mas Dano tinha dons que iam além do treino. Ele era capaz de ler uma lista de agrotóxicos e manter os ouvintes na ponta da cadeira. Ele tombou a cabeça levemente de lado, para indicar que estava disposto a ser o porta-voz.

– O problema – começou o homem – não é difícil de resumir. Na verdade, pode ser expressado em quatro palavras: AS MULHERES ESTÃO EXTINTAS. – Ele fez uma pausa para que a afirmação fosse absorvida e cessassem as risadas no salão. Depois, prosseguiu: – Mulheres *de verdade*, no caso. Temos espécimes femininas vivas de *Homo sapiens* caminhando pelas sedes da Família, e isso é tudo o que podemos falar delas. Que há *Homo sapiens* fêmeas, e que estão vivas. Nada além disso, cavalheiros, nadinha.

Um dos homens mais jovens abriu a boca para fazer uma pergunta, mas James Nathan estava alerta para impedir interrupções e ergueu a mão para silenciar o rapaz antes que pudesse dizer uma só palavra.

– Por favor, Dano, continue – pediu, reforçando a mensagem de que o homem não deveria ser interrompido.

– Acredito – disse Mbal, assentindo para James Nathan – que todos começamos a perceber algo estranho com as mulheres na noite em que Thomas Blair Chornyak foi brutalmente assassinado... Lembro muito bem que foi um assunto naquela noite. Mas, na ocasião, achamos que os sinais apontavam para algum tipo de *melhoria*! Cavalheiros, estávamos redondamente errados.

Ele parou por tempo o bastante para encher um cachimbo com o tabaco aromático no qual era viciado. Depois o acendeu e continuou:

– Cavalheiros, nossas mulheres se tornaram intoleráveis. E o mais chocante disso é que estamos curiosamente... de mãos atadas? Sim, acho que de mãos atadas é a expressão... de mãos atadas para fazer qualquer acusação.

Aquilo provocou murmúrios de protesto espalhados demais pelos presentes para serem silenciados por um simples gesto. A ideia de homens de mãos atadas diante de mulheres era absurda, e os homens não hesitaram em afirmar aquilo. Dano os ouviu com educação, depois agitou os ombros largos e abriu as mãos no ar em um *gesto* de impotência.

– Ora, cavalheiros! – disse ele. – Vou parar por aqui, então, e ouvir as acusações. Com as palavras que os senhores escolherem.

Ele esperou o burburinho cessar e os homens se ajeitarem, depois sorriu.

– Ah, sim... – falou. – Como eu imaginava! Os senhores não hesitam na hora de acusá-las, mas são tão incapazes de dar forma às acusações quanto eu. Será que um homem pode "acusar" uma mulher de estar sendo indefectível e maravilhosamente gentil? De ser uma mãe ou uma avó ou uma filha perfeita? Será que um homem, cavalheiros, pode "acusar" uma mulher de ser uma parceira sexual ávida e talentosa? Digam-me... Será que um homem pode apontar o dedo para uma mulher e dizer: "*Acuso* você de nunca fazer cara feia, ou de nunca reclamar, ou de nunca chorar, ou de nunca choramingar, ou de nunca fazer nem um biquinho"? Será que um homem pode exigir de uma mulher que ela choramingue? Pode exigir que ela faça birra, dê escândalos e discuta? Em suma, que ela se comporte como as mulheres sempre se comportaram? Em nome da valiosa razão, cavalheiros, pergunto aos senhores: será que um homem pode acusar uma mulher, dizer que ela é culpada, por deixar de ser cada uma das coisas que exigimos que elas *não* fossem ao longo de toda a vida?

O silêncio que se seguiu era espesso, pesado no ar; estavam todos pensando e haviam até se esquecido de que estavam apinhados e espremidos naquela sala. Cada um deles pensou na própria esposa, e depois se imaginou dando uma espécie de sermão em que a bronqueava por estar sendo GENTIL e COOPERATIVA e RAZOÁVEL e AGRADÁVEL... Ah, não. Era verdade. Não havia como acusar as mulheres daquilo. Os homens pareceriam e soariam idiotas. Um tipo de suspiro, um suspiro de alguém submetido a um fardo e oprimido, ecoou pelo recinto.

– Assumo que seja *esse* o problema geral, então? – perguntou James Nathan. – Algum dos senhores discorda da descrição de Dano Mbal?

As contribuições chegaram rápido, em um fluxo constante, vindas de cada canto da sala e de cada Linhagem.

– É como se elas sequer *estivessem presentes*!

– Elas ficam olhando para nós, homens, não interrompem ou ficam inquietas... Acomodam as mãos no colo e dedicam o que parece ser toda a atenção ao que estamos falando. Mais atenção, Deus é testemunha, do que *jamais* deram. Mas de alguma forma dá para saber, *dá para saber* que a cabeça delas está a quilômetros dali. Não estão realmente olhando para nós... Não estão nem ouvindo!

– São tão boas que poderiam muito bem ser androides; androides ao menos seriam uniformemente atrativos.

– Elas estão tão *chatas*, caramba!

As queixas continuaram por algum tempo, e James Nathan não interrompeu. Assentiu aqui e ali, encorajando os homens, querendo que eles dissessem tudo às claras, aguardando o consenso de uma raiva bruta que sentia estar se formando. Nada daquilo era novo; ele vinha escutando reclamações semelhantes pelo que pareciam anos e anos – embora, como Dano dissera, não fosse possível que aquilo estivesse acontecendo há tanto tempo. Era fato que o que quer que fosse parecia algo desejável no começo. Que homem não ficaria feliz de ter uma esposa sempre serena, sempre cooperativa, sempre gentil, sempre respeitosa?

Dano Mbal voltou a falar.

– Antes, quando um homem fazia algo de que devia ficar verdadeiramente orgulhoso, podia voltar para casa e contar aquilo para a esposa e as filhas, e o orgulho *crescia*... Era uma razão para ir além, para fazer as coisas ainda melhor. Todos nos lembramos disso... de como era importante para nós. Mas agora... Ah, agora, daria na mesma ir até o quintal e contar nossos planos e nossas conquistas para uma árvore. Como muitos dos senhores disseram, não é como se elas nos interrompessem, como se não dessem ao homem o tempo que ele quer... É que simplesmente não estão presentes. Elas não oferecem retorno algum que não poderia ser obtido de um computador decentemente programado. É tão frustrante falar com nossas mulheres quanto com uma porta.

Era tudo verdade. Todos concordavam. Não havia dúvidas; a mesma coisa estava acontecendo com todos. E havia o outro lado da moeda, que todos suspeitavam secretamente que interessava apenas a si mesmo, e que por isso não mencionariam em voz alta.

Antes, os homens às vezes faziam algo que os deixava *envergonhados*, e depois iam para casa e contavam aquilo à esposa, com a certeza de que ela resmungaria e choramingaria e gritaria histericamente com eles até sentirem que haviam pagado por completo o preço do que haviam feito. Então, podiam contar com a esposa para ultrapassar os limites das bobagens até que, na verdade, sentissem que tinham razão no que haviam feito. *Aquele* tipo de coisa era importante também – e não acontecia mais. Nunca mais. Independentemente do que faziam, a notícia era recebida da mesma forma. Com uma educação respeitosa. Com a total ausência de reclamações.

Antes, às vezes três ou quatro mulheres se juntavam em um canto e ficavam conversando entre si, e aquilo fazia os homens se sentirem excluídos de certa forma... Mas era normal. Antes, podiam fazer um escândalo e mandar que as mulheres acabassem com aquela conversinha feminina. Era irritante, mas havia algo que podia ser feito, algo que os homens sabiam o que era. Mas as mulheres também haviam parado de fazer aquilo. Estavam *sempre* à disposição... Era como se não precisassem mais falar umas com as outras. Mas não havia como reclamar daquilo. Não havia como fazer um escândalo. Não havia como mandar que parassem. Os homens sabiam o que aconteceria se fossem tolos o bastante para tentar. Aqueles rostos agradáveis, serenos, obscenamente gentis... As mulheres olhariam para eles, com aqueles olhos vazios, e diriam:

"Parar *o quê*, meu bem?". E não haveria o que responder. Pare de me dedicar toda a sua atenção quando eu pedir? Pare de não ficar de fofoca e conversinha por aí, coisas pelas quais sempre ridicularizei você? Aquilo estava fora de cogitação.

– Cavalheiros, posso assumir que isso é unânime? – perguntou James Nathan. – Nossas mulheres são uma irritação constante? O mais completo pé no saco? Pessoas com as quais é impossível conviver? Úteis apenas na cama, de vez em quando, e mesmo assim transar com elas é como estar fodendo uma boneca inflável de estirpe? Estou certo, cavalheiros? Estou esquecendo alguma coisa? Exagerando? Há *alguém* aqui que sente que a esposa é uma exceção e que o resto de nós ultrapassou os limites?

– Não – responderam eles. Não, ele estava certo. E *Deus* sabia que ele não toleraria aquilo.

– Certo, então concordamos. Não conseguimos mais viver com essas vadias e não conseguimos encontrar uma forma de resolver o que quer que tenha ocorrido com elas.

– É inaceitável, Chornyak – soltou o jovem Luke. – É inaceitável.

James Nathan assentiu devagar. Aquilo não levaria tanto tempo quanto ele imaginara. Achara que haveria um monte de argumentação e necessidade de convencimento, um monte de "talvez eu esteja exagerando" e "é provável que eu tenha imaginado coisas" ou afirmações similares. Mas não houve nada disso.

– A questão, então, é o que vamos fazer a respeito disso – afirmou ele, categórico.

– Exato.

– O problema é que não há nada que *possamos* fazer a respeito – apontou Emmanuel Belview. – Esse é exatamente o problema. Elas se tornaram umas malditas *santas*... Como vamos punir as mulheres *por isso*?

– Não acho que devemos puni-las.

– O quê?

– O quê? Como assim, não punir?

Ele ergueu as duas mãos para acalmar o clamor, fazendo os ânimos se assentarem.

– Já que não podemos viver com elas... – disse James Nathan, orgulhoso de si mesmo –, então, vamos viver *sem* elas.

– *O quê?*

A confusão que irrompeu de imediato foi tão caótica que ele apenas riu e esperou; lamentou que não tivesse ninguém para ouvi-lo falar depois da reunião sobre a forma desordenada como os homens haviam se comportado. Seria um belo alívio poder falar a respeito... falar com uma mulher de verdade.

– Cavalheiros? Será que podemos nos acalmar por um instante? – sugeriu ele. – Eu disse: "Vamos viver sem elas, já que não podemos viver com elas" – repetiu, quando os outros voltaram a prestar uma atenção considerável. – Precisamos delas para muitas coisas, eu sei disso. Não apenas para reprodução. Precisamos delas, e precisamos muito, para que façam a parcela de tradução e interpretação que lhes cabe. Somos tão poucos que não conseguiríamos manter o ritmo de trabalho sem elas. Não, não podemos nos dar ao luxo de dispensar as mulheres. Mas, cavalheiros, não precisamos *viver* com elas!

– Mas...

– Elas são grandes estraga-prazeres – continuou ele. – Sugam cada mínima fração de prazer da vida. Conviver com elas é como ser sentenciado a uma vida de encarceramento com uma idosa ou tia ou mocinha terrivelmente charmosa que você mal conhece e não tem vontade alguma de conhecer melhor. E repito: não *precisamos* fazer isso!

Ele se inclinou para ser mais enfático antes de continuar:

– Cavalheiros, a solução está bem debaixo do nosso nariz. Iniciei esta reunião dizendo que não havia um encontro destes desde que nossos antepassados se reuniram para criar a primeira Casa Estéril. Bem aqui. Neste salão, nesta mesa. E por uma razão muito parecida, diferente apenas em escopo, pois as mulheres estéreis eram um pé no saco considerável e na época precisávamos mandá-las para longe de nós. Sem, e isso é crucial, sacrificar quaisquer dos serviços essenciais que prestavam. Só temos que seguir esse exemplo excelente com o qual eles nos agraciaram.

– Por Deus – disse um dos Shawnessey. – Ele está falando de construir casas para elas. Por Deus!

– Exatamente! – James Nathan socou a mesa. Ao lado dele, David estava rindo abertamente, maravilhado. – O precedente sempre esteve aí. As mulheres estéreis tiveram casas separadas e viveram longe dos homens por todos esses anos. Nunca foi um problema. Não interferiu na forma como realizam suas tarefas. Funcionou muito bem, concordam? Então! Precisamos apenas estender esse privilégio para *todas* as nossas mulheres. Não as mover para as Casas Estéreis em si; essas construções não são grandes o suficiente ou adequadamente equipadas. Mas falo de construir casas só para elas, cavalheiros. Casas Mulheris! Cada uma das Famílias tem terra o bastante para construir uma residência mulheril separada, tão perto quanto necessário das Casas Estéreis... Onde seja conveniente para quando precisarmos ver uma mulher por alguma razão, sexual ou não. Mas, assim, as mulheres estarão *fora do caminho*.

– É possível fazer isso – disse um homem mais velho, cauteloso.

– É claro que é.

James Nathan podia ver o alívio se espalhando pelos homens, a dissolução da tensão que os mantivera retesados desde que haviam chegado ali. Estavam pensando em como seria aquela nova realidade... Como seria ter as mulheres fora da vida deles, mas ainda perto o bastante para os momentos em que apenas elas podiam atender às suas necessidades.

A objeção pela qual ele estava esperando, quanto ao custo de tudo aquilo, veio quase imediatamente.

– Eu já esperava isso – disse ele.

– Chornyak, isso vai custar milhões. Treze residências separadas? Há um monte de mulheres nas Linhagens, homem. Estamos falando de uma imensa soma em dinheiro.

– Eu não ligo nem um pouco – respondeu ele.

– Mas Chornyak...

– Eu não me preocupo com o custo – repetiu, sombrio. – Nós temos dinheiro. Só Deus sabe como economizamos. Temos dinheiro para construir dez Casas Mulheris para cada uma das Linhagens sem nem fazer cócegas em nossa conta bancária. Vocês sabem disso, eu sei disso... É um dos raríssimos benefícios de ter passado cem anos evitando custos suspeitos. O dinheiro está lá. Sempre vivemos em uma austeridade ostentosa para manter o povo leigo feliz... Fizemos nossa parte, e estamos no nosso direito agora. Vamos gastar aquele dinheiro antes que fiquemos todos loucos.

– É o povo leigo que vai ficar louco, ensandecido – disse um dos homens. – Eles nunca vão tolerar isso. Vai haver *revoltas* de novo, Chornyak! Lembra da Vigésima Quinta Emenda à Constituição? As mulheres não podem ser maltratadas. Nunca vamos sair ilesos!

– Entendam uma coisa – insistiu James Nathan. – Não vai haver problema algum. Não se fizermos isso direito. Apontaremos o precedente, as Casas Estéreis... Vamos explicar como nossas mulheres ficam felizes com elas, o que é verdade. E vamos respirar fundo, vamos respirar fundo e aturar tudo o que for preciso para fazer com que essas Casas Mulheris sejam lugares soberbos. Não vamos deixar nem a mínima brecha para que apontem que estamos negligenciando nossas mulheres ou abusando delas! Vamos gastar o que for necessário para construir ótimas casas, casas lindas, mobiliadas e equipadas com todo o tipo de porcaria que mulheres querem, tudo de que possam precisar dentro dos limites da razão. Nossos comunicadores estão caindo aos pedaços, por exemplo: deixamos chegar a esse ponto pois prezamos a economia... Mas vamos instalar sistemas novinhos para as mulheres. Vamos dar jardins a elas, elas são loucas por jardins. Fontes. Sei lá eu. Vamos construir residências que o povo leigo vai poder conferir, se insistirem nisso, e que vão deixar as pessoas satisfeitas ao verem que estamos provendo as mulheres de todos os confortos, conveniências e instalações possíveis. Que mandem inspetores, se quiserem... Não vão encontrar nada para criticar. E, cavalheiros, o povo vai nos *invejar*.

Eles pensaram a respeito daquilo, e ele viu alguns sorrisos aqui e ali quando começaram a entender.

– Os homens vão nos invejar – repetiu, sem rodeios – porque vamos viver o sonho de todos eles. Nenhuma mulher em nossas casas vai atrapalhar nossa vida ou interferir nos nossos assuntos... Mas teremos mulheres em abundância a apenas alguns passos de distância quando quisermos usufruir da companhia delas.

– Os *homens* vão nos invejar – disse Dano Mbal. – Os *homens*.

– E não é o que importa?

– Traz o óbvio à mente, Chornyak.

– Vá em frente e explique... Pode não ser tão óbvio para mim quanto é para você.

– Quando você menciona os homens, o que me vem à mente são as mulheres – disse Dano. – As mulheres do povo leigo não vão invejar as nossas, trancadas em construções separadas dessa forma. Vão sentir pena das nossas pobres mulheres... Você sabe que vão. E isso é uma coisa boa, de certa forma, já que, quanto menor a população que nos invejar, melhor. Mas e quanto às *nossas* mulheres, James Nathan? Elas não vão apenas sorrir e fazer uma mesura e se mudar para um harém de luxo, homem! Isso vai estragar o comportamento santificado delas, porque vão lutar como tigresas.

– Que lutem – disse James Nathan. – O que podem fazer? Elas não têm direitos legais na questão, não enquanto não puderem alegar que estão sendo privadas de algo... E expliquei aos senhores que vamos garantir que tal reclamação seja improcedente. Vamos dar apenas o que há de bom e de melhor para nossas mulheres, juro! Então, se elas brigarem, se derem escândalo... qual será o problema, Dano? Os homens são capazes de controlar as mulheres sem dificuldades desde o início dos tempos... Com certeza não somos exemplares tão vergonhosos de espécimes machos de *Homo sapiens* a ponto de não conseguirmos manter essa tradição ancestral, não é mesmo? Você está sugerindo, Dano Mbal, que nós, homens das Linhagens, não somos *capazes* de controlar nossas mulheres?

– Claro que não, Chornyak. Você sabe que não é isso que estou sugerindo.

– Ótimo, então. As únicas culpadas por isso são as próprias mulheres, meus amigos. *Elas* decidiram, da forma incompreensível que é comum às mulheres, se transformar em robôs multilíngues... Não fomos nós, homens, que causamos isso. Elas criaram a fama, então agora deixem que se deitem na cama, como diz o ditado. Elas não têm dinheiro, não são nem maiores legais... O que podem fazer para nos deter?

– Podem encher o saco. Podem causar confusão.

– Então, quanto antes fizermos isso, mais rápido vamos nos livrar da encheção de saco e da confusão. Sugiro que votemos. Agora mesmo. O tempo urge, cavalheiros.

Houve certa discussão, algumas objeções, alguns sacrifícios rancorosos que precisaram ser feitos... Tudo conforme esperado. Era como a banda tocava. Mas, no fim, todos concordaram unanimemente, como James Nathan sabia que aconteceria desde o início. E, quando os termos finais foram definidos e os votos apropriadamente registrados, ele apertou as teclas que exibiriam os holos que havia preparado especialmente para aquela reunião. Planejava gastar tantos créditos quanto necessário; eles tinham o dinheiro, podiam arcar com os custos, e falara muito sério. Mas não havia por que *desperdiçar* dinheiro, e ele gastara muitas horas cautelosas com David trabalhando em cada detalhe do plano básico. Não havia motivos para negar que as residências eram suficientemente uniformes o suficiente para que pudessem comprar os materiais em grandes quantidades, o que corresponderia a uma imensa economia.

Nas Casas Estéreis, quando o anúncio foi feito, as mulheres primeiro caíram em um silêncio chocado, trocando olhares. Então seus olhos começaram a dançar, e elas sorriram, e depois riram até ficarem sem forças para continuar.

– Nós estávamos a ponto de fugir para a mata...

– Com as bebês nas costas...

– Escavar fortes no deserto...

– Ah, meu Deus...

– Vamos ser trancadas no sótão... Ah, Senhor...

Até Aquina precisou admitir que era engraçado, embora se sentisse obrigada a avisar às outras que provavelmente aquilo era apenas um truque para lhes dar uma falsa sensação de segurança. Antes que os homens pudessem tomar ações *de verdade* contra elas. "Ah, Aquina, nem comece", elas haviam dito no início. Depois começaram a pensar juntas naquilo e colocaram Nazareth contra a parede.

– Nazareth, você *sabia*.

– Não sabia de nada.

– Sabia, *sim*. Por isso sempre desconversava... Sempre dizia que ia ficar tudo bem, fazia seu melhor para não estar aqui durante as sessões de planejamento. Você *sabia*. Nazareth Joanna, *como* você sabia?

Nazareth encarou o chão, e depois o teto, e depois qualquer coisa exceto as mulheres, e implorou que deixassem para lá.

– Será que nada satisfaz vocês? – perguntou ela. – Não precisamos mais fugir, não precisamos mais erguer fortalezas e muralhas mulheris e nos mudar para cavernas com lasers de prontidão... Precisamos apenas continuar fazendo nossas coisas, lidando com bem menos inconveniências do que tivemos que aturar ao longo da vida.

– Nazareth, você vai explicar nem que precisemos amarrar você a uma árvore – disse Caroline.

– Eu nunca *fui capaz* de explicar – lamentou Nazareth.

– Tente. Ao menos tente.

– Bem...

– Tente!

– Entendam... O Projeto de Codificação sempre teve apenas uma razão além da diversão em si: a hipótese de que, se fosse colocado em prática, *mudaria a realidade*.

– Continue.

– Então... Vocês não estavam levando a hipótese a sério. Eu estava.

– Estávamos, sim.

– Não. Não estavam. Porque todos os planos foram baseados na realidade *antiga*. A que existia *antes* da mudança.

– Mas, Nazareth, como é possível se planejar para uma nova realidade quando não se tem a mais remota ideia de como ela será? – quis saber Aquina, indignada. – Não tem como!

– Exatamente – disse Nazareth. – Não há ciência para isso. Temos pseudociências, por meio das quais extrapolamos uma realidade que não passa de uma variação leve da que temos... Mas a ciência da verdadeira mudança de realidade não foi nem proposta ainda, quanto mais formalizada.

Ela não gostava da forma como a olhavam nem como recuavam. Não gostara antes, quando a estavam encurralando, mas aquilo era pior. E inevitável; sabia que não era algo que poderia ser evitado.

– Então o que *você* fez, Nazareth, enquanto nos fazia de idiotas? – perguntou Grace em uma voz estranha.

Nazareth se apoiou na parede e encarou as outras com um olhar morto. Era desesperador. Talvez as menininhas que falavam láadan pudessem dizer o que ela precisava dizer, mas Nazareth mesmo não sabia bem por onde começar. *Eu botava fé?* Como podia dizer algo assim?

Fé. Aquela palavra horrenda, com séculos de contaminação escondendo toda a luz que irradiava.

– Por favor – disse Nazareth, desistindo. – Por favor. Eu amo vocês. E tudo vai ficar bem. Permitam que isso seja suficiente.

Mas foi Aquina quem a salvou.

– Por Deus – exclamou a mulher mais velha, abalada por outra chamada à batalha. – Não temos tempo para nada disso! Precisamos decidir como vamos apresentar a láadan para as mulheres fora das Linhagens...

A querida Aquina.

– Agora, com isso, acho que posso ajudar, *sim* – disse Nazareth, solene. – Vou pedir que me façam um bule de chá, e aí vamos nos sentar e conversar sobre o assunto...

CAPÍTULO 25

1Ø REM LÁ VAMOS NÓS DE NOVO
2Ø IRPARA 10

A opinião pessoal de Esquio Pugh era de que aquele último bafafá do Trabalho Governamental deveria ficar longe da Terra. *Muito* longe da Terra. De preferência, em algum lugar além das Luas Extremas.

Mas o Pentágono não concordava. Em primeiro lugar, garantiram a ele que era perfeitamente seguro para o TG ficar exatamente onde estava. El Centro, Califórnia, não era apenas uma cidade fantasma, era um *lugar* fantasma. Ninguém, ninguém mesmo jamais passaria pela merdinha no topo de um monte de rocha que, no passado, fora uma pequena cidade chamada El Centro... em uma época em que não se podia ser muito exigente sobre em qual par de metros quadrados do planeta se estava. Tal época ficara muito no passado.

A razão real, porém, era que os cientistas necessários para aquele projeto não podiam sair do planeta. Alguns até estariam dispostos a fazer aquilo com seus laboratórios e confortos mundanos, mas o governo os queria à mão. À disposição, onde alguém no governo poderia pegar o comunicador, fazer uma ligação e dizer: "Meu Deus, doutor Fulaninho, você pode vir dar uma olhada *nisso*?". E o doutor Fulaninho chegaria em no máximo meia hora. O Pentágono era quase violento contra a ideia de ter qualquer um de seus doutores Fulaninhos a mais de meia hora de distância.

E assim eles foram acomodados em uma instalação subterrânea, refrigerada e decorada belamente de modo que não era nem possível ver que não estavam em um hotelzinho de beira de estrada no meio do nada. Esquio Pugh, todo um exército de servomecanismos e doutores. E o que estavam fazendo surpreendia até mesmo Esquio, que realmente acreditara – quando haviam dissolvido a unidade de Arnold Dolbe – que o governo dos Estados Unidos chegara ao fim da linha no que tangia a bebês e alienígenas não humanoides submetidos à Interface. O fechamento do departamento fora muito convincente, e Esquio o aprovara de todo o coração. Ficara grato com o fim do projeto dos bebês, grato por ver a remoção discreta dos anúncios no jornal convocando bebês voluntários e surpreso pra caramba ao descobrir que era só mais uma enrolação federal.

Pois lá estavam eles, iniciando um projeto novinho, desta vez logo abaixo da superfície para o mundo todo ver, se o mundo se dignasse a ir até El Centro, na Califórnia. A Interface para aquele projeto havia custado aos pagadores de impostos um bom bilhão – não havia como construir um ambiente compartilhado para humanos e baleias no meio de um maldito deserto por um preço promocional.

Havia uma catraca, e um pequeno servomecanismo animado bem ao lado dela para receber as pessoas com um apitinho.

"Olá, amigos! Bem-vindos à Interseção Cetácea! Por favor, insira seu cartão de crédito na fenda destacada em vermelho no topo da catraca e entre! Por favor, siga a linha amarela no chão logo à sua frente! Ela vai te levar direto até a Interface. Obrigado, amigos, e voltem sempre."

Ninguém, pelo que Esquio sabia, havia se dado ao trabalho de passar pela catraca, seguir a linha amarela e assistir ao casal de pequenas baleias nadando solenemente na metade da Interface de regulação... um pouco grande demais, mas de regulação... com um bebê provetinha igualmente solene olhando para os animais do outro lado da barreira. Não havia nada para ver, nada para ouvir e nada de nada para viver ali que fizesse valer a ida àquele inferno de quase sessenta graus Celsius e rochas e terra seca e nada, que se estendia até onde os olhos podiam ver em todas as direções acima do chão.

Era meio chique, sem dúvida, e, se alguém fosse até lá, provavelmente ficaria impressionado pra caramba. Esquio tinha de dar crédito ao governo; eles não haviam poupado dinheiro. Havia até uma pequena lojinha automatizada de lembrancinhas, onde era possível comprar uma Interface de brinquedo para as crianças.

O projeto de verdade, porém, ficava dois níveis abaixo, cercado pela mesma muralha de concreto à prova de terremotos, mas enfiado mais fundo nas entranhas da maldita Terra. E o que acontecia lá, muito abaixo das baleias que rodopiavam e rodopiavam e do provetinha que assistia a elas, era algo completamente diferente.

– Vamos só considerar que os linguistas falaram a verdade – disse o homem do Pentágono que apresentara o projeto. – Só para seguir com isso logo. Vamos supor que o problema é simplesmente o fato de que o cérebro humano não consegue tolerar o compartilhamento de percepções com um cérebro não humanoide. A gente tem várias evidências de que isso é verdade.

– Sim, a gente tem – concordara Esquio. – A gente tem evidências pra caramba.

– E, agora, vamos deixar de lado o outro negócio. Vamos só ignorar, por enquanto, o fato de que os linguistas sabem a solução para um problema e não querem que a gente descubra. Eles que se danem, meus amigos! Caramba, o governo dos Estados Unidos tem inteligência o bastante, e tecnologia o bastante, e todas as outras coisas o bastante para descobrir o que os linguistas sabem ou achar outro jeito de resolver o problema.

– É isso aí – disse Esquio. – Tem mesmo.

– Isso nos leva ao seguinte: o que a gente precisa, rapazes, é de um cérebro só um pouquinho menos humanoide e só um pouquinho mais alienígena. Um tipo de ponte entre as duas coisas, entendem?

Esquio não sabia se havia entendido ou não, mas os doutores todos pareciam ter seguido o raciocínio sem dificuldade alguma. Confiavam em Pugh nos computadores; ele confiava neles para usar as ferramentas *deles*. E aquele soava só tão doido, nem mais nem menos, do que qualquer um dos outros projetos do Trabalho Governamental.

A ideia era usar engenharia genética e o estoque transbordante de provetinhas do governo e, aos poucos, um passo por vez, alterar o cérebro e os sistemas de percepção dos pequenos para transformá-los em humanos mais alienígenas. Ou em alienígenas em si, se fosse o caso.

– A gente não pode ir muito rápido – o homem do Pentágono se sentira obrigado a avisar. – Não podemos ousar ir rápido demais porque não sabemos o que exatamente queremos. Mas temos milhares de provetinhas com os quais os senhores vão poder trabalhar, para modificar o que quiserem neles... E se o recurso acabar, bem... Há muitos outros de onde esses vieram. É só pedir.

Os doutores haviam se sentado com microscópios e bagunças quase invisíveis em lâminas e placas de Petri e feito as lentas mudanças requeridas. Esquio não sabia como eles faziam aquele tipo de coisa. Se cutucavam os embriõezinhos com o equivalente científico de alfinetes, ou se atiravam neles com lasers, ou se davam choques, ou sei lá. Ele era mais do que enfático quando dizia que não queria saber. Sabia o bastante sobre os projetos do Trabalho Governamental para valer pelo resto da vida. Tinha o cuidado de ficar longe dos doutores, processava as informações que recebia sem permitir que nada ficasse gravado na memória (era para isso que serviam os computadores, para que ninguém precisasse estocar informações na cabeça) e ponto-final. Só fazia o trabalho dele, obrigado.

Fizera uma única pergunta:

– Como vocês vão chamar?

– Chamar o quê?

– Bom... Vocês estão aqui embaixo para fuçar nos embriões até chegarem a alguma coisa que possa ser submetida à Interface. Algo que não é nem exatamente humano, nem exatamente alienígena. Acho que vão conseguir... Não vejo por que não. Mas aí vão chamar de quê?

– Sr. Pugh – dissera o careca, olhando para ele exatamente como olhava para o que via no microscópio –, por favor, vá embora e me deixe trabalhar.

Certo. Esquio foi embora como pedido. O fato de alguém ter falado com ele daquele jeito não ferira seus sentimentos. Depois de tudo pelo que Esquio Pugh passara, não havia sentimentos ainda para serem feridos. Assentiu para mostrar ao doutor que entendera a mensagem e subiu para ver as baleias nadando.

Uma das coisas que ele planejava fazer antes de ir embora daquela balbúrdia chique era descobrir como entrar na Interface e nadar um pouco com as baleias naquela bela água azul. Rodopiando e rodopiando e rodopiando sem parar, em um ciclo sem fim.

APÊNDICE
Tirado do Primeiro dicionário e gramática de láadan

Como acontece com a tradução de termos de uma língua para qualquer outra, muitas palavras em láadan não podem ser traduzidas para o inglês sem o auxílio de extensas definições. Aqui, tem-se uma amostra diversa para ilustrar a situação. Trata-se principalmente de exemplos de termos da língua com o prefixo "-ra".

doóledosh: a dor ou a pena que vem como alívio quando a antecipação do que está por vir chega ao fim

doroledim: essa palavra não tem qualquer equivalente em inglês [ou português]. Pegue uma mulher comum. Ela não tem controle sobre a própria vida. Tem pouco ou nenhum recurso para si mesma, mesmo quando é necessário. Tem familiares, animais de estimação, amigos e conhecidos que dependem dela em vários sentidos. Mal dorme ou descansa de forma adequada; não tem tempo para si, nem espaço privado, quase nenhum dinheiro para comprar coisas para si, nem oportunidade para refletir a respeito das próprias necessidades emocionais. Está sempre à disposição de outras pessoas, porque tem essas responsabilidades e obrigações e não quer (ou pode) abandoná-las. Para tal mulher, a única coisa da qual tem um mínimo controle como forma de válvula de escape é a COMIDA. Quando essa mulher come desenfreadamente, o verbo é "doroledim". (E aí ela se sente culpada, porque há mulheres cujos filhos estão passando fome e não têm sequer AQUELA opção de válvula de escape...)

lowitheláad: sentir, como se fosse na própria pele, a dor/o luto/a surpresa/a alegria/a raiva de outra pessoa

núháam: sentir-se querida, cuidada e apreciada por outras pessoas; sentir gentilezamor

óothanúthul: orfandade espiritual; estar completamente sem uma comunidade ou família espiritual

ráahedethi: ser incapaz de sentir lowitheláad, definido acima; ter uma deficiência enfática

ráahedethilh: 1) ser incapaz de sentir lowitheláad, definido acima; ter uma deficiência enfática; 2) ser desprovida de talentos musicais ou eufônicos

radama: não tocar, evitar ativamente o toque

radamalh: não tocar com intenção maldosa

radéela: um não jardim, um lugar que tem muitas coisas brilhantes e cintilantes e enfeites em geral, mas é desprovido de beleza

radíidin: um não feriado, uma época que supostamente é um feriado, mas, na verdade, é um fardo devido ao trabalho e aos preparativos, e é uma ocasião temida; em especial, quando há muitos convidados e nenhum ajuda em nada

radodelh: uma não interface, uma situação em que não há pontos nos quais basear uma interação, frequentemente usada em relações pessoais

raduth: não usar, privar deliberadamente alguém de alguma função útil do mundo, quando a pessoa é aposentada à força ou quando um ser humano é mantido como brinquedo ou animal de estimação

rahéena: uma não irmã de alma, alguém tão incompatível com outra pessoa que não há esperança de alcançar algum tipo de compreensão ou algo mais do que uma trégua, assim como esperança alguma de fazer tal pessoa entender o porquê daquilo... não é sinônimo de "inimiga"

rahobeth: uma não vizinha, uma pessoa que mora perto, mas não cumpre o papel de vizinha; não necessariamente pejorativo

rahom: não ensinar, deliberadamente encher a mente das estudantes com dados inúteis ou informações falsas; pode ser usada apenas para pessoas que estejam em um relacionamento professora/aluna

ralaheb: algo completamente sem tempero, "como cuspe quente", repulsivamente brando e sem graça

ralée-: algo não meta (um prefixo), algo absurda e perigosamente limitado em escopo ou alcance

ralith: evitar deliberadamente pensar em algo, isolar algo da mente como um ato deliberado

ralorolo: um não trovão, muito falatório e comoção feita por uma pessoa (ou mais de uma) sem conhecimento real do que está falando ou tentando fazer, algo como "conversa fiada", mas algo além

ramime: evitar perguntar algo por cortesia ou gentileza

ramimelh: se segurar para não perguntar algo, com más intenções; especialmente quando está claro que alguém quer muito que você faça uma pergunta

ranem: uma não pérola, uma coisa feia construída camada sobre camada igual às pérolas, como um ódio infeccionado ao qual se dá muita atenção

rani: um não prêmio, uma conquista vazia, algo que alguém consegue ou recebe ou realiza, mas que é desprovido de satisfação

rarilh: evitar deliberadamente registrar algo; por exemplo, não registrar ao longo da história as conquistas das mulheres

rarulh: não sinergia, coisas que quando combinadas só tornam tudo pior, menos eficiente e afins

rashida: uma não brincadeira, uma "diversão" cruel só para "jogadores" dominantes com poder de forçar outras pessoas a participar

rathom: um não colchão de segurança, alguém que atrai outra pessoa e a convence de confiar e se apoiar nela, mas não tem intenção de cumprir a promessa, uma pessoa que diz "apoie-se em mim, que vou dar um passo para o lado e deixar você cair"

rathóo: uma não convidada, alguém que vem visitar sabendo muito bem que está se intrometendo e causando problemas

raweshalh: uma não gestáltica, uma coleção de partes sem relação entre si além da coincidência, uma escolha perversa de itens para chamar de conjunto; especialmente quando usados como "evidências"

sháadehul: crescer pela transcendência, seja uma pessoa, seja um ser não humano ou uma coisa (por exemplo, uma organização, uma cidade ou uma seita)

wohosheni: uma palavra que significa o oposto de alienação; sentir-se junto, parte de alguém ou de algo sem reservas ou barreiras

wonewith: ser uma pessoa socialmente disléxica; não compreender os sinais sociais emitidos por outras pessoas

zhaláad: o ato de abrir mão de uma ilusão ou percepção querida/reconfortante/familiar

O *Primeiro dicionário e gramática de láadan* é publicado pela Sociedade de Estudo e Fomento à Fantasia e Ficção Científica Ltda. Para mais informações, envie um envelope selado e autoendereçado para a sociedade na Caixa Postal 1137, Huntsville, AR 72740-1137.

POSFÁCIO
Codificando uma língua mulheril

Língua nativa (1984) abre a poderosa trilogia de Suzette Haden Elgin sobre a invenção de uma língua mulheril. Como primeiro volume da trilogia, *Língua nativa* nos apresenta à cultura patriarcal de uma Terra do futuro, onde algumas poucas mulheres com habilidades linguísticas estão se mancomunando para criar uma língua mulheril como forma de lutar contra seu status de classe inferior. A sequência, *The Judas Rose* (1987), segue a história dessa língua, a láadan, conforme ela evolui, indo de uma criação particular de algumas mulheres para uma língua compartilhada que conecta subversivamente mulheres de todo o mundo. Também mostra o que acontece quando ela é descoberta pelo Estado e pela Igreja patriarcais, e as medidas que são tomadas em oposição a ela. O livro que conclui a trilogia, *Earthsong* (1994), vira o olhar dessa língua baseada em gênero para a questão mais ampla de formas de nutrir que sejam alternativas e conectadas ao gênero, conforme as mulheres tentam espalhar a notícia de que há outro modo de nutrir o mundo – auditivamente em vez de pela ingestão oral.

No cerne da trilogia, como é comum em grande parte da ficção científica de Suzette Haden Elgin, estão duas convicções interconectadas: "A primeira hipótese é de que a língua é nosso melhor e mais poderoso recurso na busca da implementação de mudanças sociais; a segunda é de que a ficção científica é nosso melhor e mais poderoso recurso para experimentar mudanças sociais antes de implementá-las, para descobrir quais podem ser as consequências" (ELGIN, 2000c). A definição de feminismo de Elgin pode ser extrapolada do tipo de mudança social que ela tem mais interesse em implementar: a erradicação do patriarcado e sua substituição por "uma sociedade e uma cultura que possam ser sustentadas sem violência" (ELGIN, 1995). A crença de que "o patriarcado necessita de violência assim como seres humanos necessitam de oxigênio" conecta a trilogia *Língua nativa* ao livro best-seller de não ficção de Elgin, *The Gentle Art of Verbal Self-Defense* (em tradução livre, "A gentil arte da autodefesa verbal"). Ambas as obras têm relação com intervenções linguísticas femininas e com a produção e/ou o ensino de estratégias linguísticas "gentis" para confrontar, e, portanto, mudar a violência verbal (ELGIN, 1995).

Quinze anos depois de sua publicação, e apesar de ter passado anos fora de catálogo, *Língua nativa* possui uma legião de fãs e continua sendo uma contribuição importante ao cânone da ficção científica feminista, assim como de debates feministas sobre a importância da linguagem. A relevância da obra de Elgin vai muito além da acadêmica, embora também sirva como documento histórico por destacar as preocupações particulares do feminismo no início dos anos 1980. Com todas as mudanças que o feminismo provocou na sociedade dos Estados Unidos, *Língua nativa* e suas sequências continuam empolgantes, pois trazem amplas possibilidades sociais em seu cerne.

Os temas da trilogia *Língua nativa* permeiam a vida e a obra de Suzette Haden Elgin. Ela obteve seu PhD em Linguística, com foco na língua navajo, pela Universidade da Califórnia, San Diego, em 1973, aos trinta e sete anos de idade. Antes, formou-se em francês, inglês e música, disciplinas que entraram em cena no final de seu período como professora. Elgin deu aulas na Universidade Estadual de San Diego até se aposentar, em 1980, quando começou a lecionar no Centro de Estudos Linguísticos Ozark, perto de Huntsville, Arkansas.

Foi fundadora e presidente da Lovingkindness, uma organização sem fins lucrativos que investigava línguas religiosas e seus efeitos sobre os indivíduos; foi também editora da *Linguistics and Science Fiction*, um periódico focado em questões linguísticas na ficção de gênero. Escrevia prolificamente em várias formas, incluindo ficção, poesia e artigos, e desenhava de forma igualmente prolífica. Sua obra mais conhecida, porém, é a popular série de livros que começa com *The Gentle Art of Verbal Self Defense*, que ensina a identificar situações violentas ou combativas e sair delas de forma verbal.[1]

O princípio central de Elgin era que linguagem é poder: "Se falar uma língua fosse como operar cérebros, algo que se aprende só depois de muitos anos de estudo profundo e que apenas um punhado de indivíduos notáveis praticam a um custo elevado, veríamos as duas coisas com respeito e admiração similares. Mas, como quase todo ser humano nasce sabendo e usando uma ou mais línguas, permitimos que tal milagre seja trivializado como 'apenas falar'" (ELGIN, 2000b). Subestimada por ser tão inerente, a linguagem pode ser, de fato, "nossa única tecnologia de ponta de verdade" (ELGIN, 1994). É, decerto, nossa mais proeminente tecnologia social, a forma primária pela qual seres humanos manipulam o mundo material (DE LAURENTIS, 1987). Ainda assim, nossa familiaridade leva à subvalorização da linguagem. Como algo tão mundano quanto falar pode dar forma ao mundo?

Elgin apoiava uma teoria da área da linguística chamada hipótese de Sapir-Whorf[2] – amplamente discutida,

---

[1] A série de não ficção de Elgin é bem extensa. Além do original *The Gentle Art of Verbal Self-Defense*, inclui *The Last Word on the Gentle Art of Verbal Self-Defense (1987), The Gentle Art of Written Self-Defense: Letters in Response to Triple-F Situations (1993), Genderspeak: Men, Women, and the Gentle Art of Verbal Self-Defense (1993)* e *The Gentle Art of Communicating With Kids (1996)*, entre outros.

[2] Embora a maior parte dos linguistas tenha descartado tal teoria em benefício da escola de pensamento proposta primeiro por Noam Chomsky – que define que a capacidade da linguagem é atribuída ao nosso cérebro através da evolução, em vez de desenvolvida como resultado do ambiente –, a ideia sobrevive em muitas outras disciplinas. Ao mesmo tempo, há certa confusão sobre o real significado da hipótese de Sapir-Whorf. A versão "forte", que Elgin alega que ninguém

embora altamente controversa. Tal hipótese alega que línguas "estruturam e limitam as percepções humanas da realidade de formas significativas e interessantes" (ELGIN, 2000b). Com base em um estudo das línguas de povos nativos do território que hoje é os Estados Unidos, tal hipótese propôs que línguas variam dramaticamente e de formas que não podem ser facilmente antecipadas, e que tais variações também codificam dramaticamente compreensões diferentes da realidade – de forma que pessoas que falam línguas diferentes na verdade enxergam o mundo de jeitos amplamente divergentes (BOTHAMLEY, 1993). Como percebemos, o mundo depende de nossas estruturas linguísticas tanto nas palavras que escolhemos quanto nas metáforas mais amplas que codificam. Tais estruturas, por exemplo, afetam poderosamente nossa compreensão de gênero. Suposições sobre papéis de gênero estão codificadas em toda a nossa linguagem, em particular no hábito de pensar binariamente – por meio do qual o par de termos *masculino/feminino* é associado a outros pares: *ativo/passivo*, *forte/fraco*, *direita/esquerda*, e por aí vai. A pesquisa da antropóloga feminista Emily Martin (1991) oferece um ótimo exemplo dessa ideia. Em "The Egg and the Sperm" (em tradução livre, "O óvulo e o espermatozoide"), Martin analisa as metáforas usadas por livros didáticos de ginecologia e obstetrícia para explicar os processos reprodutivos femininos. Suposições sociais dominantes relativas a papéis de gênero, descobriu ela, estão presentes nas descrições da concepção dadas por livros científicos: o óvulo é representado como uma célula esperando passivamente que os espermatozoides disputem o privilégio de entrar nele. Estruturas linguísticas de representação

---

nunca defendeu, diz que nossa linguagem determina nossa percepção da realidade (ELGIN, 2000b). É essa versão que é descreditada com frequência. A versão "fraca", que Elgin apoia, também conhecida como a hipótese da relatividade linguística, diz apenas que nossa linguagem estrutura e limita nossa percepção da realidade. Para maior discussão de todas essas teorias concorrentes, veja a obra de Pinker (1994), especialmente as páginas 55 a 82.

do gênero levam pesquisadores a focar as características que corroboram seus pressupostos conceituais. Assim, um modelo de óvulo passivo e espermatozoide ativo prevalece sobre outro modelo, que pode envolver um óvulo "grudento" que captura o espermatozoide (MARTIN, 1991).

De acordo com a linha de pensamento de Sapir e Whorf, a língua estrutura nossas percepções não apenas por meio da escolha de palavras, mas também de metáforas e sistemas metafóricos, com benefícios, limitações e consequências concretas. Por exemplo, como Elgin aponta em *The Language Imperative* (em tradução livre, "A necessidade da linguagem"), a linguagem que usamos para falar sobre a menopausa influencia como as pessoas a experienciam. A descrição da menopausa como um "evento natural" produz uma série de efeitos; com tal modelo, pessoas passando pela menopausa tendem a interpretar as experiências negativas como incômodos (de maior ou menor magnitude) em vez de tratá-las como algo que exige tratamento médico. No entanto, quando a menopausa é descrita como "uma condição médica caracterizada pela falta de estrogênio", pacientes passando pela situação têm maior tendência a interpretar suas experiências em termos de patologia, o que leva tanto a intervenções médicas quanto a uma maior preocupação por parte da pessoa afetada, de sua família e de seu círculo de amigos. Tal mudança *linguística* tem efeito sobre a realidade material da paciente (ELGIN, 2000b). É importante dizer que não há como escapar desse dilema produzido pela construção da realidade por meio da linguagem. Como nossa linguagem foi desenvolvida ao longo da história humana, é inevitável que todos estejamos entremeados a tais questões. Não há uma forma de discurso melhor que as outras, mas os efeitos de diferentes discursos agem de forma muito diferente – e, assim, Elgin nos encoraja a julgar discursos com base nisso. De forma muito resumida, a posição linguística de Elgin tem implicações feministas muito poderosas: as línguas que usamos para descrever e operar no mundo afetam a forma como o entendemos, como nos portamos nele e como interagimos uns com os outros. Mudar nossa linguagem muda nosso mundo.

Essa ideia não é exclusiva de Elgin, nem da linguística. Outras pensadoras feministas também já abordaram a forma como a linguagem muda nossas percepções. As filósofas feministas francesas Hélène Cixous e Luce Irigaray já consideraram como a linguagem reforça as relações entre gêneros. Cixous argumenta que a posição subordinada das mulheres é fundamentada no hábito ocidental de pensar na forma de oposições duais e hierarquizadas. Defendendo que as estruturas lógicas e lineares das línguas ocidentais modernas reproduzem os valores e preconceitos do patriarcado, Luce Irigaray vai além e alega que nós, mulheres, precisamos de uma língua própria se quisermos nos livrar da dominação masculina. Assim, essa ideia de que a língua importa na existência diária dos seres humanos reúne uma variedade de disciplinas e conecta diferentes projetos feministas. Tal ideia também não é exclusiva da teoria feminista; já foi abordada por filósofos como Ferdinand Saussure, Jacques Derrida e Michel Foucault.

Também há implicações sociais e políticas muito mais amplas. Elgin escreveu o que chamou de "experimento do pensamento" dos livros da série *Língua nativa* para testar quatro hipóteses:

> 1) que a forma fraca da hipótese da relatividade linguística é verdadeira [que a linguagem humana estrutura as percepções humanas de maneira significativa]; 2) que o Teorema de Gödel se aplica à linguagem, de modo que há mudanças que não podem ser introduzidas em uma língua sem destruí-la, e que há línguas que não podem ser introduzidas em uma cultura sem destruí-la[3]; 3) que mudanças na linguagem trazem

---

[3] O teorema de Gödel argumenta que, em qualquer sistema fixo, há verdades que existem, mas não podem ser provadas dentro do sistema (HOFSTADTER, 1979). Em outras palavras, nenhum sistema é completo, e o sistema necessariamente muda a

mudanças sociais, e não o inverso; e 4) que, se mulheres fossem apresentadas a uma língua mulheril, uma das seguintes coisas aconteceria: elas a aceitariam bem e a alimentariam, ou no mínimo seriam motivadas a substituir tal língua por outra língua mulheril mais adequada construída por elas mesmas (ELGIN, 2000a).

Elgin admite que o experimento não produziu o resultado desejado: a quarta hipótese foi provada falsa quando a língua mulheril construída pela própria autora, a láadan, falhou em ser apropriada de forma significativa. Mas a questão mais ampla que ela suscita, relacionando gênero, língua e poder, ainda faz sentido.

Deveríamos nos surpreender ao ver tais assuntos feministas urgentes sendo abordados em uma obra de ficção? Essa foi a reação inicial de algumas feministas. Quando Carolyn Heilbrun resenhou *Língua nativa* em 1987 para a *Women's Review of Books*, por exemplo, ela se descreveu como "alguém que não lê ficção científica" (HEILBRUN, 1987). Apesar de confessar que tinha certa "resistência à ficção científica (não que não goste do gênero, mas nunca consigo entender o que está acontecendo)", Heilbrun fez uma resenha elogiosa da obra: "O livro não tem cenas falsas ou romantizadas", observou ela, "e a história é extremamente cativante" (HEILBRUN, 1987). Vale se perguntar por que a ficção científica foi anátema a muitas feministas, assim como vale oferecer uma rápida lista de razões pelas quais o gênero *merece* uma audiência feminina. O desgosto de mulheres pela ficção científica deve ser mais que uma simples

---

qualquer tentativa de incluir novas coisas. No caso de *Língua nativa*, o sistema fixado é um conjunto de cultura e linguagem masculinas, violentas e hierárquicas. O experimento de Elgin foi ver o que aconteceria se ela tentasse "provar" a legitimidade de uma língua mulheril. Para uma discussão mais detalhada do teorema de Gödel, veja Hofstadter (1979).

resposta ao status relativamente baixo de tais obras por serem de "ficção de gênero", já que outras formas de ficção de gênero – de histórias policiais a romances – têm seu quinhão de fãs convictas. Respondendo a conexões históricas entre a ciência e seus valores tradicionais, especialmente a racionalidade objetiva masculina, leitoras e críticas podem acabar desafiando a ciência como um método de saber mais sobre o mundo. Podem tender a evitar problemas, temas, tramas e imagens associados à ciência, focando, em vez disso, projetos cruciais como resgatar escritoras esquecidas, questionar a natureza associada ao gênero do cânone literário e imaginar formas alternativas de expressão literária (SQUIER, 1999).

"Brinquedos de menino": com frequência, essa expressão parece resumir a ficção científica. Mas justamente porque a ciência e a ficção científica sempre pareceram terreno de homens em sua forma mais masculina, feministas deveriam dar ao gênero a atenção que merece, revitalizando sua forma e seu conteúdo. O problema, como Elgin nos mostrou, é linguístico em seu cerne. Até abolirmos as relações hierárquicas culturalmente impostas entre as exatas e as humanas – que apontam a literatura como a parte insignificante, invisível e feminina da nossa cultura em oposição à ciência, parte significante, visível e masculina –, não teremos implementado a transformação linguística em grande escala que Elgin propõe. Ainda representamos o mundo com pares binários marcados pelo gênero (masculino/feminino; ciência/literatura) e cedemos aos homens a metade científica da divisão da cultura em duas partes. A *ciência*, em resumo, está tão aberta à redefinição feminina quanto qualquer outra palavra em nosso léxico. Em vez de abandoná-la, precisamos apenas codificá-la do zero e reivindicá-la como uma de nossas línguas nativas.

O estudo científico de espécies alienígenas – um enfoque clássico do futuro por parte da ficção científica – e uma preocupação feminista com a ciência da linguística conectam a ficção científica e o feminismo nas três narrativas interligadas que compõem *Língua nativa*. A história primária acompanha o desenvolvimento da láadan, uma linguagem mulheril, pelas mulheres das Linhagens de linguistas – com destaque para a protagonista, Nazareth Chornyak Adiness. Uma trama paralela aborda as tentativas secretas do governo dos Estados Unidos de quebrar o monopólio linguístico das Linhagens, o que exige que aprendam com sucesso – via "Interface" – uma língua alienígena não humanoide. Uma terceira linha narrativa segue Michaela, uma não linguista, enquanto ela tenta vingar seu bebê, que foi morto em um dos experimentos governamentais para quebrar o monopólio linguístico; em vez disso, ela se surpreende ao descobrir que tem muito em comum com as mulheres linguistas. As três narrativas não se conectam sempre de forma fluida – juntas, porém, exploram o poder construtivo da linguagem, a origem da opressão de gênero e as semelhanças materiais e sociais que conectam mulheres umas às outras.

Elgin explora a natureza, o poder e a importância da linguagem por meio da distinção entre línguas humanoides e não humanoides e as visões de mundo diferentes que cada uma delas constrói. Qualquer língua é um conjunto limitado de percepções e expressões; a similaridade geral entre línguas humanoides, e, portanto, a correspondência geral de suas visões de mundo é o que permite que sejam colocadas frente a frente via Interface. Visões de mundo dramaticamente diferentes separam línguas humanoides e não humanoides, e, desse modo, a realidade que constroem, o que explica os perigos de submeter à Interface seres que falam línguas humanoides e não humanoides. Os técnicos do governo, na tentativa de resolver o problema das línguas não humanoides, articulam a relação da língua com a realidade:

Princípio número um: o conceito de "realidade" não existe. A realidade é criada por nós por meio de estímulos do meio ambiente, sejam eles internos ou externos, e fazendo afirmações a respeito. Todo mundo percebe coisas, todo mundo faz afirmações, todo mundo, até onde sei, concorda o bastante sobre elas a ponto de as coisas darem certo, então quando eu digo "Me passa o café?", você sabe o que me passar. E isso é a realidade. Princípio número dois: as pessoas se acostumam com um tipo de realidade e esperam sempre a mesma coisa, e aí, quando o que percebem não corresponde às afirmações com as quais todo mundo concordou, ou a cultura precisa passar por um tipo de calibração até se ajustar a isso... ou é como se a coisa simplesmente não existisse (p. 192).

Elgin diz o seguinte na epígrafe do Capítulo 13: "Cada uma das línguas existentes tem percepções que não podem ser expressas nela pois resultariam indiretamente em sua própria autodestruição." (p. 199). Thomas Chornyak descreve o fracasso obtido ao se submeterem não humanoides à Interface como uma limitação intrínseca: "Era perturbador, mas não ridículo. Nenhum ser humano era capaz de segurar a respiração por trinta minutos; era uma barreira natural, e contra a qual haviam aprendido a não se jogar de cabeça na tentativa de superá-la. Nenhum ser humano, até onde ele sabia, era capaz de compartilhar a visão de mundo de um ser não humanoide. Não era ridículo" (p. 97). Os técnicos do Trabalho Governamental articulam tais limitações intrínsecas de forma mais específica, dizendo que "o cérebro dos humanos tem alguma pecinha que faz com que ele espere certos tipos de percepção" (p. 193). A linguagem, assim, é tanto algo biológico – no sentido de que nosso cérebro pode formar certos tipos de percepções – quanto cultural – no sentido de que todas as línguas e culturas usam um grupo menor de percepções e expressões de um conjunto maior de possibilidades que é compatível com qualquer ser humano.

Tal imbricação do físico e do social é demonstrada de forma bem enérgica quando os técnicos continuam com experimentos nos quais submetem bebês e alienígenas não humanoides à Interface, apesar dos avisos dos linguistas de que aquilo vai terminar em desastre. O líder do grupo, Showard, enfim conclui que "Tem alguma coisa no jeito como alienígenas não humanoides percebem as coisas, algo na 'realidade' que eles criam a partir dos estímulos, que é tão impossível que faz com que os bebês pirem e destrói o sistema nervoso central deles para sempre" (p. 194). Um dos bebês, ao ser submetido à Interface junto com um beta-2, o alienígena não humanoide residente, convulsiona tão violentamente que é "literalmente virado do avesso" (p. 72). Que o problema não é apenas uma questão de linguística humana e limitações cognitivas como é demonstrado pelo experimento seguinte, no qual técnicos tentam alterar a consciência – e, portanto, a visão de mundo – dos bebês ministrando alucinógenos a eles. Dessa vez, quando atingem a dosagem "certa" e submetem o bebê à Interface, é o alienígena, beta-2, que enlouquece e morre, fazendo faíscas voarem por toda a Interface. Os bebês que sobrevivem ao experimento são incapazes de se comunicar de forma compreensível com seres humanos, até o que outras pessoas podem ver, embora pareçam normais e saudáveis.

A constituição da realidade por meio da língua é mais do que um simples efeito psicológico em *Língua nativa*. Como os experimentos com a Interface revelam, a linguagem tem o poder de reorganizar fundamentalmente o mundo material, produzindo vida vibrante ou morte violenta. Além disso, a linguagem é constitutiva de uma série de outras formas. Grande parte do preconceito do povo leigo com os linguistas provém da habilidade destes últimos de manipular a linguagem verbal e não verbal. John Smith, ponto de contato entre o governo e os linguistas, "sabia que não havia absolutamente nada que um cidadão ordinário pudesse fazer caso um linguista decidisse estruturar um encontro de tal forma que o cidadão parecesse um perfeito imbecil" (p. 92). E ele também sabe que isso serve para as mulheres linguistas: "Ah, elas seguiam a etiqueta, aquelas mulheres; diziam todas as palavras certas.

Mas tinham uma forma de conduzir a conversa e de distorcê-la de modo a fazer os outros dizerem coisas que nunca diriam e prometerem coisas que jamais se permitiriam prometer" (p. 92). Exemplos de tal poder linguístico abundam, tanto entre linguistas e entre cidadãos leigos ("Thomas inclinou a cabeça para o lado, e Jonas se sentiu profundamente inferior por razões que não conseguiu identificar" [p. 93]) quanto entre homens linguistas e mulheres linguistas. Por exemplo, Rachel é incapaz de ignorar seu treinamento como linguista e chorar pelo seu próprio bem ("As mulheres das Linhagens aprendiam cedo a não ceder às lágrimas [...] pois lágrimas arruinavam negociações" – [p. 204-205]) e, assim, acaba falhando na tentativa de dissuadir Thomas de casar Nazareth com um poderoso linguista que a garota odeia. Algo que é repetido várias vezes no livro é que não se pode mentir a um linguista.

O prodigioso controle que os linguistas têm sobre o uso e a interpretação da linguagem se estende para o poder que homens linguistas têm sobre mulheres linguistas. Quando o amor de Nazareth por Jordan Shannontry é exposto, levando à humilhação dela diante da Família, a pior dor da personagem vem de sua incapacidade de expressar a experiência: "E não havia palavras, em língua alguma, para *explicar* o que haviam feito com ela e que pudesse fazer com que eles parassem e percebessem quão horríveis haviam sido com ela" (p. 274). Elgin contrasta tal desespero com o alívio que as mulheres da Casa Estéril sentem quando enfim têm as "palavras certas" em láadan (p. 356). Além de seus poderes constitutivos e manipulativos, a linguagem também tem o poder de produzir conforto emocional por meio da validação consensual. Assim, o inglês expressa as experiências dos homens, e especialmente dos homens linguistas, de forma relativamente satisfatória e completa, criando neles um senso de justificativa e uma hipocrisia. Por outro lado, a língua disponível não corresponde ao conjunto de experiências das mulheres linguistas, e elas sentem uma série de emoções negativas.

Apesar do gosto pelo poder da linguagem e do domínio de princípios linguísticos conhecidos, os homens linguistas são incapazes de escapar do poder constitutivo das relações de gênero. Assim, eles falham em aplicar tal informação à própria Família. A ligação constitutiva entre linguagem, relações de gênero e realidade é expressa durante a cena em que as mulheres tentam apontar uma suspeita crível para a tentativa de envenenamento de Nazareth. Justamente porque a religiosa e rebelde reprodutiva Belle-Anne já é considerada insana, pode agir como engodo e confessar que foi a responsável pela tentativa de assassinato de Nazareth, assim distraindo os homens das Linhagens das atividades subversivas que acontecem na Casa Estéril. A história que Belle-Anne conta a respeito de uma motivação divina e hordas de anjos masculinos não se adequa à realidade de seu círculo próximo e é desacreditada, considerada devaneios de uma mulher louca; ironicamente, é precisamente porque *não acreditam* em Belle-Anne que, na ocasião em questão, acreditam nela.

Os homens linguistas sabem que as mulheres estão construindo uma linguagem mulheril. A suposição de que elas têm habilidades linguísticas inferiores faz com que eles não enxerguem a verdadeira estratégia das mulheres: elas disfarçam o trabalho usando como fachada o linglês, uma língua mulheril elaborada e pouco prática, e com isso encobrem o trabalho *real* de construir a láadan. Ver o Projeto de Codificação do linglês como algo inofensivo e uma perda de tempo faz com que os homens linguistas fiquem presos à presunção de inferioridade feminina, encapsulados na conveniente repetição do fato de que habilidades linguísticas não estão relacionadas à inteligência. É só depois que a láadan é falada e ensinada às garotinhas que o poder do projeto é reconhecido. Mesmo então, apesar de todas as evidências apresentadas na festa da Família a todos os homens da Linhagem, apenas Thomas reconhece o "risco" e a "corrupção" presentes (p. 374) no que parece ser, para os outros, algo "fofinho" e "curioso" (p. 368).

De certa forma, a láadan é enganosamente simples. Uma codificação é a criação para "dar nome para uma parte do mundo que, até onde sabemos, nenhuma outra linguagem humana escolheu nomear antes, e que não foi simplesmente inventada ou descoberta ou despejada de repente sobre nossa cultura. Estamos falando de dar nome a uma parte do mundo que existe há muito tempo, mas nunca antes pareceu importante o bastante para que alguém lhe atribuísse um nome" (p. 38). Quando as mulheres criam a láadan, então, não estão apenas criando novas palavras. Estão, na verdade, reordenando o que é ou não importante, o que é ou não percebido.

A láadan, a verdadeira língua mulheril, é ao mesmo tempo o ápice e a evidência da ideia de que a linguagem pode mudar a realidade. Enquanto a láadan ainda é um segredo, os homens mencionam que as mulheres estão sempre franzindo a testa, reclamando, chorando, resmungando, fazendo cara feia, fazendo birra, dando escândalo e discutindo. Depois, com frequência acusam as mulheres de falar sem parar sobre coisas que ninguém acha importante, e até de nunca chegar logo ao ponto. As discussões verbais entre homens e mulheres linguistas são conflituosas e combativas. Depois que a láadan é implementada, porém, as mulheres ficam felizes, eficientes e autossuficientes. Tal mudança tem efeitos profundos no mundo dos homens linguistas, assim como no das mulheres. Depois que a láadan passa cerca de sete anos em circulação, os homens notam uma alteração no comportamento das mulheres. Adam diz para Thomas que "as mulheres, de acordo com eles, não importunam mais. Não choramingam. Não reclamam. Não exigem coisas. Não discutem. Não ficam doentes. Acredita nisso, Thomas? Não têm mais dores de cabeça, incômodos menstruais, surtos de histeria... Ou, se têm, não falam mais desses males" (p. 366). Mas o que parece ser uma mudança boa e benigna do ponto de vista inicial dos homens se revela algo muito maior e mais perturbador.

Quando os homens de todas as Linhagens se juntam para discutir o "problema" das mulheres cooperativas e animadas, o que está em jogo diante da mudança do comportamento delas fica claro: "Antes, quando um homem fazia algo de que devia ficar verdadeiramente orgulhoso, podia voltar para casa e contar aquilo para a esposa e as filhas, e o orgulho *crescia*... Era uma razão para ir além, fazer as coisas ainda melhor" (p. 385). Na mente dele, Adam continua o corolário:

> Antes, os homens às vezes faziam algo que os deixava *envergonhados*, e depois iam para casa e contavam aquilo à esposa com a certeza de que ela resmungaria e choramingaria e gritaria histericamente com eles até sentirem que haviam pagado por completo o preço do que haviam feito. Então, podiam contar com a esposa para ultrapassar os limites das bobagens até que, na verdade, sentissem que tinham razão no que haviam feito. *Aquele* tipo de coisa era importante também – e não acontecia mais. Nunca mais. Independentemente do que faziam, a notícia era recebida da mesma forma. Com uma educação respeitosa. Com a total ausência de reclamações (p. 386).

Assim, a nova língua, com seu novo conjunto de valores e perspectivas da realidade, muda a forma como homens e mulheres das Linhagens se relacionam uns com os outros. Na verdade, as mulheres param de jogar os jogos linguísticos que apoiam uma versão binária e hierarquizada de gênero. A resposta masculina ao novo mundo criado pela láadan é, ironicamente, fazer exatamente o que as mulheres queriam: mover todas elas para uma casa separada. Dessa forma, a mudança na linguagem produziu, embora lentamente, uma mudança real, mensurável e agradável no dia a dia de tais mulheres.

É claro que uma língua não engloba tudo; há conhecimento fora da linguagem, que é precisamente o que causa a urgência de produzir novas Codificações. Podemos ver ao longo do livro – com a inexplicável sensação de Nazareth de que os elaborados planos de contingência das mulheres estão ignorando o mais importante – a ideia de que até bebês fazem afirmações (impronunciadas) sobre suas experiências; também podemos ver a ideia de que a experiência dos bebês de proveta submetidos a LSD, que não falam nada por causa de tal experiência, têm percepções da realidade que não são linguísticas. O sucesso da láadan na emancipação das mulheres da opressão, porém, materializa as formas como a linguagem pode, literalmente, alterar a realidade.

A segunda maior preocupação de Elgin neste livro é a relação – mais especificamente, o balanço de poder – entre os gêneros. *Língua nativa* se passa em um período em que o mundo sofreu dramáticos reveses feministas. O dia 11 de março de 1991 é o marco da aprovação da Vigésima Quarta Emenda – que cancela a Décima Nona Emenda (que garantia o voto universal feminino) – e da Vigésima Quinta Emenda (que afirma o universal caráter secundário e passível de proteção das mulheres). A condição subordinada das mulheres é tão entranhada e inquestionada que Aaron Adiness, um garotinho, chega a achar que o avô era um mentiroso por dizer que as mulheres "tinham permissão" para votar, ser membros do Congresso e fazer parte da Suprema Corte (p. 31). As injustiças de um mundo governado por homens ficam claras, mas Elgin também demonstra a complexidade do esforço e da organização institucional necessários para sustentar um sistema tão desigual e desumanizador. O pressuposto masculino da inferioridade das mulheres se baseia em três crenças: a de que elas são biologicamente inferiores, a de que há uma hierarquia natural dos sexos, e a de que o valor de uma mulher deriva de sua simples utilidade reprodutiva. Várias vezes, as mulheres são descritas como mais primitivas que os homens e vistas como "uma criança sofrendo de ilusões de grandeza" (p. 154). Ambas as afirmações pressupõem que as mulheres e os homens não só têm complexidades biológicas diferentes como também que organismos mais complexos são mais inteligentes e mais merecedores de direitos; tais alegações eram vistas com frequência no século 19 para justificar o racismo, e vêm sendo duramente criticadas desde então. Evidências do contrário no livro, como a incrível habilidade linguística de Nazareth, são explicadas com o conceito repetido várias vezes que diz que "as habilidades de aquisição de línguas não são diretamente proporcionais à inteligência" (p. 372).

A ideia de uma hierarquia biológica dá base à relação entre gêneros daquela sociedade, que designa a subserviência feminina e a proteção masculina em vez da igualdade entre eles. Quando Rachel e Thomas brigam sobre a perspectiva de casamento de Nazareth com Aaron Adiness, Thomas se enraivece com o que enxerga como Rachel "esquecendo qual era o lugar dela" (p. 207). Mais de vinte anos depois, quando os homens estão discutindo o câncer de Nazareth e a resposta médica apropriada a ele, Thomas comenta: "Porque sentimos e, digo mais, somos obrigados a sentir mais do que um respeito cerimonial por essa mulher" (p. 22). Mesmo algo supostamente feminino como a ginecologia é reinterpretado com foco nos homens: "Deixem-me explicar o que é a ginecologia. O que ela realmente é. Cavalheiros, é o cuidado médico para seus companheiros homens, cujas mulheres os senhores estão mantendo em bom estado de bem-estar, permitindo assim que os homens sigam sua vida como desejam" (p. 303).

As mulheres são valorizadas em função de quanto atendem às necessidades dos homens. Assim, o valor que Thomas dá à filha Nazareth tem relação com as habilidades linguísticas e a herança genética da jovem, já que ambas as coisas trazem grande benefício aos homens das Linhagens. Quando a garota é envenenada, ele é persuadido a procurar ajuda médica não porque ela está sofrendo, mas sim porque, no dia seguinte, tem um papel crucial a cumprir na negociação de um tratado importante. Segundo ele, "essa doença de Nazareth não me preocupa particularmente [...] Ela é muito bem cuidada. O que quer que seja, tenho certeza de que a reação foi apenas exagerada. Mas o que me preocupa, e muito, são as negociações da OIT" (p. 151). Nazareth não é um caso especial. As mulheres são valorizadas pela habilidade com as línguas, o que traz dinheiro e prestígio à Família, assim como por suas habilidades reprodutivas, o que traz mais dinheiro e mais prestígio às Linhagens por meio da produção de crianças linguisticamente habilidosas. Quando uma mulher não pode mais se reproduzir, é afastada e instalada na Casa Estéril, um espaço só para mulheres, separado da casa principal e nomeado de forma cruel. Embora as mulheres fiquem livres (por definição) do fardo da reprodução quando vão para a Casa Estéril, ainda se espera que traduzam. Quando ficam velhas, idosas ou frágeis demais para trabalhar como tradutoras oficiais, atuam como parceiras informais das garotinhas mais novas, que podem praticar com as anciãs as várias línguas que dominam. Tais atividades vistas como inúteis pela perspectiva masculina, assim como cuidar das outras ou trabalhar no linglês, devem ser realizadas em momentos livres para que não interfiram nas tarefas primárias, como ensinar línguas e cuidar da casa. A subordinação feminina significa que os homens comandam a Família sem serem questionados. Levam crédito pela criação dos filhos, escolhem com que frequência a mulher deve ficar grávida e se acham no direito de abusar das esposas verbal, quando não fisicamente. Os homens de fora das Linhagens podem até mesmo escolher a esposa dentre as alunas de uma escola preparatória, assim como enviar as filhas para tais instituições. Conforme Nazareth reflete amargamente assim que aceita se casar com Aaron, "Todas as mulheres eram sentenciadas à prisão perpétua. Não era um fardo que cada uma carregava sozinha" (p. 219).

Embora subordinadas aos homens, as mulheres podem ajustar até seus comportamentos mais subservientes para fins de resistência. Assim, Michaela, a deferente e ideal mulher considerada uma ótima ouvinte, cumpre o papel de executora de homens cuja confiança conquista por meio de bajulação e manipulação. Embora a maior parte das mulheres do livro não chegue tão longe quanto Michaela, nem de perto são vítimas indefesas. São incapazes de evitar sua condição de subordinadas, mas encontram formas de desafiar essa subordinação. Aaron comenta que: "aquela coisa de deixar que elas andassem com uns trocados no bolso, e abrir exceções para flores e doces, romance e frufrus aqui e ali sempre levava a complicações imprevisíveis... Impressionante como as mulheres eram inteligentes no que tangia a distorcer a lei!" (p. 30). Assim, as mulheres usam uma exceção cuja intenção é mantê-las satisfeitas de formas inesperadas: para exercer certo controle feminino e, consequentemente, sabotar o comando masculino sem desafiá-lo de forma direta. A prática de mudanças incrementais é outra tática popular de resistência. Ao fazerem pequenas alterações em algo ao longo de extensos períodos de tempo, mudanças tão pequenas que os homens mal percebem, as mulheres os frustram enquanto exercem o próprio controle. Mesmo que tudo o que façam seja incomodar os homens, estão também provando que o controle delas deve ser *mantido*.

As mulheres adotam os estereótipos criados pelos homens como forma de esconder as próprias atividades subversivas. A costura, a quintessencial atividade feminina, é usada para disfarçar as importantes reuniões estratégicas das mulheres:

Trabalhe no seu crochê, Natha – ordenou [Susannah]. – É o que nós, mulheres, fazemos... Pergunte aos homens e eles vão dizer isso. Sempre que vêm aqui, nos veem batendo papo e mexendo em nossas agulhas. Desperdiçando nosso tempo (p. 333).

Como costurar é visto como algo inútil e uma perda de tempo, tudo associado ao ato, inclusive as conversas que o embalam, é considerado inofensivo. As mulheres da Família Chornyak frequentemente comentam que a imagem de frivolidade e estupidez provê a melhor defesa contra os homens da Família. Convencidos por pressupostos, os homens não procuram ou enxergam as evidências da conspiração, do ensino da história proibida das mulheres, da existência de remédios contraceptivos e abortivos. Algumas mulheres usam até mesmo as mais estereotipadas relações de homem/mulher – o amor romântico – para manipular os homens, e consequentemente resistir a eles. Michaela reflete:

> Por Thomas, porém, ela não sentia amor algum, não mais do que sentira por Ned. Havia organizado tudo para que ele se convencesse de que a seduzira, porque conhecia o poder dele e o respeitava e não conhecia outra forma de se aproveitar dele. Mas não o amava. Amar alguém que a considerava como algo apenas um patamar acima de animais domésticos muito bem treinados não era possível. E ele havia deixado isso bem claro. Seria uma perversão amar o mestre quando ele estava sempre com a bota em seu pescoço, e ela era uma mulher de mente sã (p. 344).

Embora as mulheres sejam logo desenganadas da crença do amor romântico, continuam a se apoiar nele como uma fonte de resistência, uma forma de continuar úteis e convenientes aos homens.

Talvez o exemplo mais extremo da rebelião feminina no livro seja Belle-Anne, que funciona como um obstáculo efetivo ao plano de Michaela. A rebelião específica de Belle-Anne é se recusar a engravidar a todo custo, mas de forma que o uso da força não faça diferença. Como os médicos comentam: "Qualquer espermatozoide inserido naquela garota, por qualquer forma que seja, *morre* assim que ela torce aquela bundinha. Morre. Fim." (p. 177). A habilidade da mulher de sabotar o próprio sistema reprodutivo permite que ela escape tanto do casamento quanto de viver entre homens. Infelizmente, isso também a torna um bom bode expiatório quando Aquina é malsucedida na tentativa de fazer com que Nazareth fique estéril – e, portanto, vá mais cedo para a Casa Estéril.

Belle-Anne confessa ter envenenado Nazareth com o intuito de interromper a busca que inevitavelmente exporia todas as fontes secretas de resistência das mulheres – linguísticas, sociais e medicinais.

Como a resistência pode nascer dentro do patriarcado, o patriarcado deve ser continuamente reproduzido. As eternas pequenas batalhas entre homens e mulheres demonstram que a hierarquia de gênero e a escravidão sexual devem ser continuamente mantidas por meio de uma série de táticas. A mais usada na Família Chornyak é simples e conveniente: manter as mulheres sempre ocupadas. Thomas recomenda ao Líder de outra Linhagem: "Duplique o expediente delas, Andrew. Dê a elas algumas coisas para traduzir que estejam paradas por falta de mão de obra. Caramba, faça-as limparem a casa. Compre frutas para que façam geleia, caso seus pomares e despensas estejam vazios. Você precisa fazer alguma coisa com elas, ou vão literalmente deixá-lo maluco. Mulheres descontroladas são uma maldição" (p. 124). Esse raciocínio também permite que as mulheres trabalhem em seu Projeto de Codificação. Ao atribuírem a elas uma quantidade de trabalho maior que a de qualquer pessoa fora das Linhagens, os homens presumem que elas não terão tempo nem energia para conspirar. Estas, é claro, compensam isso com as atividades tradicionalmente femininas – como o bordado e o inteligente código escondido nas receitas – que servem como disfarce para atividades subversivas.

Outra tática primária para controlar as mulheres é a manipulação de informações. Os homens manipulam a história de forma a erradicar a autonomia feminina anterior reinterpretando-a por meio do tropo contemporâneo da indulgência masculina: "Homens são gentis e atenciosos por natureza, e uma mulher encantadora ávida por brincar de faz de conta como médicas ou congressistas ou cientistas pode ser tanto divertida quanto cativante; é compreensível, quando olhamos para o período em questão, como os homens do século

20 devem ter imaginado que fazer a vontade das damas seria inofensivo" (p. 105). Essa forma de manipulação tem como intenção controlar aspirações. Outro tipo de manipulação linguística tenta garantir às mulheres a ilusão do controle e da opinião enquanto limita estritamente as opções que podem exercer. Durante uma discussão, Thomas diz: "Rachel, você aprovar ou não o casamento não faz a menor diferença [...]. Seria ótimo se você aprovasse, é claro. Faço todo o esforço possível para considerar seu desejo pessoal no que diz respeito a meus filhos. Mas, se continuar se recusando a ser razoável, não vou ter escolha a não ser ignorar você" (p. 203). A suposta autonomia das mulheres é, portanto, baseada na concordância fundamental com os homens.

Outros tipos de manipulação são ainda mais nefastos. Nazareth descobre como a gentileza pode ser uma forma de manipulação quando Jordan Shannontry começa a trabalhar como apoio dela nas negociações com os jilodes. Ele lhe dá atenção e a elogia, atos que culminam na cena em que a presenteia com uma rosa amarela. Quando ela diz a ele que o ama, porém, ele conta tudo para Thomas, e Nazareth se torna uma vítima de abuso e ridicularização tanto do pai quanto do marido. A manipulação da crença religiosa, assim como das emoções, é alardeada como outra forma de controlar as mulheres. Como Nazareth aponta: "A invenção dos homens não tinha limites quando o objetivo era provar que eram superiores" (p. 241). As táticas usadas são diversas, e são interessantes não só por sua variedade, mas por sua própria existência. Ao demonstrar a necessidade constante de reforçar a superioridade dos homens, Elgin demonstra também a instabilidade da dinâmica, e é essa instabilidade inerente que cria a possibilidade de mudança – e, portanto, de rebelião bem-sucedida.

De fato, *Língua nativa* começa com um prefácio que soa como uma nota de esperança. Escrita em um futuro ainda mais distante por uma mulher que ostenta o título de diretora executiva, o prefácio (ficcional) explica que o livro está sendo publicado por uma coalizão de instituições, incluindo a Sociedade Histórica da Terra, a Falamulher e o Grupo Láadan. Essa estratégia de comentários retrospectivos implica que o experimento que a láadan era de fato mudou o mundo, demonstrando a vulnerabilidade de qualquer sistema de opressão.

O romance de Elgin explora outros problemas feministas familiares, como a falta de recursos para sustentar um capitalismo moderno global – e, nesse caso, intergaláctico –, a estrutura baseada em gêneros do governo, a natureza maleável do poder, a relação entre gênero e trabalho e a distinção entre o artificial e o natural. Mas são os dois assuntos principais do livro, a linguagem constitutiva e a relação entre gêneros linguisticamente imposta, que refletem a contribuição primária de Suzette Haden Elgin ao pensamento feminista.

Língua nativa foi publicado pela primeira vez em 1984, pela DAW Books, uma respeitada editora de ficção científica. As resenhas da época foram positivas ou mistas. Jornais conservadores criticaram o livro pelo que apontaram como falta de caracterização ou lógica social (*Publishers Weekly*) e didatismo tedioso usado para racionalizar o experimento de linguagem da autora (*Booklist*). Meios mais progressistas e feministas, porém, elogiaram o livro pelos temas importantes. A *Fantasy Review* apontou que "Elgin tem grande domínio quando fala das relações entre homens e mulheres, do trabalho dos linguistas e da luta feminina para esconder dos homens o desenvolvimento de uma língua própria. Embora tenha falhas de estrutura, o romance é bem escrito, os personagens são fortes e os temas valem muito a atenção" (TAORMINA, 1984). Carolyn Heilbrun (1987), escrevendo para a *Women's Review of Books*, chamou de "empolgante" a compreensão de Elgin de que "até que as mulheres encontrem as palavras e a sintaxe para tal, nunca vão exprimir – e o mundo nunca vai ouvir – o que têm a dizer". O *Voice Literary Supplement* a elogiou por "ter boas ideias quanto à sobrevivência cultural, ao colonialismo e à criação de pidgins, e também de uma raiva que não lhe pertence" (COHEN, 1984). Tais resenhas parecem concordar com Elgin na afirmação de que opressão e linguagem podem ser conectadas, e que a linguagem também pode ser uma ferramenta para a revolução.

Língua nativa é comparado com frequência a *O conto da aia*, de Margaret Atwood, outro romance feminista e distópico de ficção científica. Os livros têm ambientações similares: versões do futuro próximo dos Estados Unidos nas quais as mulheres foram desprovidas de direitos e estão sob controle legal, e não raro físico, de homens. Mas, enquanto *O conto da aia* foi elogiado pela arrepiante plausibilidade do futuro imaginado, o cenário de *Língua nativa* foi, segundo a própria Elgin, considerado "improvável", algo que "jamais poderia acontecer nos Estados Unidos" (ELGIN, 1987). *O conto da aia* foi um best-seller e é considerado um clássico desde sua publicação, em 1986; *Língua nativa*, por outro lado, saiu de catálogo em 1996 e é comentado apenas por um pequeno – embora entusiasmado – público leitor e acadêmico.

O contexto do fim dos anos 1980, quando Elgin escreveu *Língua nativa*, é importante para entender tanto as preocupações sociais que motivaram o texto quanto sua posição intelectual. O feminismo do fim dos anos 1970 e começo dos anos 1980, especialmente o feminismo acadêmico, propunha uma série de perguntas. Uma das mais importantes era o questionamento sobre se o gênero é essencial ou construído. Se for essencial, biológico e material, então as diferenças entre homens e mulheres são determinadas pela natureza. Se for construído, não tem nada (ou pouco) a ver com nosso corpo, e tudo a ver com expectativas sociais e socializações. Tal debate tem consequências práticas, porque uma resposta – mesmo uma eventual e pessoal – pode apontar na direção de uma estratégia apropriada de revolução. Se o gênero for essencial, as feministas devem trabalhar para que qualidades inerentes tanto aos homens quanto às mulheres sejam igualmente valorizadas. Se o gênero for construído pela socialização, então devemos enfatizar as diferentes relações e práticas sociais que desafiariam papéis de gênero. Essa questão maior traz outros pontos consigo. Se o gênero *não* for essencial, como a maior parte das feministas parece concluir, então em que podemos basear nossas ações coletivas? A separação é uma estratégia política efetiva? Como a sexualidade mudaria – ou poderia mudar – junto com os papéis de gênero?

Uma segunda preocupação principal do feminismo dos anos 1970 e 1980, como comentado anteriormente, consistia no poder da linguagem de estruturar e expressar – e, portanto, possibilitar – diferentes percepções. Julia Kristeva, Hélène Cixous e Luce Irigaray todas advogavam por variações da ideia de que a linguagem que conhecemos codifica percepções e valores masculinos, silenciando, assim, as mulheres. Elas defendiam a adoção de uma língua feminina que seja não linear, sensual e verdadeira quanto às experiências das mulheres na cultura patriarcal. Conforme apontado, o romance de Elgin endossa a visão da linguagem como construtivista. Em sua própria estrutura, *Língua nativa* destaca o poder da linguagem de construir a realidade. Com a justaposição de vários pontos de vista, assim como com a alternância entre a narrativa e documentos históricos sobre a opressão das mulheres em suas várias formas, o livro necessariamente "proporciona o envolvimento ativo de quem lê com a (des)construção do significado textual" (ROSINSKY, 1984). Ao escolher tal estrutura, Elgin não apenas evita sobrecarregar a narrativa com elementos históricos como também adota o poder constitutivo da linguagem que demonstra.

Língua nativa deve ser encaixada na história não só do pensamento feminista como também da ficção científica. Com frequência, a origem do gênero é apontada como sendo *Frankenstein, ou o Prometeu moderno,* de Mary Shelley, publicado em

1818. Lido de formas diversas como um tratado político, uma crítica filosófica ao individualismo romântico e o nascimento de um mito, esse livro brilhante aborda a história de um cientista solitário que constrói um ser humano em seu laboratório a partir de uma mistura de partes humanas e animais. O experimento dá errado, e o monstro – de natureza alienígena e sem nunca receber um nome – escapa e espalha o caos na vida do criador humano, de outros humanos e de si mesmo. Os questionamentos de Shelley a respeito dos limites da humanidade e do papel da tecnologia na vida humana formam a base de boa parte da ficção científica atual. Mesmo nossa fascinação com o espaço e com seres alienígenas reflete a preocupação especial do gênero com questões de identidade e tecnologia. Apesar de ter se originado na mente de uma jovem mulher, a ficção científica acabou evoluindo – de H. G. Wells, Jules Verne e C. S. Lewis na Europa até Isaac Asimov, Philip K. Dick e, mais recentemente, William Gibson nos Estados Unidos – como um gênero dominado por homens brancos, tanto autores quanto leitores. Conforme foi ganhando popularidade nos Estados Unidos durante o começo do século 20, por meio de romances e revistas *pulp*, as histórias de exploração e alta tecnologia ressoaram com os ideais expansionistas do país e com o concomitante foco nas inovações tecnológicas. Muito antes dos adolescentes nos Estados Unidos, Charlotte Perkins Gilman articulou uma forte crítica feminista a tais ideologias expansionistas em *Herland: A terra das mulheres*, enquanto, no Reino Unido dos anos 1920, Charlotte Haldane abordou as implicações da eugenia e da maternidade compulsória em seu distópico romance *Man's World*. Foi só nos anos 1970 e 1980 que as mulheres provocaram um impacto maior na ficção científica, usando o gênero como um meio importante para pensar em algumas alegações e conflitos do feminismo. Naomi Mitchison, Marge Piercy, Ursula K. Le Guin e Joanna Russ usaram convenções genéricas da ficção científica, constantemente com modificações, para analisar e questionar as relações entre gêneros atuais e possíveis na vida moderna. E foi só quando pessoas não brancas, como Samuel Delaney e Octavia

Butler, começaram a exercer um papel importante na elaboração de uma ficção científica de resistência que o gênero criticou de forma ampla e séria a relação entre ciência e raça.

Em sua exploração das propriedades constitutivas da linguagem, o romance de Elgin bebe da ênfase que Mary Shelley dá (no Capítulo 12 de *Frankenstein*) ao papel da linguagem na formação do senso de identidade e da visão de mundo da criatura. Assim como as mulheres em *Língua nativa*, o monstro precisa aprender uma língua alienígena; como no caso delas, a habilidade de nomear abre um novo mundo diante dele:

> Descobri que as pessoas têm um método de comunicar suas experiências e sentimentos umas às outras através da articulação de sons [...]. Era uma ciência de fato divina, e desejei ardentemente conhecer mais sobre ela. Mas fui frustrado em todas as tentativas. A pronúncia deles era rápida demais, e as palavras que proferiam não pareciam ter conexão com os objetos visíveis; fui incapaz de descobrir qualquer pista através da qual pudesse desvendar o mistério de a que se referiam. Depois de muito esforço, porém [...] descobri os nomes atribuídos aos mais familiares objetos de discurso [...]. Sou incapaz de descrever o prazer que senti quando entendi as ideias apropriadas a cada som e fui capaz de pronunciá-los (Shelley, 1831).

O romance de Elgin continua a tradição de Mary Shelley de analisar, por meio do feminismo, os aspectos construtivos da linguagem, e evoca também outras obras recentes da ficção científica – como a análise feita por Neal Stephenson de como a linguagem funciona como um vírus em *Snowcrash*, livro amplamente lido e aclamado pela crítica, e a exploração feita por Greg Bear do conceito do DNA como uma tecnologia linguística útil para a adaptação das espécies à mudança global em *Darwin's Radio*.

Dessa maneira, a republicação do romance de Elgin marca um novo momento importante da ficção científica, pois aponta a convergência das três maiores linhas do gênero: a original (embora frequentemente não reconhecida) linha da crítica feminista cultural que vai de *Frankenstein* a *Herland: A terra das mulheres*; a tradução da experimentação tecnocientífica do período modernista da ficção científica dominada pelos homens (de Well a Clarke e Asimov); e a linha pós-moderna da ficção científica que relaciona uma análise das tecnologias sociais (linguagem, raça, gênero) a um novo foco em intervenções biotecnológicas. Enfim, com a atenção dada às pessoas mais idosas e à comunicação interespécies – com a invenção da Casa Estéril e da Interface, respectivamente –, Elgin chama a atenção a dois problemas contemporâneos que são cada vez mais foco não só da ficção científica, como também da ficção de todos os gêneros: os limites cada vez mais amplos da vida humana e os limites borrados entre espécies. Como a investida da biomedicina contemporânea sobre os limites do provável codifica como mundano o que era codificado como revolucionário há poucos meses, tais questões servem cada vez mais para quebrar a distinção entre a ciência e outras formas de cultura, entre a ficção científica e outros tipos de ficção.

Lido como uma obra desse gênero novo e híbrido para o qual ainda não temos nome – esse gênero que não diferencia a ciência de outros tipos de cultura, mas, em vez disso, faz uma análise detalhada das redes que os conectam –, *Língua nativa* parece ao mesmo tempo poderosamente premonitório *e* absurdamente datado (ou, para colocar de forma mais positiva, uma obra de interesse histórico). O romance é premonitório em sua atenção às experiências das mulheres idosas e já fora de idade reprodutiva, às quais a teoria feminista deu pouca atenção até o fim dos anos 1990. Com as Casas Estéreis, *Língua nativa* promove poderosas reflexões sobre as diferentes conscientizações de envelhecer, das dores e delícias de amadurecer, envelhecer e ser uma pessoa idosa.[4] Olhando para o

---

[4]   Esse tema aparece em *Earthsong*, terceiro livro da trilogia, que tem como personagem central uma mulher linguista que se comunica com o espírito de uma das anciãs mais velhas que acabou de morrer: uma mulher linguista que

presente e o futuro, o romance também nos incita a perceber que estamos vivendo e elaborando exatamente o tipo de mudança linguística, ou recodificação, que Suzette Haden Elgin explorou em *Língua nativa*. A ênfase crescente na linguagem não sexista e na integração dos deságios feministas a ideias simples ou determinísticas de gênero ou biologia mudou o ambiente de trabalho, ajudou a abrir espaço para famílias não tradicionais e catalisou movimentos de direitos civis para pessoas LGBTQIA+ e com deficiência. Conforme a revolução biomédica reformula a longevidade humana, com intervenções que vão de reprodução assistida a terapia hormonal, nossa linguagem também registra a mudança cultural em nossas definições de um ser humano. Assim, nosso léxico agora inclui termos como *mãe biológica*, *mãe portadora*, *mãe genética* e *mãe pós-menopausa*, além dos termos já existentes *mãe adotiva*, *mãe solo* e *mãe natural*. Junto com a reprodução assistida, coisas como a cirurgia fetal, a clonagem e o transplante de órgãos entre espécies estão mudando a narrativa humana de forma tão dramática que o que parecia ficção científica em 1984 agora soa como algo do novo milênio, cada vez mais comum. Fertilização *in vitro* e clonagem, que Elgin aborda no romance, agora não parecem mais loucamente futurísticas – mas coisas em outros contextos e realidades, assim como algo que traz outros dilemas morais. Além disso, a forma como o livro representa o capitalismo intergaláctico antecipa a tendência dos anos 1990 – com o declínio do comunismo e a ascensão de multinacionais e da internet – de seguir na direção do capitalismo global.

Ao mesmo tempo, o romance serve muito bem como um registro histórico das visões distópicas centrais a um estágio específico do feminismo, pois a vida das mulheres linguistas reflete em suas intransigências as críticas sociais mais pesadas do

---

ajudou a criar a láadan.

segundo estágio do feminismo: a dominação patriarcal, o sexo como um instrumento de controle, mulheres à mercê dos caprichos de homens e categorizadas somente por suas capacidades sexuais e reprodutivas. Ainda assim, *Língua nativa* também reflete a visão parcial de sua era, particularmente pela insistência de ver homens e mulheres como grupos separados, necessariamente opostos um ao outro em termos de pensamento, ação e desejo. Pessoas que leiam a história hoje talvez desejem outro projeto que codifique uma língua mais nova ainda, uma que torna mais complexa a ideia de "língua nativa" ao desafiar sua base em uma identidade fixa associada ao gênero.

A visão do futuro escrita por Elgin era distópica, mas as estratégias de linguagem empregadas por ela e suas personagens fornecem novos canais de crítica e mudança. Assim como o romance revela que a língua pode ser baseada em pressupostos de gênero e fornecer novas formas de pensar tanto sobre a linguagem quanto sobre a realidade, podemos explorar as formas como a linguagem ajuda a codificar outras hierarquias de poder, incluindo as de raça, classe, orientação sexual e mesmo humana sobre outras espécies. Ao fazer isso, podemos empregar novas estratégias linguísticas para desafiar tais estruturas de poder e codificar uma realidade mais igualitária para todos.

Susan M. Squier e Julie Vedder
(Texto escrito em homenagem ao
relançamento da obra em junho de 2000)

Referências

BOOKLIST. Resenha de *Native Tongue*, v. 342, nov. 1984.

BOTHAMLEY, Jennifer. *Dictionary of Theories*. London, Detroit: Gale Research International, 1993.

COHEN, Debra Rae. Resenha de *Native Tongue*. *Voice Literary Supplement*, p. 18, out. 1984.

DE LAURETIS, Teresa. *Technologies of Gender*: Essays on Theory, Film and Fiction. Bloomington: Indiana University Press, 1987.

ELGIN, Suzette Haden. *The Gentle Art of Verbal Self-Defense*. Nova York: Barnes and Noble, 1980.

ELGIN, Suzette Haden. Women's Language and Near Future Science Fiction: A Reply. *Women's Studies*, v. 14, p. 175-181, 1987.

ELGIN, Suzette Haden. Washing Utopian Dishes; Scrubbing Utopian Floors. *Women and Language*, v. 17, n. 1, p. 43-47, 1994.

ELGIN, Suzette Haden. A Feminist Is a What? *Women and Language*, v. 18, n. 2, p. 46, 1995.

ELGIN, Suzette Haden. *Láadan, the Constructed Language in* Native Tongue. Science Fiction and Fantasy Writers of America, 2000a. Disponível em: www.sfwa.org/members/elgin/Laadan.html. Acesso em: 30 jan. 2023.

ELGIN, Suzette Haden. *The Language Imperative*. Cambridge: Perseus Books, 2000b.

ELGIN, Suzette Haden, 2000c. *Linguistics and Science Fiction. Suzette Haden Elgin's Website*. Disponível em: https://www.sfwa.org/members/elgin/LSFN0902-plaintext.html.

HEILBRUN, Carolyn. Resenha de *Native Tongue* e *Native Tongue* II: The Judas Rose. *Women's Review of Books*, v. 17, jul./ago. 1987.

HOFSTADTER, Douglas R. Goedel; ESCHER, Bach. *An Eternal Golden Braid*. Nova York: Vintage Books, 1979.

IRIGARAY, Luce. *This Sex Which Is Not One*. Tradução de Catherine Porter. Ithaca, NY: Cornell University Press, 1985.

MARTIN, Emily. The Egg and the Sperm: How Science Has Constructed a Romance Based on Stereotypical Male-Female

Roles. *Signs: Journal of Women in Culture and Society*, v. 16, n. 3, p. 1-18, 1991.

PINKER, Steven. *The Language Instinct*. Nova York: Harper Collins, 1994.

PUBLISHERS Weekly. Resenha de *Native Tongue*, v. 225, p. 98, 1984.

ROSINSKY, Natalie. *Feminist Futures*: Contemporary Women's Speculative Fiction. Ann Arbor: UMI Press, 1984.

SELLERS, Susan (ed.). *The Hélèn Cixous Reader*. Nova York: Routledge, 1994.

SHELLEY, Mary. *Frankenstein, Or, A Modern Prometheus*. Nova York: Signet Classics, 1831.

SQUIER, Susan. From Omega to Mr. Adam: The Importance of Literature for Feminist Science Studies. *Science, Technology, & Human Values*, v. 24, n. 1, p. 132-158, 1999.

TAORMINA, Agatha. Womanspeak. *Fantasy Review*, v. 31, nov. 1984.

TIPOGRAFIA: Media 77 - Texto
Druk - Entretítulos
PAPEL: Pólen Natural 70 g/m² - miolo
Couché Fosco 150 g/m² - capa
Offset 150g/m² - guardas

IMPRESSÃO: Ipsis Gráfica
Abril/2023